KB060685

을화

한국문학대표작선집 1
을화 외

김동리

문학사상사

〈을화乙火〉와 노벨문학상
—세계성을 띤 한국문학의 진수眞髓

이태동(문학평론가/서강대 교수)

　신문학 80년을 맞이한 한국문단에서는 그 성과를 가늠해 보기 위해 노벨문학상을 고려해 보아야만 한다는 목소리가 여기저기서 드높게 일고 있다.

　오늘날 한국이 여러 분야에서 세계를 향해 발돋움을 하고 있는 이때, 문학이라고 해서 좁고 어두운 공간 속에 닫혀 있을 아무런 이유가 없다.

　그런데 사실 우리나라가 노벨문학상의 문을 두드린 것은 그렇게 오래된 일은 아니다. 일본의 가와바다가 《설국雪國》으로 노벨문학상을 받고 난 이후, 큰 자극을 받고 한국인의 긍지를 새삼 발휘하기 위해 번역 작품을 국가적인 차원에서 뒷받침해 준 것은 80년대 들어와서 일어난 현상이 아닌가 한다.

　아무튼 80년대에 들어서면서 국제 펜클럽 한국 본부와 유네스코, 그리고 문예진흥원은 한국문학의 해외 소개를 위해 많은 노력을 기울였다.

　그래서 1982년 펜클럽은 김동리의 〈을화乙火〉를 비롯하여 우리나라의 대표 작가 다섯 사람의 작품을 영역해서 스웨덴 왕립 아카데미 도서관을 비롯하여 세계 여러 나라의 유명한 문화단체와 도서관에 보낸 적이 있었다. 그 다음 얼마간 시간이 지난 후 한국 펜클럽 본부는 스웨덴 한림원으로부터 작가 김동리에 대한 모든 자료를 보내달라는 요청을 받았고 회신해 준 적이 있었다.

그 후 약 5개월이 지난 후 펜클럽과 우리들은 신문사로 들어오는 외신을 통해 작가 김동리의 〈을화乙火〉(1978년《문학사상》4월호 게재)가 노벨문학상 후보에 올랐다는 소식을 접하게 되어 한동안 문화계에 화제가 되었다.

그 당시 작가 김동리의 작품이 어떠한 과정을 거쳐 노벨문학상 후보에 오르게 되었는지 우리는 알 길이 없다.

그러나 한 가지 제기해야 할 문제는 번역된 작품 〈을화乙火〉가 원문에 비해 미흡한 점이 있었음에도 불구하고, 순간적이지만 어떻게 스웨덴 한림원 학자들의 관심을 끌 수 있었는가 하는 것이다.

필자의 소견에 의하면, 그것은 작품 〈을화乙火〉가 지니고 있는 언어를 초월한 어떤 주제의식 때문이 아닌가 한다.

〈을화乙火〉에서 김동리가 사용한 소재가 아무리 토속적이고 지방적인 것이라 하더라도, 그것은 작가의 독특한 감수성과 깊은 상상력을 통해 보편적인 것으로 형상화되어 예술로 승화되었다. 그는 원형적인 이미지를 통해 가장 민족적인 것이 가장 세계적인 것이 될 수 있다는 원리를 철두철미하게 현실화시켰다.

비록 이 작품은 기독교가 한국에 수용되는 과정에서 토착적인 민간 신앙과의 갈등 문제를 취급하고 있는 듯하나, 그것이 지닌 심층적인 주제는 거기에 머무르지 않고 인간[人本主義]과 신[新本主義]과의 갈등 문제는 물론, 비극적인 상황에 처한 인간이 자기 자신의 자아를 지키면서 자신의 한계를 초월하기 위해 어떠한 의지를 구현하고 있는가 하는 것에 관한 것이다.

피상적으로 보기에 그는 무당의 무의식적인 행위를 찬양하는 듯하고, 또 인간의 운명에 대해 너무나 우울한 시선을 보이고 있는 듯하지만, 그의 작가 정신은 이렇게 실존적인 휴머니즘에 깊이 뿌리를 두고 있다.

그는 〈무녀도巫女圖〉를 개작해서 〈을화乙火〉를 발표한 뒤 창작 동기를 밝히면서 "신보다 인간을, 내세보다 현세를 택한 사람으로서 인간에게 충실하고 현세에 충실하는 길을 통해서, 신과도 통하고 내세와도 통하는 철학이나 종교를 찾아볼 수 없겠느냐"고 물으면서 "잡초에 묻혀 있는 '샤머니즘' 속에서 새로운 인간종교를 발견하려고 했다"고 말했다. 다시 말하면 그는 '신과 인간, 이승과 저승'은 단절된 것이 아니라, 서로 넘나들 수 있다는 '샤머니즘'의 문맥 가운데서 인간이 신이 될 수 있는 가능성을 탐색하려고 했다.

그러나 무엇보다 중요한 것은 그가 예이츠, D. H. 로렌스, 그리고 토마스 만 등과 같은 작가들처럼 인간의 생명력이 기계 문명과 식민지 정책 및 독재 정치 등으로 말미암아 말살되어 가는 현실을 슬퍼하고 그것을 다시금 소생시키기 위해서 글을 썼다는 것이다.

그가 앞에서 말한 작가들처럼, 자연과 집단, 무의식의 원초적인 이미지를 담고 있는 신화 및 성적인 세계를 탐색해서, 그 가치를 재발견하려는 것은, 현대 사회에서 인간을 '살아 있는 죽은 자'의 상태로부터 구원하기 위한 노력이라 하겠다.

그래서 그의 작품의 무대는 도시가 아닌 오지奧地인 전원이며, 작중 인물들은 인구가 밀집한 사회와 거리가 먼 사람들이지만, 그것은 어디까지나 생명력과 관련이 있는 원형적인 소재를 사용해서 작품을 보편

화시킴은 물론, 민족문학의 개성을 유지하기 위함이다.

그런데 다른 한편으로 그가 원시적인 소재를 사용하면서도, 그의 작품을 현대적인 소재를 사용한 다른 어느 작가 못지않게 현대적인 감각을 지니게 만든 것은, 그의 탁월한 예술적 재능 때문이기도 하겠지만, 그의 작품이 원시적인 것에 머무르지 않고 원형적인 의미를 지니고 있기 때문일 것이다.

고은高銀은 일찍이 〈동리 문학 연구〉에서 "아무리 우리들의 소설이 서구의 소설 전통에서 배워온 것이라 해도 그것이 우리들의 토양에 완전무결하게 착륙한 것은 동리 문학으로부터"라고 논단한 바 있지만, 김동리 문학이 민족문학과 순수문학의 차원에서 높이 평가되고 있는 것은, 한국문학을 독립된 문학의 차원으로 끌어올린 그의 탁월한 작품 때문이라 할 수 있다.

어떻든 김동리는 한국시에서의 서정주처럼, 한국소설에서 토착적이고 민족적인 소재를 완벽한 현대적 소설 미학으로 수용해서 민족문학의 전통을 정립하고 확대시킨 작가임에 틀림없다.

다시 말하면 그의 작품 속에서 우리들은 신라시대부터 전승되어 온 민족 신화의 정신적인 맥을 쉽게 찾아볼 수가 있다.

그러한 의미에서 문학사상사에서 한국문학 가운데 민족문학의 특색을 가장 뚜렷하게 지니고 세계성을 띤 동리의 40여 년에 걸친 무속 문학 작품을 한 권에 모은 것은 창작을 공부하는 사람은 물론, 한국문학을 진정으로 이해하길 원하는 사람이면 누구든 그의 작품을 읽지 않을 수 없다는 점에서 참으로 소중한 의미가 있다고 하겠다.

〈무녀도巫女圖〉에서 〈을화乙火〉까지
―현실과 시대의 원격적 관조자

이재선(문학평론가)

　작가가 삶의 현실을 바라봄에 있어서는 두 개의 다른 시각이 있다. 근접적인 것과 원접적인 것이 그것이다. 김동리는 그 후자에 속하는 작가이다.

　그는 삶과 현실을 지근至近 거리에서 보는 작가라기보다는 접촉된 현실을 일단 문화의 기층이나 경험의 원형에 연결하여 보는 작가이다.

　그렇기 때문에 그의 문학세계에는 언제나 현실과 신화가 서로 교호하고 있을 뿐만 아니라 특유한 상징의 깊이가 내재되어 있는 것이다.

　그의 소설에서 특별하게 우리의 관심을 끄는 것은 동북아시아 민족문화의 기층부에 침전되어 있는 샤머니즘에 대한 문학적인 탐험이다. 〈무녀도巫女圖〉, 〈을화乙火〉, 〈당고개 무당〉, 〈달 이야기〉, 〈만자동경卍字銅鏡〉 등은 모두 이런 탐험에 의해서 샤먼의 세계를 소설 미학의 세계로 끌어올린 작품들이다.

삶의 고뇌와 그 초월을 묘파

〈무녀도〉는 동리 문학의 대표작으로서 우리의 전통적인 토속신앙인 무속巫俗의 세계가 변화의 충격 앞에서 마치 저녁놀처럼 스러져가는 과정을 비장미悲壯美 있게 형상화한 작품이다.

무녀도라는 회화의 도상학圖像學적인 관심으로 발화發話되고 있는 이 작품은 모든 것이 변해 가는 소용돌이 속에서 소멸되어 가는 것의 마지막 남은 빛에 끝내 매달리며, 이를 지키려는 삶의 비극적인 고뇌와 그 초월의 문제를 그리고 있다.

우선 이 작품의 구성은 동리의 소설 시학詩學의 주요 특성의 하나인 완벽한 액자額子 소설의 형태로 이루어져 있다. 즉 틀이 되는 이야기 속에 또 하나의 이야기를 담으면서 서술자를 이중으로 바꾸고 있는 수법이 그것이다.

이 틀의 외부 이야기는 핵심적인 내부 이야기가 발생할 수 있는 동기적 부가 대상인 그림의 구도와 내용, 그리고 내력을 제시한다. 이런 틀은 독자로 하여금 내부 이야기에 대한 강한 호기심을 가지게 하고, 또 내부의 이야기를 훨씬 현실적인 것으로 인증認證하게 하는 기능을 한다. 뿐만 아니라 시간론적으로 격절된 현재와 과거를 원근법적으로 근접화시키기도 한다.

그러나 보다 중요한 사실은 그림의 신비스러움을 배경으로 한 무녀巫女의 '뼈도 살도 없는 혼령'의 신열적神悅的 탈진 상태와 이에 대해 감동 반응을 보이고 있는 무리의 무속 공동체의 묘사가 내부 이야기의 주제적인 전경前景으로서의 긴요한 암시 작용을 하게 한 점이다.

인간의 실존적인 비극성과 초월의 아름다움

무녀 모화와 그 아들 욱이가 펼쳐내는 내부 이야기의 구성적 특성은 긴장 관계와 갈등에 있다.

도입적인 발단의 상황에서 제시되고 있는 배경의 영락零落함과 '사람 냄새'의 대비, 등장인물의 소개에서 나타나는 서로 다른 방언方言의 대비, 모자가 받드는 무속과 기독교적 신관神觀의 차이 등은 이미 이야기 전체의 기본적인 갈등을 전제하고 있다.

따라서 이야기의 전개부는 서로가 달리 받드는 신의 세계를 이 땅에서 넓혀가려는 가치의 다른 실체 대상 때문에 긴장 관계가 일어나게 된다. 어머니는 어머니대로 또 아들은 아들대로, 그들의 기본 관계인 혈연 관계는 계속 원만하게 유지하면서도 서로는 각자를 용납하려는 것이 아니라 자기의 세계 속으로 끌어들이려고만 한다.

토박이인 모화는 아들 욱이가 돌아옴이 단순한 귀향이 아니고 자기가 받드는 세계를 근본적으로 부정하려는 것임을 알자, 이 외래적인 이단을 용납하려 들지 않는다. 아들도 마찬가지다. 그도 어머니의 정신 세계를 거부하여 기독교의 복음을 전파하려고만 한다.

이 상호 거부의 대립은 처음에는 주가呪歌와 설교로 서로를 비방하는 다분히 심정적인 것이었으나 끝내는 불과 칼부림으로써 아들 욱이의 죽음을 불러들이는 대결로 발전한다. 이 긴박한 이원적인 갈등의 기저基底에 두 개의 대립된 종교관이 내재함은 물론이다.

그러나 욱이의 죽음은 상대적 갈등에 의한 비극적인 과정이나 종말이 될 수는 있지만, 작품이 실현하려는 생의 비극적인 구극究極은 결코 아니다. 작품의 주인공은 어디까지나 모화이지 욱이가 아니기 때문이다. 따라서 작품의 종결은 모화의 마지막 굿과 그녀의 죽음으로 매듭지

어지게 된다.

이에서 우리는 모화의 패배와 죽음이 곧 기독교의 승리라고 규정할 수 없는 의미의 심층적인 차원을 감지할 수 있게 된다.

이 심층의 의미란 바로 다름 아닌 도도한 변화 앞에서도 스스로를 신뢰하는 가치를 끝내 지키면서 그 파멸의 변화에 대해서 겨루고 맞서보려는 인간의 실존적인 비극성과 초월의 아름다움이다.

그것은 어쩌면 신화적인 세계관의 낙조 현상일 수도 있으나, 삶의 존재 원리 그 자체이기도 한 것이다. 이를 김동리는 문화의 기층에서 끌어 와서 이야기하고 있는 것이다.

이 밖에도 〈무녀도〉는 낭이의 그림을 통해서 예술이란 결국 고뇌와 곤궁의 해탈이거나 비극적인 가치의 미적 현양顯揚이라는 예술관 내지는 예술가 소설의 한 암시나 징표를 드러내주고 있기도 하다.

신과도 내세와도 통하는 철학이나 종교

〈을화乙火〉는 단편 〈무녀도〉의 무속세계를 다성적多聲的으로 개작 확대한 작품으로서, 최고最古의 종교로서 한국인의 신앙의 모태가 되어온 샤머니즘을 통해서 작가가 밝히고 있듯이 '인간에 충실하고 현세에 충실하는 길을 통해서, 신과도 통하고 내세와도 통하는 철학이나 종교'로서의 가능성을 조명해 본 것이다.

그런 점에서 종교의 진정한 본질적 가치가 지니고 있는 구원의 문제가 조명되고 있는 작품으로서, 〈무녀도〉로부터 이에 이르기까지의 작가의 정신적인 색채의 발전과 전이를 깊이 생각게 해주고 있다.

작가는 우선 액자의 틀을 과감하게 제거해 버리는 반면에, 무녀의 입상화立像化를 위해서 주인공 을화의 빙신적憑神的인 입무入巫 과정 및 그녀의 생의 편력을 완벽하고 치밀하게 묘사하는 데 주력하고 있다.

즉 무당이 되기 전, 옥선이는 고추장을 좋아해서 그것 때문에 이웃집 더벅머리 총각 성출과 정을 통하고 처녀의 몸으로 임신을 하게 되자 옥선이는 영술이를 순산하고 그 어머니는 술청을 내지만 옥선이만은 술청에 앉지 않고 허드렛일만 시킨다.

그 뒤, 쉰두 살 난 중늙은이 후실로 들어가게 된 옥선이는 곧 남편을 사별하게 되고 석 달 뒤에는 다시 어머니의 불쌍한 죽음을 겪게 된다. 이어서 아들인 영술이가 '손님'(마마)에 걸렸다가 회복하자 끝내는 옥선이마저 자리에 누워버림으로써 탈혼脫魂의 실신 상태에 이르러 영계 접근에 이르게 된다.

이런 누진적인 불행과 고통 때문에 을횻골 서낭당에 찾아가 빌던 옥선이는 드디어 선도산 선왕마님과 접신接神함으로써 빙신적인 내림의 상태에 입문initiation하게 된다.

입무의 과정은 이렇듯 혼절昏絶의 아픔과 죽음에 맞닿는 시련과 고통을 경험하고 이를 통과함으로써 비로소 가능할 수 있는 것이다. 이른바 '통과제의'의 아픔을 겪음으로써 선열적인 무에의 영통적인 차원이 드디어 열려지게 된다.

아무튼 옥선이는 '내림'의 혼절 상태와 제전적인 자아 이탈의 과정을 겪고 선왕마님을 '몸주'로 하는 무당이 되어 빡지 할멈의 신딸이 된다. 을화란 영매자로서의 무당이 된 그녀는 굿을 통해 무서운 영험을 발휘한다.

주술적인 세계관이 지배하는 세계에 있어서는 샤먼은 천계와 인간계를 영통시키는 영매자인 것이다. 또는 자신이 삶의 고통과 죽음의 시련을 이긴 인물이며, 죽어서도 '저승'에 가지 못하고 '이승'을 떠도는 불행한 귀신과 원령들을 구원해 줄뿐더러 그 원귀들 때문에 액과 재난을 당하는 살아 있는 자들을 구원하는 존재이기도 한 것이다.

이런 무속적인 세계상이나 무당의 기능과 역할은 '바리데기' 굿의 장면과 을화의 독백을 통해서 첨예하게 제시되었다.

아무튼 이런 영적인 구원자의 모습으로 변신한 을화는 그의 신묘한 굿의 영험에 의해서 자신의 신과 그 신이 내리는 구원을 믿는 정신적 공동체를 확대해 감은 물론 박수인 성방돌과의 달밤의 정사로 딸 월희를 낳게 된다.

그러나 월희는 낭이와는 전혀 별개의 존재다. 또 을화는 정 부자네의 권유로 태주 할미가 살았던 성외리의 신당 뱃집에 이사하여 무녀의 모권 기능적인 면모를 드러내는 난잡한 성행위와 술 마시기를 거듭하면서도 신당은 정성껏 섬기고, 보수는 염두에도 두지 않는 채 청하는 굿에는 의무같이 알고 나가게 된다. 이런 입무과정은 〈무녀도〉에서는 전혀 제시되지 않았던 부분들이다.

혈육의 관계에서 신관의 대결 관계로

이야기의 발단은 바로 이런 주술적인 질서의 세계를 찾아 들어오는 외래자의 방문으로 비롯된다. 을화가 근래에 와서 자주 꿈꾸게 되는 몽달귀의 퇴치에 대한 기구나 딸 월희에 대한 각별한 주의 환기 등에서 이미 어떤 예사롭지 않은 사태의 조짐이 예시되거나 강박적인 긴장감이 유발되고 있다.

이와 연계되어 이 격리되고 정체된 곳에 어울리지 않게 나타난 신래자新來者는 낡은 검정 가죽가방을 들고, 또 회색의 캡을 쓴 청년이다. 거기다가 그는 이 지역 공동체의 일원이 아님을 가장 구체적으로 증명하는 평안도 사투리를 구사한다. 그는 바로 을화가 십 년 전에 중이 되라고 기림사祇林寺에 보냈던 아들 영술이다.

이로 보면 영술의 내도가 을화에게 있어서는 혈육인 아들의 귀향 이상의 의미로 받아들여질 수가 없는 것이다. 그러기 때문에 을화는 영술을 맞기 전까지 지녔던 호령하고 위협하는 듯한 목소리를 부드럽고 잔잔한 여늬 모성이나 여인의 그것으로 바꿀 수가 있었던 것이 아니라, 반역의 기독교 신자가 되어 돌아옴으로써 무속의 정신적인 공동체와는 아무런 관계가 없는 이단자로서의 정체를 확인하는 순간부터 양자의 관계는 혈육의 관계에서 신관의 대결 관계로 바뀌어져 버리게 된다.

아들 영술은 을화가 받드는 신을 우상과 마귀로 규정해 버리는 반면, 을화 또한 영술의 신을 서양 사람이 만든 몽달귀나 잡귀로 규정하여 이 잡귀가 아들의 정신을 오염시키고 파괴시키는 것이라고 믿게 된다.

이 두 개의 정신적인 갈등과 충돌을 통해서 신관이 서로 일치하지 않는 종교간의 상호 거부의 정신적인 역학 관계가 조성됨은 자명한 일이다.

서로가 받드는 신의 존재를 배제할 때에는 을화와 영술은 아무런 갈등도 없는 자연스런 인간의 모자 관계를 유지할 수도 있지만, 서로가 서로의 정신 세계를 부정하고 서로의 신 쪽으로 상대를 끌어들이려 함으로써 상호 관계는 폭력화하고 마침내 영술의 죽음이란 피의 희생을 초래하고 만다.

그런 점에서 을화에 의한 영술의 죽음은 혈연 관계의 마멸이 아니라, 이단적인 신래자에 대한 토박이의 철저한 거부 반응의 결과인 것이다. 아울러 이런 갈등과 대결의 의미는 정신사적인 마찰은 물론 보수와 진보의 상층 관계에 대한 성찰까지도 암시하고 있다.

생명의 핏줄에로 환원하는 화해와 융합의 길

그러나 〈무녀도〉를 원점으로 두고 볼 경우, 〈을화〉의 변이에서 결코 간과될 수 없는 사실은 무속에 대한 낭만적인 예술성의 미학이, 종교적이고 철학적인 생의 인식론으로 바뀌어지고 있다는 점이다.

이는 월희를 낭이처럼 예술적 잠재력을 갖춘 인간으로 형상화하지 않음으로써 도상학적인 특성을 처음부터 배제하고 있다는 사실과 주인공인 을화를 모화처럼 죽이지 않았다는 사실에서 거의 확실해진다.

이 때문에 〈을화〉는 〈무녀도〉가 보여줬던 미의 비극성 내지는 생의 본질에 대한 비극론적 태도보다는 샤머니즘의 구원의 긍정가치에 대한 가능성의 비전을 드러내는 종교 소설적인 면모를 드러내게 되는 것이다.

작가는 아마도 샤먼의 문화가 현대 문화 속에 내재하고 있는 병리적 오염과 위기를 치유할 수 있는 하나의 가치 체계로서 조명될 수 있음을 시사함으로써 문화 복귀의 문제를 제시하고 있는 것으로 믿어진다.

구원의 방향 문제는 다른 길에서도 암시되어 있다. 작품의 말미에서 월희가 아비 방돌에 의해 을화에게서 떠나가게 하는 것이 그것이다.

이것은 을화의 길도 아니고, 그렇다고 영술의 길도 아닌 제삼의 길이다. 이는 을화—영술로 이어지는, 결과적으로는 핏줄까지도 배반하는 극단적이고 배타적인 분단과 극성極性의 길이 아니라, 생명의 핏줄에로 환원하는 화해와 융합의 길이다. 핏줄과 인간에의 길로 연결되는 통로이다.

이로 보면 김동리는 흔히 지적되고 있듯이 역사적인 시간의 울타리를 넘어서 있는 황량한 신당神堂의 작가가 아니라, 현실과 시대의 상황을 보다 원격적으로 보는 관조자로서의 깊이도 남다른 작가임을 확인할 수 있게 되는 것이다.

차 례

을 화乙火

을화乙火

무녀의 집

을화가 당우물까지 가서 물을 길어 왔을 때에도, 월희月姬는 그냥 곤히 잠든 채였다. 당우물이라고 하면 그녀의 집에서 한 마장이나 좋이 되는, 동네 앞 당나무 곁의, 예부터 내려오는 큰 우물이다.

여기는 본디 서낭당이 있었던 곳으로 당집과 함께 당나무 당우물들이 있었으나 지금은 당나무 곁에 우물만이 남아 있다.

을화는 아침마다 남 먼저 이 당우물에 가서, 자그만 동이에 물을 채우고 나면, 거기서 아예 세수까지 마치고 돌아오는 것이다.

그녀가 이렇게 매일 아침 왕복 두 마장 거리도 넘는 당우물을 찾는 것은, 이 우물이 워낙 깊어 물맛도 유별나게 좋으려니와, 그보다도 이웃의, 남의 집 안에 있는 우물은 이른 아침부터, 그것도 주인 먼저 가서 물을 길을 수 없을 뿐 아니라, 더군다나 거기서 세수까지 한다는 것은 도저히 용인될 수 없는 일이기도 했기 때문이었다.

을화는 이고 온 물동이를 부뚜막 위에 고이 내려놓은 뒤, 정결하게 닦아두었던 까만 소반 위에, 지금 막 길어 온 물 한 주발을 조심스레 떠서 얹자 두 손으로 받쳐 들고 방으로 들어간다. 지금 을화가 살고 있는 이 뱃집[1]으로 된 신당집은 제일 동쪽이 큰 마루방이요, 가운데가 온돌방, 그리고 맨 서쪽이 넓은 부엌이었다.

을화는 이 집에 들어올 때부터, 맨 동쪽의 넓은 마루방에다 신단神壇을 꾸미고, 신단 위의 정면 벽엔 그녀의 수호신인 선왕성모仙王聖母의 여신상女神像을 모시고, 신단 위엔 명도明圖[2] 거울을 위시한 신물神物 일체를 봉안奉安해 두었던 것이다. 그 뒤에도 그녀는 여러 가지 무신도巫神圖를 구하는 대로 네 벽에 삥 돌아가며 붙이고, 그 밖에 그녀가 굿을 할 때 쓰는 온갖 금구金甌—巫樂器, 무구巫具 그리고 각종 무의巫衣 따위를 모두 제자리에 맞도록 안치해 두었다.

그러나 매일 아침 드리는 제의祭儀나 수시로 올리는 축수를 번번이 신단방까지 찾기가 힘들어, 그녀들 모녀가 거처하는 온돌방 안 구석에다 작은 신단을 또 한 자리 더 모시게 되었던 것이다. 여기서도 그녀의 몸주(수호신)인 선왕성모 여신상은 모시지 않을 수 없었고, 신물로서는 명도 거울을 신단 위에 봉안해 두고 있었다.

---

1) 추녀가 없이 양쪽에 박공만 붙인 집. 사원寺院·신당神堂 따위 건물에 흔히 있음.
2) 명도 또는 명두라고도 함. 한문 글자로는 '明圖·明斗·冥途' 등으로 씀. 이 말은 보통 두 가지 뜻으로 쓰임. 하나는 태주라는 뜻으로 쓰이고, 명도거울의 준말로 쓰이기도 함. 첫째의 태주라는 말은 '태주' 항頂에서 설명. 명도거울은 무당들이 흔히 자기들의 수호신守護神—몸주의 상징으로 쓰는 청동靑銅거울을 가리킴. 이 거울은 앞이 조금 불룩하고, 뒤엔 해·달·별 따위 그림과 함께 '일월대명두日月大明斗' 라는 글자도 새겨져 있음. 명도를 명도明圖 또는 명두明斗라고 쓰는 경우는 이 '일월대명두日月大明斗' 와 통하는 것으로, '두斗' 는 북성斗星, 즉 북두칠성北斗七星의 뜻이지만, 여기서 다시 일월성신日月星辰이란 뜻으로 발전하여 밝음을 가리키고, 그 밝음이 거울과 연결됨. 명경明鏡이란 뜻으로. 그러니까 이 경우의 명도는 무당이 자기의 신상과 운명을 지켜주는 수호신의 상징으로서 쓰는 거울의 밝음을 일월日月에다 견준 데서 지어진 말임에 불과함. 그러나 이것 은 일반적으로 쓰는 명도(태주)란 말과 별개別個라고 볼 것임. 태주와 통하는 의미의 명도를 가리키는 말은 명도冥途에 가까움. 명도冥途—저승와 명도明圖(명두明斗)는 소리가 같은 데서 빚어진 혼선인 듯. 경상도慶尙道, 특히 경주지방慶州地方에서는 이 명도冥途를 '공진이' 라고도 함.

22

을화가 정화수를 소반 위에 받쳐 들고 방으로 돌아올 때까지도, 월희月姬는 아직 밤중같이 곤히 잠들어 있었다. 그녀의 새하얀 얼굴의, 콧잔등과 볼 위에는 파리 떼가 까맣게 붙어 있었으나, 그런 것도 아랑곳없을 만큼 그녀는 아직 단잠에 빠져 있기만 했다.

그러나 그러한 월희가 을화의 눈에는 비치지도 않는 듯, 꼭 빈방에서처럼, 그녀는 그녀의 명도 거울이 모셔져 있는 신단 위에 정화수를 옮겨 놓자 천천히 일어나 손을 비비며 빌기 시작했다.

"선왕마님 선왕마님, 복 주시고 요 주시고, 화 쫓아주시는 선왕마님 큰마님, 오늘도 저희 에미 딸의 실낱 같은 이 목숨을 꽉 잡아주오시고 지켜주옵소서, 선왕마님 큰마님, 지난밤 꿈에 이년을 찾아왔던 큰 뿔 돋친 몽달귀가 어디서 난 몽달귄지, 어이해 온 몽달귄지, 이 집 근방을 빙빙 돌고 떠나지 않사오니, 이 집엘랑 아예 발도 디레 놓지 못하도록, 선왕마님 큰마님께서 에헴 큰소리로 내어쫓아주옵소서. 선왕마님 선왕마님 큰마님께 비나이다. 큰 뿔 돋친 몽달귀가 이 집엘랑 얼씬도 못하도록, 우리 에미 딸한텔랑 범접도 못하도록 십 리 밖에 물러서게, 백 리 밖에 물러서게 내어쫓아주옵소서, 내어쫓아주옵소서."

끈적끈적 묻어날 것 같은, 잠긴 듯한 목소리였다. 그녀는 비비던 두 손을 이마 위로 쳐들자, 늘씬하고 후리후리한 허리를 꺾어 세 번이나 절을 했다. 절을 시작할 때마다 쳐드는 두 손의, 길쭉길쭉한 열 개의 손가락 사이사이로 굵은 두 눈의 검은 광채가 명도 거울을 향해 번쩍이곤 하였다.

그저도 월희는 쌔근쌔근 고른 숨소리를 내며 단잠이 든 채였다. 그러한 월희가 을화는 조금도 싫지 않은 듯, 그 푸르스름한 얼굴에 은근한 미소까지 머금은 채, 치맛자락으로 그녀의 얼굴에 붙은 파리 떼만 휙 날려주고는 그대로 나가버렸다. 실컷 자고 나서, 제물로 깨어 일어날 때까지, 을화는 딸의 잠을 깨우는 법이 없었다.

부엌으로 나온 을화는 그녀들 두 모녀의 아침상을 보았다. 상을 본대야, 언제나 꼭같은, 김치 한 보시기에 간장 반 종지를 놓는 일에 지나지 않았다. 거기다 밥 세 그릇과 냉수 두 그릇을 놓으면 그것이 모두였다.

을화가 아침밥을 푸고 있을 때, 월희도 자리에서 일어났다. 그녀가 하루 한 번씩 정해 놓고 방에서 나와, 신발에 발을 담고, 뜰까지 내려오는 것은, 아침 세수를 할 때뿐이다. 그녀는 세수를 하기 전에, 언제나 뜰에 하나 가득 찬 잡풀을 헤치다시피 하며 뒷간엘 잠깐 다녀온다.

을화는 그동안에 월희의 세숫물을 옹배기에 담아 내어놓는다. 월희는 어머니가 준비해 준 옹배기의 물로 간단한 세수를 마치면, 그것을 잡풀 위에 아무렇게나 버린 뒤, 이내 방으로 들어가 버린다. 그녀들 어미 딸은 자고 일어나 처음으로 얼굴을 대할 때에도 서로 인사란 것이 없다.

을화가 아침상을 들고 방으로 들어왔을 때, 월희는 방 한가운데 앉아 자기의 조그만 손거울을 들여다보고 있었다. 그녀가 온종일 하는 일이라고는, 그림을 그리는 것 이외엔 자기의 손거울을 들여다보는 짓쯤이었다.

을화는 밥상을 들고 선 채, 딸에게 비켜 앉으란 말도 없이, 취한 듯한 눈으로 딸의 얼굴만 내려다보고 있었다. 그녀의 얼굴에서 이렇게도 꿈속 같은 황홀한 미소가 번져 나는 일은, 딸의 얼굴을 바라볼 때뿐이었다. 그렇게도 그녀의 눈에는 월희의 얼굴이, 목이, 어깨와 허리와 다리가, 그리고 몸매 전체가, 더할 나위 없이 아름답고 어여쁘게만 보였다. 그것은 그냥 아름답고 어여쁠 뿐 아니라, 신비하고 거룩하게까지 느껴졌다.

월희가 거울을 놓고 몸을 옆으로 돌리자, 을화는 비로소 제정신을 돌이킨 듯 밥상을 방 가운데 놓았다. 그리고는 맨 먼저 담았던 밥그릇을 신주단 위에 옮겨놓았다.

을화가 아침(끼니)을 신단에 모시는 일은 지극히 간단했다. 밥그릇 하나를 아까의 물그릇 곁에 옮겨놓으면 그것으로 끝났다. 정화수를 모실 때처럼 손을 비비거나 절을 하거나 사설을 늘어놓는 일이 결코 없었다.

"오늘 아침밥 참 맛있을 끼다."

을화는 월희를 보고 말했다. 사실 오늘 아침밥이라야 여느 때보다 다를 것이 하나도 없었다. 같은 물, 같은 쌀, 같은 땔감에, 같은 솜씨의 아침밥이 아닌가.

그런데도 을화는 이런 말을 하곤 했다. 자기 나름대로의 느낌인지, 그도 아니고, 단지 상대자의 식욕을 돋우어주기 위한 목적으로 그냥 하는 소리인지 알 수 없었다.

그 어느 쪽인지를 알아내기라도 하려는 듯이, 월희는 그 파란 달조각 같은 얼굴로 그러한 어미를 말끄러미 바라보는 것이다. 그러나 역시 아무런 표정도 없는 채, 두 눈을 천천히 자기의 밥그릇 위로 떨구고는, 천천히 숟가락을 집어 든다. 그리하여 밥 서너 숟가락을 물에 말면, 그것을 조금씩 떠서 입으로 가져간다. 반찬이라고는 간장을 숟가락 끝으로 조금씩 찍어서 입에 넣을 뿐, 김치를 집는 일도 두세 번에 그쳤다.

월희보다는 을화의 식성이 나은 편이었다. 그녀는 자기 밥을 반 넘어 물에 말면, 그것을 숟가락껏 떠서 입에 넣고, 반찬도 간장보다 김치를 주로 먹었다. 그러니까 김치는 주로 을화의 몫, 간장은 거의 월희의 차지쯤 되는 꼴이었다.

월희가 숟가락을 놓자, 을화는 월희의 물그릇(밥 말았던)을 가리키며,

"물도 마셔라."

했다.

그 파란 달조각 같은 얼굴을 어미에게 주고 있던 월희는, 어미가 시키는 대로 잠자코 물그릇을 들어 서너 모금 꼴깍꼴깍 시원스레 마셨다. 그러자 을화도 숟가락을 놓고, 자기의 물그릇을 들어 훌쩍 마셔버렸다.

이것을 그녀들의 아침 식사는 끝났다. 그러나 을화는 여느 때처럼 얼른 빈 상을 들고 일어나려 하지 않았다.

무슨 얘기가 또 남았나 하는 듯, 월희가 그 파란 달조각을 어미에게 돌리자, 을화는,

"내 지난밤 꿈에 어떤 몽달귀를 봤대이."

불쑥 이렇게 말했다.

그리고는, 다시, 두 손의, 그 긴 손가락을 있는 대로 쭉쭉 편 채, 자기의 머리 위에 얹어보이며,

"이렇게 큰 뿔 돋친 몽달귀가 자꾸 우리 집에 들올락 하더라."

설명을 덧붙였다.

그러나 월희의 얼굴에는 조금도 놀라거나 두려워하는 빛이 없었다. 그녀는 평소부터 무엇에 놀라거나 두려워하는 일이 좀체 없는 편이기도 했다.

"알겠제, 내 단지야."

을화는 손으로 딸의 궁둥이를 툭툭 쳤다. 그녀는 월희를 보통 달희라고 불렀지만, 때로는 '따님' 또는 '단지' 라고도 했다. 단지는 보물단지, 귀염단지 하는 따위를 가리키는 듯했다.

"엿장수나 방물장수도 몽달귀 끼고 들온다, 알겠제?"

"……."

월희는 고개를 끄덕였다.

을화는 아침상을 치우면 곧장 집을 나간다. 그리고는 으레 저녁 때에야 돌아오곤 한다. 매일 그렇게 어디로 가는 건지, 월희는 그것을 알 리도 없었고, 알려고 하지도 않았다.

다만 푸닥거리(작은 굿)나 오구(큰 굿)가 있을 때만, 그 준비를 하느라고 한두 차례 들락날락하는 정도였다. 그러나 그녀는 굿 청탁을 기다

리기 위하여 집에 붙어 있는 일은 본디 없었다. 을화 무당이라고 하면 원근 동네에서 모르는 이 없을 만큼 이름이 널리 나 있었기 때문에, 큰 굿(오구)은 으레 열흘이나 보름 전에 이미 청탁이 들어왔고, 푸닥거리는 날마다 있다시피 했지만 거의 보수랄 것이 없는 만큼, 그녀로서는 일종의 의무같이 알고 나가는 데 지나지 않았다.

그러나 워낙 영검으로 널리 알려진 을화의 푸닥거리라, 사오십 리 밖에서까지 청이 들어올 때도 많았다. 을화는 이러한 먼 동네의 푸닥거리라도, 청을 받으면 꾀를 부려서 거절을 하는 일은 없었다. 그렇다고 보수를 따로 바라는 것도 아니요, 쌀이면 쌀, 잡곡이면 잡곡, 주는 대로 받아들고 두말없이 돌아오곤 했다.

"그러다간 늬 신발 값도 안 되겠다."

누가 이렇게 걱정해 주면, 신발 값이 문제가 아니라는 듯, 을화는,

"내 다리 아프다고 남의 죽는 목숨 안 살릴까?"

이렇게 대답하곤 했다.

사실 사오십 리 시골길을 걸어서 갔다 왔다 해야 하는 고생을 금품으로 헤아린다면, 그들로부터 보통 받는 사례의 열 곱절도 부족할지 몰랐다.

이렇게 을화가 보수를 염두에 두지 않는 것처럼 상대방들도 그것을 특히 고맙게 알기보다는 오히려 자기들의 당연한 권리 같은 것으로 생각하고 있는 편이었다. 그것은, 옛날, 추수 무렵에 벼쭉정이 따위를 한두 되씩 그녀의 걸립 자루에 부어준 일이 있었기 때문인지도 몰랐다.

그러나 근년의 을화는 걸립 자루를 메고 마을을 도는 일도 전혀 없었던 것이다.

"아무렴, 쌀 몇 되이빈 우리 에미 딸 묵고 남는 판인데, 걸립 자루 없다고 우리 식구 목구멍에 거미줄 칠랑가?"

이것이 을화의 생활 태도였다.

굿이 없는 날은, 거의 온종일을 을화는 단골 술집에서 남자들과 어울려 술을 마시며 놀았다.

을화가 이렇게 친구와 술을 따라 대부분의 시간을 밖에서 보내는 반면, 월희는 그림과 손거울을 가지고 모든 날을 방 안에서 배겼다.

그날도 월희가 연꽃을 다 그리고 나서 손거울 가지고 노는데,

"따님 따님 내 따님, 단지 단지 내 단지."

을화의 끈적끈적 묻어날 듯한, 잠긴 듯한 목소리가 들려왔다.

월희가 방문을 열었을 때, 을화는 기쁨을 못 이기는 듯,

"달 속에 애기씨요, 별 속에 꽃이시요, 단지 단지 내 단지요."

하며 긴 팔을 쳐들어 춤을 덩실덩실 추었다.

월희는 가만히 툇마루로 어미의 왼쪽 손에 들려 있는 수건에 싸인 것에만 눈길을 돌렸다. 수건을 끄르지 않더라도, 그 속에 싸인 것이 과일이란 것을 그녀는 잘 알고 있었다. 을화가 술을 좋아하듯, 월희가 과일을 좋아한다는 것은 그녀들 자신이 잘 알고 있었고, 따라서 과일이 나는 한철 동안, 을화는 날마다 능금이나 복숭아 따위를 몇 알씩 수건에 싸 들고 들어올 것을 잊지 않았다.

월희가 손을 내밀자, 을화는 춤을 멈추고 수건에 싸인 것을 월희의 손에 건네주었다.

해가 서쪽 산마루를 막 넘어간 저녁 때였다.

"몽달귀 안 왔던?"

을화가 월희를 보고 물었다.

"……."

월희는 가볍게 고개를 저었다.

"엿장수, 방물장수 끼고 온 몽달귀도 없더나?"

"……."

월희는 역시 가볍게 고개를 돌렸다.

"이웃집 각시도, 분내미〔粉南〕도……?"

"아, 아, 아무도."

월희는 어눌한 발음으로 이렇게 대답했다.

아무도 오지 않았다고 듣자, 을화는 그때에야 마음이 놓이는 듯,

"그럼 그렇지, 몸주마님께 그렇게 신신당부했는데, 제놈의 몽달귀가 감히 어디라고 범접을 했을라꼬" 했다.

해가 졌으니까, 그날의 액땜은 그것으로 끝난 거라고 믿는 을화였다. 그녀는 방으로 들어오자 푸닥거리 나갈 옷차림을 하고 있었다.

두 하나님

청년이 마차에서 내렸을 때, 길 위엔, 뿌연 안개 같은 것이 깔려 있었다. 해 진 뒤의 먼 놀 그림자인지, 달 그림자인지 분간할 수 없었다.

청년은 다 낡은 가죽 가방을 왼쪽 팔에 끼자, 바른손으로 머리에 쓴 회색 캡을 다시 한 번 매만지고 나서, 이번에는 상체를 돌려 하늘을 한참 바라보았다. 여느 때보다도 많은 별들이 제각기 얼굴을 내밀며, 오래간만에 돌아오는 그를 반겨주는 듯했고, 초아흐렛달은 얇은 흰 구름에 싸인 채 서쪽으로 기울고 있었다.

한길에서 골목으로 빠져나오니 논들이었다. 갑자기 개구리 소리가 와글거렸다. 개구리 소리는 온 들판을 뒤덮은 듯했다.

청년은 개구리 소리를 들으며 들길을 걸었다. 읍내에서 그의 살던 집이 있는 백곡 동네까지는 북쪽으로 이십여 리나 더 가야 했다.

청년은 어릴 때 다니던 기억을 더듬으며 이내 소로길을 찾아내는 데

성공할 수 있었다. 그러나 어차피 오늘밤 안에는 집까지 당도할 수 있다고 짐작됐기 때문에 걸음을 서두르려 하지는 않았다.

청년이 북천(알천)을 건너 큰 숲머리에 접어들었을 때, 거기 옛날 보던 늪개울이 나왔다. 다른 어느 곳보다도 개구리가 제일 많이 들끓는 늪개울이었다. 청년은 걸음을 멈춘 채, 지금도 옛날과 다름없이 극성스레 와글거리는 개구리 소리에 귀를 맡긴 채 개울을 한동안 들여다보고 있었다. 달은 이미 진 뒤였기 때문에, 검은 개울 속에는 별들만 하나 가득 담겨 있었다. 그것이 와글거리는 개구리 소리에 의하여 곧장 뿜어내지고 있는 듯했다.

이렇게 와글거리는 개구리 소리에서 자꾸자꾸 뿜어내어지는 듯한 별무더기들을 들여다보며 쉬엄쉬엄 걷는 길이라, 청년이 잣실(백곡 마을) 앞까지 당도했을 때는 밤도 이슥해 있었다. 이제 집에 다 왔으니 밤중 아니라 새벽녘인들 어떠랴 하고, 청년이 옛집을 찾았을 때, 청년은, 별안간, 무엇이 잘못되어 있는 듯한 예감이 들었다. 그것은 당장, 옛날에 없었던 삽짝이 달려 있기 때문인지도 모른다. 그리고 집의 서까래와 툇마루 같은 데도 희끄무레하게 손질이 되어 있다고 느껴졌다. 이런 것이, 십 년 가야 집에 손질 하나 할 줄 모르던 그의 어머니의 짓이라고는 믿어지지 않았던 것이다.

그러나 옛날의 그 집임엔 틀림없었기 때문에, 청년은 일단 삽짝을 흔들어보았다. 삽짝은 안으로 걸려 있었다. 두 번 세 번 흔들어도 안에서는 아무런 기척도 없었다.

할 수 없이 소리를 질렀다.

"어무이요."

청년은 고향말씨로 목청껏 불렀으나 안에서는 역시 아무런 반응도 없었다. 두 번이나 연거푸 불렀으나 마찬가지였다.

이번에는 먼저보다 훨씬 더 세차게 세 번 네 번 힘껏 흔들어대었다. 그러자 안에서,

"누고?"

하는 소리가 들렸다. 남자 목소리였다.

"술이요, 영술이."

청년은 높은 소리로 대꾸했다.

안에서는 또 한 번 무어라고 중얼중얼하는 소리가 나더니 방문이 벌컥 열리며,

"누구라꼬?"

아까의 남자 목소리가 물었다. 물론 모르는 남자의 그것이었다.

"술이요, 영술이."

"술이라께?"

"본래 이 집에 살던 영술이요."

"그러면 저 무당네 말인가?"

'무당네'란 말이 청년의 귀에는 거슬렸지만, 마을 사람들이 옛날부터 저희들끼린 항용 그렇게 불렀었기 때문에 따로 나무랄 수도 없고, 또 그러할 계제도 아니므로,

"그러심더."

하고 응대해 주었다.

"그러면 무당 아들인가 뵈?"

사내가 혼잣말같이 또 이렇게 물었다.

'무당 아들'이란 말이 청년에게는 여간 듣기 거북하지 않았지만 참기로 하고, 역시 먼저와 같이,

"그러심더."

했다.

"그러면 이 밤중에 안됐구나. 무당네는 하마(벌써) 옛날에 이사를 갔는 거로."

"어디메 동네로요?"

"저 성밖 근방이락 하더라."

"동네 이름이 뭔데요?"

"성밭이락 하더나?"

사내도 동네 이름은 잘 모르고 있었다.

사내에게 더 물어봐야 소용없는 일이라고, 청년은 생각했다.

"주무시는데 깨워서 미안합니다."

청년은 서울말씨로 이렇게 인사를 닦았다.

"내사 괜찮다마는, 밤중에 갈 데도 없을 낀데 어짜노?"

사내도 인사랍시고 혼잣말같이 묻는 말이었다.

청년은 삽짝 앞에 돌아선 채 하늘의 별을 한참 바라보고 있다가, 동사洞舍를 찾기로 했다. 밤에는 동사(동네 집회소)가 언제나 비어 있던 어릴 때의 기억이 금방 되살아났던 것이다.

옛집에서 동네 안 골목으로 한참 들어오면 연자방아가 있고, 연자방앗간에서 왼쪽으로 돌아 호박 덩굴로 덮여 있는 야트막한 담장을 끼고 들어가노라면 언제나 쉬파리 왕파리 떼가 왕왕거리는 동사 뒷간이 있고, 뒷간 곁이 동소임(동하인)의 집이요, 그 위의, 축대 위에 좀 덩그렇게 지어진 집이 동청洞廳이었다.

십 년 만에 돌아와도, 동네 안의 골목과 연자방아와, 호박 덩굴 덮인 얕은 담장과, 쉬파리 떼 들끓던 동사 뒷간과, 그 곁의 동소임 집과, 그 위의 동사(동청)와 그런 것이 조금도 변함없이 옛날 그대로인 것이, 일면 안심도 되었지만, 또 다른 한쪽으로는 무언지 쓸쓸한 생각도 들었다.

청년은 동사 안으로 들어가자, 축대 위에 올라가 섬돌 위에 신발을 벗어놓고 동사 넓은 대청으로 올라갔다.

청년은 마루(대청)에다 웃옷과 양말을 벗어놓고, 우물가로 나와 세수까지 하고 올라와 자리에 누웠지만, 아래채의 동소임한테서는 아무런 기척도 들리지 않았다.

'모든 것이 옛날 그대로군.'

청년은 혼자 속으로 중얼거리며, 금방 자기 볼에 날아와 앉는 모기를 손바닥으로 때렸다.

이튿날 청년이 그의 어머니의 이사 간 집을 찾아내게 된 것은 저녁 햇살이 설핏할 무렵이었다.

을화 무당이라고 하면 온 고을에서 모르는 이가 별로 없을 만큼 이름난 그의 어머니의 집을 찾는 데 거의 하루가 걸린 것은, 청년이 될 수 있는 대로 '을화'와 '무당'이란 말을 피하려고 한 데 많은 원인이 있었지만, 동네 이름이, 전날 밤 옛집의 사내에게서 들은 그 '성밭 동네'를 위시하여, 성외리니, 서부리니 하고 종잡을 수 없이 여러 가지인 데도 원인이 있었다.

이 서부리 성외리 하는 동네는 읍내 동네의 하나로 되어 있긴 했지만, 읍외邑外의 어느 농촌과도 크게 다를 것이 없었다. 그것은 온 동네가 거의 농가였기 때문만도 아니었다.

그보다도, 어쩌면 이 동네와 성내城內 동네들과의 사이에, 허물어지긴 했어도 옛 성이 뚜렷하게 남아 있었기 때문인지도 몰랐다. 얼른 보면 긴 돌무더기 같은 옛 성이, 이 고도古都의 서쪽과 북쪽엔 그냥 남아 있었던 것이다.

성뿐이 아니라, 성의 외곽인 개천開川까지 엄연히 성을 따라 에워져 있었던 것이다. 그리하여 성내에서 이 동네로 내왕하는 길은, 남문 거리—남문터의 거리—에서 개천을 끼고 밖으로 돌며 서쪽으로 빠져, 동네의 동남 어귀로 통하는 길과, 서문 거리를 지나 개천을 가로지른 긴 돌다리(몇 개의 긴 돌로 다리를 놓은)를 건너 동네의 동북 어귀로 들어오는 두 길이 있었다.

이 동네의 이름이 성밖 동네, 서문밖 동네, 성외리, 성서리, 서부리, 성건리, 심지어는 성밭 동네라고까지, 사람에 따라, 형편에 따라 종잡을 수 없이 여러 가지로 불려진 까닭의 하나는, 이와 같이 그 위치의 특수한 성질에도 있었다.

청년이 물어 찾아온 길은 남문 거리 쪽이었다. 따라서 동네 앞길로 들어온 셈이었다.

이 성외리는 동남쪽에만 큰 기와집이 서너 군데나 들어서 있었기 때문에, 서문 거리 쪽에서보다 남문 거리 쪽으로 돌아와 앞길에서 바라보면, 굉장한 부자 동네만 같았다.

그러나 동네 앞 축대 위에 서 있는 큰 당나무—옛날에는 이 당나무 곁에 이 동네의 앞당산인 서낭당이 있었다— 밑을 돌아 동네 안으로 빠지는 골목에 들어서면 그 일대는 전부가 초가였다. 거기다 모두가 농가들이었기 때문에, 집집마다 뜰 구석엔 풀과 짚을 썩히는 두엄더미가 조그만 오두막만큼씩 쌓여져 있고, 바로 그 곁에는 뒷간들이 크게 파여진 채 시꺼먼 아가리들을 벌리고 있어서, 지리고 구리고 퀴퀴한 냄새는 집안이고 골목이고 할 것 없이 온 동네를 뒤덮어 있었다.

이 지리고 퀴퀴한 냄새는 동네 안 골목에서 서쪽으로 갈수록 더 코를 찔렀다. 동네 안 큰 골목은 동네 한가운데를 남북으로 뚫어, 동네를 동과 서로 쪼개어놓은 것같이 되어 있었는데, 기와집은 대개 동쪽에 들어 있었고, 초가도 큰 집채는 서쪽엔 드물었다. 같은 서쪽 부분에서도, 서쪽 변두리로 더 나갈수록 곧장 집채는 작고 두엄더미는 커서, 오줌 똥

냄새, 풀 썩는 냄새, 소 마구간 쳐낸 지푸라기에 푸성귀 떡잎 뜨는 냄새들은 그만큼 더 극성일밖에 없었다.

청년이 찾는 그의 어머니 을화 무당의 집은 큰 골목 서쪽에 있는 유일한 기와집이었다. 그러나 아무도 기와집이라고 부르지는 않았다. 옛날엔 할미집이라 불렸고, 지금은 무당집으로 통했다. 그것은 '기와집'보다 '할미'나 '무당'이 더 유명했기 때문만도 아니었다. 명색이 기와집이라고는 하지만 그것은 너무나 허물어져 가는, 낡고, 퇴폐하고, 어둡고, 쓸쓸한 도깨비굴 같은 집이었다. 얼마나 오랜 기와들인지, 기왓장에는 퍼렇게 이끼가 덮여 있고, 기왓골마다엔 흙과 먼지와 풀과 이끼가 덮인 채 그 위엔 연록색 기와버섯이 삐죽삐죽 돋아나 있었다.

지붕뿐 아니라, 서까래와 기둥과 벽도 모두 그렇게 때와 그을음을 거멓게 입고 있었다.

그러나 청년이 놀란 것은, 집 안에 들어와서 그러한 꼴을 자세히 살펴본 뒤가 아니었다. 골목에서 그것을 바라보는 순간, 직각적으로 가슴이 철렁 내려앉았다. 동네 한구석에 있으면서도 전혀 사람이 사는 집같이 느껴지지 않기 때문이었다. 우선 집을 에워싸고 있는 앙상한 돌각담이 여느 집과도 달랐다. 그것은 흡사 이 고장의 옛 성을 옮겨 놓은 듯한, 긴 돌무더기만으로 집을 뺑 둘러싸고 있었다. 돌무더기로 에워진 담장(돌담)인 만큼 삽짝이나 대문은 일찍이 달았던 흔적도 보이지 않았다. 동쪽 귀퉁이 한 군데가 틔어진 채, 양쪽 어귀에 거무스름한 큰 돌(작은 바위) 두 개가 놓여 있었다. 그러니까 그 돌 두 개가 대문(출입구) 구실을 하는 셈이었다.

그러나 굳이 그 돌 두 개 사이를 통과해야만 출입이 되는 것도 아닌 듯했다. 돌각담은 군데군데 무너진 채 돌무더기를 이루고 있었고, 그 돌무더기 위로는, 동넷집 개들이나 고양이들만이 넘나든 것 같지 않은,

어딘지 사람 발자취로 닳아진 듯한 흔적이 나 있었다. 청년도 처음엔 그러한 돌무더기를 그냥 넘어가려다가 고쳐 생각하고, 앞으로 돌아 그 거무스름한 두 개의 돌 사이를 통과했던 것이다.

돌담 안에 들어선 청년은 주춤 걸음을 멈추고 섰다. 뜰에 하나 가득 찬 풀덤불이 앞을 가로막았다. 그것은 누가 심어서 가꾼 옥수수나 호박 따위가 아닌, 제멋대로 나서 자란 잡초 수풀 더미였던 것이다. 우선 청년의 눈을 가로막는 키 큰 풀은, 댑싸리에다 돌강냉이 돌수수 따위가 섞여 있었고, 거기다 명아주 늘쟁이 바랭이 개머루 여뀌 망아지풀들이 엉긴 채 뜰을 하나 가득 덮고 있었다. 청년은 소년 시절을 외롭게 지내면서 산골짜기나 들 끝을 자주 헤매었기 때문에, 잡풀에도 많이 친했던 편이지만, 이렇게 수풀을 이룬 듯한 무성한 잡풀밭은 일찍이 어디서고 본 적조차 없었다.

청년은 동쪽 돌각담 밑으로 좁다랗게 나 있는 공지를 돌아 집 앞으로 다가갔다.

처마 앞으로 다가서자, 방문 양쪽 앞벽에 붙어 있는 그림이 나타나기 시작했다. 조금 멀리서 봤을 때까지는, 온 집이 그냥 그을음에 결은 듯 거무충충하기만 했었는데, 가까이 다가서자, 앞벽의 채색 그림이 그을음을 헤치며 드러나기 시작했던 것이다. 왼쪽(방문에서) 벽의 그림은, 휘황찬란한 관복 같은 것을 입고 수염을 늘어뜨린 남자상인데, 한쪽 옆에다 한문 글자로 천왕신주天王神主3) 태주胎主4)라 씌어져 있었고, 바른

---

3) 남신男神의 일종一種을 높여서 하는 말.
4) 국어사전에는 '마마를 앓다가 죽은 어린 계집아이의 귀신. 다른 여자에게 지피어서 길흉화복吉凶禍福을 말하고 온갖 것을 잘 알아맞힌다 함'이라 기록되어 있는데, 이보다 일반적으로 반드시 마마뿐 아니라 홍역紅疫이나 기타의 질병 또는 참변으로 죽은 아이들의 귀신이, 대개는 여자들에게 지피어 여러 가지 점占을 치게 하는 일을 가리킴. 그러한 귀신이 여자뿐 아니라 남자아이에게 지피는 일도 있음.

쪽 벽의 그림은, 천왕신주의 홍색 관복 대신 녹색 관복 같은 것을 입은 여상女像으로, 역시 한문 글자로 선왕신모仙王神母[5] 명두冥痘라 씌어 있었다.

청년으로서는 천왕신주 태주가 무엇인지, 선왕신모 명두가 무엇인지 통 알 수 없는 채, 그저 무당들이 쓰는 그림이거니 했을 뿐이었다.

청년은 그렇게 그림을 들여다보느라고 처마 끝에 한참 동안 어정거리면서, 그 사이에 혹시나 누가 방문을 열고 내다봐주지나 않을까 하고 마음속으로 은근히 기다려보는 것이기도 했지만, 빈집같이 방 안에서는 아무런 인기척도 나지 않았다.

청년은 툇마루 앞에 바싹 다가서며,

"여보세요."

하고, 처음엔 서울말씨로 주인을 불러보았다.

안에서는 역시 아무런 기척도 나지 않았다.

"여보세요."

두 번째도 마찬가지였다.

"보이소, 계십니꺼?"

이번에는 이 고장 말씨로 불러보았다. 그러나 역시 마찬가지였다.

"보이소."

이번에는 툇마루를 손으로 약간 치며 불러보았지만 대답이 없기로는 마찬가지였다.

툇마루는 얼마나 오랫동안 걸레질을 하지 않았는지, 흙과 먼지와 때가 거멓게 덮여 있었다.

툇마루에 잠깐 걸터앉으려다 말고 청년은 큰 소리로,

---

5) 여신女神의 일종—種을 높여서 하는 말.

"보이소, 안 계십니꺼?"

이렇게 외치다시피 하며, 동시에 손으로 방문을 두드렸다.

그러자 그때에야 비로소 방문이 방긋이 열리기 시작했다. 그와 동시, 그 방긋이 열린 틈으로 내다보는 새하얀, 조그만 얼굴이 청년의 눈에 비치었다. 순간, 청년은 직감적으로 월희라고 생각을 했다.

'그렇지만, 월희가 어쩌면 저렇게 희고 조그만 거울 같은 얼굴이 되었을까.'

청년은 맘속으로 이렇게 생각하며, 얼굴에다 굳이 미소를 지으려고 애를 썼지만, 그러나 그때 이미 방문은 도로 닫겨버린 뒤였다.

"보이소, 문 좀 열어주소, 야아."

청년은 오래간만에 고향 사투리를 써보며, 부드러운 목소리로 부탁했으나 안에서는 전혀 응할 기척이 없었다.

청년은 그녀의 이름을 불러서, 자기가 영술이란 것을 밝힐까 하다가 말았다. 십 년이 지난 옛날의 이름을, 지금 갑자기 털어놓는다고 해서 그녀가 얼른 믿어줄 것 같지도 않았고, 또 기억이나마 하고 있을지도 의문이었다.

영술은 그의 어머니가 돌아오기를 기다릴 수밖에 없었다.

그러나 그동안이나마 궁둥이를 붙이고 앉아 쉴 만한 곳이 없었다. 툇마루 위에는 시꺼멓게 흙과 먼지가 덮여 있고, 뜰에는 하나 가득 잡풀이 엉겨 있을 뿐 아니라, 수채가 막힌 탓인지 땅바닥에 물기가 괴어 퍼렇게 물이끼까지 긴 채 고약한 흙냄새만 코를 쏘고 있었다.

이왕이면 집이라도 한 바퀴 돌아다녀 볼밖에 없다고, 모퉁이께로 돌아가 보니, 거기서도 뒤꼍까지 앞뜰의 그것과 같은 검푸른 잡풀이 꽉 차 있었다. 헤치고 들어가 보려고 해도, 그 속에 얼마나 많은 독사나 독충들이 들끓고 있을지 몰라 발을 들여놓을 수가 없었다. 그런 대로 잡풀 앞에 바짝 다가서서 고개를 젖히고 쳐다보니, 집 동쪽 바깥벽에도 그림이 그려져 있었다. 앞벽의 것은 장지 같은 두꺼운 종이에 그려서 붙인 것이었으나, 모퉁이의 것은 벽에다 직접 그린 벽화였다. 그림의 내용은 절 중문 안벽 같은 데 흔히 그려져 있는 사천왕상四天王像 따위 비슷했으나, 그림 위에 희미하게 보이는 글자는 무슨 천신天神6)이니 산신山神이니 신장神將7)이니 하는 것으로 되어 있었다. 그러나 그림이고 글자고, 워낙 오래되어 물감이 바래고, 때와 그을음이 끼고, 게다가 벽토壁土가 군데군데 헐고 해서 아주 먼 데서 바라보는 것같이 희미한 윤곽밖에는 짐작할 수 없었다.

그런 대로 그림은 본디 아주 익숙했던 솜씨 같아서, 무언지 신비한 이야기를 안겨 주는 듯한 야릇한 힘을 담고 있었다. 영술이 절에 있을 때의 경험에 의하면, 이런 따위 벽화는, 앞면을 제외한 삼면(좌 · 우 · 후)에 연작連作으로 그려지는 것이 통례였으므로, 이 집의 뒷벽에도 같은 솜씨의 그림이 으레 그려져 있으리라고 짐작되었지만, 잡풀을 헤치고 들어갈 수가 없어 그냥 돌아서고 말았다.

바로 그때였다.

앞뜰 잡풀 속에서,

"허, 저것이 누군고? 허, 저것이 누굴꼬?"

하는, 잠긴 듯한 여인의 목소리가 들려왔다.

영술이 그쪽으로 고개를 돌렸다. 을화였다.

여인은 춤을 추듯, 팔을 쳐들어 영술을 가리키며,

"허, 그게 누군가? 허, 그게 누구기에, 도둑같이 귀신같이 남의 집에 들와 있냐?"

---

6) 신神을 높여서 하는 말.
7) 무신武神을 높여서 하는 말.

노래조로 호통을 쳤다.

영술은 희고 단정한 얼굴에 미소만 띠며 여인을 마주 바라보았다. 얼른 무어라고 대답해야 좋을지 몰라서였다.

여인은 검은 광채가 가득 괸 두 눈으로 영술을 노려보며,

"이 집은 도둑도 귀신도 범접하지 못하는 선왕마님 지키시는 따님네집이다. 지나던 나그네걸랑 걸어서 고이 나가고, 눈먼 도둑이걸랑 기어서 물러나가고, 길 잘못 든 귀신이걸랑 수채구멍으로 바삐 빠져나가거라."

위협하듯 달래듯 이렇게 명령했다.

"오마니, 저는 귀신도 도둑도 아니올시다."

"그렇다면 지나던 나그넨가?"

"오마니, 저는 나그네도 아니올시다."

영술의 얼굴에는 어여쁜 미소가 번지고 있었고, 그의 목소리는 잔잔하고 부드러웠다.

"무어라꼬? 오마니가 누군고? 나그네도 아니라면 누구란 말인고?"

"오마니 저는 영술이올시다. 오마니의 아들이올시다."

"무어라꼬? 내가 오마니라꼬?"

그녀는 오마니란 타처 말을 처음 듣는다. 그러나 본디 말 조화에 몹시 민감했기 때문에, 그것이 어머니와 같은 뜻이란 것을 이내 느끼고 있었다.

"네에 그렇습니다. 저의 오마니올시다. 저는 오마니의 아들 영술이올시다."

"뭐, 영술이라꼬? 아들이라꼬?"

그녀는 아직도 이 낯선 청년이 자기의 아들 영술이란 것을 반신반의하고 있었다.

"네에 오마니, 저는 십 년 전에 오마니가 기림사에 데려다 주신 그 영술이올시다. 영술이가 돌아왔습니다."

"기림사?"

여인의 두 눈에 새로운 검은 광채가 어리었다. 그녀에게는 영술이란 이름보다 기림사祇林寺란 절 이름이 더 실감 나는 모양이었다. 기림사라면 세상에서 제일 거룩하고 아름다운 선경仙境이며, 그녀 자신도 언젠가는 그곳으로 돌아가리라고 은근히 믿고 있는 것이다. 그와 동시, 십 년 전의 열한 살 난 어린 영술의 손목을 잡고 이 절의 아는 스님을 찾아갔던 일이 머릿속에 뚜렷이 되살아나기 시작했다.

"기림사라꼬?"

"예에, 오마니, 기림사였습니다. 저를 처음 데려다 주신 절입니다."

"아. 그러면, 늬가 영술이가?"

이렇게 다시 묻는 그녀의 목소리는 갑자기 딴 사람의 그것같이 달라져 있었다. 조금 전의 노래를 부르듯 하던, 누구를 호령하고 위협하듯 하던 그 목소리 대신 부드럽고 잔잔한 여느 여인의 그것이 되어 있었다. 그와 동시 얼굴에도 어딘지 새로운 핏기가 살아나는 듯했다.

"오마니."

영술은 지금까지 줄곧 옆에 끼고 있던 그 자그만 가죽 가방까지 땅에 떨어뜨린 채 여인의 가슴으로 와락 달려들었다.

"아, 내 아들, 술이, 늬가 술이가?"

여인은 그 긴 두 팔을 벌려 아들을 얼싸안았다.

"영술아, 영술아, 늬가 이거 웬일고?"

여인은 아들을 품에 꽉 안은 채 두 눈에서는 눈물이 흘러내리기 시작했다.

신이 내리지 않은 채, 맑은 정신으로 그녀가 사람을 안고 눈물을 흘린 일은 이것이 처음이었다.

아직도 그녀의 얼굴이 눈물에 젖어 있을 때, 월희가 맨발로 방문을 열고 나왔다. 그리하여 어미와 아들이 엉켜 있는 것을 본 그녀는 너무나 놀란 나머지 얼굴이 파랗게 질린 채 오들오들 떨고 있었다.

어미의 품에 안겨 있는 사내는, 분명히 아까 월희가 혼자 있을 때 마루를 두드리고 방문을 흔들던 그 몽달귀가 아닌가. 도대체 어떻게 된 노릇이란 말인가. 어미는 어느덧 몽달귀에게 잡아먹힌 것이 아닐까, 그런데 도리어 어머니가 몽달귀를 얼싸안고 있지 않은가. 그 사이에 어머니는 넋이 빠져버린 것이나 아닐까. 월희는 바들바들 떨리는 다리로, 조심스레 한두 걸음 다가들었다.

'아, 어미의 얼굴이, 두 눈이, 젖어 있지 않은가. 도대체 어떻게 된 일인가.'

월희는 놀람과 무서움이 뒤엉긴 얼굴로,

"어머, 모, 몽다기?"

하며, 손으로 영술을 가리켜보였다.

을화는 아직 젖은 얼굴로 천천히 도리질을 해보였다. 몽달귀가 아님을 가리키는 모양이었다.

그러나 조금도 놀람과 무서움이 가셔지지 않은 채 두 눈을 크게 뜨고 있는 월희에게, 을화는 청년을 가리키며,

"오라바이다."

했다.

"오라버이?"

월희는 새로운 놀람과 의혹이 가득 찬, 어리둥절한 얼굴로 이렇게 되물었다.

그러나 월희가 두 번씩이나 그 어눌한 발음으로 말을 건네고 참견을

하는 일도 일찍이 좀체 볼 수 없었던 유별난 행동이요, 또 그만큼 그녀들 어미 딸에게 있어서는 큰 사건이기도 했다.

"오라바이다. 늬가 일곱 살 때 절에 갔던, 술이 오라바이다."

"수리 오라버이?"

월희가 또 이렇게 되풀이해 묻는 말에, 을화는 잠자코 고개를 끄덕였고, 영술은 그 희고 단정한 얼굴에 산뜻한 미소를 지으며,

"그렇다, 오라비다, 오마니가 말씀하신 대로, 월희가 일곱 살 때 집을 떠났던 영술이 오라비다."

하고, 친절히 대답했다.

월희는 아직도 무엇이 어떻게 된 영문인지 잘 모르는 듯한 얼떨떨한 두 눈으로, 영술의 얼굴을 뚫어져라고 바라볼 뿐이었다.

"자, 들어가자. 방에 들어가 쉬어라."

을화의 말에, 영술은 아까 땅에 떨어뜨렸던 조그만 가죽 가방을 집어 들었다. 닳아서 군데군데 희끄무레하게 벗겨진 조그만 검정 가죽 가방에, 을화와 월희는 무심코 시선을 쏟았다. 그 속에 무슨 보물이나 아니면 신기한 요술 꾸러미 같은 것이라도 들었으려니 하는 기대를 걸어서가 아니고, 오래간만에 꿈같이 나타난 아들이요, 오빠인, 수수께끼 같은 이 미모의 청년이 지닌 것이라고는, 그 가방 하나밖에 아무것도 없었기 때문이었다.

영술은 가방을 소중히 집어 올려 왼쪽 옆구리에 끼자, 어머니의 뒤를 따라 앞으로 돌아 나갔다. 그네보다 한 발 앞에 가던 월희는, 맨발 채, 뜰에서 툇마루로, 툇마루에서 방으로 거침없이 뛰어 들어가 버렸다. 발에 흙이나 먼지가 묻었든지 말든지 별로 아랑곳도 하지 않는 듯한 거동이었다.

'저렇게 옥을 깎아놓은 듯이 맑고 깨끗하게 생긴 처녀가 어쩌면 방과

뜰도 구별하지 못하고 맨발로 마구 드나들까.'

영술은 이런 생각을 하며, 섬돌 위에 아무렇게나 벗어던져져 있는 월희의 짚신을 바로 놓아준 뒤, 자기의 구두끈을 끄르기 시작했다. 그는 목달이 가죽 구두를 신고 있었기 때문에, 벗을 때마다 끈을 끌러야만 했다.

영술이 툇마루로 올라가 방문을 열었을 때, 방 안의 어지럽고 요란한 광경과 월희의 엉뚱스런 거동은 그를 또 한 번 경악과 당황에 빠지게 했다. 조금 먼저 방으로 뛰어 들어왔을 뿐인 그녀는, 그 사이에 농문을 열어젖혀 놓고 옷을 갈아입는 중이 아닌가. 먼저 입었던 유록색 치마저고리 대신 남색 치마저고리를 농에서 찾아내어 놓고는, 우선 고쟁이를 벗는 중이었던 것이다.

그는 곧 방문을 도로 닫고 돌아서긴 했으나, 방문을 여는 순간 무심코 바라보게 된 월희의 옥을 깎아놓은 듯한 그 희고 어여쁜 몸동아리는 머릿속에서 얼른 사라지지 않았다. 그는 지금까지 교회 관계로 그림 구경도 더러 했지만 저렇게 아름다운 여자의 몸동아리는 그림에서도 일찍이 본 적이 없다고 생각했다.

그러나 그는 한시바삐 그러한 생각이 머릿속에서 가셔지기를 원했다. 여자의 알몸동아리를 생각한다는 것은 그 자체가 악마의 유혹에 빠져든 증거라고 보겠는데, 그것도 다른 여자가 아닌 누이동생뻘이 되는 월희의 그것이라고 생각할 때 참으로 미안하고 죄스러운 일이 아닐 수 없었다.

그리하여 그는 그러한 생각을 어서 몰아내기라도 하려는 듯이, 앞벽에 붙은, 태주胎主니 명두冥痘니 하는 그 어두운 채색 그림 쪽으로 시선을 돌렸다.

도대체 이러한 그림은 누가 어떻게 그리며, 무슨 목적으로 이 벽에 붙이게 되었을까, 영술이 이런 생각을 하고 있을 때, 그 사이에 남색 치마저고리로 바꾸어 입은 월희가 방문을 방긋이 열며,

"오라버이."

했다.

영술은 조금 전에, 무심결이긴 했으나 그녀의 벗은 몸을 본 것이 미안해서, 우정 그녀에게는 시선을 보내지 않은 채 방으로 들어왔다.

방 안은 본디 넓은 편이었으나, 북쪽 벽 앞에는 신단이 차려져 있고, 신단 좌우에는 장롱이 놓여져 있었는데, 왼쪽의 큰 농은 아까 월희가 열어젖히고 남색 옷을 뒤져내던 것인 만큼 거긴 그녀들의 평상시 옷이 들어 있는 모양이었고, 바른쪽의 작은 농에는 을화의 굿옷과 화관과 부채 따위가 들어 있는 듯했다. 북쪽 벽을 제외한 삼면 벽에는 가지각색 채색 그림이 가득 붙어 있었다. 그 가운데서도 동쪽 벽에 붙은 제일 큰 그림에는 선왕신모仙王神母 선도성모仙桃聖母 하는 여덟 글자가 씌어져 있는 것으로 보아, 그것이 을화의 수호여신상守護女神像인 듯했다.

이 밖에도, 방 밖의 앞벽에 붙어 있던 것과 비슷한 무슨 신왕神王이니 대왕大王[8]이니 하는 따위들과, 그리고 연꽃에 파랑새를 곁들여 그린 그림들이 많았다.

이렇게 귀신인지 사람인지 모를 얼굴의 진한 채색 그림들이 삼면 벽에 가득히 붙어 있는 것은, 을화의 직업이 무당인 만큼 무업巫業에 관계되는 일이거니 했지만, 그러한 그림들 위에 파리 떼가 거멓게 붙어 있는 것을 월희가 전혀 개의치도 않는 듯 태연한 얼굴인 데는, 의아스럽다기보다 스스로 수치스러움을 금할 수 없었다.

그러나 영술은 모든 것을 서서히 고쳐나가리라 생각했다. 그리고는

---

8) 여기서 신왕神王 · 대왕大王은 모두 신神들을 높여서 하는 말.

눈을 감으며, 혼자 속으로 기도를 드렸다.

'하나님 아버지, 이 못난 자식을 저의 어머니 집으로 인도해 주신 것을 감사드리옵니다. 아버지께서는 이 못난 자식에게 가장 알맞고 가장 훌륭한 일터를 주셨사옵니다. 이 못난 자식이 중도에 물러서거나 낙심하는 일이 없도록 아버지께서는 끝까지 살펴주옵시고 이끌어주옵시기 간절히 바라고 원하옵나이다.'

영술이 눈을 감고 마음속으로 기도를 드리고 있는 것을 본 월희는 그가 먼 길에 오느라고 몹시 고단하고 졸릴 것이라고 생각하는지, 농 위에 얹어두었던 때가 새까맣게 묻은 베개를 내려주었다.

영술은 베개를 월희 앞으로 밀어놓으며,

"아니야, 월희. 난 졸리지 않아."

했다.

을화가 저녁 밥상을 들고 들어왔다.

상 위에는, 밥 세 그릇과, 냉수 세 그릇과 김치 한 보시기에 간장 반 종지가 차려져 있었다. 아침에 그녀들 어미 딸이 먹을 때보다, 밥 한 그릇, 물 한 그릇, 그리고 수저 한 벌이 더 놓인 것뿐이었다.

"자, 시장한데 들어라."

을화는 아들에게 그의 숟가락을 집어서 쥐어주며 이렇게 말했다.

그러나 영술이 얼른 숟가락으로 밥을 뜨지 않은 채 머뭇거리고 있는 것을 보자, 반찬이 없어서 그러는 줄 아는지,

"아까도 말했제? 여기는 절이다, 절에서도 소찬뿐이제?"

했다.

"아니오, 어무이."

영술은 얼굴을 들어 그의 어머니를 잠깐 바라보며,

"김치 한 가지면 충분합니다."

했다.

"그러면 얼른 들어라. 와 그렇게 되려다 보고만 있노?"

을화는 이렇게 말하며 자기도 숟가락을 들었다.

그러나 밥을 뜨려다 말고, 문득 고개를 들어 또 한 번 아들의 얼굴을 건너다보았을 때, 아들은 자기의 숟가락을 도로 상 위에 놓은 채 눈을 감고 앉아 있는 것이 아닌가. 눈만 감고 있는 것이 아니라 고개도 약간 수그렸고, 입술도 조금씩 달싹거리는 것으로 보아, 마음속으로 무슨 주문을 외고 있는 것이 분명하다고 그녀는 직감했다. 순간 그녀의 얼굴 위로는 그림자 같은 것이 지나갔다. 다음 순간 그 그림자는 노기로 변해졌다.

"늬 불도에서도 밥 묵을 때 주문을 외우나?"

을화는 두 눈에 노기를 담은 채 이렇게 물었다. 그녀는 불교를 불도佛道라고 불렀다. 그녀는 아들이 지금까지 절에 있다가 돌아온 줄 알고 있었다.

영술은 머리도 빡빡 깎지 않았으며, 의복도 승려복이 아닌 양복을 입고 있었고, 신발도 구두에다 머리엔 캡을 쓰고 왔었지만, 을화는 본디 그런 외양엔 아랑곳하지 않는 성미였던 것이다.

천천히 눈을 뜨고 고개를 든 영술은 조용히 그의 어머니를 마주 바라보며, 잔잔한 목소리로,

"어무이 저는 불도가 아니외다."

간단히 대답했다.

"뭐? 불도가 아니라고?"

"오마니, 저는 예수교올시다."

"뭐? 야수교라고?"

을화의 목소리는 먼저보다 더 높고 거칠어졌다.

"네에, 어무이. 저는 처음 어무이가 데려다 주신 기림사에서나 또 다른 절에서나, 어느 절에서고 불도가 싫어서 예수교로 옮겨가고 말았습니다."

"불도가 싫다께. 불도보다 더 큰 도가 어딨노?"

"제가 절에서 불도를 배울 때 보니, 마음씨가 착한 스님네들은 낮이나 밤이나 졸고만 있고, 마음씨도 착하지 못한 스님들은 장사만 하려고 하고, 하나도 배울 것이 없었습니다. 어느 절에 가도 스님들은 다 똑같앴습니다. 그래서 저는 불도가 싫어졌댔습니다."

이렇게 말하는 영술의 얼굴은 온화했고, 목소리는 잔잔했다. 그의 얼굴에는 조금도 어머니에게 맞서려는 기색이 보이지 않았고, 그보다는 어머니의 양해를 빌기 위하여 호소하고 있는 듯했다.

아들의 온화하고 잔잔한 태도에 을화도 조금 누그러진 어조로

"그때 늬가 열한 살밖에 안 된 어린게, 뭐를 알았을라고, 불도가 나쁘니 좋니 하고 부처님한테 죄 지을 소리만 씨부리쌓노?"

이렇게 꾸짖어 물었다.

"어무이 제가 처음 기림사에 들어갔을 때는 열한 살이지만, 열여섯 살까지 절에서 불도 공부를 했댔습니다."

"열대여섯 살에 불도를 다 닦아낸다면 이 세상에 도사 안 될 사람 누가 있노? 설령 늬 말대로 불도가 맘에 안 들었닥 하면 와 하필 양눔들이 꾸며온 야수도를 하노 말이다."

"오마니, 야수도가 아니고 예수교올시다."

"……."

을화는 잠자코 불만스러운 눈으로 아들을 지그시 노려보고 있었다.

영술은 어머니의 그러한 눈길에도 별로 개의치 않은 듯한 맑고 잔잔한 목소리로,

"오마니, 예수교는 우리 사람에게 빛과 생명을 주는 세계적인 종교올시다."

타이르듯이 나왔다.

그러나 을화는 '빛과 생명', '세계적인 종교' 하는 따위 말들을 이해할 수도 없었고, 그러할 필요도 느끼지 않는 채,

"그런 걸 누가 준닥 하더노?"

하고 물었다. '빛과 생명'이란 말을 똑똑히 이해할 수도 없었지만, 기억하려고도 않았기 때문에 '그런 거'라고 했던 것이다.

영술은 곧 어머니의 묻는 말뜻을 알아듣고 자신 있는 어조로,

"하나님께서 주십니다."

했다.

"뭐라꼬? 하나님이라꼬?"

을화는 분개한 목소리로 다시 물었다. 자기들의 전용어專用語같이 쓰는 하나님이란 말을, 영술이 예수교에 끌어다 붙이는 것이 더욱 해괴하고 망측했던 것이다.

그러나 영술은 여전히 밝고 온화한 목소리로,

"네에, 어무이 저 하늘에 계신 하나님이올시다. 우리 인간과 천지만물을 만늘어내신 하나님이올시다."

했다. 그의 잔잔하고 평화스러운 목소리에는 신념과 긍지가 차 있는 듯했다.

을화는 그러한 아들이 가소로운 듯 히죽이 웃음까지 띠며,

"그런 건 제석9)님이니 신령님이니 하는 거다."

하고 일축해 버렸다.

---

9) 불교의 제석천帝釋天에서 온 말인데, 무巫에서는 가장 숭앙崇仰하는 신神의 이름. 제석님·제석신·제석대왕 따위로 불림.

"오마니, 제석님이니 신령님이니 하는 것은 모다 사람들이 만들어낸 우상의 이름이올시다."

영술의 우상이란 말이 드디어 을화의 분통을 터뜨려 놓았다. 그녀는 야수교에 나가는 '실근 에미'로부터 우상이란 말을 더러 들어왔기 때문에, 그것이 몹시 모욕적인 의미를 품고 있는 것이라고 짐작하고 있었던 것이다.

"뭐라꼬? 우생이라꼬?"

"……."

영술은 대답을 하지 않았다. 을화의 서슬이 시퍼런 질문에 대답을 한다는 것은 그녀의 분노에 부채질을 하는 결과밖에 될 수 없다고 헤아려졌기 때문이었다.

"늬가 몽달귀로구나."

을화는 무서운 눈으로 영술을 쏘아보며 냉연히 선언했다.

"아니올시다. 저는 오마니의 아들 영술이올시다."

"내 아들 영술이한테 몽달귀가 붙어 왔구나. 늬 속에 몽달귀가 들었다."

이렇게 말하며, 을화는 손에 들고 있던 자기의 숟가락을 물그릇에 걸쳐놓았다. 몽달귀가 붙은 아들과는 같은 상에 밥을 먹을 수 없다고 생각하는 모양이었다.

이와 동시에, 지금까지 어미와 영술의 서슬진 대화를 가만히 지켜보고 있던 월희도, 자기의 밥숟가락을 어미가 한 것처럼 물그릇 위에 걸쳐놓았다.

영술은 자기의 우상이란 말이 조금 지나쳤다는 생각을 하며,

"오마니 진정하십시오. 저는 오마니가 그리워서, 오마니를 섬기고자 집에 돌아왔습니다. 제가 열한 살 때 오마니께서 저의 손목을 잡고 기

림사로 데리고 가시면서, 술아, 에미 생각 말고 절에서 스님 말씀 잘 듣고, 불도 열심히 닦아서 훌륭한 도사 스님 되어다오. 이렇게 말씀하셨지요?"

영술의 약간 잠긴 듯한 목소리에 을화는 갑자기 숙연해졌다. 십 년 전의 일이 갑자기 눈앞에 되살아나는 듯했다.

영술은 다시 말을 계속했다.

"그때 오마니께서는, 저더러 또 이렇게 말씀했댔습니다. '술아, 늬가 잘되거든 에미 찾지 말고 살아라. 무당 아들이라꼬 천대 받는 거보다 그게 날 꺼다. 그렇지만 정 고생되거든 이 에미 찾아오너라. 달희하고 우리 서이서 같이 살자. 에미는 늬가 어디 있든지 늬 잘되라고 칠성님 전에 축수드리마…….' 저는 어디 가든지 오마니의 이 말을 잠시도 잊은 일이 없습니다. 그렇지만 제가 오마니를 찾아온 것은 객지살이가 고달프고 고생스러워서 온 것이 아닙니다. 저는 그 뒤 서양 선교사님을 만나서 많은 은혜와 가르침을 받고, 세상에 있는 어느 왕자나 부자도 부럽지 않게 살아왔습니다. 그렇게 행복하게 살고 있으니까 도리어 오마니가 그리웠습니다. 오마니와 어린 누이에게도 행복을 나눠드리고 싶은 마음을 누를 수 없었습니다. 그래서 선교사님의 허락을 받고 오마니를 찾아온 것입니다. 오마니 저를 나무라지 말아주십시오. 저는 오마니께 복종하고, 오마니의 힘이 되어드리고 싶은 생각뿐이올시다."

영술이 이렇게 말하며 두 손을 을화에게 내밀었을 때, 을화는 아들의 두 손을 덥석 잡으며,

"내 아들아, 늬는 옛날 일을 잘도 기억하는구나. 늬 속에 몽달귀가 들어 있지 않는다면, 이 에미는 그보다 더 기쁘고 좋은 일이 세상에 없으련만……."

목이 메인 소리로 말했다.

이로써 모자간에 벌어질 뻔한 격돌은 일단 모면할 수 있었다.

그러나 을화는 부엌으로 돌아와 설거지를 하며 생각해도 아들의 예수교란 것이 해괴하고 망측하고 괘씸하기만 했다.

'그 착하고 어여쁘던 우리 아들이 어쩌면 세상에도 망측한 예수꾼이 됐을꼬. 그것도 이 에미를 못 잊어서, 에미한테 효도를 한다고 돌아온 게 그 꼴이니 쯧쯧.'

을화는 여느 때나 마찬가지로 간단한 설거지를 마치자 손을 씻고 방으로 들어왔다.

방구석에 놓인 등잔에는 희미한 접시불이 켜져 있고, 영술은 바람벽에 등을 기댄 채 눈을 감고 있었다.

"먼데서 오느라꼬 오죽 고단하겠나? 거기 좀 누우라. 우리도 곧 불 끄고 잘란다."

"아닙니다 오마니, 저는 고단하지 않습니다. 그렇……."

"오마니가 뭐꼬? 와(왜) 엄마라꼬 안 하고, 그런 나쁜 말을 쓰노?"

을화는 영술의 말을 가로막으며 언짢은 듯한 목소리로 이렇게 항의했다.

"그것은 나쁜 말이 아니고, 웃녘에서 많이 쓰는 말이기에 부지중 그렇게 나올 때가 있습니다. 그렇지만 어무이께서 엄마라고 부르라 하시면 어무이 명령대로 복종하겠습니다."

"와 나쁜 말이 아니고? 본데 쓰던 말을 베리고(버리고) 타처말 쓰는 사람은 맘뽀가 덜 좋대이."

"알았습니다 어무이, 그 대신 저는 잘 때 저쪽 마루방에 가서 자겠습니다."

영술은 신단방神壇房을 가리키며 말했다.

"……."

을화는 먼저 고개를 옆으로 저어보이고 나서, 천천히 입을 열었다.

"안 된다. 거기는 아무나 들어가는 거 앙이다."

딱 잘라 거절을 한 뒤 자리에서 일어나더니, 농 위에 개켜져 있던 요와 베개를 내려다 주었다. 옛날 월희 아버지가 쓰던 침구였다.

'그 아버지는 어디로 갔을까? 죽은 사람의 침구를 설마 나에게 주지는 않을 텐데.'

영술은 혼자 속으로 이렇게 생각하며, 벽에 기댄 채 눈을 감고 기도를 드린 뒤 자리에 누웠다.

이튿날 아침을 치른 뒤, 을화는 영술에게,

"이 집에 있는 거는, 방 안에 거나 뜰에 거나 뭐든지 손대지 마라, 손대면 큰일 난다. 내 정 부자 댁에 다녀올께."

자못 엄숙한 어조로 경고를 하고 나서 밖으로 나갔다.

을화가 나간 뒤, 영술은 월희를 보고,

"아버진 어디 가셨지?"

월희 아버지의 행방을 물었다.

"……."

월희는 당황한 듯한 얼굴로 영술을 마주 바라보고만 있었다.

"아버지 말이다. 옛날 잣실 동네에서 같이 실던……."

"저기……."

월희는 손가락으로 동쪽을 가리켜보였다.

"거기가 어디지?"

"가포."

"감포甘浦?"

"……."

월희는 고개를 끄덕였다.

"언제?"

월희는 한참 생각하는 듯하더니 손가락 아홉을 펴보였다. 아홉 살 때를 가리키는 듯했다.

"안 보고 싶냐?"

"그때 와서."

"언제? 자주 오시니?"

"……."

월희는 고개를 저었다.

"내 나중에 아버지 데려오마."

영술의 말에 월희는 대답을 하지 않았다. 그의 말을 알아듣지 못해서인지 또는 어머니의 뜻을 몰라서인지 알 수 없었다.

저녁 때에 을화는 월희에게 줄 자두와 함께, 영술의 반찬감인 듯, 마른 명태 두 마리와 콩나물을 사 들고 들어왔다. 그녀가 이렇게 반찬감을 사 들고 들어오는 일이라곤 한 해 잡고도 몇 차례밖에 없는 일이었다.

그러나 그날 오전 중에 외출한 영술은 그때 아직 돌아와 있지 않았다.

"늬 오래비 어디 간닥 하더노?"

월희는 그냥 고개를 좌우로 돌려보였다.

"언제쯤 나가더노?"

"나제."

을화는 월희의 '낮에'라는 대답에 깜짝 놀라며 그녀를 바라보았다. 여느 때보다도 분명한 발음을 했기 때문이었다.

"그 작은 가방 끼고 가더나?"

을화에게는 그 '작은 가방'이 왠지 곧장 신경에 걸리는 듯했다.

월희는 말없이 그냥 어미의 얼굴을 건너다보고만 있었다.

그 낡은 가죽 가방은 방 안의 어느 구석에서도 찾아볼 수 없었다.

'역시 가지고 간 거로군, 그 속엔 무슨 요술 보재기가 들었을꼬. 에미에겐 비밀일까. 뭔지 에미한테는 감출락 하는갑다. 그게 모두 야수 귀신 때문일 끼라. 그 착하고 똑똑하고 인정 많던 우리 술이가, 그동안 절에서만 배겨났어도 하마 도사 중이 됐을 낀데. 그때 내가 절에 데려다 주고 올락 할 때, 에미 떨어지기 싫다꼬 그렇게도 울어쌌디만……. 아무리나 애비 에미 잘 만났으면 큰사람 됐을 낀데…….'

을화는 생각에 잠긴 채 넋 잃은 사람처럼 멍하니 앉아 있었다.

강신

을화는 그때 아직 열여섯 살밖에 나지 않은 어린 처녀의 몸으로 영술을 낳았었다. 그러니까 상대방은, 남편이 아닌 이웃집 더벅머리 총각이었다. 그것도 전부터 눈이 맞은 사이라든가, 연애 관계에 있었다든가 하는 것도 아니었다. 울타리 하나를 사이에 두고 얼마든지 서로 건너다보며, 한집같이 상대방의 형편을 환히 알고 지내는 이웃간이었지만, 그렇다고 더벅머리 쪽에서 그녀에게 눈독을 들였다거나 따로 만나 수작을 붙였다거니 히는 일이 있었던 섯노 붇돈 아니었다.

그해 마침 더벅머리네 고추장이 달다고 이웃간에 소문이 나서, 을화네도 두 차례나 얻어먹은 일이 있었는데 여기 유독 입맛을 들인 것이 그녀였다. 그녀의 이름은 옥선玉仙이었다. 두 번째 얻어온 더벅머리네 고추장 접시를 이제는 마지막으로 접시째 들고 핥고 있던 옥선이가 그 어미를 보고,

"엄마, 요번엔 출이네 일 가거든 고추장 한 번만 더 얻어 오너라."

했다. 출이란, 더벅머리의 이름 성출性出을 줄여서 쉽게 부르는 말이

었다.

어미는 일에 찌들어 새빨갛게 익어진 얼굴로 옥선이를 가볍게 흘겨
보며,

"가시나가 싸잖게 먹성만 밝힐래?"

하고 나무라주었다.

옥선의 생각에도 남의 고추장을 세 번이나 얻어먹는다는 것은 염치
없는 일이라고 짐작이 되었다.

이튿날 옥선이는 나물을 뜯으러 산에 갔다가, 점심 때나 짐짓해서 나
물 바구니를 끼고 돌아오는데, 그쪽 산골짜기 보리밭 둑에 앉아 점심을
먹고 있는 출이와 만났다.

산골짜기에서 마을로 나가려면 그 보리밭 둑을 지나가지 않을 수 없
으므로, 출이가 점심 먹는 곁으로 다가오려니까, 그는 반가운 얼굴로,

"선이 아이가? 점심 묵자."

했다.

"시장할 낀데 늬나 묵어라."

하며, 옥선은 출이가 펴놓고 있는 도시락 위로 잠깐 시선을 던졌다. 도
시락에는 밥이 하나 가득 담겨 있고, 따로 고추장도 한 종지 벌겋게 놓
여 있지 않은가. 고추장을 보는 순간 옥선은 침이 꼴깍 삼켜졌지만, 시
선을 돌리며 그 곁을 지나치려는데, 성출이 자리에서 벌떡 일어나 옥선
의 나물 바구니를 잡으며,

"이웃간에 뭐 어떠노? 같이 묵자."

하고 기어이 자리에 앉히었다.

옥선은 조금 상기된 얼굴로 수줍은 듯한 웃음을 띠며,

"남이 보면 어짜노?"

했다.

"이 골짜기에서 볼 사람도 없지마는, 보면 또 어떠노? 한 이웃간에 점심 같이 묵는데……"

성출은 자기의 수저를 얼른 물에 씻어서 옥선에게 건네주며 말했다.

"내 때메 그러지 말고 늬나 얼른 묵어라."

옥선이 수저를 받아든 채 인사 삼아 하는 말에, 성출은 아랑곳없다는 듯이,

"내 젓가락은 여기 또 있다."

하고는, 곁에 있는 싸리나무를 잘라서 낫으로 대강 다듬더니 이내 젓가락 모양을 만들어낸다.

이왕 이렇게 된 바에는, 새삼 사양을 늘어놓는 것도 쑥스럽고 해서, 옥선은 성출이 권하는 대로 그의 도시락밥을 떠서 입에 넣고, 또 고추장 종지에도 숟가락을 가져갔다.

옥선이 심히 고집을 피우지 않고 그의 도시락밥을 같이 먹어주는 것이, 성출은 아주 흐뭇해서,

"나는 아까 많이 묵었대이."

하며 싸리 젓가락을 먼저 잔디 위에 놓아버렸다.

옥선이 따라 숟가락을 놓으려는 것을, 성출이,

"늬 참말 그러기가?"

성을 낼 듯이 굴어서, 옥선은 하는 수 없이 도시락과 고추장 종지를 깨끗이 비워낼 수밖에 없었다.

성출도 인제는 안심했다는 듯이,

"반찬도 없는데 같이 묵어주어서 고맙대이."

마무리 인사까지 했다.

"늬네는 고추장이 달아서 반찬 걱정은 없을네라."

옥선이 인사말을 받느라고 하는데, 성출은 생각난 듯이,

"우리 고추장 달면 얼매든지 퍼다 줄께 묵어라이."

했다.

"느거 엄마한테 야단맞을라꼬?"

"울 엄마 없을 때, 울타리 구멍으로 내다 줄께."

이렇게 말하는 성출의 얼굴을 쳐다보는 순간, 옥선의 눈빛이 갑자기 달라졌다. 그것은 무어라고 표현할 수도 없는 무서운 힘으로 성출의 가슴을 때렸다.

성출은 자기도 모르게 옥선의 손목을 잡았다. 그러나 다음 순간, 그 고추장 묻은 입술을 내민 것은 옥선이 쪽이 먼저였는지 몰랐다. 그리하여 둘은 서로의 옷자락을 마주 붙잡은 채, 언덕 아래의, 지금 한창 이삭이 무룩이 오르는 보리밭 고랑으로, 함께 구르기 시작했다.

옥선의 배가 불러 오르자, 그녀네 모녀는 동네를 떴다. 그것은 남이 부끄러워서라기보다 당장 먹고 살 길이 막혀졌기 때문이었다.

본디 옥선이 태어난 마을은 거기서 시오 리가량 떨어져 있는 통칭 역촌驛村으로 불리던 삼거리 동네였다.

옥선의 아버지는 이 역촌 마을의 본토박이인 역졸驛卒집 아들로, 명색으로는 농사를 짓고 있었지만 농사일보다 노름판을 더 밝히는 놈팡이였는데, 옥선이 세 살 때, 노름을 놀다가 칼을 맞아 죽었다.

옥선 엄마는 남편이 그렇게 끔찍한 죽음을 당하자 그 동네에 정을 붙이고 살 수 없어, 오두막과 다랑이를 헐값으로 팔아치운 뒤, 이 밤나뭇골 동네의 지금 집으로 옮겨 앉고 말았다. 이 동네도 흔히 있는 농촌의 하나에 지나지 않았지만, 개중에는 반촌과 혼인길을 틔운 집도 있어, 스스로 허물없이 양민촌으로 자처하고 있던 터이라, 역촌 사람 하고도 끔찍한 딱지까지 붙었던 사내의 유족을 반가이 맞아들일 리 없었다. 그러나 어린 딸애 하나 끼고 들어온 아낙네요, 사람됨도 수수해 뵈서, 특별히 배척을 하거나 괴롬을 끼치려고도 않았다.

그러는 동안에 동네 사람들의 동정이 이 아낙네에게 쏠렸다. 두고 보니 말수도 없지만 먹을 것도 전혀 없는 이 가엾은 아낙을 돕는 길은 불러다 일을 시키는 수밖에 없어, 이 집 저 집에서 일손이 모자랄 때마다 불러댄 것이, 나중은 온 동네 머슴같이 되고 말았다.

이렇게 십여 년 지내는 동안, 그녀는 끝내 말수 없고, 일솜씨 좋고, 사람 무던한 여인으로 인정을 받게 되었지만, 그렇다고 아무도 그녀를 자기들과 대등하게 생각하는 사람도 없었다. 그러는 판에, 이번에는 옥선이 또 딴전을 벌여놓았으니, 결국은 자기네와 근본이 다른 탓이라고 모두가 외면을 하게끔 되었다.

남들의 외면을 당하더라도, 가진 것만 있으면, 자기 거 자기 끓여 먹고 살겠는데, 본디 전장도 가산도 따로 없던 처지에서 품길까지 막히니 그러다간 어미 딸 고스란히 입 안에 거미줄 칠 판이 되었다. 거기다 관계자인 성출네까지 덮쳐서, 제발 자기네 좀 살려주는 셈 치고 동네를 떠나달라고 애걸복걸에, 하다못해 이사 비용쯤은 걱정 말랬다가, 나중엔 옮겨 앉을 집까지 마련해 주겠다고 나왔다.

그 성출이네가 마련해 준 집이란 것이, 옛날 옥선이네가 살던 역촌 동네의 삼거리 길가 집 한 채였다.

옥선이네가 생각해도, 이 밤나뭇골에 눌러 살기는 글렀고, 이왕 뜰 판이면 몸담을 집이라도 마련된 데로 흐를밖에 없어, 성출네가 마련해 준 역촌 동네의 삼거리 집으로 옮겨 왔다. 옥선이 어미한테야 원과 한이 사무친 고장이지만 십여 년 흐르는 동안에 인심도 세상도 다 바뀐 뒤라 옛날 일 되새길 계제도 아니었지만, 그 대신 품길 얼 수 없기로는 생판 낯선 도방이나 다를 바 없었다.

이런 판국에 아는 사람이라고 와서 권하는 것이 술장사요, 옥선이 배

되어가는 꼴 하며, 자신이 생각해도 다른 뾰족한 수가 없을 것 같아 술청을 차린 것이, 본디가 삼거리 길가라 이럭저럭 두 모녀 먹고 살 만큼은 손님이 꾀었다.

어미 딸이 이제 먹을 걱정은 없겠다고 한시름 놓았을 때, 옥선이 애기를 순산했다. 사내애였다. 보는 사람마다 관옥 같다고들 야단이었다.

처음 그렇게도 슬픔이요 낙담이던 것이, 뜻밖에도 큰 기쁨이요 행복이 되어 옥선 어미에게 돌아왔다. 옥선 어미는 애기를 들여다볼 때마다, 어디서 솟아나며, 무엇 때문인지도 모르는, 사랑과, 기쁨과, 행복으로 가슴이 뛰곤 했다.

어미보다 옥선이는 정작 덤덤한 편이었다. 어미처럼 그렇게 하늘에서 복덩어리가 떨어진 것같이 느껴지지는 않는 듯했다. 그러면서도 전날의 바람기는 가셔진 듯, 열일곱이란 어린 나이에 비해서는 놀랄 만큼 의젓한 어미 노릇을 했다.

"애기 이름을 뭐라고 할꼬?"

어미가 옥선이를 보고, 어느 날 불쑥 이렇게 물었다. 옥선이는 생각할 겨를도 없이, 이내,

"영술이."

했다. 그녀는 이미 애기의 이름까지 생각해 두었던 모양이었다.

이때 어미는 혼자 속으로,

'가시나가 겉으로는 덤덤한 체하면서도, 속으로는 제 새끼라고 어지간히 귀여운가 부다. 그러기에 어느새 이름까지 다 지어놓고 있었제.'

했다.

그러면서도 왜 하필 영술이란 이름인가 하는 데까지 어미의 생각은 미치지 못했다. 만약 영술이 성출이란 이름과 비슷한 소리라는 데까지 어미의 생각이 미칠 수 있었던들, 그녀가 얼마나 지금도 그 더벅머리를

잊지 못하고 있는가를 헤아릴 수 있었을 것이다.

어미는 옛날 밤나무 마을에서 자기가 온 동네 머슴처럼 남의 일을 하고 돌아다녀도, 옥선이를 남의 집에 내돌리지 않았던 것처럼, 지금도 결코 딸을 술청에 앉히려고 하지 않았다. 비록 가시나 몸으로 아비 없는 자식을 낳기는 했지만, 한 술청에서 어미 딸이 같은 술단지를 안고 앉을 수는 없다는 것이 그녀의 굳은 결심이었다.

어미의 결심에 따라, 옥선은 고두밥(술밥)을 쪄내고, 김치를 담고, 빨래를 다니고, 온갖 허드렛일을 다 거들고 해도 술청엔 비치지 않았다.

이것이 인근 동네에까지 좋은 소문을 퍼뜨려, 옥선이 애비 없는 딸로 자라난 데다 가시나 몸으로 아이까지 낳긴 했지만, 그건 모두 팔자소관이요, 심성만은 어미만큼 무던하다고 했다가, 그 이상이라고 했다가, 나중은 나무랄 데 없다고까지 되었다.

그러고 보니, 자연히 혼삿말까지 날 수밖에 없어, 처음엔 아기 못 낳는 집 소실로 말이 있다가 나중은 후실로 중매가 들어왔다.

어미는 처음 소실로 중매가 들어왔을 때는 일언지하에 딱지를 놓았지만, 후실 자리에는 다소 관심이 있는 듯,

"지한테 물어보이소, 에미 말 듣고 시집갈 년 따로 있제요."
했다.

중매쟁이에게는 그렇게 말했지만, 본인한테 물어보는 일쯤 어미인들 못 할 거 없었다. 어미가 은근히 권하듯이 묻는 말에, 옥선은, 딱 잘라 싫다는 것이 아니라,

"영술이는 어짜고?"
했다. 영술이 문제만 아니라면 기도 좋다는 뜻이라고 풀이가 되었다.

"벨 소리 다 한다. 영술이사 내가 맡지. 내가 우리 영술이 못 보면 살 꺼 같으나?"

어미가 결연히 나오자 옥선은 더 대꾸가 없었다. 이쯤 되면 어미의 처분대로 따르겠다는 속을 보인 셈이었다.

혼담이 있는 후실 자리란, 나이 쉰두 살이나 된 안마을 중늙은이로, 장성한 아들이 둘이나 있고 미성한 딸도 하나 있지만 가세는 유족한 편이라 하였다. 좀더 펄펄한 중년 남자면 좋으련만, 그렇게 안성맞춤으로 맞는 자리 기다리다간 세월이 없으니까, 마침 들어온 자리나 놓치지 말자고, 어미는 중매쟁이에게 승낙의 뜻을 비치었다.

이렇게 되어, 비록 후실 자리 중늙은이한테나마 시집이라고 간 것이, 그녀의 나이 열아홉 살 때였다. 가정 형편이 그렇고, 신상 내력이 떳떳하지는 못하지만, 그런 대로 인물 좋고, 심성 무던하고, 일솜씨 칠칠해서, 남편의 사랑은 물론, 전실 소생 아들딸들(큰딸은 출가)로부터도 미움을 받지 않았다.

그러나 남편의 사랑이란 것이 좀 지나쳤던지, 쉰두 살된 중늙은이가 쉰세 살 때부터 기침을 쿨룩거리기 시작했다. 그것이 예사롭지 않은 일이라고는 옥선이도 짐작이 갔기 때문에, 몸에 좋다는 장어다 뜸부기다 자라다 하는 따위를 부지런히 고아 바치고, 잠자리란 것도 모진 마음으로 사양했지만, 그렇게 두 해를 견딘 다음, 끝내 몸져눕게 되었고, 쉰다섯 되던 해, 그녀의 눈물겨운 간호도 아랑곳없이 드디어 숨을 거두고 말았다.

옥선으로는 남편의 사랑이란 것을 처음부터 받아들이지 않을 수 없었지만, 그 뒤의 음식 공대 근신 간호 따위는 어느 조강지처 못지않게 지성껏 하느라고 했었다. 그렇건만 남편의 사인死因이 그녀에게 있었다고, 전실의 딸들은 면대해서 말했고, 딸들 아닌 집안 사람들이나 이웃 사람들로부터도 같은 뜻의 눈길이 자기에게 쏠림을 모면할 수 없었다.

다만 큰아들(전실의)만은, 영감이 죽을 때 "느거 홋에미 불상타, 돌

봐줘라" 한 유언이 있어 그런지,

"남의 가슴에 못 박을 소릴 함부로 하지 마라."

하고, 누이들을 나무라곤 했다.

옥선은 식구들 보기도 무안하고, 별로 할 일도 없어, 영감이 죽은 뒤 줄곧 방 안에만 들어앉아 있었다. 앞으로 어디 가 무엇을 하며 어떻게 살아간다든가 하는 따위는 생각조차 해보지 않은 채였다.

설상가상이란 말이 있거니와, 그렇게 석 달이 지난 그해 이른 겨울, 옥선에게는 또 다른 치명적인 불행이 닥쳤다. 삼거리에서 술장사를 하며 그런 대로 먹을 걱정은 없이 살아오던 친정어머니가, 복어국을 먹고 갑자기 죽어버린 것이다.

옥선은 주막으로 뛰어나가 죽은 어미의 시체를 안고 뒹굴다가 그대로 기절을 해버렸다. 이웃 사람들이 입에 뜨거운 물을 퍼넣고 해서 숨을 돌려주긴 했지만, 그때부터 그녀는 넋 잃은 사람처럼 멍청한 얼굴에 눈물만 죽죽 쏟고 있었다.

어미의 초상을 치르자 옥선은 주막 문을 닫아걸고 방 안에 틀어박힌 채 문밖 출입을 하지 않았다. 죽은 영감네 집에서 큰며느리가 가끔 다녀가곤 하는 것으로 보아, 끓여 먹을 거리는 거기서 대어주는 모양이라고 사람들은 말했다.

그러는 동안에도, 아는 사람들은 찾아와 주막을 다시 열라고 권했다.

옥선이 주막을 열면 손님은 전보다 더 많이 낄 거라는 둥, 영감 죽은 후실댁이 누가 끝까지 돌봐줄 거라고, 제 살 길 제가 찾아야지 하는 둥, 모두가 주막을 도로 열라는 권고들이었지만 옥선은 그때마다 고개를 흔들었다.

"산 사람 입에 낮거미줄 칠라고."

또는,

"술에미 자식이란 소리 우리 영술이한테 물려주기 싫심더."
하는 것이 거절의 이유였다.

이듬해 봄, 옥선은 아무와도 의논을 하지 않고 이사를 가버렸다. 나중 알아보니, 그 주막을 사려는 사람이 나타났기에 돈도 뭐고 귀찮다고 자기네 모자 몸담을 집이나 한 채 주고 가지라고 했다는 것이었다. 그래서 옮겨 앉게 된 곳이, 거기서 십 리나 더 들어가는 잣실(백곡) 집이었다. 이 소문은 듣고 큰아들(죽은 영감의)이 쫓아와 알아보니, 그것은 시가로 삼거릿집의 반값도 안 된다는 것이다. 이럴 수가 있느냐고 따져든 결과, 잣실 집 바로 앞에 붙은 남새밭을 얹어주겠다고 나왔다.

그렇다면 더욱 좋다고, 자기네 모자가 남새나 심어먹고 살기에 꼭 알맞다고 옥선은 다행이라고 했지만, 큰아들은 시무룩해서, 아무리 그렇기로서니 그럴 수가 있느냐, 죽은 아버지로 보나 동네 사람들로 보나 내 꼴이 뭐가 되느냐, 너무하다, 섭섭하다, 볼멘소리만 했다.

큰아들이 돌아간 뒤, 옥선은 혼자 속으로, 그래도 뼈대 있는 집이 다르다고, 아들을 장하게 생각했다.

큰아들이 돌아간 뒤, 옥선은 영술을 데리고 집 앞의 채마밭(남새)에 나가 상추 심을 준비를 하고 들어왔다. 그날 밤이었다. 영술이 갑자기 열을 몹시 내며 앓기 시작했다. 처음엔 체했거나 감기몸살이거니 했는데, 이튿날 이웃 사람이 와서 보더니 그것이 아니라고 했다. 뭐냐고 다잡으니 손님(마마) 같다고 했다. 그 말을 듣는 순간 옥선은 갑자기 얼굴이 벌개졌다. 또 다른 사람을 데려다 보여도 마찬가지 대답이었다. 옥선의 두 눈에는 눈물이 핑그르 돌았다. 이웃집 아주머니는, 이 병은 부정(不淨)을 잘 타니 초상집 제삿집 같은 데 다니지 말고 집 안에서 근신하고 있으라고 일러주었다.

옥선은 가슴이 두근거려 견딜 수 없었다. 손님이다 마마다 하면, 둘에 하나는 죽거나 곰보딱지가 된다고 듣고 있던 터인 만큼, 영술에게 만약의 경우라도 생긴다면 자기 혼자서 세상에 살아남을 수는 없다고 생각되었기 때문이었다.

그때부터 사흘 동안 옥선은 꼼짝도 하지 않고 영술이 앓는 곁에 꼭 붙어 앉아 있었다. 그러다가 문득 어느 날 새벽 하나님전에 가 빌어야 하겠다는 생각이 들었다. 그녀는 그 길로 가만히 집을 빠져나와 거기서 한 오 리나 되는 을홋골 서낭당을 찾아갔다.

서낭당 앞에 온 옥선은 대고 손을 비비고 절을 하며, 우리 영술이 살려줍소사, 우리 영술이 손님 무사히 치르게 해줍소사, 하고 빌었다. 그렇게 열세 번인가 절을 하고 났을 때, 갑자기 "빡지한테 가거라" 하는 소리가 들리는 듯했다. 빡지라고 하면 그 동네에 사는 유명한 무당의 이름이었다. 얼굴이 빡빡 얽었다고 해서 빡지니 빡지 무당이니 하고 불렀던 것이다.

'아, 이것은 하나님께서 우리 영술이를 살려주실라고 가르쳐주시는 거다.'

옥선은 이렇게 생각하고 그 길로 빡지 무당을 찾아갔다. 빡지 무당은 옥선의 이야기를 듣자

"하, 칠성님께서 그 집 아들의 빙(명)술을 붙잡아주시는 기라."

했다. 칠성님이 영술의 목숨을 살려주시려고, 옥선을 자기(빡지)한테 보낸 것이라는 뜻인 듯했다.

빡지 무당의 이 말을 듣자 옥선은 비로소 숨이 약간 돌려질 것 같았다.

"나는 여기만 믿을란다."

옥선은 빡지를 두고 '여기' 라고 불렀나. 이제 겨우 스물한 살 밖에 안 되는 옥선이 자기 어머니 나이보다도 더할 그녀를 두고, 남들처럼 너나 자네로 부를 수가 없었기 때문이었다.

"믿어야지. 믿고 말고. 날 안 믿고 누굴 믿을꼬? 얼푼(얼른) 집에 가서 조촐한 자리 한 장 찾아놓고, 메 한 그릇 지어놓라이."

무당이 시키는 대로 옥선은 집으로 돌아오자 곧 굿상 차릴 준비를 시작했다. 빡지가 시킨 대로, 돗자리 한 장을, 이웃에 가서 그것도 불쌍한 목숨 하나 살려달라고 빌어서 겨우 빌려 오긴 했지만, 그래도 명색이 무당을 청해다 짤막한 굿이라도 한 자리 벌이려면 하다못해 명태 한 마리 실과 한두 접시는 차려야 하겠는데, 죽어가는 아이를 혼자 두고 십리 길이 넘는 장터로 쫓아갈 수는 없다. 그렇다고 여느 병도 아닌 손님마마라, 서로 왕래하고 참견하는 것도 꺼리는 이웃에 자꾸 매어달린다는 것도 못할 노릇이었다. 하지만 죽는 목숨 두고 염치 코치 차리랴 하여, 그래도 제일 후하게 여겨지는 이웃에 가서 딱한 사정 호소하고, 은혜는 백골난망이라고 했더니, 그 집에서 하는 말이, 앞동네 오 생원이 장날마다 건물전乾物廛을 보러 다니는 사람이니 그 집에 가보라고 가르쳐주었다.

옥선은 고맙다고 인사를 하고, 그 길로 앞동네 오 생원을 찾아가, 명태 한 마리, 건문어 한 다리, 밤 대추 건시 각 한 줌씩 사 가지고 헐레벌떡 돌아왔다. 그동안에라도 혹시 잘못되지나 않았을까 하여 바로 방문을 열고 들어서니, 영술은, 끓는 물에 데인 것 같은, 그렇게도 따가워 뵈는 눈을 열어 어미를 쳐다봤다.

"술아, 날 알아볼느아? 에미 얼굴 뵈나?"

"……."

영술은 대답 대신 눈을 한 번 깜박여 보였다.

"술아 쪼끔만 참아라이. 곧 늬 일어나게 해주마이."

옥선은 밖으로 나오자, 아까 물에 담가두었던 쌀을 건져서 절구통에 넣고 찧기 시작했다. 한 줌이나 되는 쌀을 가지고 남의 집 방앗간을 찾아가기가 미안했기 때문이었다.

대강 빻아진 쌀가루를 가지고 흰떡이랍시고 한 뭉치 쪄낸 다음, 이번에는 솥을 깨끗이 부시고 메를 짓기 시작했을 때, 옥선은, 그래도 자기 힘으로 할 수 있는 데까지는 했다는 자위에서 겨우 숨을 돌렸다.

빡지 무당이 온 것은 이른 저녁 때였다.

옥선은 곧 자리를 깔고 미리 차려놓았던 굿상을 내어왔다.

무당은 굿상을 한번 흘깃 바라보더니, 한심한 듯이 혀를 끌끌 찼다. 그러나 영술의 얼굴을 한참 들여다보고 나서, 새삼 집 안을 이리저리 둘러보더니,

"지성이면 감천이라고, 하기사 많이 채린다고 귀신 배부른 건 아니지."

했다.

빡지는 자리에 앉자, 보자기를 끄르더니 방울과 부채를 집어내었다.

먼저 부채를 확 펴더니 굿상 위에다 두어 번 두르고 나서, 이번에는 영술의 얼굴 위에도 먼저 전물상에서와 같이 천천히 그것을 내둘렀다.

영술이 눈을 떠서 무당의 부채를 바라보았다. 그러자 무당은 그 부채로 영술의 시선을 붙잡은 채 천천히 돗자리 위로 물러서더니, 부채 든 팔을 전물상 쪽으로 쭉 뻗치며 입을 일기 시작했다.

"손님은 어디서 오신 손님이싱고

대국 강남 대별상 손님이시고

대국 강남 땅에 오곡백곡 다 잘되고

차조 메조 찰기장 메기장 수수 옥수수

다 잘되고 길길이 잘되고,

물외 참외 수박 호박 표주박

줄줄이 열리고 달리고 다 잘되고,

앵도 자도 포도 땡감 머루 다래 으름 배 능금 복숭아 여자(여주) 유자
석류 모개 밤 감 대추 외추(오얏)
가지가지 열리고 달리고 다 잘되어도, 밥은 귀합니다
우리 조선은 해동 해돋이 금강산 금수강산
쌀은 백옥이라, 씰코 씰어 백옥 고두메
어른도 한 그릇 아이도 한 그릇
여자도 한 그릇 남자도 한 그릇
늙은이도 한 그릇 젊은이도 한 그릇
물 좋고 인심 좋아.
대국 강남 별상손님이
우리 조선으로 건너오실 적에."

여기서 무당은 부채를 놓고 정중을 집어들었다. 사슴 뿔로 놋쇠를 가
볍게 쳐서 맑은 쇳소리를 쟁쟁 내며 다시 계속했다.
"손님의 옷은 종이 옷이라
갓도 종이 갓이요, 신도 종이 신이요,
버선도 종이 버선 두루매기도 종이 두루매기로,
한강 남강 낙동강 청천강 건너오실 적에
여봐라 사공아 뱃사공아 배를 대여라, 해도
사공은 배를 대지 아니하고
내 배는 나무배 아니옵고 흙배요 돌배라 갈앉아서 못 가오, 하니
손님에 화가 머리끝에 돋히어
종이 두루매기 종이 신발에 물 우로 달려들어 그냥 강을 건넙니다.
종이 두루매기 종이 신발로 강을 건네도
옷에 물 한 방울 묻지 않고 건네온 손님이
팔도강산 금수강산 금강산 백두산 토암산 선도산 명산대처를 두루

68

다니시며
　가문마다 인물 접견 다니시며
　옥동자 귀동자 왕자 공자 공주 공녀
　남녀노소 모두 표적을 내실 적에
　분으로 닦은 듯이 연지로 찍은 듯이
　얼굴에 터를 찍어내지마는
　정성이 지극한 가문에는
　붉은 책을 들고 붉은 점을 주시는데
　정성이 지극지 못한 가문에는
　검은 책을 들고 검은 점을 주시는데
　이 댁에는 뒷물 깨끗이 맑혀 주시라고
　손님 공대 정성껏 하는 겁니더
　하루 이틀 동에 가고 사흘 나흘
　남에 가고 닷새 엿새 서에 가고
　이레 여드레 북에 가고
　아흐레 열흘에 돌아가실 돌손님
　이 댁 정성 만단진수로 응감하시고
　무오생 옥동자 영술이
　뒷물 깨끗이 맑혀 주시오
　강남 대별상 손님
　산 좋고 물 존 데로 돌아가실 적에
　이 댁 정성 고두메 만반진수로
　받아자시고
　뒷물 맑혀 주시고
　황천 해원신解寃神으로 돌아가이소."

무당은 정중을 몇 차례 쟁쟁 울리고 나서, 다시 부채를 집어 영술의 시선을 붙잡은 뒤, 그것을 굿상 위에 둘러서 문밖으로 모시고 나갔다.

굿을 끝낸 뒤 빡지 무당은 부채와 정중을 다시 보자기에 싸면서,

"인제 낼부터 깨끗해질 끼요. 집의 정성 봐서 내 노상 뒤 봐줄 끼니, 급한 일 닥치면 찾아오라이."

했다.

무당은 옥선으로부터 별로 사례를 받은 것도 아닌데 왠지 이렇게 호의를 베풀었다.

무당의 말대로, 영술은 그날 밤부터 당장 숨이 편해졌고, 이튿날은 두 눈에 맑은 기운이 돌기 시작했다.

이렇게 열흘이 지나자 영술은 아주 회복이 되어 일어났다.

그러나 영술이 회복되기 시작했을 무렵부터 이번에는 옥선이 아들 대신 자리에 눕고 말았다. 머리가 깨어지는 것같이 아프고, 입맛이 떨어지고, 잠자리가 어지럽고, 가슴이 답답해서 견딜 수 없었다. 사람들은, 그녀가 아들의 마마 때문에 너무 놀랐기 때문이라느니, 너무 끼니를 거르고 잠을 못 잤기 때문이라느니 하여, 보신을 하고 푹 쉬면 풀릴 것이라 했다.

이 소문을 듣고, 안마을—옥선이 시집갔던— 집에서는, 쌀 한 가마니와, 약값 조로 돈 스물다섯 냥을 가지고 큰아들이 찾아와 위문을 하고 갔다.

그 돈으로 옥선은 몸에 좋다는 음식이고 약이고 이것저것 다 써보았지만 아무런 효험도 없는 채, 얼굴빛은 누렇게 뜨고, 두 눈은 퀭하게 패여 들어가기만 했다. 처음엔 눈만 붙이면 죽은 어머니가 자꾸 나타나 손짓을 한다고 했다. 그래서 죽은 에미가 데려가려나 보다고들 했는데, 달포 지나니, 어머니 대신 바짝 마르고 머리가 하얗게 센 노파가 나타

나서, 산으로 들로 냇가로 수풀 속으로 줄곧 그녀를 끌고 다닌다고 했다. 그것이 명색 눈을 붙이고 잠을 자는 동안 계속되기 때문에, 눈을 뜨면 골치가 깨어지는 것 같이 아프고, 전신이 저리고 쑤시고 피가 바짝바짝 말라드는 것 같기만 했다.

그런 가운데서도 옥선은, 어린 영술이 굶고 누운 꼴을 볼 수 없어, 수건으로 머리를 질끈 동여맨 채 부엌으로 나가면 겨우 밥 한 그릇씩을 지어내곤 했다.

그렇게 서너 달이 계속되었을 때였다. 옥선은, 전날 영술이 마마 앓을 때의 일을 생각해 내고 서낭당으로 찾아가 빌기로 했다.

"서낭마님 서낭마님, 이년을 밤마다 야릇한 꿈을 꾸어서 살 수가 없습니다. 꿈속에 늘 무서운 할머니가 나타나 이년을 못살게 굽니다. 서낭마님 서낭마님, 제발 이 할머니를 저한테서 쫓아주옵소서. 이 불쌍한 년은 그 할머니가 곧장 나타나면 죽십니다. 이년 죽는 건 괜찮지만 우리 불쌍한 영술이를 혼자 두고 이년은 죽을 수가 없습니다. 서낭마님 서낭마님 이 불쌍한 년의 소원을 들어줍소서."

이렇게 사흘을 빌고 난 그날 밤이었다. 그동안 늘 보이던 그 바짝 마른 노파가 나타나서 여느 때와 같이 산으로 들로 그녀를 끌고 다니더니, 문득 어떤 목적지에나 닿도한 것처럼 길음을 멈추고 서며,

"저기가 장승배기다."

하고, 손을 들어 가리켰다.

옥선은 무슨 영문인지 몰라 멍하고 있으려니까, 노파는 다시

"장승 밑이다."

하고는 사라졌다.

노파가 사라지자 옥선은 절로 눈이 뜨였지만, 골을 깨어질 듯이 아프고 전신은 식은땀에 후줄근히 젖은 채였다.

이상한 일도 있다고 생각은 했지만, 어떻게 해야 할지 엄두가 나지 않아 그냥 잠자코 그날을 넘겼는데, 그날 밤 노파는 또 나타나, 어저께와 꼭같이 "저기가 장승배기다", "장승 밑이다" 하는 것이었다. 사흘째도 노파는 또 나타나 같은 말을 했으나, 이번에는 성을 몹시 낸 얼굴이었다.

옥선은 만약 이번에도 그대로 죽치고 드러누워 있다간 반드시 살아나지 못할 것 같은 생각이 들었다.

옥선을 하는 수 없이, 세수를 대강 하고 나서, 이웃집을 찾아가 장승배기가 어디냐고 물어보았더니, 경주읍내 근처에 있는 뜸(작은 동네) 이름이라 하였다. 경주읍내 근처라면 이십 리 길이나 넘어 되었지만 길을 나서 보니, 누워 앓을 때 그 어지럽고 아프던 푼수하고는 뜻밖으로 걸음이 가벼운 편이라고 스스로 느껴졌다.

장승배기 뜸까지 찾아와 보니, 장승이 서 있는 곳은 인가에서 두어 마장이나 떨어져 있었다. 본디 큰 바위로, 장승 둘을 만들어 양쪽 길가에 세웠던 것인데, 하나는 머리가 떨어져나간 채 반 동강만이 서 있었다.

노파는 그냥 "장승 밑이다"라고만 했고, 어느 장승이라고는 밝히지 않았지만, 옥선은 덮어놓고 서쪽에 선, 머리 없는 장승 밑을 파기로 했다.

옥선은 보자기에 싸 가지고 갔던 조그만 나물 칼을 끄집어내어 장승 밑 가장자리를 조금씩 파 들어갔다. 땅이 너무 여물게 굳어져 있거나 돌멩이들이 엉켜 있으면, 인가에 가서 호미를 빌리리라 생각하고 왔었는데, 의외로 땅은 그다지 굳은 편이 아니었을 뿐 아니라, 서북쪽 가장자리를 두어 뼘 깊이나 팠을 때, 까만 헝겊 조각이 보였다. 조금 더 파고 보니, 까만 헝겊 조각으로 보인 것은 까만 보자기로 무엇을 싸서 묻어둔 것에 틀림없었다.

그때부터 옥선은 온 팔에 쥐가 난 듯이 저리고 뻣뻣해 왔지만 이왕

이까지 파기 시작한 것을 그대로 일어날 순 없는 일이라, 이를 악물고 끝까지 보자기에 싸인 것을 파내고 말았다.

까만 보자기는 흙 속에서 팍 삭은 채 들어내려고 손을 대자 바삭바삭 부서져나갔다. 그런 대로 보자기째 들어내긴 했으나, 워낙 삭아서 고를 찾아 끄르거나 할 건덕지도 없이 해지고 미어진 것을 그냥 걷어내자 사방 한 뼘가량 되는, 네모난, 푸른 돌 함函이 나왔다.

석함의 뚜껑은 본디 풀을 묻혀 닫았던 건지 잘 열리지 않았다. 칼끝으로 몇 번이나 긁어내고 겨우 뚜껑을 열어보니, 그 안에는 다시 흰 종이로 싼 것이 들어 있었다. 옥선은 떨리는 손으로 그 종이를 헤쳐보니, 그 속에는 동그란 청동 거울 하나와, 옥가락지 한 쌍과 방울 하나가 들어 있었다. 그것을 보는 동안, 옥선은 사뭇 가슴이 두근거리고, 머리가 어지럽고, 두 팔이 저려들어, 당장 땅이 꺼지거나, 산이 무너지거나, 무슨 괴변이 일어날 것만 같았지만, 이제는 무어든지 닥치는 대로 당할 수밖에 없다는 체념을 하고, 거울을 집어 올려 자기의 얼굴을 비춰 보았다. 오래 닦지 않아 때가 끼고 녹이 슨 탓이기도 하겠지만, 거울에 비친 얼굴은 그녀 자신이 아니었다. 두 눈이 뻐끔하고, 광대뼈가 푹 솟고, 머리가 새집같이 헝클어진, 어떤 늙은 아낙이었다.

야릇한 일도 있다고, 옥선은 거울을 뒤집어 보았다. 거울 뒤는, 윗부분에 선도산 그림과 해 달이 새겨져 있고, 그 아래는 한가운데에 조금 큰 글자로, '일월대명두日月大明斗'라 새겨지고, 그 양쪽에는 그보다 조금 작은 글자로, '선도성모仙桃聖母' '대왕마님大王媽任'이라고 모두 한문 글자로 새겨져 있었다. 물론 이러한 한문 글자들을 그때 그녀가 해독할 수 없었고, 뿐만 아니라 그것이 무슨 뜻인지노 전혀 알지 못했다. 그 뒤에까지도, 그녀는, 다만 '선도성모'란 말이, 선도산仙桃山을 상징하는 여성을 가리키는 뜻이란 것을 얻어들었을 뿐, '일월대명두'니 '대왕마님'이니 하는 글자들이 무슨 뜻인지, 그때는 전혀 알 수 없었지만, 나중에까지도 똑똑히 가르쳐주는 사람을 만날 수 없었다.

옥선은 그것들을 도로 종이에 싸서 함 속에 넣고 뚜껑을 닫은 뒤, 자기가 가져왔던 보자기에 나물 칼과 함께 쌌다. 그리고는 아까 땅에서 나온 까만 보자기의 미어지고 부스러진 조각들은 본디의 구덩이에 넣고 파내었던 흙으로 덮었다.

옥선이 집에 돌아왔을 때는 땅거미가 진 지도 한 시간 좋이 지난 뒤였다.

영술은 어두운 방구석에서 혼자 쓰러져 자고 있었다.

옥선은 돌함을 농 구석에 감춘 뒤 부엌으로 나가 저녁을 지었다. 온종일 굶은 그녀 자신도 시장했지만, 영술을 굶겨 재울 수 없었기 때문이었다.

그날 밤 옥선은 저녁을 마치자 그릇을 치우기도 바쁘게 곧 방바닥에 쓰러져 잠이 들었다. 그러나 잠이 든 지 한 시간쯤 되자, 그녀는 갑자기 헛소리를 크게 지르며 잠결에서 일어났다. 그렇게 헛소리를 지르며 잠결에서 일어나기를 몇 번이나 거듭했는지 몰랐다.

이튿날도 역시 잠결에 헛소리를 지르며 놀라 일어나기를 수없이 되풀이했다.

옥선은 그날 새벽 또 전날의 그 서낭당으로 갔다.

"서낭마님 서낭마님, 이년은 장승배기에 가서 거울을 가져온 날 밤부터 잠결에 헛소리를 지르고 놀라 일어나기를 수없이 되풀이합니더, 이렇게 잠을 못 자고 밤마다 헛소리를 지르고 일어나서는 살 수 없으니 거울을 갖다 버려도 되겠습니꺼, 그렇지 않으면 이년은 살 수가 없습니더. 이년은 죽어도 섭지 않지만 우리 불쌍한 영술이를 혼자 두고는 죽을 수 없습니더, 서낭마님 이 불쌍한 년을 제발 살려줍소서."

이렇게 외며 무수히 절을 했다. 이번에도 열두 번인가를 그렇게 했을 때, "빡지한테 가거라" 하는 소리가 들렸다.

옥선은 그 길로 빡지 무당을 찾아가서 그동안의 경위를 모조리 이야기했다.

옥선의 이야기를 다 듣고 난 빡지는 고개를 끄덕이며,

"나도 웬일인지 집에 하고 나하고 인연이 있을 꺼 같더라."

했다.

옥선은 전부터 빡지라는 무당이 그 동네 살고 있다는 것은 들었지만 평소에 그녀의 이야기를 자주 듣거나 혼자 속으로나마 그녀에 대하여 생각해 본 적도 없었는데, 이렇게 두 번이나, "빡지한테 가거라" 하는 서낭마님의 분부를 듣고 보니, 아닌 게 아니라 그녀의 말대로 무슨 전생의 연분 같은 거라도 있는 일이 아닌가 생각되었다.

"암만 해도 그런 거 같소, 날 좀 살려주소."

옥선은 빡지 앞에 바짝 다가앉으며 머리를 아래로 푹 떨어뜨렸다.

빡지는 서슴잖고 옥선의 등에 손을 얹으며

"신딸 얻게 됐다."

했다.

옥선은 신딸이란 말을 처음 듣지만, 딸이란 뜻으로 무당이 쓰는 말이려니 했다. 그와 동시 옥선의 수그린 얼굴에서는 눈물이 흘러내렸다. 죽은 어머니는 그녀를 술어미도 안 시키려고 했는데 이제 와서 무당의 딸이 되는가 하는 서글픈 생각과 아울러, 앞으로는 빡지를 의지하고 살아갈 수 있으리라는 안도감이 같은 순간에 겹쳐 들기 때문이었다.

빡지는 자기의 저고리 소매 끝으로 옥선의 눈물을 씻어주며,

"일어나거라, 가보자."

했다.

말씨도 옥선이 공대말을 쓰는 반면에 빡지는 낮춤말을 태연히 썼다.

그녀들은 자리에서 일어나 옥선의 집으로 갔다.

옥선은 영술이더러 남새밭에 나가 상추를 좀 뜯으라고 시켜 내어보낸 뒤, 농문을 열고 그 석함을 끄집어내었다.

석함 뚜껑을 열고, 그 안에서 거울과 옥가락지와 방울을 구경하고 난 빡지는

"옛 만신이 신딸 찾아왔구나, 큰무당 되겠다이."

했다.

이렇게 되면 내림굿을 가져야 하는데, 빡지가, 굿날을 받으니 그달 보름으로 나왔다. 보름날이면 사흘 뒤였다.

옥선은 안마을 큰아들네한테나 죽은 어머니에게 죄송한 생각이 들었지만, 그렇다고 미리 양해를 받아야 할 성질도 아니고 해서 굿 차릴 돈 마련을 할 데가 없었다. 빡지에게 통정을 하고,

"신어무이가 모두 알아서 차려주소. 나중 은공할께요."

했더니, 빡지는 이내

"사정이 그렇다면 하는 수 없지 어짜노. 딸 하나 낳아서 키우는 데는 돈 안 드나?"

쾌히 승낙을 했다.

장소는 비용 관계도 있고 해서 옥선이 살고 있는 집으로 했다. 굿상은 먼젓번 영술이 손님 때와 같이 노구미(노구메)로 차렸지만, 몽두리(무당옷) 한 벌은 지어야 했기 때문에 빡지로서는 큰 힘을 쓴 것이다.

돗자리를 깔고, 전물상을 차려놓고, 전물상 곁의 조그만 소반 위에는 앞으로 옥선이 입을 몽두리가 잘 개켜진 채 얹혀 있었다.

빡지는 빈 장구를 안고 전물상 앞에 앉고, 옥선은 아래 위 소복차림으로 몽두리상 앞에 꿇앉은 채 주당살 가림으로 들어갔는데, 미리 남새

밭으로 내어쫓아놓았던 영술이

"엄마."

하고 들어왔다.

다섯 살 먹은 어린애한테 복잡한 사정 이야기해야 소용없고, 주당살 가릴 동안이나 남새밭으로 내쫓아놓았던 것이, 장구 소리가 덩덩거리는 걸 듣자 그냥 집 안으로 뛰어들었던 것이다.

옥선이 고개를 돌려보고 손짓으로 어서 나가라는 시늉을 했으나 소용이 없고, 빡지가 장구채를 들어 또한 밖으로 나가라는 듯이 내저었으나 역시 아랑곳없었다. 그렇다고 굿을 쉬고 아이를 내어쫓을 수도 없는 노릇이라, 영술이 에미 곁에 쪼그리고 앉아 있는 채 주당살 가림을 끝내었다.

주당살 가림이 끝나자 동네 여인들과 아이들이 집 안으로 와 몰려들어 굿자리를 에워쌌다. 옥선은 모든 것을 체념하고 각오한 뒤이지만 동네 여인들이 몰려들자 얼굴이 새빨개졌다.

"아직 귀신이 덜 들렸는가 베. 귀신 든 사람은 남부끄런 줄도 모른다던데……."

하는 소리까지 그녀의 귀에 들렸다.

빡지는 습관이 들어서 그런지 동네 사람늘이 몰려들자 더 신이 나는 듯, 옥선의 본과 생년월일을 외어대었다.

옥선은 혼자 속으로

'정말 나는 귀신이 덜 들렸는지도 몰라.'

이런 생각을 하고 있는데 갑자기 빡지의 흥분된 듯한 높은 목소리가,

"선왕마님."

하고, 그녀의 귓전을 때렸다. 놀라 귀를 기울이자, 빡지는 다시 계속하고 있었다.

"예, 예, 선도산 할머니, 선도산 성모 할머니, 선도산 대왕마님 할머니, 모두가 선왕마님이올시더. 예, 예, 선왕마님이 선도산에서 두 번이나 을핫골 당나무(신수) 아래로 내려오셨습니더, 그래 갖고 우리 옥선이를 이 빡지한테 보내주셨습니더. 예, 예, 선왕마님으로 알아모실랍니더."

빡지는 이렇게 선도산仙桃山의 여신령으로 보이는 선도산 할머니, 즉 선왕마님과 더불어 공수供授10)를 나누면서, 일방, 손을 뻗쳐 소반 위의 몽두리를 집어 옥선에게 던지며 곧 입으라는 시늉을 했다.

옥선은 본디 아래위로 흰 치마저고리를 입고 있었기 때문에, 그 위에 그대로 노랑 두루마기를 입고, 두루마기 위에 남색 쾌자를 걸쳤다.

그것을 본 동네 사람들은 일제히 와아 소리를 질렀다. 그렇게도 무당옷을 입은 옥선의 몸맵시는 아름다웠고 얼굴은 어여뻤다. 여기저기서 선녀 같다느니 기생 같다느니 하고 수군거리는 소리가 들렸다.

몽두리를 입고 난 옥선이 빡지가 시키는 대로 굿상을 향해 두 번 절하고 나자 이번에는 빡지가 그녀의 두루마기 소매를 잡으며

"딸 하나 잘 두었네. 신딸 하나 잘 두었네. 선도산 선왕마님 길이길이 돌봐주고 밀어주고 살펴주고 키워주실락 하네."

구경꾼들도 이제는 모두 흡족한 듯이 입을 벌리고 웃었다. 옥선이 제대로 혼자서 활개를 벌리고 나불거린 것은 아니지만 빡지가 한쪽 팔을 붙잡고 덩실덩실 춤을 추는 바람에 옥선도 이에 맞춰 살랑살랑 몸짓을 했고, 그때마다 쾌자자락이 예쁘게 나부꼈던 것이다.

그날 밤 빡지는 옥선의 집에서 그녀와 더불어 함께 잤다.

---

10) 무당이 신이 내려 신어神語를 발성하는 것을 가리킴. '이때 무巫는 인간이 아니라 망아경忘我境에서 신神의 의사를 말하게 된다. 지방에 따라서는 공반·공사·공줄이란 용어도 사용된다.' (김태곤 교수)

달빛 아래

본디 옥선의 집은 방 둘에 부엌이 달린 삼간 초옥이었다. 그러나 식구라야 어린 영술이와 단 둘뿐이었으므로, 작은 방은 거처로 쓰지 않고, 쌀독과 잡곡 단지와 허드레 옷가지들을 아무렇게나 던져두는 고방 구실을 하고 있었다.

그런데 내림굿을 받고 나면 신당神堂을 차려야 한다고 빡지가 말해서, 처음엔 자기들 모자가 거처하는 큰방 안목을 생각했으나, 철없는 영술이 무슨 저지레를 할지 모른다 하여, 끝내 작은 방을 치우기로 했다. 그렇다고 처음부터 격식을 갖출 수는 없어, 그냥 작은 소반에 돌함을 그대로 차려놓고, 무색 천으로 포장을 쳐두었을 뿐이었다. 그러니까 무당으로서의 그녀의 몸주(수호신)는 빡지가 내림굿에서 공수供授로 내림 받은 선왕마님, 즉 선도산 할머니로 불린 선도산 여신령女神靈이었다.

이렇게 무당이 된 뒤에도 옥선은 얼마동안 빡지의 시중꾼으로 노 빡지 곁에 붙어 지내다시피 해야만 했다. 그것은 굿을 배우기 위해서만이 아니었다. 무언지 몸주 선왕마님(선도산 할머니)과 그녀 사이에 빡지가 다리를 놓아주어야 할 것만 같이 느껴졌기 때문이었다.

옥선이 빡지를 신이머니로 모실 뿐 아니라, 노 손발같이 곁에서 시중을 들고 해서인지, 빡지는 옥선에게 자기가 줄 수 있는 것은 아무것도 감추지도 아끼지도 않는 듯했다.

"나는 을화 얻고 나서 얼마나 맘이 편하고 흐뭇한지 모를따."

빡지는 옥선의 앞에서나 그녀가 없는 데서나 늘 이렇게 말했다. 그녀는 옥선을 가리켜 꼭 을화라고만 불렀다. 그것은 선도산 할머니가 옥선을 처음 만난 곳이 을홧골(서낭당)이기 때문이라 하였다.

이렇게 빡지가 을화를 끼고 다니는 동안 빡지의 굿은 열리는 곳마다 영험을 내고 성황을 이루었다. 그럴 때마다 빡지는 그 빡빡 얽은 새까만 얼굴을 사람들 앞에 내밀며,

"우리 딸 고운 얼굴이 내 이 빡빡골이를 갚아주는기라. 모두 신령님 짓이지."

했다.

본디 을화는 옥선이 적부터 먹고 사는 일엔 그다지 맘을 쓰지 않는 편이었다. "산 사람 입에 낮거미줄 치랴" 했던 것이 그녀의 타고난 성미인 듯했다. 그래서인지 빡지의 굿이 자꾸 더 팔려서 생기는 것도 많아졌지만 을화는 자기의 보수란 것을 전혀 바라지 않고, 빡지가 주는 대로 쌀이면 쌀, 잡곡이면 잡곡을 가지고 와서 두 식구의 끼니를 이어가는 것으로써 만족하고 있었다.

그런 만큼 어쩌다가 빡지 대신 자기 혼자서 작은 굿이나 푸닥거리를 나갔다가 그쪽에서 돈을 쥐어주거나 곡식을 따로 주어도 그것을 고스란히 빡지에게 갖다 바쳤다. 빡지도 본디 돈을 밝히거나 인색한 편은 아니었지만, 을화가 혼자서 벌어들이는 천량을 그녀에게 돌려준다거나 하지 않고 그대로 받아넣기만 하곤 했다.

그러는 동안에 이상하게도, 을화의 굿이 무서운 영험을 낸다는 소문이 나기 시작했다. 그것은 처음 그 동네에 아홉 살 먹은 사내애—독자獨者— 하나가 웬 까닭인지 자고 나서 갑자기 한쪽 다리를 못 쓰게 되어, 잘 일어나지도 못하고, 일으켜 세워도 걸음을 잘 못 옮기는 채, 아무리 약을 먹고 침을 맞고 해도 효험이 없던 것을 을화가 간단한 굿(푸닥거리)으로 감쪽같이 고쳐내었다는 데서 시작되었다. 다음엔 이웃 마을의 늙은이 하나가 또한 이름 모를 병으로 죽게 된 것을 그렇게 짤막한 푸닥거리로 깨끗이 병을 물리쳐 내었다는 소문이었다.

이 말을 들은 빡지는 담담한 어조로,

"인제 우리 딸이 선왕마님을 제대로 모시게 된 기라."

했다.

이렇게 되니 빡지보다도 을화의 굿을 원하는 사람들이 늘게 되었다. 그러나 을화는 빡지의 허락 없이 굿을 받지 않았다.

그러니 사람들은 을화의 굿을 받고 싶어도 빡지한테 가서 청하지 않을 수 없었다. 한번은 빡지가 을화를 보고,

"야, 늬도 언제까지나 나한테 업혀만 다니겠나? 늬 앞으로 나는 굿은 나한테 미루지 말고 댕겨라. 어차피 선왕마님이 봐주실 꺼 아이가?"

했다.

을화는 자기의 굿이 지금까지 빠짐없이 성과를 올렸다고 하지만, 자기가 알기에도 춤은 아직 많이 서툴렀고, 노래나 사설은 절반밖에 엮어 대지 못했다. 그 대신 선왕마님을 자꾸 부르며 절을 많이 하는 편이어서, 굿과 치성의 반 섞임쯤 되어 있었다.

그런 대로 굿을 자주 맡아 나가려면 금구(징 꽹과리 장구 제금 따위)를 담당할 박수(화랑이)가 있어야 하는데 그것이 쉬울 리 없었다. 지금까지는 빡지네 작은박수가 그녀를 도와주어 왔지만, 그것도, 마침 그쪽에 굿이 없거나, 큰박수(빡지의 남편)가 혼자 나가도 되는 작은 굿이 있을 때뿐이었다.

그런데 한번은 안강安康에 큰 굿이 있어, 을화도 물론 빡지네 식구들과 함께 길을 떠나게 되었다. 금구와 몽두리 따위는 모두 지게에 얹어서 삭은박수 성 도령이 지고, 그 뒤에 을화가 따르고, 을화 뒤에 빡지와 큰박수가 태극선을 휘저으며 따라가고 있었다.

"성 도령 무꺼우먼 내가 하나 안고 갈까요?"

을화가 물었다.

"괜찮심더. 지고 가는 게 낫지요."

성 도령이 대답했다.

지극히 간단하며 사무적인 대화이긴 했지만, 그것으로 그네들은 서로의 호의를 주고받는 것이기도 했다.

그날 밤 조상굿 망재청[亡者請]굿을 마치고 시무[使者]굿을 시작하려다가 갑자기 빡지 몸에 쥐가 나서 일어서지 못하게 되었다.

남의 큰 굿을 벌여놓고 절반도 못 가 이 꼴이니 피차가 큰 낭패였다. 모두가 당황해서 수군거리고 웅얼거리고 야단인데 빡지가 을화를 불렀다.

"이건 필시 선왕마님이 늬를 찾는 거다. 내 대신 나가거라."
했다.

"어무이 걱정 마이소. 자기 서툴지만 마님이 뒤에 안 기시는기요?"

을화가 선선히 응낙했다.

을화도 웬 까닭인지 시무굿 열왕굿은 사설을 잘 외고 있었고, 오구굿(베리데기[11])엔 꽤 자신도 있었지만 지금까지 좀처럼 그 기회가 오지 않았던 것이다.

을화가 빡지의 부채를 펴들고 전물상 앞에 나타나자 사람들의 얼굴엔 갑자기 희색이 만면해졌다. 우선 굿이 중동이 나지 않게 되었다는 안도감도 있었겠지만, 이제 겨우 스무 살 남짓밖에 되지 않아 뵈는, 날씬한 몸매에 꽃 같은 얼굴의 새 무당이 신명에 찬 거동으로 부채를 펴들고 나서는 것을 보았을 때, 우선 어여쁘고, 귀엽고, 장하다는 생각에, 기쁨을 금할 수 없었던 것이다.

---

11) 바리데기 또는 바리공주公主라고도 함. 죽은 사람의 혼백을 저승으로 천도시키기 위한 오구(큰 굿)의 핵심.

"저 채새(차사) 거동 보소

지옥에 들어가 소인은 못 잡아 왔습니다."

을화의 잠긴 듯한 정겨운 목소리는 삽시에 청중을 삼켜버린 듯했다. 그것은 듣는 사람들의 피부에 스며드는 듯한, 야릇한 힘을 가진 목소리였다.

그리하여 그녀가,

"오른쪽을 돌아보니

부모형제 많다마는

긔 누기가 내 대신 갈꼬

왼쪽을 돌아보니

처자권속 많다마는

긔 누기가 내 대신 갈꼬

발질맡을 돌아보니

일개친척 많다마는

긔 누기가 나를 찾나."

하고, 더없이 빠른 말씨로 외어 젖히자, 구경꾼들은 너무도 신기하고 놀라운지 일시에 와아 하고 웃음을 터뜨렸다.

이렇게 시무굿과 열왕굿에서 실컷 웃고 난 을화는 오구굿에 가서 만장을 눈물에 담그었다.

눈물을 닦고 난 구경꾼들은,

"저런 무당은 생전 첨이다."

또는,

"무당인지 선년지 모를따."

하고들, 찬사를 아끼지 않았다.

이날 밤의 을화는 큰무당으로 이름난 빡지에서도 일찍이 보지 못했던 큰 성과를 올렸다. 그 콩을 볶듯한 빠른 말씨에도, 그 한 마디 한 마디를 똑똑히 들을 수 있는 특이는 발음과, 그 묻어날 듯한 특이한 목소리는 구경꾼들의 감탄을 사고도 남을 만했다.

특히 을화의 굿이 구경꾼들의 감동을 산 또 하나 이유는 빠른 말씨와 느린 말씨를 대목에 따라 효과적으로 섞어 쓰는 데도 있었다. 재미나고 익살스러운 대목엔 빠른 말씨를 쓰고, 슬프고 감격적인 대목엔 느린 말씨를 쓰는 재능을 그녀는 천부적으로 타고난 듯했다.

굿을 마쳤을 때는 첫닭이 울고 난 뒤였는데, 빡지는 상기 몸이 풀리지 않아, 영감(큰박수)과 함께 머물러 쉬기로 하고, 을화는 집에 애기가 혼자라서 성 도령(작은박수)을 붙여 돌려보내기로 했다.

둘이 동구를 지나 냇가로 나오자 열이레 달은 한결 더 밝았다.

을화는 본디 달밤이면 공연히 발광이 나서 돌아다니던 성미라, 지금도 달빛에 그만 피로마저 확 가셔지는 듯했다.

얇고 잔잔한 시냇물을 건너, 모래펄을 지나, 숲머리를 돌 때, 을화는 성 도령에게 쉬어가자고 했다.

성 도령은 잠자코 그녀가 하자는 대로 지게를 숲머리에 세웠다.

을화는 모래 위에 궁둥이를 붙이고 앉은 채,

"나는 처자 때부터 달만 보면 자꾸 미칠 꺼 같데이요."

했다.

을화의 말에 성 도령도 달을 쳐다보며, 낮은 목소리로,

"달이사 안 좋닥할 사람 있는기요?"

하고, 맞장구를 쳤다.

"아까도 냇가에 나왔을 때 달이 하도 밝으니 고만 피로가 싹 풀려버리는 기라요."

이렇게 말하며 을화는 쭉 뻗치고 앉은 자기의 다리를 두 주먹으로 가

볍게 두드렸다.

"참 오늘 큰 고생했십니더, 생전 첨으로 그 어려운 큰 굿을 다 해냈으
니……."

하고 그녀 곁으로 다가앉은 성 도령은,

"내가 좀 두들겨 줄끼요?"

하며, 넓적한 손으로 그녀의 정강마루를 주무르기 시작했다.

"어떤기요, 좀 풀리는기요?"

"참 시원하네요."

을화의 대답에 성 도령은 힘이 났다. 그는 그녀의 정강마루를 만지기
시작했을 때, 그녀의 노염을 사지나 않을까 은근히 켕기는 속이었던 것
이다. 그는 정강마루에서 아래로만 만지던 것을, 이번에는 위로도 올라
갔다.

넓적다리에서 조금씩 더 위로 올라가자, 을화는 신음하는 소리로

"아이고, 아이고……."

했다.

이 소리에 더욱 신이 난 성 도령은, 넓적다리에서도 더 위로, 더 깊게
손을 넣었다.

"이이고, 인 되겠십니대이."

전신을 비비 틀며 가볍게 울먹이듯한 소리로 그녀가 이렇게 말하자
성 도령은 그녀의 양쪽 겨드랑이 밑으로 손을 옮겼다.

몸을 비비 꼬던 을화는 자기 손으로 옷고름을 풀어 저고리섶을 젖히
고 새하얀 젖가슴을 드러내놓으며 떨리는 소리로

"그마 안 되겠심더."

했다.

그와 동시, 성 도령은 그녀의 탐스러운 젖통 위에 양쪽 손을 얹으며,

"아이고, 이래 가 될는기요?"

했고, 뒤이어 그녀는 역시 떨리는 듯한 한숨 섞인 낮은 소리로

"그마 어떤기요?"

했다.

성 도령은 두 손으로 젖통을 움켜쥔 채 뒤를 한 번 돌아다보았다. 아무리 인기척이라고 있을 리 없는 밤중—그것도 새벽녘 가까운—이라고 하지만 달이 낮같이 환해서 아무래도 마음이 덜 놓이는 모양이었다.

그러나 그것을, 을화는 성 도령이 공연히 켕기어서 슬그머니 물러나려고 그러는 줄 지레 겁을 먹고, 그의 한쪽 소매를 꽉 움켜잡았다.

성 도령은 턱으로 숲 안쪽을 가리키며,

"숲 안에 더 보드란 모래밭이 있는데……."

했다. 숲 속의 더 아늑한 데를 원하는 말투였다. 둘은 서로 붙잡은 채 숲 속으로 들어갔다.

을화무

을화는 시무굿 오구굿의 소문은 그날 밤 모여들었던 구경꾼들의 입을 타고 온 고을에 퍼졌다.

이 소문이 경주읍내, 서문 밖의 정 부자네 집에도 전해져 들어왔다. 정 부자네, 맏며느리의 친정이 안강이었는데, 그 친정어머니가 이 소문을 딸에게 옮겼던 것이다.

본디 정 부자네는 세칭 삼대三代째 삼천 석지기라고 일컫는 유서 있는 부자였는데, 이 댁 마누라—정 부자의 어머니—가 굿을 좋아하여, 사람이 앓거나 죽거나 했을 때는 물론, 평상시에도 초하루 보름마다 소

위 축원굿이라 하여, 단골 무당을 정해 놓고 불러들였던 것이다.

그런데 얼마 전부터 큰손자—맏며느리의 큰아들—가 병이 나서 누웠는데, 단골 무당이 푸닥거리를 해도 시원치 않아, 어디 좀 더 영검 있는 새 무당이 없을까 하던 차이라, 사돈댁이 전한 을화 이야기를 듣자 곧 좀 불러올 수 없겠냐고 나왔다.

며느리는 시어머니의 분부를 받자 이내 안강으로 달렸다. 친정어머니에게 그 뜻을 전했더니, 친정어머니도 그 마누라의 부탁이라면야 하고, 그 자리에서 딸을 앞세우고, 잣실(백곡)로 향했다.

을화의 집을 찾는 것까지는 어렵지 않았으나, 을화가 얼른 승낙을 하지 않았다. 처음엔 남의 단골을 제치고 들기가 꺼림칙한지,

"거기도 다니던 신자神子12)가 있다는데……."

하고, 어정쩡해하다가, 안강 마누라가,

"목숨이 소중하지, 단골이야 정하기에 달린 거 아닌가 베."

하고, 간곡히 나오자, 이번에는 빡지를 끌어대었다.

"저는 우리 신어무이 끄는 대로 따라갑니더."

"하지만 정 부자 댁 마누라가 자네를 꼭 보작 하는데 어짤끼고."

"암만 해도 저는 우리 신어무이 허락 없이 거기까지는 못 가겠심더."

끝까지 버티었다.

하는 수 없이 안강 마누라와 안강댁(정 부자 집 며느리)이 빡지를 찾아가 사정을 했다.

빡지는 혼자 속으로, 정 부자 댁 마누라가, 자기를 통해, 을화를 대동하고 오도록 당부하지 않은 것을 섭섭하게 생각했지만, 이것도 선왕마님의 뜻인가 보다고 체념을 하고, 작은박수(성 도령)를 부르더니, 징 장

---

12) 무당이 자기를 가리킬 때 쓰는 말.

구를 지워 을화에게 보냈다.

얼굴빛은 석연치 않았지만, 이왕 딱지를 놓을 처지가 못 된다면, 최소한 굿을 할 수 있도록 작은박수에 곁들여 금구 일부를 보내주지 않을 수 없었던 것이다.

거기서 안강 마누라와 안강댁은 작은박수와 함께 다시 을화를 찾아갔다.

을화도 빡지가 작은박수에 금구까지 보내줬으니 그 위에 다른 말을 더 붙일 여지가 없으므로 곧 옷을 갈아입고 마누라들을 따라나섰다.

안강역에서 마차를 타고 경주에 닿으니 저녁 때였다.

정 부자 댁에서는 며느리가 새 무당을 데리고 올 것으로 내다보고, 미리 다 준비를 해두었으므로, 물에 담가두었던 쌀을 빻아서 떡을 찌는 동안, 한 머리 전물13)상을 차리고 해서, 떡을 쪄내자 이내 굿을 시작할 수 있었던 것이다.

굿이라고 하지만 오구가 아닌 작은 굿이었으므로 열한 시경에 끝이 났다.

작은박수와 함께 금구를 챙기고 있는 을화를 보고,

"어떻더노? 우리 손주 일어나겠나?"

주인 마누라가 물었다.

"방에 들어가 보이소."

을화의 대답이었다.

"뭐, 뭐라꼬? 나더러 들어가라꼬?"

마누라는 을화의 말을 잘못 알아들은 모양이었다.

을화는 약간 웃는 얼굴로,

---

13) 존물奠物. 신불神佛에 기원 또는 제사를 지내기 위한 상 위에 차린 음식물 따위.

"예, 방에 들어가 보이소."

또 같은 대답을 했다.

그때에야 을화의 말뜻을 알아들은 듯 마누라는 두말않고 손자 방으로 쫓아갔다.

손자는 자리에서 일어나 앉아 있었다.

"인석아 어떻노? 좀 어떻노?"

마누라의 묻는 말에 손자는 또렷한 목소리로,

"할매, 나 묵을 꺼 줘요."

했다.

갑자기 희색이 만면해진 마누라는

"오냐, 오냐, 주고 말고 주고 말고. 야야, 에미야, 인석이 멕일 죽 쑤락 해라."

이렇게 한 머리 분부를 내리기도 바쁘게 다시 을화에게로 쫓아나오며,

"나 좀 보자, 이리 좀 들오너라."

했다.

마누라는 을화를 안사랑으로 불러들이더니, 대뜸

"오늘밤 우리 집에서 자거라."

했다.

"안됩니더, 집에 다섯 살 묵은 애기가 혼자 있심더."

"그래? 그러면 안 되겠구나."

하더니, 조금 있다가, 다시,

"내 자네하고 조용히 의논할 게 있는데 어짤꼬?"

"지금 이 지리에서 하시먼 안 되겠십니꺼?"

"오냐, 좋다, 그라자."

하더니, 다시, 말을 돌려,

"참, 우리 손주 일어나 앉았다."

했다.

을화는 별로 놀라거나 신기해하지도 않은 채,

"첨에는 쪼끔씩 멕이이소."

했다.

"그렇다마다."

마누라는 간단히 대답하고 나서, 을화의 손목을 잡아 자기 앞에 다가 앉히며,

"내 우리 며느리한테 자네 형편 다 들었다. 내 자네 금구 부채 몽두리 한 벌 다 지어주고, 먹고 살 천량 다 대줄께, 초하루 보름으로 우리 집 축원굿 해주고, 푸닥거리 맡아주고, 그 밖에 큰 굿 때는 내 또 따로 대접 안 하리? 어때? 약조하게."

했다.

을화는 난처한 듯이 잠깐 머뭇거리더니,

"지한테는 너무 과합니더마는, 그래도 그런 거 지 맘대로 못합니더."

"자네 신어머이 있다는 말 들었다. 그러면 신어머이만 좋닥 하먼 약 조하제?"

"예에."

"그라고 이건 우선 오늘 밤 수고한 값이다."

마누라는 퍼런 지폐 한 장을 그녀의 손에 쥐어주었다. 십 원짜리였 다. 지금까지 무당 둘, 박수 둘, 네 사람이 매달린 채 밤새워 하는 오구 에서도, 십 원 나오면 후한 대접이라고 알아왔던 그녀로서는 너무나 놀 라운 큰돈이 아닐 수 없었다.

"웬 걸 이렇게 많이 주십니꺼?"

"넣어두게. 앞으로 섭섭잖게 할 꺼이 날 믿고 지내자이."

마누라의 당부였다.

을화와 성 도령이 정 부자 댁을 떠났을 때는 자정 가까이 되어 있었다. 칠월 초나흘의 칠흑같이 어두운 길을 둘은 묵묵히 걸었다.

낙원당—동네 이름—을 지나 야트막한 언덕길을 돌아갈 때, 성 도령이 먼저 쉬어가자고 했다. 그리고는 이내 그녀의 손목을 잡고 끌었다. 을화는 기꺼이 응했을 뿐 아니라 앞장서서 언덕 아래로 내려갔다.

이튿날 을화는 빠지를 찾아가자 마누라에게서 받은 십 원짜리 지폐를 내어놓았다.

빠지는 기꺼이 받으며

"내 딸 장하다."

했다. 그리고는 다시,

"성 도령은 늬가 아쉽거든 언제든지 말해라."

했다.

빠지가 '아쉽거든'이라고 하는 것은, 물론 을화의 굿을 돕는 박수로서의 성 도령을 가리키지만, 또 다른 뜻도 곁들이고 하는 말인 듯했다.

"어무이 고맙심더."

을화는 벌겋게 상기된 얼굴로 빠지에게 머리를 숙이고 돌아왔다.

을화가 빠지에게 내놓은 퍼런 지폐 한 깅은 이 밖에도 많은 효과를 내었다. 사흘 뒤 안강 마누라가 사돈댁의 부탁을 받고 그녀를 찾아왔을 때도, 심히 까다롭게 나오지 않고 을화를 보내는 일에 응한 것 역시 이십 원짜리의 공덕이 컸던 것이다.

그해 이른 겨울부터 을화의 배가 눈에 띄게 부르고, 그것이 또한 작은박수 성 도령의 애기라고 마을 사람들은 디 짐작하고 있었지만, 아무도 별로 해피하게 생각하는 사람이 없었다.

이듬해 사월 그믐께 을화는 딸을 낳았고, 그보다 두어 달 전부터 성 도령은 이미 을화의 집으로 옮겨 와 살고 있었다.

빡지는 성 도령을 을화의 집으로 보낼 때,

"자네는 내가 아들 삼아, 머슴 삼아, 평생 동안이라도 데리고 있을라 꼬 했는데 내 신딸이 자네한테는 다시없는 각시깜이라, 아무도 이 일을 막을 수 없다고 생각했다. 이미 그까지 나갔으니 가서 한테서 지내도록 해라마는, 여기 있을 때나 꼭같이 생각하고, 자네가 할 일은 찾기 전에 와서 해야 된다."

이렇게 말하고 새 옷 한 벌과 돈 십오 원을 내주었다.

빡지가 그에게 '자네가 할 일'이라고 한 것은 주로 종이꽃 따위로 보신개를 만드는 일과 그림을 그리고 징을 다루는 일 따위였다. 그는 처음 빡지네 머슴으로 들어왔지만, 머슴 일보다는 박수를 돕는 일에 능했고, 특히 손으로 무엇을 만들고 그리는 일에 뛰어났던 것이다.

그의 이름은 방돌方乭이요, 그의 아버지는 환쟁이로, 한 달 잡고 스무 이레는 객지로 떠돌아다니며 남의 그림을 그려주고 밥이나 얻어먹고 지내다가 겨우 노자라도 낫게 생기면 집에 돌아와 며칠씩 머물다간 또 휘딱 사라지곤 했던 것이다. 그러던 것이 방돌의 나이 열일곱 살 때 행방불명이 된 채 아주 돌아오지 않고 말았다.

방돌이도 처음엔 제 아버지를 따라 그림을 그렸는데, 혼자 된 그의 어머니가 아버지 팔자 닮는다고 기 쓰고 말려서, 그림을 집어치운 뒤, 어머니와 함께 농사를 짓고 지내다가, 그의 나이 스무 살 때 어머니마저 세상을 뜨자 남의 집 머슴살이로 들어가 이태째 되던 어느 날, 빡지 굿 구경을 하던 중 문득, 징 치고 종이꽃 만들고 그림 그리고 하는 화랑이(박수)가 부러워져서 빡지네 머슴으로 자리를 옮겼었다는 것이다.

그는 본디 마음씨가 고운 편이어서 자기의 친딸애를 귀여워한 것은 물론, 영술이를 돌봐주는 일에도 소홀하지 않았다. 영술이 아홉 살 때는, 글을 배우겠다고 떼를 쓰자, 보다 못한 방돌이 그의 손목을 잡고 서당으로 찾아가 얼마나 애걸을 했는지 모른다. 그러나 무당의 아들이라 하여 끝내 받아들여지지 않게 되자, 방돌이 천자책을 빌어다 자기 손으로 절반가량 베껴서 그것을 영술에게 가르쳤다.

그러나 영술의 글재주는 비범했고, 방돌의 실력은 본디 천자문 한 권도 채 떼지 못했던 터이라, 이내 바닥이 나고 말았다. 방돌은 이것을 보다 못해,

"절에서는 반상 차별이 없으니까 술이를 절에 데려다 가르치면 어떨까?"

하고, 을화에게 의논했다.

을화도 몹시 기뻐하며, 영술의 손목을 잡고 기림사祇林寺로 떠났다. 그 절에 그녀의 아는 스님이 계시다는 것이었다.

영술을 절에 보내고 난 뒤의 이삼 년 동안이 을화의 일생에 있어 가장 행복했던 시기였는지 몰랐다. 남편의 사랑은 살림에서, 굿에서, 잠자리에서 빈틈없이 극진했고, 굿은 날마다 인기와 상찬이 치솟았고, 월희는 옥으로 깎은 듯, 달의 혼을 빚은 듯 맑고 어여쁘게 자라났고, 보고 만나는 것이 모두가 기쁘고 즐거운 일들뿐인 듯했다.

이렇게 기쁘고 슬거운 나날 가운데서도, 을화는 무언지 불안과 두려움으로 부들부들 떨 때가 가끔 있었다. 그것은 주로 잠자리를 진탕으로 즐기고 났을 때 빚어지는 일이었는데, 그렇게 잠자리에 너무 심히 젖어드는 것을 선왕마님께서 처음엔 외면을 하시다가 요즘 와서는 차츰 노여워하시는 것 같다고, 그녀는 부들부들 떨며 남편에게 호소하곤 히었다.

그러던 어느 날, 월희가 까닭없이 음식을 못 먹고 그 대신 냉수만으로 요를 때우기 시작하더니, 한 보름 뒤에는 혀가 목구멍 쪽으로 좀 당

겨 들어가는 듯하면서 말을 잘 못 하게 되어버렸다.

이것을 을화는, 선왕마님께서 드디어 벌을 내리신 거라고 했다. 그리고는 굿이 없는 날 밤은 을홧골 서낭당이나, 때로는 그보다 더 깊은 산속으로 들어가 치성을 드리곤 하였다.

이 무렵부터 을화의 말씨나 거동에 차츰 변화가 일기 시작했다. 전에는 굿을 시작하여, 주당살이 끝나고 정중이나 방울 소리가 나야 신이 내리던 것이, 이 무렵부터는 언제 어디서고 신이 들린 채 굿을 할 때나 거의 같은 상태가 계속되었다.

어느 달이 밝은 밤이었다. 밤새도록 산골짜기에서 냇물가로 쏘다니다 돌아온 을화는, 남편에게 월희를 가리키며 공수를 전하듯

"우리 달희(월희)는 달나라 월궁 속에 사시는 옥황상제님의 일곱째 공주님이올시더. 상제님께서는 일곱 공주님을 두셨는데 우리 달희가 맨 막내 공주님이랍니다. 상제님의 일곱 공주님은 제석대왕帝釋大王님의 일곱 왕자님과 배혼을 하시는데, 첫째 왕자님은 첫째 공주님과 배혼하시고, 둘째 왕자님은 둘째 공주님과 배혼하시고, 셋째 왕자님은 셋째 공주님과 배혼하시고, 이렇게 가서, 우리 일곱째 공주님은 일곱째 왕자님과 배혼하실 차렌데, 일곱째 왕자님은 본디 바람기가 있어 자기 차례를 기다리지 못하고, 여섯째 공주님을 가로채어 버렸심더. 여기서 서로 짝을 잃은 여섯째 왕자님과 일곱째 공주님은 대왕님과 상제님께 배혼을 줍소사고 호소하여, 왕자님은 용궁으로 내려가 용왕님의 셋째 공주님과 배혼하시고, 일곱째 공주님은 우리 인간 세상으로 내려오시게 됐심더. 먼 타국에서 오신 손님이 우리 나라 말을 잘 못하는 거와 같은 이치올시더."

을화는 월희의 혀가 잘 놀지 않고 말을 잘 못 하게 된 사연을 이렇게 엮어대었다. 자기도 처음에는, 자기가 잠자리를 너무 삼가지 않은 죄과

로 마님께서 벌을 내리신 거라고 믿었었는데, 나중 그렇지 않은 연유를 알게 되었노라고, 남편에게만 살짝 일러주었다.

월희는 혀를 잘 못 놀리게 되면서부터 그림 공부를 시작했다. 그녀의 아버지인 방돌의 말에 의하면 그녀의 화재는 전생에서 타고난 것이라 하였다.

월희 자신은 말을 잘 못하게 된 데 대하여 별로 답답해하거나 안타까워하는 빛도 없었다. 본디 밖에 나가 놀지 않는 그녀로서는 말할 일이 별로 없는 편이기도 했다. 을화의 말대로 달나라에서 내려온 넋이 되어 그런지 사람에 싸이기를 꺼려하는 성미인 듯했다.

월희의 나이 아홉 살 나던 해였다.

정 부자 댁 마누라가 을화더러 읍내로 이사를 들어오라고 전했다. 을화도 자기의 굿이 거의 읍내를 중심하고 그 남쪽에만 있었기 때문에—읍내에서 북쪽은 빡지에게 양보하기 위하여 그녀 자신이 응하지 않았다— 번번이 이십여 리 길을 왕복한다는 것이 힘겨운 일이라 은근히 그 것을 원하고 있던 차에 마침 그러한 적당한 집이 같은 동네에 나왔던 것이다.

본디 옛날부터 무슨 신당神堂으로 쓰던 집인데, 그 뒤 어느 도사道士가 와서 살다가, 도사가 떠난 뒤에는 그 도사의 동재同齋 빨래를 맡아 하던 홀어미가 혼자 남아 살았다.

그런데 이 홀어미가, 얼마 지나자, 자기는 본래 그 도사의 수제자로 도술을 이어받았노라 하고 점을 치기 시작했는데, 세상에서는 그 홀어미를 가리켜 신당 할미, 명도 할미, 태주 할미 하는 따위 이름으로 불렀다는 것이다.

점이 잘 맞고 영검이 있어 정 부자 댁 마나님도 가끔 불러보았는데, 그 뒤 괴이한 사건이 터져 먼 곳으로 추방이 되시다시피 되었다는 것이다. 그리고 그 괴이한 사건이란 을화 자신도 잘 알고 있는 터였다.

그렇다고 그 집에는 아무나 들어가 살 수도 없고, 아주 비워둘 수도 없으니, 제발 들어와 살아달라는 것이었다.

을화무의 발전

성밖 동네로 이사를 온 뒤부터 을화와 방돌의 사이에 금이 가기 시작했다.

첫째, 을화는 그 집의 모든 것이 마음에 들고 흡족했지만, 방돌에게 있어서는 무언지 으스스하고 꺼림칙해서 마음이 잡히지 않았다. 집뿐 아니라 동네 사람들의 태도도 그랬다. 동네 사람들의 야릇한 미소, 또는 무심한 표정 따위가 을화에게는 호의적인 것으로 느껴졌고, 방돌에게는 그것이 경멸과 외면으로 받아들여졌다.

둘의 상반된 감정은 이런 따위 막연한 것에만 그치지도 않았다. 우선 방돌은 집안 청소를 깨끗이 하고, 뜰에 가득 찬 잡풀들을 뽑아내고, 군데군데 조금씩 허물어진 돌담도 새로 쌓고, 하자는 쪽이요, 을화는 방안의 먼지만 닦아내고 그 이외에는 어디고 일체 손을 대어서는 큰일 난다는 것이었다. 더군다나 뜰의 풀을 뽑거나 베는 일은 그녀 자신의 머리를 뽑거나 깎으려는 것과 꼭같다고까지 나왔다. 본디 을화는 인정이 많고 수월한 편이었지만 신령과 관계되는 일에는 너무나 과격하고 극단적이었기 때문에, 마음씨가 보드랍고 다툼질을 못하는 방돌이로서는 두말없이 그녀의 주장에 따를밖에 없었다.

그러나 차츰 방돌로서도 따를 수 없는 일이 가끔 터져나기 시작했다. 그것은 처음 을화가 술을 마시는 일로써 시작되었는데, 그것이 급속도로 발전하면서 부작용을 수반하게 되었던 것이다.

을화가 자주 다니는 술집은 '모과집' 또는 '성밑집' 이라고 불리는 보잘것없는 조그만 주막이었다. '모과집' 이라고 하는 것은 안주인의 얼굴이 모과같이 생겼다고 하여 붙은 이름이었고, '성밑집' 이라고 하는 것은 그 위치가 '긴 돌무더기' 같은 옛 성 바로 아래 있다고 해서 '성밑집' 이라고 불렀다. 을화는 이 집 주인 모과네를 성님이라 불렀고, 모과네는 을화를 동숭—동생—이라 불렀는데, 처음 어떠한 사연과 계기로 맺어졌는지 알 수 없으나, 둘의 사이는 친형제 이상으로 가깝다는 것이 주위 사람들의 정평이었다.

본디 이 모과집이 누룩과 물을 어디서 구해다 쓰는지 그 술맛이 그냥 배맛이라 하여, 그 외지고 쓸쓸한 돌무더기에 에워싸인 초라한 주막까지 술을 좋아하는 술꾼들의 발길이 끊이지 않았다. 더구나 을화는 모과네와 성님아 동숭아 하면서, 굿이 없을 때는 언제나 이 주막에서 살다시피 하였다.

이 주막을 찾는 단골 술꾼들이라면, 왠지 약간 지체 낮은 사람들이 많았고, 가운데는 박수(화랑이)들도 더러 끼어 있었는데, 그들은 이미 을화의 이름을 알고 있었던 만큼 여간 반가이 대해 주지 않았다.

가운데서도 섬 화랑苫 花郎이라고 부르는 나이 마흔 남짓된 박수가 있었는데, 처음부터 을화에게 호의를 보이기 시작했다. 처음엔 술을 몇 차례 샀고, 그러는 동안에 을화의 형편을 알게 되자 자기가 박수 일을 돕겠다고 제의해 왔다. 어느 무당이나 남편이 으레 박수지만, 큰굿에서는 박수가 한 사람만으로 부족하기 때문에 다른 집 박수와 서로 품앗이를 해주는 것이 통례로 되어 있었다. 그런네 방돌은 종이꽃을 만들고 그림을 그리고 하는 따위 일엔 뛰어났지만 징 꽹과리 장구 북 제금 정중 따위 금구를 다루는 일엔 아직 서툰 편이었다. 그래 섬 화랑(방돌)이

자기네(설 화랑) 굿에 보신개(종이꽃)와 징 꽹과리를 맡아주면, 자기는 이쪽 굿에 장구 제금 따위를 담당해 주겠다는 제안이었다.

을화는 물론 찬성이었다. 방돌도 박수들끼리 품앗이를 다닌다는 것은 필요한 줄 알지만, 그러나 을화가 술집에서 만난 자기의 술친구를 남편의 품앗이 상대로 끌어들이는 처사에 꺼림칙함을 느꼈다.

그렇게 얼마를 지나는 동안, 방돌은 을화와 설 화랑의 관계가 보통이 아니란 것을 알게 되었다. 성밑집에 가끔 들르는 그 동네 놈팡이로서 꺽다리라는 노름꾼이 있었는데, 이 꺽다리가 퍼뜨린 소문에 의하면 을화와 설 화랑이 정을 통한 지는 이미 오래여서, 주막에서는 그 관계가 거의 공공연히 인정되고 있었다는 것이다. 그러던 차에 설 화랑이 굿을 나가고 없을 때, 을화에게 뜻을 두고 지내던 또 다른 놈팡이(소장수)와 정을 통하게 되었는데, 이것이 두세 번 거듭되는 사이에 설 화랑이 알게 되어 싸움이 벌어졌다는 것이다.

방돌이 이 소문을 듣고 을화에게 추궁을 했더니, 을화는 조금도 숨기거나 거짓말을 하지 않고 순순히 자백을 했으며, 앞으로는 조심할 터이니 제발 참아달라고 빌었다.

"내가 본디 행실 궂은 년은 아닌데 술바람에 미쳤던가 베요. 그렇지만 집에서 달희 아베한테 섭섭하게 한 일은 없심더."

이것이 을화의 변명이었다. 그녀 자신의 말대로, 을화는 잠자리고, 음식 공대에서고, 방돌에게 섬소한 일은 거의 찾아볼 수 없었던 것이다.

그러나 을화는 그렇게 약속한 뒤에도, 술을 끊지 못했을 뿐 아니라 모과집에도 그냥 나다녔고, 모과집의 두 남자와의 관계도 청산을 못한 채 질질 끌려나가고 있었다. 다만 모과네가 두 남자의 사이에 들어, 서로 부딪치지 않도록 적당히 조정을 한다는 소문이었다.

그러던 어느 날 방돌이 갑자기 여행을 떠나고 말았다. 사전에 의논이 없었던 것으로 보아 심상한 여행이 아닌 듯했다. 한 이레 뒤에 집으로 돌아온 방돌은 을화를 보고, 단도직입적으로,

"나는 동해변에 나가 가게나 볼란다. 월희는 내가 데리고 갔으면 싶은데 임자 생각은 어떻노?"

이렇게 나왔다.

그때도 을화는 술이 얼근해 있었는데, 이 말을 듣자 두 손으로 방돌의 소매를 잡으며, 목멘 소리로 가락까지 붙여서

"너무함더 너무함더

우리 대주 너무함더

안 됩니더 안 됩니더

우리 달희 안됩니더

우리 달희 죽십니더

날 떠나면 죽십니더."

이렇게 대답하고 나서, 팔을 벌려 방돌을 얼싸안으려 했다.

방돌은 을화가 월희를 내어놓지 못할 것을 알았다. 그는 조용히 을화의 포옹을 물리치자 자리에서 일어났다. 그리하여 그는 조용히 방에서 나간 채 돌아오지 않았다.

방돌이 동해변—감포甘浦 근방—에서, 어포 분어 미역 다시마 따위 건물 가게를 보다는 소문은, 그 뒤 달포 만에 을화에게도 들렸다.

을화는 이따금 남편을 찾아가겠노라고 별렀지만 정작 길을 떠나지는 못했다. 그 대신 방돌이 쪽에서 한 철에 한 번쯤 미역귀 다시마 따위를 가지고 월희를 찾아보곤 했다.

을화는 을화대로, 방돌이 집을 나간 뒤에도 그를 남편이라고 누구 앞에서나 내세우곤 했다. 설 화랑 소장수 앞에서는 더욱 그랬다.

교회를 찾다

영술은 어머니의 심정이나 신앙이 예수교와는 너무나 먼 거리란 것을 깨달았다. 그녀로 하여금 예수교를 이해하고 이에 돌아오게 하는 일이 얼마나 험하고 가파른 길이 될지 헤아리기조차 어렵다고 생각했다. 그것은 그녀가 본디의 그 순해 빠졌던 어머니가 아니고, 지금은 아주 무당 귀신에 젖어버린 딴 사람으로 변해졌기 때문이었다. 그 인정 많고 순하던 어머니가 지금은 성이 많고 과격하고, 고집이 센 여인으로 바뀐 것이다.

먼젓번에만 해도, 영술이 그의 어머니의 '신령님'을 가리켜 우상이라고 말하자, 어머니는 당장에 얼굴빛이 홱 달라지며, 그를 몽달귀니 잡귀니 하고 달려들지 않았던가. 그때 만약 영술이 조금만 대항을 했던들, 어머니는 그의 얼굴에 이내 물그릇을 끼얹었을지도 모른다. 옛날의 어머니는, 아무리 남이 자기를 욕하고 핍박했어도 갑자기 성을 콱 내고 날카로운 말씨로 상대자를 공격할 수 있는 위인이 아니었던 것이다. 무당이 된 십여 년 동안에 어머니는 아주 딴 사람이 된 것이라고, 그는 한숨을 내쉬었다. 적어도 그가 가슴속에 하나 가득 품고 온 예수교의 복음이란 그의 부푼 꿈을 심기에는 너무나 깡마른 돌자갈밭이요, 뜨거운 불볕이었다.

그가 평양에서 떠나올 때는, 물론 어머니와 누이동생이 그립고 보고 싶은 마음도 간절했지만, 그보다도 기독교의 복음을 그녀들에게 전함으로써 자기가 누리게 된 끔찍한 행복을 그녀들과도 함께 나누겠다는 것이 더 간절한 소망이라면 소망이요, 목적이라면 목적이기도 했었다. 그는 그것이 그다지 힘들지 않게 이루어질 줄 믿었고, 그것이 이루어지면 거기서 다시 나아가, 이 고장의 보다 더 많은 사람들에게 이 복음을 전하고, 교회를 일으키고, 미신을 타파하고, 사귀를 물리치고, 어두운 골짜기에서 헤매는 사람들을 광명의 전당으로 이끌어내려는 것이, 고향을 찾게 된 그의 구경 목적이요, 꿈이기도 했던 것이다.

그러나 이러한 그의 꿈과 목적을 달성시킬 길은 너무나 멀었다. 어머니는 이미 그렇다 하더라도, 어려서 그렇게도 그를 따르던 그 천사같이 착하고 어여쁘던 월희마저, 이제는 어머니의 무당 귀신에 완전히 사로잡힌 채 도리어 오빠를 경계하는 눈빛이요, 숫제 말도 잘 알아듣지 못하는 꼴이니, 한심한 노릇이라 하지 않을 수 없었다(그는 물론 월희의 혀가 잘 돌아가지 않는 것도 사귀가 들린 탓이라고 믿고 있었다).

그렇다고 영술은 단념을 하고 돌아설 생각은 조금도 없었다. 그렇게 완강한 미신일수록 기어이 터뜨리고 그녀들을 마귀魔鬼의 질곡에서 건져내어야 하리라고, 그는 속으로 굳게 다짐했다.

그에게 이러한 용기와 의지를 들어부어 주는 것은 물론 예수교에 대한 신앙이었다. 그는 이러한 그의 결심이 기도로써 이루어질 것이라고 굳게 믿고 있었다. 이것은 그가 평양을 떠날 때부터 가슴속에 단단히 간직하고 온, 아무것에고 꿀릴 데 없는 최상의 힘이요 무기였던 것이다.

그러나 당장의 문제는 기도드릴 장소가 쉽지 않은 점이었다. 온갖 마귀魔鬼들의 초상과 부적符籍 따위가 벽마다 붙어 있고 신단이 차려져 있는 집 안에서 기도를 드린다는 것도 아예 마뜩찮은 일인데, 그의 어머니가 이것을 예사롭게 보아 넘길 리 만무하고, 반드시 몽달귀니 잡귀니 하여 야단법석을 떨 것이다.

그렇다고 뜰을 이용할 수도 없는 노릇이었다. 바깥벽에도 삥 돌아가며 온갖 귀신들의 화상이 다 붙어 있고, 마당과 뒤꼍에는 시커먼 잡풀들이 엉켜 있으니 그 속을 헤치고 들어갈 수도 없는 노릇이었다.

영술은 이튿날, 이 고장의 교회를 찾기로 했다. 우선 그가 힘을 빌 곳은 교회밖에 없다고 헤아려졌던 것이다.

이 고장에서는 교회를 보통 회당이라고 불렀는데, 그것은 함석 지붕의 창고 같은 나지막한 집이었다. 마당 앞에는 수양버들이 서 있고, 수양버들 곁에는 집 높이보다 곱절가량 되어뵈는 종각이 세워져 있었다.

종각 건너편이 우물인 모양으로, 서른 살쯤 나뵈는 아주머니가 물동이를 이고 교회 뒤꼍에서 나오더니 우물가로 가고 있었다.

영술은 그 아주머니를 따라 우물가로 다가갔다.

"아주머니, 저 물 좀 마실 수 있을는지요?"

영술이 공손스런 말씨로 물었다.

아주머니는 영술을 돌아보더니 당황한 어조로,

"어짤꼬? 그릇이 없는데"

하더니 다시,

"그마 두레박으로 마실랍니꺼?"

하고 되물었다.

영술이 미소를 지으며 경주말씨로,

"아무래도 좋심더."

하자, 아주머니는 두레박으로 물을 길어 올리더니, 윗물을 조금 쏟아내고 나서 두레박째 영술에게 내밀며

"여깄십니더."

한다.

영술은 두레박을 두 손으로 받아, 그 언저리에 입을 대고 물을 마셨다. 남은 물을 수채에 버리고 빈 두레박을 다시 아주머니에게 건네고 있을 때, 회당(교회) 뒤꼍에서 마흔 살가량의 바짝 마른 조그만 사나이 하나가 이쪽을 향해 걸어왔다. 사내는 누르스름한 다 낡은 양복바지 위에 희끄무레한 한복 저고리를 입고, 그 위에 진회색 조끼를 받쳐 입은

채 머리에는 절은 보릿짚 모자를 쓰고 있었다.

"어디서 왔십니꺼?"

사내는 다가오자 이내 영술에게 이렇게 물었다.

"예, 여기가 본디 고향인데 그동안 평양에 가 있었습니다. 아저씨는 회당에 계십니까?"

영술은 사내에게 머리를 약간 수그려보인 뒤 이렇게 물었다. 그가 사내에게 회당에 계시느냐고 물은 것은, 교회에 나오시는 분이냐는 뜻과, 교회의 일을 보시는 분이냐는, 두 가지 뜻을 겹쳐서 묻는 속이었다. 그가 지금까지 다녀본 경험에 의하면, 어느 교회에서나, 교회의 청소도 하고 종도 치고 하는 아저씨가 한 분씩 교회 뒤꼍에 살고 있기 마련인 만큼, 지금 이 아저씨도 그런 사람이거니 해서 묻는 말이었다.

"예, 회당 일을 봄더. 바로 이 안에 안 삽니꺼."

아저씨는 회당 뒤를 가리키며 대답했다. 봅니다, 합니다, 할 것을, 봄더, 함더, 하는 것은 이 고장의 사투리란 것도 영술은 알고 있었다. 그러고 보면 이 아저씨는 이 고장 토박이라고 영술은 짐작했다. 김 집사金執事라 했다.

"저도 본디 여기가 고향이지만 그동안 쭉 객지에서 살았습니다. 평양서 현달선(핸더슨)이라는 미국 선교사 밑에서 사랑을 받고 있었습니다."

영술은 이 김 집사의 협조를 받기 위하여, 자진해서 자기소개를 했다. 그리고는 자기의 용건을 간단히 이야기했다.

사내는 거의 감격적인 목소리로, 영술이 언제든지 회당에 나와 기도를 드려도 좋을 뿐 아니라, 회당의 책임자인 양 조사揚 助士에게도 잘 이야기해 두겠다고 하였다.

"신자 수는 일마나 됩니까?"

"똑똑히는 모르지만 백 명도 더 될 낌더. 주일날은 회당 안이 거의 차니까요."

김 집사는 이렇게 말하며 회당 앞으로 가서 문을 열어보였다.

회당 안은 야트막한 판자로 가운데를 세로로 막아 방을 둘로 갈라놓았는데, 동쪽이 여방, 서쪽이 남방이라 하였다. 한쪽 방이 각각 열일곱 여덟 평가량씩 되어 보였다.

평양이나 서울서 영술이 구경한 큰 교회에 견준다면 너무나 좁고 보잘것없는 시설이었지만, 그런 대로 이 고장에까지 이렇게 복음의 전당이 그 막을 올렸다는 사실만 해도 여간 놀랍고 다행한 일이 아니라고 그는 생각했다.

"열심 있는 이들은 주일이나 예배날이 아니라도 무시로 여기 와서 기도를 드리고 안 갑니꺼."

김 집사는 영술을 격려하듯 이렇게 말했다.

이 밖에도 김 집사는 회당과 신자들의 현황에 대하여 생각나는 대로 이것저것 이야기해 주었다. 가운데서도 박 주사라는 이에 대한 이야기는, 영술에게 있어 여간 고무적이 아니었다. 그것은 그가 이 교회의 설립자요, 유일한 장로 어른이라든가, 교회 일을 자기 집 살림 돌보듯 한다든가, 성내에 들올 때마다 꼭꼭 교회에 들러 한 바퀴 돌아다보고 간다든가 하는 따위보다도, 기독교에 투신한 동기가 미신을 타파하기 위해서였다고 하더라는 이야기에 마음이 끌렸기 때문이었다.

"본디 뭘 하던 분인데요?"

"본디 말입니꺼. 저 밤들〔栗原〕 양반 아입니꺼. 천석꾼이지요. 나라가 이 꼴이 되니 양반 부끄럽닥 하면서 자기 손으로 상투 잘라버리고 읍내로 들온 기라요."

"그 어른 꼭 찾아뵙고 싶은데요."

"암요. 그래야지요. 매일같이 회당에 들립니더. 주일날은 말할 것도 없고요……."

영술은 김 집사에게 머리를 수그려 감사의 뜻을 표한 뒤, 교회 안으로 들어갔다. 교회 안은 방바닥이 마루였고, 가운데의 판자막이 위로 드문드문 남포등이 달려 있었다. 그때는 낮이었으므로 물론 남포등엔 불이 켜져 있지 않았으나, 방 안이 그다지 어둡다고 느껴지지는 않았다. 동서 양쪽 벽으로 각각 두 군데씩 유리창이 나 있기 때문인 듯했다.

영술은 교회 안을 한 바퀴 천천히 돌아다본 뒤, 마루 한가운데 와서 꿇어앉자 가만히 눈을 감았다. 이렇게 시작된 기도는 약 두 시간 뒤에야 끝이 났다.

기도를 드리고 난 영술은 다시 품에서 조그만 성경책을 끄집어내어 요한복음을 읽기 시작했다. 그가 성경책을 스무 페이지가량 읽고 났을 때는 점심 때도 훨씬 지나 있었다. 그러나 웬 까닭인지 조금도 시장기가 들지 않았다.

그는 교회에서 나오자 뒤꼍으로 돌아가 김 집사를 찾았다.

"집사님, 여기 물수건 좀 없습니까?"

영술의 목소리에 방문을 열고 나온 김 집사는, 그를 보자 대뜸

"젊은 양반 참 용합니대이[14]."

했다. 장하다는 뜻이었다.

"어디요. 부끄럽심더."

영술도 익숙한 이 고장 말씨로 대답했다. 자기도 모르게 사투리가 이렇게 척척 나와졌던 것이다. "아니오"라는 뜻을 "어디요"라고 하는 것은 자기도 그 순간까지 까맣게 잊어버리고 있었던 것이다.

"물수건은 뭐 할락 합니꺼?"

---

14) 일반적으로, 묘하게 잘한다는 뜻으로 쓰지만, 경주 지방에서는 사람이 순하고 참을성이 많은 경우에도 이렇게 말한다.

"유리창을 좀 닦을락 합니더."

"마아 나아두소. 낼이먼 내가 다 닦을 낍더."

"아입니더. 이쪽 남男방 꺼만 지가 닦을람더."

영술이 사정하다시피 말하자 김 집사는 못 이긴 듯이 행주를 내주었다.

영술은 웬 까닭인지 고맙고도 기꺼운 마음으로 유리창을 다 닦은 뒤, 그 물수건을 자기 손으로 깨끗이 빨아서 돌려주고 돌아왔다.

이튿날도 영술은 빈 회당 안에서 역시 기도를 드리고 나서, 이번에는 여女방 유리창을 닦았다.

사흘째도 영술은 혼자서 기도를 드린 뒤, 이번에는 마당을 쓸려고 빗자루를 빌리러 김 집사를 찾았다. 그때 마침 김 집사는, 어떤 키가 좀 크고 새카만 콧수염을 여덟팔자八字로 기르고 흰 모시 두루마기를 입은 위엄 있어 뵈는 남자와 무슨 얘기를 하고 있었다. 영술을 보자 김 집사가,

"젊은 양반 이리 오소."

손짓을 했다.

영술은 그들 곁으로 다가가자,

"이 어른이 바로 박 주사 박 장로님 아입니꺼."

흰 두루마기를 가리켰다.

영술이 흰 두루마기 앞에 허리를 깊이 구부려 절을 했다.

박 장로는 새까만 여덟팔자 수염의 왼쪽 꼬리를 잠깐 쓰다듬고 나서,

"평양 있었다고?"

했다.

"예."

"선교사 밑에서?"

"예."

"여기가 고향인가?"

"예."

"성명은?"

"……."

영술은 대답이 막힌 채 얼굴이 새빨개졌다. 그는 사생아였기 때문에 아버지의 성을 타지 못한 채였다. 절에 있을 때는 성자姓字 대신 석釋으로 통해 왔고, 평양서는 선교사의 성을 따서 현玄이라 했지만, 지금 박주사 앞에서 석이나 현을 붙일 수는 없었던 것이다.

영술은 한동안 머뭇거리다가 겨우 그의 어머니의 성을 붙여서 배영술이라고 대답했다.

"집은?"

"……."

영술은 또 대답이 막혔다. 성밖 동네라고 했다가, 무당의 아들이란 것이 들통날까 봐 그것이 두려웠던 것이다.

그는 목구멍 속으로 꺼져가는 듯한 목소리로

"성밖입니더."

했다.

"서부리 말인가?"

"예."

"그러면 나하고 한 동네로군. 바깥어른의 함자를 뉘씨라고 하는고?"

"안 계십니더."

"돌아가셨나?"

"예."

"저런, 쯧쯧."

하더니, 그는 다시 말을 이어,

"딴 볼일 없으면 나하고 같이 나가세. 한 동네니까."

했다.

이 교회의 주인 격인 박 장로님이 처음 보는 젊은이더러 동행을 하자
는 제의는 여간한 호의나 친절이 아니었다.

그러나 영술은 얼른 대답을 못했다. 동행하는 동안 자기의 신상에 대
해 이것저것 자꾸 물어온다면 결국은 들통이 나고 말 것이라 헤아려졌
기 때문이었다. 그러나 다음 순간, 어차피 그를 찾아뵙고, 그의 도움을
빌려야 할 처지라면 이것이 좋은 기회라는 생각도 들었다. 그래, 모든
것을 실토해 버리자, 무당의 아들이란 것도, 사생아란 것도……. 이렇
게 마음을 굳힌 영술은 대답했다.

"예…… 그렇지만 황송해서……."

"천만에……. 우리 교회도 자네같이 젊은 사람들이 일어나야 할 땔
세."

박 장로는 무언가 자기 나름대로의, 교회의 대한 어떤 포부를 말하는
듯했다.

동네 어귀에 왔을 때, 박 장로는 걸음을 멈추며 영술을 바라보고,

"자네 집은 어딘고?"

물었다.

영술은 동네 가운데 쪽을 손가락으로 가리키며 고향 사투리로,

"저쪽입니더."

하고 나서, 이번에는 서울말씨로,

"저, 장로님께 여쭐 말씀이 있는데 언제쯤 틈이 있겠습니까."

물었다.

"그런가, 언제든지 좋지. 지금이라도 괜찮으면 같이 가세. 저녁이나
같이 들면서 천천히 얘기라도 나누게……."

박 장로는 이렇게 선선히 승낙을 했다.

박 장로 댁은 성밖 동네의 동쪽 들머리에 있었다. 문패에는 박건식朴
健植이라 붙어 있었다.

사랑방으로 인도되어 들어간 영술은 박 장로가 아무리 편히 앉으라
고 권해도 듣지 않고 그냥 꿇어앉아 있었다.

주인이 자리를 잡고 앉는 것을 보자, 영술은 일어나 큰절을 한 번 하
고 나서 다시 먼저와 같이 꿇어앉은 채,

"장로님께 먼저 용서를 빌어야 할 일이 있습니다."

했다.

"무슨 일인고, 얘기해 보게."

박 장로의 승낙을 얻고도 그는 한동안 머뭇거리고 나서, 겨우

"저, 저는, 사실은, 저, 저의 어머니가 무당이올시다."

이렇게 입을 열었다.

"무어…… 무당이라꼬?"

"예. 그리고 저는 아직 저의 아버지가 누군지, 어떻게 생겼는지, 본
적도 없습니다."

"엄마가 무당이다. 그렇다면 바로 이 동네 사는 저……?"

"예."

"그러면, 저, 바로 그 집이로구나."

박 장로는 몹시 놀라는 얼굴이 되며, 혼잣말같이 중얼거렸다. 그는
얼굴을 들어 영술을 한참 바라보고 있더니, 무슨 말을 하려다가 마는
눈치였다.

"제가 그 집에 온 것은 나흘 전입니다."

"그렇다면 자넨 그 집 내력을 잘 모르겠군. 어서 얘기나 마저 해보게."

박 장로는 그 집의 내력에 대하여 무슨 특이한 것을 알고 있는 듯한

말투였으나, 영술은 당장 그것을 물을 수도 없었다. 그는 박 장로가 시키는 대로, 자기의 과거를 자기가 아는 한도 안에서 솔직히 이야기했다. 그러나 그가 집을 떠난 것이 열한 살 때였고, 또 그때까지 그는 친구를 별로 사귈 수도 없었기 때문에, 자기의 출생이나 열 살 이전의 일에 대해서는 잘 모르고 있는 것이 사실이었다.

"제가 저의 가정 형편을 감추려고 하는 것은 누구를 속이려는 것보다, 사실대로 털어놓으면 아무도 저를 상대해 주지 않을 것 같아서 그것이 두려워 그렇습니다."

영술은 이야기가 끝난 뒤 이렇게 덧붙였다.

"염려말게. 그런 점으로 보아서도 예수교는 참으로 훌륭한 종교라네. 자네도 알겠지만, 예수는 주로 자네 같은 사람들을 상대했거든."

박 장로는 이렇게 그를 위로하고 나서, 다시

"나는 자네같이 젊고 현명한 청년을 좋아한다네. 네가 지금까지 맘속으로 기다리고 있던 청년인지도 모르겠어, 자네는……"

하고 말을 맺었다.

이에 용기를 얻은 영술은,

"제가 처음 교회에 갔을 때, 교회 일 보시는 김 집사님이 장로님 이야기를 들려주시면서, 장로님께서 교회에 나오시게 된 연고가 미신 타파라 하시기에 특히 감동을 받고, 장로님께 나와 가르침을 받겠다고 혼자 맘속으로 다짐했댔습니다."

"……"

박 장로는 잠자코 고개를 크게 끄덕거리고 나서,

"그럴 걸세. 그 연고란 것이 바로 자네가 살고 있는 그 집 이야기라네."

하며, 먼저보다 광채가 어린 두 눈으로 영술을 건너다보았다.

"저, 저의 집이라고요?"

"그렇다네."

박 장로는 부드러운 목소리로 이렇게 대답하고 나서, 자기가 예수교를 믿게 된 동기를 천천히 이야기해 주었다.

박 장로

박 장로 박건식은, 김 집사가 이야기한 대로, 밤들 박씨〔栗原 朴氏〕가문에서는 첫째로 손꼽히는 인물이었다. 밤들 박씨라고 하면, 삼대 진사三代 進士에 오대五代 천석꾼으로 일컬어지는 향반鄕班이요, 토호였다. 그러니까 진사는 건식의 할아버지 대까지 삼대째 내려왔고, 재산은 그의 당대까지 다섯 대를 천석꾼으로 내려왔더라는 것이다.

그가 이렇게 유서 깊은 고기古基를 버리고 지금의 서부리로 나온 것은, 나라를 잃던 이듬해니까 그의 나이 서른다섯 살 때의 일이다. 그러니까 그의 나이 서른네 살 나던 해, 그는 그 엄청난 비보悲報를 듣자,

"나라 잃은 백성이 양반은 어디 있으며, 상투는 무슨 소용이야?"

하며, 손수 자기의 상투를 잘라 사당祠堂에 바치고 사흘 동안 통곡을 끊지 않았다.

사흘 뒤, 그는 사당에서 나오자 다시 그의 아버지 앞에 엎드린 채,

"이 불효자식을 아버님 곁에서 멀리 떠나게 허락해 줍소서."

하고, 일어나지 않았다.

그의 아버지는 건식이 부모의 허락 없이 스스로 상투를 잘랐다고 듣자, 처음엔 분을 참지 못하여 펄펄 뛰었으나, 사흘 동안이나 사당에서 통곡한 뒤 다시 자기 앞에 나와 엎드린 채, 멀리 떠나게 해달라고 사정

을 하니, 너무나 기가 막히는지 아무런 말도 없이 담뱃대만 계속 빨고 있었다. 이렇게 아들은 엎드린 채 일어나지 않고, 아비는 말없이 담뱃대만 뻑뻑 빨고 하기를 나절이 다 하도록 끝나지 않으니, 어미가 보다 못해 자식 죽는 꼴 봐야겠느냐고 영감께 호소하여 간신히 얻어낸 허락이란 것이, "썩 일어나 물러가라"였다.

'물러' 간 아들은 자기 방에 가 쓰러진 채 열흘 뒤에야 겨우 자리에서 일어났다. 그것도 그의 어미의 "네 죽으면 우리 집에 살아남을 사람 하나도 없다"는 목멘 호소가 주효한 덕이었다고 한다.

자리에서 일어난 아들을 불러놓고 영감은,

"그래, 네가 내 곁을 떠난닥 하면, 어디로 갈 작정이고?"

따지기 시작했다.

"아버님, 용서해 주시이소. 소자가 차마 눈을 뜨고 하늘의 해 달을 쳐다볼 수도 없십니더."

"나라 잃은 백성이 늬 하나뿐이가? 늬 하나 없어진다꼬 나라를 되찾나? 어째서 늬는 늬 목숨이 늬 혼자 꺼라고 생각하노? 늬가 어디로 가 뿌리면 우리는 다 어떻게 살란 말고?"

이렇게 말하는 영감으로서도, 아들이 어디로 간다는 것이 무엇을 뜻하는지 잘 모르고 있었다.

"……."

아들은 고개를 깊이 떨어뜨린 채 대답이 없었다.

"속 시원히 말이나 해봐라, 어디로 갈락 하노?"

"아버님 용서해 주시이소. 소자는 머리를 깎고 산으로 들어갈까 하옵니더."

"뭐? 중이 된다꼬?"

"……."

"중이 되는 거는 세상에서 없어지는 거나 같은 기라. 사내자식이 어짜면 그렇게도 매몰스러우냐? 이 늙은 애비 에미, 불쌍한 처자식 다 내버리고 늬 혼자 중질이나 갈란다 이거가? 에이 천하에 호종 같으니라고."

영감은 소리를 벽력같이 지르자, 자리에 눕고 말았다. 그리하여 그날부터 이번에는 영감이 식음을 끊었다.

마누라가 미음을 차려다 놓고 아무리 빌어도 일어나지 않았다.

"그놈의 중질 가는 꼴 보기 전에 내가 먼저 죽어야지."

이 말을 들은 어미는 아들을 붙잡고 울었다.

"늬가 기어이 아바이 죽는 꼴 봐야 되겠나? 제발 중질 간단 말만 안한다꼬 해라."

어미가 밤낮으로 매달려 눈물을 흘리니, 아들도 견디지 못하는 듯, 아비 앞에 나아가, 중질 갈 생각을 돌리겠으니 제발 자리에서 일어나 식음을 취하시라고 빌었다.

이듬해 봄이 되자, 아들은 다시 아비 앞에 나와 엎드렸다.

"무슨 일고?"

"아버님, 소자가 읍내로 옮겨가 나라를 되찾는 일을 벌여야 하겠습니더. 제발 허락해 줍소서."

"나라를 되찾겠다꼬?"

"예."

아들의 목소리에는 결연한 의지가 비치고 있었다.

영감은 오래 생각하고 나더니,

"늬가 집을 떠난닥 하는 거는 나로서 참으로 죽기만치 싫다마는 중질 가는 거카마사 안 낫겠나? 부디 나가 있더라도 집에 자주 오고, 관혼상제야 더 말할 나위도 없지마는, 집안에 대소사大小事가 있을 때는 빠지지 말고 다녀가도록 해라."

이렇게 조건부의 허락을 했다.

건식은 집안일을 아우에게 맡기고 읍내(서부리)에다 새 집을 마련하여 자기에게 딸린 권속만 데리고 나오려 하였다. 그러나 그의 아버지는,

"너의 권솔은 여기 두고 너 혼자 나가든지, 불편하면 소실을 두더라도, 권솔까지 옮겨가지는 못 한다."

하고 나왔다.

"아버님, 소자가 무슨 호강을 할라고 부모님을 버리고 나가능기요? 밤들 누구네라고 하면 아는 사람은 다 아는데, 이 판국에 소실이나 들이고 거들렁거린닥 하면 남이 뭐락 하겠십니꺼?"

"늬 손으로 밥을 지어먹고 사는 한이 있닥 해도, 에미는 안 된다, 내가 눈감기 전에는 못 내놓는다."

아버지는 끝까지 강경했다.

박건식은 하는 수 없이, 옛날부터 자기 집의 일을 보아오던 김 서방 내외만 데리고 나왔다.

달포 뒤, 그의 어머니가 읍내로 아들을 찾아와서,

"내가 그동안 늬 어른하고 아모리 궁리를 해봐도 별수가 없더라. 하루이틀도 아니고, 어중간한 나이에 남자가 어떻게 혼자 사노? 늬 안사람과 자식들을 늬 대신 밤들을 지켜야 한다. 늬 어른도 그렇고 나도 그렇고, 우리는 앞으로 세상을 떠날 사람이고, 박씨 가문은 늬가 주인인데 늬가 이렇게 나와 있으니, 늬 안사람과 자식들은 하늘이 두 쪼각 나도 밤들에서 살아야지 떠나서는 안 된다. 그래서……."

잠깐 말을 그치고 아들의 얼굴을 건너다보았다.

아들도 어머니가 무슨 말을 하려고 한다는 것을 대강 짐작하고 있었다.

"어머니, 밤들은 동생이 지킬 겁니더."

"동생한테 맽길 일이 따로 있다. 종가는 종손이 맡아야 된다. 늬가 박씨 가문의 주인이다. 늬 어른이 늬를 읍내로 내보낸 거만 해도 응어리가 져 있는데, 늬 안사람하고 자식들은 하늘이 두 쪼각 나도 안 된닥 하더라. 그러니 잔말 말고, 얌전한 사람을 하나 딜여라…… 마침 뒷실 동네에 참한 사람이 있다고, 늬 처삼촌이 와서 귀띔을 해주길래 가보았더니, 혼기 놓친 규수락 해도 나이가 스무 살밖에 안 됐고, 사람은 그럴수가 없더라. 여북해서 늬 처삼촌이 쫓아와서 귀띔을 했겠나?"

"어머니, 지 속을 그렇게 몰라주십니꺼?"

"오냐, 몰라서 그런 게 아니다. 나라 뺏긴 한을 누가 모르겠나. 하지만 나라 일을 늬 혼자 못하는 거고, 박씨 가문 일은 늬한테 달린 거 아니가? 부모한테 불효가 되고 조상 앞에 죄인이 된닥 해도, 늬 혼자 돌릴 수 있는 일이락 하면 부모라고 굳이 말리겠나?"

어머니의 이 말에는 건식도 무어라고 대꾸할 길이 없었다.

"……"

"늬가 뒷실까지 가기 싫닥 하면 내가 고마 알아서 하마. 나중에는 천하를 잡더라도 우선은 제 발등의 불을 끄고 봐야 될 게 앙이가?"

그런 지 보름쯤 지나, 어머니는 그 스무 살 난 노처녀란 사람을 데리고 읍내로 왔다.

건식은 그 일이 도무지 마땅치 않고 떳떳하지 못하다고 생각은 하면서도, 부모님과 날카롭게 부딪칠 수가 없고, 또 은연중에 느껴지는 생리적인 욕구도 있고 해서, 못 이기는 듯이 손님을 맞아들였다.

건식이 새사람을 들인 거라고 인정하자, 아버지는 그를 불러 돈 오백 원을 내어주며,

"내가 그동안 땅을 사려고 모아두었던 돈에서 먼젓번에 늬가 집을 마련할 때 오백 원을 가져갔고, 이것이 남은 돈이다. 이걸 가지고 늬사 장

사를 하든지 나라 일을 하든지 맘대로 하되, 이 이상 전장을 처분해서 쓸 생각은 하지 마라."

한결 누그러진 목소리로 이렇게 말했다.

"아버님, 소자는 결코 유흥이나 방탕을 탐해서 돈을 쓰려는 게 아임 니더. 나라 일을 하는 데 어떻게 오백 원으로 되겠십니꺼."

"늬 말을 몰라서가 아니다. 늬는 박씨 가문을 지켜야 된다. 집이 있어 야 나라도 있다."

건식은 아버지와 맞서 싸울 수가 없었으므로, 그날은 그냥 오백 원을 받아넣고 읍내로 돌아왔다.

그가 읍내로 돌아오자, 그동안에 앞마을 최씨 댁에서 사람이 다녀갔 다고 했다. 앞마을 최씨라고 하면 읍내에서 제일가는 명문으로, 종가 주인인 최감崔堪 씨는 일찍부터 그가 우러러 모셔오던 어른이었다. 곧 앞마을로 달려갔더니, 최감 씨가 서울서 내려왔다는 안혁安赫이란 사람 을 소개해 주었다. 안혁은 독립군을 모으기 위한 군자금을 마련하러 이 승만의 밀명을 띠고 내려왔다고 했다. 최감 씨가 먼저 오백 원을 내어 놓으며, 박건식에게도 힘 자라는 대로 돕자고 했다. 건식은 최 진사(최 감)의 제의를 즉석에서 쾌락하고, 삼백 원을 내어놓았다.

박건식은 그 뒤, 수중에 남은 돈 백 원 미만을 노자로 하여 서울까지 올라가 세상 되어가는 꼴을 대강 살펴보고 내려오자 바로 최감 씨를 찾 아갔다. 서울에서는 박건식의 친척 되는 사람도 살고 있었지만, 본디 상경할 때, 최감이 찾아보라고 당부한 인물도 몇몇 있었던 만큼, 귀향 즉시 그에게 보고를 드려야 할 형편이었던 것이다. 대강 보고를 듣고 난 최감은,

"그래 독립군 관계는 알아보았는가?"

수염을 쓰다듬으며 이렇게 물었다. 그는 박건식보다 열다섯 살이나

연상인 데다 박건식이 젊을 때부터 알아 모시던 어른이요, 또 동향 선배이기도 하여, 박건식에게 반말을 썼다.

"먼저 다녀간 안혁이란 사람이 독립군 일에 가담하고 있는 것은 사실입디더. 허지만, 지금 우리가 있는 재산 털어서 군자금을 댄다고 당장 나라를 되찾을 수는 없답니더."

"그걸 누가 모른다나? 그냥 죽치고 있을 수가 없어서 그렇지."

최감이 나무라듯이 한마디 불쑥 했다.

"그렇십니더. 그러니까, 그 돈을 가지고 학교를 세운다든지, 외국으로 유학생을 보낸다든지 해서, 좀 더 멀리 내다보고 일을 시작하는 것이 낫지 않나, 그럽디더."

"……."

최감은 대답을 하지 않고 한참 동안 머리를 수그린 채 생각하고 나더니, 찬찬히 얼굴을 들어, 낮은 목소리로,

"옳은 말일세."

했다.

그러나 그때는 아직 무단정치武斷政治가 강행되고 있었으므로, 교육기관이라 해도 마음대로 손을 댈 수가 없었고, 거기다 그만한 기금을 마련하는 것도 결코 쉬운 일이 아니었다. 여기서 왜군 당국과 접촉하는 일과 부지敷地를 마련하는 일은 최감이 맡기로 하고, 교사와 시설을 갖추는 일은 박건식이 책임지기로 했다.

박건식은 밤들로 돌아가 아버지를 찾아뵙고 이 뜻을 밝힌 뒤 자기 몫으로 전답 오백 석지기만 처분해 주십사고, 다시 사정을 했다.

"그 돈을 가지고 뭘 할락 하노?"

영감은 새삼스레 이렇게 물었다.

"교육사업을 시작할랍니더."

"늬 생각은 짐작하겠다마는, 그건 안 된다. 꼭 할락 하거든, 내 죽은 뒤에 시작해라. 나도 조상으로부터 물려받은 재산인데 어째 내 맘대로 처분하노?"

"아버님, 나라가 없어졌는데 재산을 가지면 뭐하는 기요?"

"나라가 없어졌다꼬 조상도 없어진 거는 아니제? 암만 나라가 망했닥 해도 조상은 남아 있제? 나는 죽었으믄 죽었지 조상 앞에 죄인이 될 수는 없다."

아버지는 이렇게 잘라 말하고 나서, 건식의 어떠한 말에도 귀를 기울이지 않겠다는 듯이 돌아앉고 말았다. 그러한 아버지와 맞서 다툴 수가 없어, 건식은 일단 읍내로 돌아왔다.

그러나 그가 읍내로 나온 지 닷새 만에 밤들로부터, 아버지가 병환이라는 기별이 왔다. 건식이 곧 밤들로 달려가 보았더니, 아버지는, 그날 건식이 아버지와 다투다가 읍내로 떠난 뒤부터 자리에 누웠는데, 밤잠도 식사도 잘 취하지 못하는 채, 기동을 못한다는 것이다. 의원도 여러 군데 불러다 보였으나, 뚜렷한 병명도 알아내지 못한 채 무슨 약을 써도 효험이 없으니, 이것은 필시 건식과의 말다툼에서 심한 충격을 받았기 때문이라 하였다.

"아버님 소자가 먼저 말씀드린 교육 건은 없었던 걸로 보시고 마음 놓아주시이소. 그 일은 읍내 최 진사님이 맡아주시기로 하고, 지는 그저 진사님의 심부름이나 해드리기로 의논이 됐십니더."

이렇게 얼버무려 두었다. 우선 아버지의 걱정을 덜어드리기 위해서였다.

그의 아버지는 처음 대답이 없었다. 한참 뒤, 낮은 목소리로,

"늬가 남의 심부름꾼이나 된단 말가?"

나무라듯 물었다. 그의 두 눈에는 광채가 어려 있었다.

118

"심부름꾼이 되는 게 아입니다. 최 진사님 같은 좋은 어른을 모시고 일을 거들어드리는 거지요."

"……."

아버지는 말없이 고개를 약간 저어보이더니 옆으로 돌아누워 버렸다.

그런 지 다시 보름쯤 지난 뒤, 그의 아버지의 병환이 위중하다는 기별을 받고 건식이 다시 밤들로 달려갔을 때, 영감은 아들을 보자, 두 눈에 광채를 띠며,

"내가 본디 늬 앞으로 제쳐두었던 칠백 석지기에서 오백 석은 우리 종중 꺼지 늬 혼자 께 아니다. 그러니 내가 죽더라도, 그 오백 석지기에는 벼 한 톨도 손대선 안 된다. 내가 살아서 조상 앞에 죄인이 되기카마 얼른 죽어서 죄인이나 면할란다. 내가 없더라도 부디 내 뜻을 짓밟지 마라."

이렇게 마지막 당부를 남기자, 사흘 만에 아주 숨을 거두고 말았다.

이렇게 아버지가 돌아가신 뒤, 건식은 석 달 동안 완전히 두문불출을 했다. 아버지를 돌아가시게 만든 것이 순전히 자기의 죄라고 헤아려졌기 때문이었다.

소상小祥을 지낸 뒤, 건식은 읍내로 들어가 최 진사를 만나보았다. 건식의 이야기를 다 듣고 난 최 진사는,

"자네 어른 말씀도 옳으네. 옛날부터 효孝를 떠나 충忠이 없다고 했지. 그렇지만 자네가 나라를 찾겠다는 생각이 틀렸다는 건 아닐세. 자네가 나라를 찾겠다는 생각은 충효보다 더한 거라고 나는 믿네. 충효도 나라가 있은 뒤의 일이 아닌가. 그렇다고 내가 자네더러 자네 어른의 유언을 거역하라는 건 아닐세. 내 생각을 털어놓고 말하먼 그렇다는 거 뿐일세. 그 뒤의 일은 자네가 복服을 벗고 나서 나와 다시 상의하세."

이렇게 자기의 흉중을 털어놓았다.

최 진사의 충고대로, 탈상까지는 모든 공사公事에서 일단 손을 떼고, 초하루 보름마다 밤들로 들어가 아버지의 빈소나 충실히 지키려 했다.

이제 탈상도 앞으로 반 년밖에 남지 않았다고 했을 때, 그해 열두 살 난 그의 큰아들이 이름 모를 병으로 자리에 눕게 되었다. 어미(박건식의 처)가 몸이 달아 점을 쳐보니 무슨 집안의 잘못된 귀신이 붙었다고 하더라면서, 읍내로 쫓아와 이 일을 어쨌으면 좋겠냐고 했다.

"병에 의원이 필요하지 점이 무슨 상관인가?"

"의원을 보여도 안 되니까 그렇지요?"

마누라는 이렇게 반문하고 나서,

"바로 이 동네에 용한 태주 할미가 있다니까 속 시원히 한 번 알아보고나 올께요."

했다.

건식은 맘속으로 밑져야 본전이란 생각으로 심히 말리지 않고 내버려 두었다. 그랬는데 그날 밤 집으로 돌아온 마누라의 이야기가,

"그 태주 할미 없어졌대요"

했다.

"어딜 갔는데?"

"모른답니다. 큰일을 저지르고 달아났답니다. 집에는 잡초만 우묵하데요."

"무슨 일을 저질렀는데?"

"끔찍해서……."

마누라는 이렇게 말하며 남편의 얼굴을 말끄러미 쳐다보았다.

태주 할미

당집 뱃집 신당집 귀신집 따위로 불리는, 이 돌담의 묵은 기와집에 그 태주 할미가 살아온 지는 수십 년 전부터의 일이었다.

본디 이 집에는, 언제부터인지 정체 모를 도사道士 한 사람이 살고 있었는데, 이 할미가 그 동재 빨래를 맡고 있다가 도사가 어디론지 떠나버리자 할미가 혼자 남아 살게 되었다. 그 뒤 한 반 년쯤 지나서, 그 할미가 본디 살던 도사로부터 도술을 이어받았노라 하고 점을 치기 시작했다. 그러나 도술이 변변치 못한지, 점이 별로 신통치 못하다는 소문이었다. 그런 지 얼마 뒤, 이번에는 난데없이 명도明圖—明斗가 들렸다면서, 도술점道術占—六爻占 대신 명도점을 치는 태주 할미로 탈바꿈을 해버렸다. 그와 동시, 그녀의 명도점은 영검이 대단하여 원근에 알려질 정도였다. 이렇게 한 네댓 달 지나서, '성밖 동네 귀신집 명도점'이라고 하면 부근뿐 아니라 온 고을의 명물이 되어갈 무렵, 태주 할미가 갑자기 자취를 감추고 말았다.

이보다 약 반 년 전에, 황남리皇南里에서 어린이의 실종사건이 있었다. 그때는 마침 봉황대 거리에서 황남리에 걸쳐 줄다리기가 벌어졌을 무렵이라, 온 고을 사람들이 그 일대에 모여 들끓고 있었는데 네 살잡이 어린이가 집 앞 거리에서 놀다가 행방불명이 되었다는 것이다. 부모 친척들이 동네를 나눠 맡고 집집마다 들어가 샅샅이 살폈으나 헛일이었다.

그렇게 한 서너 달쯤 지나자 부모들도 거의 단념을 하다시피 하였다. 그런데 그 어린이네 집이 성밖 동네 정 부자네와 외가로 척의戚誼가 있어, 마침 굿 온 을화에게 정 부자 집 마누라가 그 일을 물어보았던 것이다.

을화는 대뜸

"그런 거는 무당카마 멩도한테 물어보는 게 낫십니더."

했다.

"와 아이라, 그래서 우리 동네 멩도한테 진작 안 물어봤나. 그랬더니 선도산 호랑이가 업어갔을 꺼라고 안 카나."

"……"

을화는 왠지 고개를 좌우로 저었다.

"와 그카노?"

"선도산 호랑이는 큰줄다리기할 때 안 내려옵니더."

을화는 '선도산 호랑이' 와 이웃이나 되는 것같이 딱 잘라 말했다.

그러나 마누라는 그 점에 대해서 묻지 않았다. 오히려 당연하다는 듯이,

"그렇닥 하면 그 멩도 할미가 거짓말한 거제?"

이렇게 물었다. 마누라는 태주 할미를 꼭 멩도 할미라 불렀다.

을화는 이에 대한 대답을 하지 않고,

"그 할메네 멩도 몇 살잽인데요?"

'할메네 멩도' 라는 것은 할미에게 들린 명도가 몇 살이냐는 뜻이었다. 그러니까 죽어서 명도가 된 아이의 나이를 가리키는 말이다.

이렇게 물었다.

"너댓 살 된닥 하지, 아마."

"찾는 애긴 몇 살인데요?"

"기호(아이 이름)도 네 살이고."

"그래요? 그러면 목소리가 어떻던기요?"

"목소리라께?"

"목소리가 닮았던기요?"

"누구하고?"

"멩도 목소리 하고, 그 기호락 하는 애기 목소리 하고 말임더."

"그건 모를따. 그건 와?"

사실 마누라는 태주 할미가 내는 명도 소리를 똑똑히 귀담아듣지 못했을 뿐더러, 기호의 목소리는 전혀 기억조차 없었기 때문에, 두 소리가 닮았던 건지 아닌지 대중할 수가 없었다. 그보다 을화가 왜 그것을 캐어묻는지 그것이 수상쩍기만 했다.

을화는 이번에도 대답은 없이,

"애기 엄마가 잘 들어보면 알 낀데요."

했다.

"접때 나하고 같이 갔는데, 별로 즈거 애 목소리 같다고 안 하더라. 그렇지만 그건 와 물어쌓노?"

"……."

을화는 거북한 듯이, 마누라를 잠깐 쳐다보다가 눈을 내리깔아 버렸다.

"뱃집 할미네 멩도가 기호 혼백일까 봐서 그러나?"

"……."

을화는 대답을 하지 않았으나, 어쩌면 그럴지도 모른다는 듯한 표정이었다.

"그건 아닐 꺼다. 와 그런고 하면, 아적까지는 그 애기가 죽었는지 살았는지도 모르잖나? 또 설사 죽었닥 해도 멩도 되는 혼백은 손님(마마)이나 홍진(홍역)에 죽은 애들 꺼라고 안 하더나?"

"……."

을화는 무슨 말을 하려다가 그냥 입을 다물어버리고 말았다. 무언가 짚이는 것이 있지만 내어놓고 말하기를 꺼리는 눈치였다.

그런 지 사흘 뒤, 황남리의 기호 어미가 왔기에 마누라가 이 이야기를 했다. 그녀는 대뜸

"어짜면 그럴 낍더."

했다. 그녀는 다시 말했다.

"우리 기호는 죽었을 낍더."

"죽었닥 해도, 손님이나 홍진에 죽은 혼이 멩도 된다 안 카더나."

"꼭 그렇지도 않답니더. 고 나이 또래는 다 될 수 있답니더. 제 명에 죽은 거 아니면……."

"자네가 꼭 그렇게 생각하면 한 번 더 가보자, 그 멩도 할미한테……."

여기서 두 마누라는 다시 그 뱃집의 태주 할미를 찾았다.

이날 그 태주 할미는 정 부자 집 마누라를 보자 처음 반색을 했으나, 뒤따라 기호 어미가 들어오는 것을 보자 조금 찔끔하는 얼굴로,

"저 댁이 누구더라?"

했다.

"와 저기 황남리, 그 애기 잃어버린 집 댁내 앙이가?"

"접때 내가 안 카던기요? 선도산 호랭이가 업어 갔다꼬."

태주 할미는 대뜸 무언가 못마땅한 얼굴로 퉁명스럽게 말했다.

황남리댁이 면구스러운지 얼른 무어라고 입을 떼지 못하고 있는 것을 보고, 정 부자 집 마누라가,

"앙이다. 저 댁내 오늘 자네 찾아온 건, 그새 또 은가락지를 잃어뿌렸지, 그래 그 은가락지가 어딨는지 그것도 알아볼 겸, 호랭이한테 업혀 간 애기 굿이나 해줄까 해서 자네하고 의논하러 왔다 안 카나?"

이렇게 그 자리에서 적당히 얼버무려 맞추었다.

평소로 정 부자 댁 마누라한테는 많은 신세를 입어오고, 또 이 마누라를 자기의 보호자라고 믿고 있는 터이라 두말하지 않고,

"그래요? 그러면 거기 앉이이소. 은가락지는 어느 날 어디서 잃어뿌 렸는기요?"

곧 명도 부를 차비를 했다.

태주 할미가 신단을 향해 큰절을 두 번 하고 나더니, 신단 밑에 보자 기로 덮어두었던 점상을 끌어내었다. 상 위의 접시에는 방울이 하나 얹 혀 있었다.

태주 할미는 방울을 들어 짤랑짤랑 소리를 한 차례 내고는 도로 접시 에 놓더니, 이번에는 눈을 감고 상을 향해 얼굴을 약간 수그린 채, 입속 말로 주문 몇 마디를 외웠다. 애기 엄마는 온 신경을 귀에 기울이다시피 했으나, 황남리, 이씨, 은가락지 하는 몇 마디 말이 띄엄띄엄 들릴 뿐이 었다.

주문을 끝낸 할미는 고개를 들며 휘파람 같은 소리를 휙 내었다. 그 러자 신단 위에 걸쳐두었던 검은 수건 끝이 가는 바람에 나부끼듯 잘게 하늘거리며, 들릴 듯 말 듯한, 먼 수풀의 작은 새소리 같은 것이 아련히 지지거려졌다.

태주 할미가 고개를 들어 그 잘게 하늘거리는 검은 수건을 쳐다보았 을 때, 지지거림 속에서는 외바리[15], 나비함[16], 하는 소리가 섞여 나는 듯했다.

그 지지거림 소리에만 온 신경을 곤두세우고 있던 황남리댁이 갑자기,

"아이고 기호야."

하고, 목이 터지도록 소리를 지르며 방바닥에 엎으러져 버렸다.

먼 수풀의, 병든 작은 새의 지지거림 같은 들릴 듯 말 듯하던 아련한 소리도, 신단 위의 검은 수건의 잔잔한 하늘거림도 함께 그쳐버렸다.

---

15) 마소牛馬 한 필에 실은 짐. 여기는 단짝 장롱을 가리킴.

16) 나비가 장식으로 새겨진 노리개함. 또는 보석함.

분노에 찬 듯한 태주 할미의 험악한 광채를 띤 두 눈의 방바닥에 엎으러진 황남리댁을 향해 쏟아졌다.

"기호네, 기호네."

정 부자 집 마누라가 황남리 집 마누라의 어깨를 흔들었다. 여인은 아직도 정신을 돌이키지 못하고 있었다.

"얼른 나가서 냉수라도 한 그릇 가져오게."

정 부자 집 마누라가 태주 할미를 꾸짖듯이 말했다.

"그 마누라 살을 맞은 기라요."

태주 할미가 분노에 찬 목소리로 악담을 뱉었다.

"자네 집에서 살을 맞았음 물 한 그릇 못 내올능아? 멩도 보다가 살 맞았음 멩도네 탓이지 누구 탓인고?"

마누라가 호통을 쳤다.

태주 할미는 상을 신단 밑으로 밀쳐놓고, 쓰러진 여인을 흘겨보며 자리에서 일어났다.

"기호네 정신 차려라."

마누라가 다시 한 번 황남리댁의 어깨를 흔들었다.

황남리댁은 아직도 눈을 열지 못하고 있었으나 먼저보다는 약간 숨기가 트인 듯했다.

태주 할미가 냉수 한 사발을 방 안에 디미는 것과 동시에, 입에 머금고 있던 냉수를 쓰러진 여인의 얼굴에 확 뿜었다.

여인이 가물가물 눈을 열기 시작했다.

"기호네, 기호네, 정신 차려라."

"아, 아 주 머 이."

여인은 낮은 목소리로 겨우 이렇게 불렀다.

태주 할미는 성이 잔뜩 난 듯 얼굴이 뿌루퉁한 채 증오에 찬 눈길로 여인을 흘겨본 뒤, 문을 닫고 돌아섰다.

방 안에는 마누라와 여인만이 남았다.

이 방의 주인인 태주 할미는 밖에서 무엇을 하는지, 어디로 갔는지, 기다려도 들어오지 않았다.

"얄궂어라, 이 예펜네 어딜 가고 안 오제?"

마누라가 혼잣말같이 중얼거리다가, 황남리댁 쪽으로 돌아다보며,

"기호네 좀 어떠노? 일어나 걸을 만하나?"

물었다.

"아지머이요, 나는 못 가겠십니데이."

"와? 아직 정신이 덜 드나?"

"아입니더, 이 방에 우리 기호 있심더. 우리 기호 이 방에 있는데 내가 어째 가는기요?"

"이 사람아. 멩도락 하는 게 본래 그런 게 앙이가? 소리만 지지거리고, 그게 그거 같지. 멩도 되는 애들의 나이가 모두 같은 또래니까, 그게 그거 같을밖에……."

"아입니더, 아지머이요. 우리 기호가 틀림없십니데이. 나는 우리 기호 소리를 들었십니더."

"그렇닥 하면, 먼젓번에 왔일 때는 와 몰랐노? 기호가 틀림없닥 하면 그때도 기호 목소리가 났을 꺼 앙이가?"

"그때는 멩도 할미가 멩도를 안 부르고 지 맘대로 씨부린 기라요. 그때는 벽에 걸린 까만 수건도 치워뿌리고 안 보이데요."

황남리댁 말을 듣고 보니, 젓 부자 집 마누라도 그때는 그 할미가 멩도를 부르지 않은 채 선도산 호랑이를 둘러대었던 것 같은 생각이 들었다.

'그렇지만 지(태주 할미)가 날 속일 처지도 아닌데 멩도도 안 부르고

고렇게 지 맘대로 씨부렀일꼬. 어디 이년의 예펜네 나타나만 봐라, 내 실토를 받고 말 끼다.'

이렇게 잔뜩 벼르고 있었지만 웬일인지 태주 할미는 돌아오지 않았다.

두 마누라는, 네 벽의 검검츠레한 채색 그림에 어스름이 끼일 때까지 기다리다가 그 방에서 나왔다. 이미 날도 저물었고 또 명도한테서 받은 충격 때문에 아직도 몸이 후들거려 제대로 걸을 수도 없고 하여, 황남리댁은 그날 밤 정 부자 집 마누라를 따라가 함께 자고 이튿날 다시 태주 할미를 찾기로 했다.

저녁상을 물린 뒤, 마누라는 생각난 듯이,

"하기는 지금 생각하니, 그 예펜네 멩도 들린 게, 기호 없어진 지 한 보름 뒤니까, 어짜면, 기호 혼백이 멩도가 돼서 그 예펜네한테 들렸는지 모르겠다이."

했다.

"틀림없십니더. 우리 기호가 아이먼 그걸 모룹니데이."

황남리댁이 이내 이렇게 받았다.

"그거사 와 그럴라꼬? 멩도락 하는 게 본디 애들 죽은 귀신이 돼서 다른 쇠견은 없어도, 물건 있는 데 가서 보고 조잘대는 건 다 감쪽같은 긴데……."

"아지머이요, 그게 아입니데이."

"그게 아니라께……?"

"멩도가 가서 보고 있는 대로 조잘대는 건 다 같닥 해도, 우리 기호가 아이먼 못 할 소리를 합디데이."

"그게 뭔데?"

"은가락지가 외바리 나비함에 있다꼬 안 하던기요? 다른 애 죽은 귀신 같으먼 노랑장롱 노리개함에 있다꼬 할 낍니더."

128

황남리댁은 이렇게 말하며 마누라의 얼굴을 빤히 쳐다보았다. 마누라가 그래도 잘 알아듣지 못하자 황남리댁은 다시,

"노랑장롱을 우리 집에서만 외바리락 하고, 또 노리개함을 우리 집에서만 나비함이락 하기 때문에 우리 집 식구들밖에는 그렇게 말할 줄 모릅니다. 나도 전에 멩도 더러 들어봤지마는, 멩도된 애기가 살았을 때 하던 말밖에 못하는 기라요."

이렇게 설명을 덧붙였다.

그러자 마누라도 대강 이해가 되는지 고개를 끄덕이고 나서,

"그래, 은가락지가 그, 뭐락 했노? 외바리, 나비함이락 했나, 거기 들어 있는 거는 사실이가?"

이렇게 물었다. 처음 태주 할미가, 애기 찾는 점 같으면 먼젓번에 했다는 이유로 안 해주려고 했기 때문에, 생각나는 대로 아무렇게나 말을 돌려대었던 만큼 그것부터 확인을 해두려는 것이다.

"그럼요, 시집올 때 가지고 온 대로 나비함에 그대로 안 있는기요?"

"그렇닥 하먼 기호가 어디 가서 잘못될 때, 그 혼백이 그 예펜네한테 와서 들렸는가 베."

"……."

황남리댁은 말없이 고개를 약간 옆으로 돌렸다.

"와?"

"아까 우리 기호가 날 부르는 소리 들었십니더. 분명히 엄마락 하는 소리를 들은 거 같은데 그게 하도 불쌍한 소리로 들렸기 때문에 내가 그만 기절을 해뿌린 기라요."

"불쌍한 소리로 들리다께?"

"그걸 말로 뭐라꼬 할 수가 없네요. 전신에 소름이 쪽 끼치고 가슴이 오그라드는 거 같데요."

"그렇게 없어진 애니까 잘못 죽은 거지. 그러기에 맹도가 된 거 앙이가?"

"……."

황남리댁은 대답을 하지 않았다. 한참 뒤 황남리댁은 다시,

"그런데 그 맹도 할미는 와 갑자기 달아나 뿌리는기요?"

이렇게 물었다.

"귀신 들린 예펜네들 어디 보통 사람하고 같은가? 행동거지가 본디 미친것들 같잖던가 베?"

여기서 두 마누라의 이야기는 대강 그쳤다.

이튿날 황남리댁은 아침을 대강 들자 이내 태주 할미를 찾아갔다. 그러나 할미는 아직도 돌아와 있지 않았다. 혼자 기다리기에는 무서운 집이라 정 부자 집으로 달려와 그 이야기를 했다.

"세상에 얄궂은 일도 있구나."

마누라는 이렇게 말하며 나들이 치마를 걸치고, 황남리댁과 함께 다시 그 뱃집으로 달려갔다. 빈집이기는 마찬가지였다.

마누라는 방문을 열고 방으로 들어가 이리저리 살펴보더니,

"이 예펜네가 도망친 거 앙이가?"

했다.

"도망쳐요?"

황남리댁이 깜짝 놀라며 물었다.

"글쎄, 농 속에 있던 비단 보재기가 없어진 걸 보니, 이거저거 소중한 거만 한 보따리 싸 이고 달아난 거 같구만. 설마 그렇지는 않을 낀데! 내 돈도 쉰 냥이나 꿔 쓰고 있는 거로……."

"아이고 아지머이요, 나는 그 할미 못 만나면 죽겠십니데이."

황남리댁은 이렇게 말하며 방 앞의 신돌 아래 펄썩 주저앉더니 엉엉

울음보를 터뜨렸다.

"내가 이년의 예펜네, 대국꺼지 가서라도 잡아올 끼니 안심하고 일어나게."

마누라는 황남리댁의 소매를 잡고 끌었다.

마누라는 사방으로 사람을 보내어 태주 할미의 행방을 찾았으나 아무도 아는 이가 없었다.

황남리댁은 또 그녀대로, 마누라가 찾아내 주기만 기다릴 수 없어, 명도와 무당이 있다는 데는 다 찾아가 보았다.

잣실 을화 무당의 이야기는 정 부자 집 마누라를 통해 더러 듣고 있었지만, 이 기회에 직접 가서 물어보리라 하고, 안강까지 갔다오는 길에 들렀다.

을화는 황남리댁의 이야기를 대강 듣고 나더니, 고개를 끄덕이며

"그럴 낍더. 그럴 낍더."

했다.

"자네는 어짜민 첨부터 그렇게 믿었노?"

황남리댁이 물었다.

"선도산 호랭이가 물어갔다 하길래 이내 거짓말이라꼬 알았지요. 선도산 호랭이가 큰줄다리기할 때 내려오는 일이 없거든요. 그렇다 하면, 그 할미가 와 그런 거짓말을 꾸며댔노 할 때, 잃어버린 애기하고 그 할미하고 반드시 무슨 연유가 있다, 이렇게 생각이 들데요. 그래서 지가 정 부자 댁 마님한테, 애기 엄마가 멩도 소리를 한 번 잘 들어보면 알 끼라고 그랬지요."

"아이고, 내가 와 진작 자네를 찾아오지 못 했던고? 우리 정 부자 댁 마누라한테라도 그 애기를 좀 더 자세히 해줬으면 됐을 꺼로?"

"지는 첨에 호랭이 말을 들었을 때 확 짚이데요. 그 할미가 수상하다

꼬…… 그렇지만 정 부자 댁 마님이 그 할미를 믿고 지내는 눈치고, 또 나도 확실한 꼬타리를 붙잡은 거는 없고, 그래서 대강 말해 드리고 말았지요."

"그래, 자네는 어떻게 보는고? 내 자네 은혜 갚을께 아는 대로 일러 주게. 나는 그 할미 방에서 우리 기호 목소리 듣던 거 생각하면 지금도 미치겠네. 우리 기호가 어쩌다가 그 할미한테 씌었을꼬?"

황남리댁의 두 눈에는 눈물까지 글썽해 있었다. 이렇게 말하는 황남댁도 물론 홍진이나 마마에 죽은 어린애들의 혼백이 명도로 들린다는 이야기는 듣고 있었지만, 기호의 혼백이 하필 어쩌다 그 할미한테 들렸다는 겐지 생각만 해도 골이 핑 돌 것 같았다.

"멩도 들리고 싶어 발광하는 예펜네들이 죽은 애기의 새끼손가락 끝을 짤라서 몸에 지니거나 집 안에 모시면 그 애기의 혼백이 멩도로 자기한테 들린다는 이얘기 안 있는기요?"

"글쎄 그런 일도 있다고 하데마는, 우리 기호는 말짱하게 살아 있었고, 그 할미하고는 알지도 못했다 말일세."

"그러니 끔찍하지요."

을화는 혼잣말같이 낮게 중얼거렸다.

황남리댁은 을화가 무슨 뜻으로 하는 말인지 잘 모르는 채 그녀의 얼굴만 한참 바라보다가,

"날 좀 살려주게. 그 할미가 밤에는 몰래 지 집에 올 끼지만 나 혼자서는 무서워 기다릴 수가 없네. 나하고 같이 그 방에서 하룻밤만 할미를 기다려봐 주게."

손목을 잡고 사정을 했다.

"그렇다면 가입시더."

을화는 황남리댁을 따라 나섰다.

두 여인은 처음 정 부자 댁에 들러 함께 저녁을 먹은 뒤, 이 댁 마누라를 모시고, 셋이 뱃집으로 갔다. 세 여인은 할미 방에서 기름불을 켜고, 밤이 꽤 깊도록 이야기를 하며 시간을 보냈다. 정 부자 댁 마누라가 돌아가자 남은 두 여인은 불을 끄고, 말소리도 끊은 채 무엇인가를 기다리며 누워 있었다. 밤중이면 혹시 할미가 살짝 들어올지 모른다는 막연한 기대에서였다.

자정이 지나도록 아무런 인기척도 들리지 않았다. 그러자 온종일 끼니도 제대로 못한 채 허둥지둥 돌아다니고 난 황남리댁이 먼저 숨소리를 색색거리며 잠이 들어버렸다. 그 색색거리는 숨소리를 듣고 있던 을화도 덩달아 눈이 슬슬 감기었다. 그때였다. 어디선지 아이 우는 소리 같은 것이 훌쩍훌쩍 들렸다. 을화는 문득 절에 보낸 영술이 생각을 했다. 영술이는 아니겠지.

"늬가 누고?"

을화가 물었다.

울음소리가 그쳐버렸다. 그와 동시 그녀는 또 눈이 스스르 감겨버렸다. 잠결인지 아닌지 또다시 아까의 그 훌쩍거리는 울음소리가 어렴풋이 들렸다.

"늬가 누고?"

을화는 또다시 물었다.

훌쩍거리던 울음소리는 이불 속에서 색색거리는 아기 소리 같은 것이 되었다.

"늬가 누고?"

세 번째 물었다.

색색거리는 소리는 엄메야 엄메야 하는 것같이 들렸다. 옳지, 늬가 기호로구나. 늬가 기호가? 엄메야 엄메야 날 데려가라, 색색거리는 소리의 대답이었다. 늬가 어디 있노? 엄메야 나 여기 있다. 정지(부엌) 뒤에, 뒤란에…….

여기서 훌쩍거리는 소리, 색색거리는 소리 모두가 끊어졌다.

…… 을화가 눈을 떴다. 그러나 지금 금방 들은 그 훌쩍거리는 울음소리를 꿈결에 들은 건지 그냥 눈을 감고 누운 채 들은 건지 스스로 분간할 수가 없었다.

이날 아침 일찍이 을화와 황남리댁은 부엌 뒷문을 열고 뒤꼍으로 나갔다.

뒤꼍에는 잡풀이 가득 엉켜 있었는데 한 군데가 마른풀로 덮여 있었다. 마른풀을 걷어내고 호미로 흙을 조금 파헤치자, 거기 붉은 헝겊 조각과 아이의 머리칼이 나타나기 시작했다.

"아, 기호야."

황남리댁이 이렇게 외치더니 그 자리에서 또 기절을 하고 쓰러져버렸다.

그런 지 보름쯤 지난 뒤였다. 전날의 그 태주 할미 같은 여인을 분황사에서 보았다는 말이 들렸다. 황남리댁은 이내 분황사로 달려갔다. 스님 한 분의 이야기가, 한 달포 전부터 그런 보살 할미 한 분이 나타났다는 것이다. 황남리댁은 사흘 동안 절 근방을 맴돌다가, 마침 보살 차림의 그 할미를 절문 앞에서 붙잡았다.

그러나 황남리댁은 그 할미를 붙잡는 순간,

"늬 우리 기호 어쨌노?"

이렇게 한 마디 겨우 묻고는 또 실신을 해버렸다.

할미가 황남리댁을 뿌리치고 달아나려고 할 때, 마침 길 가던 농부 한 사람이 할미를 붙잡았다.

"어째 된 일인기요?"

"아무 상관도 없는 여펜네요."

"아무 상관도 없는 사람이 와 아짐마를 붙잡고 넘어지요?"

옥신각신하는 사이에 사람들이 모여들어, 결국은 황남리댁과 할미를 함께 정 부자 집까지 데려다 주는 데 이르렀다.

정신을 돌이킨 황남리댁은

"아지머이요, 이 할미 항복 받기 전에 놓치면 나는 죽십니데이."

했다.

"염려말게. 어련할까 봐."

마누라는 할미를 빈 고방에 가두었다. 그리고는 날마다 한 번씩 고방 문을 열어보며,

"그래도 항복 못 할느아?"

물었다.

"마님요, 제발 목숨만 살려주이소."

그녀들의 문답은 언제나 이 한 마디씩으로 끝났다. 마누라는 할미에게 일절 먹을 것을 들여 주지 않았다.

나흘째였다. 할미는 지칠 대로 지쳐 있었다.

"그래도 항복 못 할느아?"

"목숨만 살려주이소."

"자백하면 살려준다. 그래도 못 할느아?"

"……."

"내가 이대로 늬를 내놓으면 늬는 기호네 식구들한테 찢겨 죽을끼다. 당장 자백하면 내가 늬 더러운 목숨만은 그래도 구해 주마."

"마님요."

"어서 자백해."

"이년 죽어쌉니더."

"어서 얘기해 봐라."

"애기는 지가 데려왔십니더."

"그래서?"

"독 속에 가, 가두어 주, 죽였십니더."

"아이고, 요, 악귀야."

마누라는 분을 이기지 못하고 할미의 머리채를 확 잡아 나꾸었다.

할미는 죽은 듯이 쓰러져 있었다.

"얼른 마저 얘기해라, 목숨이라도 붙어서 나갈락 하거든."

마누라의 호통에 할미는 다시 상체를 일으켰다. 그러나 이야기를 계속하지는 못했다.

"얼른 이야기 못 할느아?"

마누라의 호통에 할미는 다시 고개를 들었다.

"그래 네 살이나 먹은 게 독 속에 고이 들어가더나?"

"첨에 사지를 묶으고, 입에 헝겊을 틀어막아 소리를 못 내게 하고, 방구석에 눕혀 두었심더. 그랬다가 힘이 다 빠지고 늘어진 뒤에 독 속에 집어넣었십니더."

"아이고 요 악물아."

마누라는 이를 뽀드득 갈았다.

할미는 이제 이까지 털어놓은 이상 어차피 마찬가지란 생각인지 그때부터는 순순히 이야기를 털어놓았다.

애기는 독 속에서도 나흘 동안이나 살아 있었다. 할미는 처음 빨강 물 한 종지를 독 속에 들여보내 주었다. 아기는 굶주린 끝이라, 그것이 무엇인지도 분간하지 못하는 채 무턱대로 받아 마시었다.

이틀째는 파랑 물을 한 종지 들여주었다. 아기는 역시 그것을 받아 마시었다.

사흘째는 노랑 물 한 종지를, 나흘째는 깜장 물 한 종지를 각각 들여주었는데, 깜장 물은 반 종지도 채 못 마신 채 손에서 그것을 떨어뜨려버렸다. 그러자 할미가 독 뚜껑을 열었을 때 아기는 완전히 숨이 끊어져 있었다.

할미는

"아가, 아가, 날 따라가자."

하는 주문을 외며 가위로 아기의 새끼손가락 끝을 잘랐다. 그것을 깜장 비단에 싸서 고의 속에 찼다. 그리고 시체를 뒤꼍에 묻었다.

─이야기를 듣고 난 마누라는 너무나 끔찍하여 몸이 와들와들 떨렸다. 왜 빨강 물 파랑 물 노랑 물, 그리고 깜장 물을 죽어가는 아이에게 먹였느냐든가, 또 왜 하필 새끼손가락 끝을 잘라 가져야 했느냐든가, 하는 따위를 물을 염도 내지 못했다.

"늬 죄는 천벌을 받을 끼다. 내 늬를 끌고 당장 관가로 가야 하겠다마는 전부터 알던 얼굴이고, 또 늬를 살려보내마꼬 언약했기 땜에 차마 그렇게는 못할따. 한시바삐 여기서 떠나거라. 늬 같은 악물을 잠시도 내 집에 두기 싫구나. 먼 동네로 당장 떠나거라. 나한테 빚진 돈도 있것다, 늬 살년 귀신집 아무도 들이가 살 사람도 없지마는 내가 맡는다. 늬는 두 번 다시 이 동네에 비칠 염도 내지 마라."

마누라의 명령이 떨어지자, 지금까지 늘어져 누웠던 할미가 부스스 일어나 앉았다.

"귀신집이라꼬요? 그렇심더. 그 집에서 귀신밖에 아무도 못 살낌더."

이렇게 한마디 남기고는 어둠 속으로 비실비실 사라져버렸다.

굿과 예배

마누라로부터 태주 할미의 이야기를 듣고 난 박건식은 땅이 꺼져라고 긴 한숨을 내쉬며

"내가 와 진작 중이 되지 못했던고?"

하더니, 술상이라도 들여오라고 했다.

평소에 술을 그다지 좋아하지 않는 편이었지만, 그날은 웬일인지 밤이 늦도록 혼자서 술을 마셨다.

술이 갑신 취한 채 잠이 든 박건식은, 닷새 동안이나 자리에서 일어나지 못했다.

이레 만에 겨우 나들이옷을 챙겨 입은 박건식은 바로 최 진사를 찾아갔다. 그리하여 아내로부터 들은 태주 할미의 이야기를 대강 털어놓은 뒤,

"우리의 원수는 왜놈들뿐 아니라고 생각하자 나는 그만 너무도 정신이 어지러워 자리에 눕고 말았십니더."

이렇게 말하고 나서, 그는 앞으로 모든 일을 다 집어치우고 산으로나 들어갈 생각이라고 하였다.

"뭐라꼬, 중질을 가겠다꼬?"

최감이 못마땅한 어조로 물었다.

"예, 저는 그만 모든 일에 맥이 빠져버렸십니더. 세상에, 사람이 사람을 죽여도 유만부동이지, 그 어린걸 꼬셔다가 그렇게 죽이다니, 이렇게 악독한 인간들과 피를 나눈 동족이라꼬 생각할 때, 사람의 얼굴을 쳐다보는 것도 무섭고 징그러워서, 외딴 섬이나 깊은 산중으로 들어가 숨고 싶은 생각뿐입니더."

"자네 심경이야 난들 왜 모르겠나? 그렇다고 자네마저 세상을 피해

버리면, 이 세상엔 그런 사람들만 남지 않나? 그럴수록 자네 같은 사람이 세상에 있어야 그런 것들을 일깨워나갈 꺼 아닌가? 요컨대 무지몽매에서 나온 짓이니까, 그런 사람이 없도록 가르치고 일깨워야지. 자네가 서울 갔다 와서 독립운동은 우선 계몽운동부터 시작해야 한다고 했을 때, 내가 즉석에서 찬성을 하고 나도 힘 자라는 대로 도울 터이니 그렇게 하자꼬 한 것도 그게 아닌가? 제발 약자 같은 소릴 말고, 마음을 강철같이 굳게 먹게나."

"……."

"자네가 중이 된다꼬 세상에서 그런 사람이 없어지나 말일세. 자네가 만약 중이 되어 절로 들어간다면, 절에서 그 할미를 다시 만날 껠세. 왜 그런고 하면 그런 할미들이 최후에 의지하는 곳도 절이거든. 우선 그 태주 할미만 해도, 자기의 죄악이 탄로날 듯하니 절로 도망쳤다고 하잖아? 분황사에서 붙잡아냈다고 했지? 그런 걸세. 제발 중될 생각은 말게. 아무리 화가 나더라도 세상에서 버티게나. 정 못 견디겠거든 날 찾아와 같이 술이라도 나누세."

최감의 간곡한 권고를 박건식은 차마 뿌리칠 수 없었다.

그런 지 달포 지난 뒤, 대구에 사는 당숙堂叔의 환갑잔치에 다녀온 박건식은 다시 최감을 찾아가

"대구에 계시는 당숙 회갑연에 갔다가 예수교 이야기를 들었십니다. 종래의 미신을 타파할라면 예수교가 제일 빠르닥 해서 예수교로 나갈까 합니다."

했다.

최감은 이번에도 역시 떠름한 얼굴로,

"자네와 나는 본래부터 공자님교가 아닌가? 조상 때부터 내려오는 가풍도 그렇고, 또 그것이 원도原道란 말일세. 그런데 불교나 예수교로 개

종을 한다는 건 좋지 않네. 허나 자네가 미신 타파를 목적으로 한다면 불교보다는 예수교가 나을 껠세. 왜 그런고 하면, 불교는 잡신을 배제하지 않는 반면에 예수교는 잡신을 절대로 배제한다고 듣고 있으니까."

"진사님께서 그만큼 양해를 해주시니 감사합니더. 저는 예수교로 들어가 미신 타파부터 해볼까 합니더."

박건식은 이렇게 말하고 최감의 집에서 물러나왔다. 그리고 이것이 최감과의 작별인사도 되고 말았다. 최감은 그의 개종을 내심 몹시 유감스럽게 생각하는 터였기 때문이었다.

—박건식으로부터 들은 태주 할미의 이야기는 영술에게, 박건식의 내력과 지금 그의 어머니인 을화가 살고 있는 귀신집의 내력을 한꺼번에 들려주는 셈이 되었다. 그 뒤부터 영술은 매일같이 그를 찾았다. 아침 일찍이 집에서 나오면 먼저 박건식을 찾아가, 자기가 도울 일이 없느냐고 물어본 뒤, 교회에 나가 기도를 드렸고, 돌아올 때도 대개는 그렇게 했다. 따라서 그는 박건식의 사랑에서 집사 노릇을 하는 시간이 많았다.

박건식이라고 해서 영술에게 당장 그의 어머니를 미신에서 건져낼 만한 지혜나 묘안을 제시해 주는 것도 아니었지만, 그런 사람이 있다는 것만 해도 여간 마음 든든한 일이 아니었다. 우선 서서히 어머니에 접근하며, 어머니를 올바른 길로 이끌어내기 위한 기회를 엿볼 수 있는 마음의 여유를 가질 수 있었던 것이다.

이러한 영술에게 또 하나 고무적인 사실이 있다면, 그것은, 그의 이복 누이동생인 월희가 차츰 혀를 제대로 놀릴 수 있게 되어가는 점이었다. 영술은 본디, 월희의 혀가 굳어져 말을 잘 못 하게 된 것도 오직 잡귀가 들린 것이라고 믿고 있었던 만큼 지금 차츰 혀가 제대로 돌아가게 된다면 이것은 그녀에게서 잡귀가 물러가기 시작한 증좌라고 확신했

140

다. 그리고 그것은 물론, 그동안 매일 드려온 자기의 기도에 하나님의 감응이 나타나게 된 결과라고 풀이했다. 따라서 이러한 월희가 하나님의 사랑을 이해하지 못할 리 없으리라고 내다보는 편이기도 했다.

영술은 월희를 가르치고, 그녀로 하여금 회개하게 할 때는 지금이라 생각하고 집으로 돌아갔다. 마침 혼자서 그림을 그리고 있던 월희는 영술이 들어오는 것을 보자 반가운 얼굴로

"오라바이."

하며 붓을 놓았다.

"월희야, 내 말이 들리나?"

"……"

월희는 미소를 지으며 고개를 끄덕였다.

영술도 따뜻하게 미소를 지어보이며

"하나님께서 너를 사랑하시고, 늬 속에 들어 있던 나쁜 귀신을 쫓아 내신 거다."

했다.

월희는 어리둥절한 얼굴로,

"하나임이?"

하고 물었다. 그녀가 알아들은 것은 하나님이란 말 한 마디뿐인 듯했다.

"저 하늘에 계시는 하나님이시다."

영술은 손가락으로 하늘을 가리켜보이며 천천히 말했으나 월희는 전혀 알아듣지 못하는 듯 멍청한 얼굴로 영술을 쳐다보고 있을 뿐이었다.

영술은 품에서 성경책을 끄집어내었다.

"하나님이 우리에게 일러주시고, 보여주신 일이 이 책에 들어 있다."

영술은 이렇게 말하며 성경책을 펼쳐 들고 읽기 시작했다.

"마태복음 제구 장 삼십이 절이다……. 저희가 나갈 때에 귀신 들려

벙어리 된 자를 예수께 데려오니 귀신이 쫓겨나고 벙어리가 말하거늘 무리가 기이히 여겨 말하기를 이스라엘 가운데서 이런 일을 본 적이 없다고 했다. 무리들 속에 바리새인들도 있었는데 그들은 말하기를 저가 귀신의 왕을 빙자하여 귀신을 쫓아낸다 하더라……."

영술은 여기까지 읽자 고개를 들어 월희의 얼굴을 바라보았다.

월희는 그때 마침 방바닥에 기어가는 파리를 바라보고 있었다.

영술은 월희가 잘 이해하지 못하고 있음을 깨닫고 안타까운 듯한 얼굴로 설명을 덧붙였다.

"달희야 잘 들어라. 너같이 귀신 들려 벙어리 된 사람을 예수님이 고쳐주셨다. 그것은 곧 너의 이야기다. 나쁜 귀신아 물러가거라, 예수님이 꾸짖으시니 귀신이 물러가고 그 사람은 너처럼 말을 하게 됐다. 알지?"

"……."

월희는 무언지 켕기는 듯한 얼굴로 고개를 좌우로 저었다.

영술은 왠지 히죽 웃어보이며,

"곧 알게 될 꺼다."

하고 나서, 다시 성경을 펼쳐 들었다.

"달희야 들어라. 이것은 마태복음 십이 장에 있는 말씀이다. 이것도 역시 귀신 들려 벙어리 된 사람의 이야기다. 너처럼……. 그때에 귀신 들려 눈 멀고 벙어리 된 자를 데리고 왔거늘 예수께서 고쳐주시매 그 벙어리가 말하며 보게 된지라 무리가 다 놀라 말하기를 이는 다윗의 자손이 아니냐 하니……."

영술은 신나게 읽어 내려갔으나, 월희는 멍청한 눈으로 영술의 얼굴만 바라보고 있었다.

영술은 성경에서 눈을 떼자 다시 월희를 바라보며,

"어떠냐?"

자랑스러운 얼굴로 물었다.

"……."

월희는 무슨 영문인지 전혀 알 수 없는 듯 잠자코 역시 고개를 옆으로 저었을 뿐이다.

영술은 몸을 젖혀 네 벽에 꽉 붙어 있는 여러 가지 무신도巫神圖들을 손가락으로 가리켜보이며

"어머니가 온 집안에 귀신 그림을 꽉 붙여두었기 때문에 너한테도 귀신이 들어가 그렇게 혀가 굳어졌던 거다. 그렇지만 옛날 예수님께서는 그런 귀신들을 모주리 쫓아내 주셨기 때문에 그 사람들이 병을 고치고 말을 할 수 있었던 거다. 나도 예수님께 기도드려서 너한테 들린 귀신을 쫓아내 줍시사 했으니, 너도 나와 함께 예수님을 믿어야 한다. 그러면 너도 귀신들의 괴롭힘을 받지 않고, 말도 잘할 수 있게 되고, 하나님도 알게 된다."

영술은 정열과 신념을 가지고 열심히 설명했으나, 월희는 먼 나라 꿈이나 꾸는 듯한 눈으로 그를 바라보고 있다가,

"예수임이?"

하고 물었다. 그녀는 예수란 말이 무엇인지도 전혀 모르고 있었던 것이다. '하나님'이란 말은 어머니로부터 가끔 들은 적이 있었지만, 예수란 이름은 일찍이 들은 일도 없었고, 또 영술이 왜 하나님과 예수님이란 말을 가끔 쓰고 있는지도 알지 못한 채였다.

"그렇다. 예수님을 믿는 거다. 하나님은 하늘에 계시기 때문에, 예수님이 하나님을 대신해서 세상에 오신 거다."

영술이 이렇게 말하고 있을 때, 밖에서

"따님 따님 우리 따님."

하는 소리가 들렸다.

영술은 성경책을 얼른 가슴 속에 감춘 뒤, 방문을 열었다.

을화는 이날도 얼근히 취해 있었다.

"따님 따님 내 따님,

술이 술이 내 아들."

을화는 영술과 월희를 보자 이렇게 당장 노래조로 말을 엮으며 춤을 덩실덩실 추었다.

영술은 그러한 어머니가 몹시도 부끄럽게 생각되었지만 그러한 내색을 보이지 않고 먼저 방으로 들어와 버렸다.

뒤따라 방으로 돌아온 을화는 기쁜 소식이나 전하려는 듯이, 정다운 목소리로

"술아."

하고 불렀다. 그녀는 말을 이었다.

"우리 달희하고 얘기해 봤지? 어떻더노? 그전보다 말을 곧잘 한다고 생각 들지 않더나?"

"저도 그렇게 알고 있습니더, 어머니."

"그럴 꺼다. 그게 모두 늬 덕택이다. 늬가 오던 날부터 우리 달희가 좋아하고, 힘을 내는 눈치다. 늬를 몹시 좋아하는 눈치다. 말도 곧 지대로 하게 될 끼다."

을화는 이렇게 영술을 추켜올리려 했다.

영술은 이렇게 말하는 어머니의 저의가 무엇인지를 알아내려고 조심스럽게 그녀의 거동을 살피고 있었다.

을화는 말을 계속했다.

"그것도 그럴 밖에 없지. 내가 만날 밖에 나가고 집을 비우니 그 어린 게 혼자서 집을 지키고 안 있나? 다른 가시나들 같으면 벌써 어디로 달아나거나 했지 요렇게 붙어 있기나 했을라꼬. 그러던 참에 오래비가 왔

으니 오죽이나 반갑겠나? 눈이 번쩍 띄고 귀가 번쩍 틔고, 정신이 번쩍 들어, 입이 절로 열릴밖에 없을 께 앙이가?"

을화는 가족과 더불어 이야기하다가도 말이 조금만 길어지면 자기도 모르게 굿거리 사설조가 엮어져 나오곤 했다.

영술은 이러한 어머니가 부끄럽기만 할 뿐 아니라 자신도 모르게 반발심이 일곤 했다. 그는 지금도 어머니가, '눈이 번쩍 띄고 귀가 번쩍 틔고……' 했을 때, 그냥 들어줄 수 없어, 자기도 모르게 눈을 내리감으며 기도를 드리기 시작했던 것이다.

"술아."

어머니의 목소리에 영술은 놀라 고개를 들며 눈을 떴다. 어머니가 여느 때처럼 또 자기의 마음속을 꿰뚫어 보지나 않았을까 하는 겁먹은 듯한 눈으로 그녀를 가만히 바라보았다.

어머니는 정다운 미소를 띠어보이며,

"이번에 큰 재齋 할 때, 늬, 우리 달희 데리고 절 구경 갔다 오너라. 어짜먼 나도 같이 갈따마는……"

했다.

월희는 어머니의 말을 알아듣는지 어쩐지, 여느 때보다 광채 어린 두 눈으로 영술을 쳐다보고 있었다.

영술은 지금 미리 이를 거절해 두지 않으면 안 될 것 같은 생각이 들어,

"어머니 저는……"

하고 잠깐 머뭇거리다가, 용기를 내어,

"절에 가기가 싫습니더."

했다. 그는 어머니의 비위를 건드리지 않기 위하여 사투리를 썼다.

"와 그카노? 늬 동생 반벙어리 고쳐주는 게 싫어서 그러나?"

"아입니더. 절에는, 스님들이 뵈기 싫어서 그럽니더."

영술은, 자기가 예수를 믿기 때문에 절에 갈 수 없다고 바로 말했다가 또 어머니의 노여움을 살까 두려워, 이렇게 말을 돌려대었던 것이다.

"술아."

을화의 정다운 목소리에 영술은 겨우 마음을 놓고 그녀의 얼굴을 쳐다보았다.

"달덩이 같은 내 아들아, 늬가 야순가 예순가 그거만 안 하면 우리는 참 재미나게 살 수 있다이. 늬 동생 한번 봐라, 얼마나 예쁘노? 하늘에서 선녀가 내려오면 저보다 더 곱겠나, 옥속으로 깎아노면 저보다 더 맑을능아? 저기다 말만 풀리면, 늬들 둘보다 더 잘난 사람은 세상에 없을 끼다."

"어머니 걱정 마이소. 달회 곧 말하게 될 낍니더."

"그렇지 않아도 늬가 온 뒤부터 말이 쪼끔씩 풀리더라. 늬한테 맽길께 늬가 잘해 봐라."

을화는 무슨 뜻인지 이렇게 말했다. 예수를 믿는다고 그렇게도 못마땅해하며 경계하는 아들에게 월회를 맡기겠다 하니, 월회의 반벙어리만 고칠 수 있다면 그녀로 하여금 예수를 믿게 해도 좋다는 뜻일까. 영술은 이것이 기회라고 생각하며,

"어머니, 달회를 저한테 맡기시면 지가 책임지고 고쳐오겠십니더."
했다.

을화는 무엇을 잠깐 생각하는 듯하더니,

"어디로 데리고 갈래?"
하고, 물었다.

영술은 어차피 일어날 문제라고 속으로 헤아리며, 딱 잘라

"교회에 데리고 나가겠십니더."

이렇게 대답했다.

"교회가 어디고? 야수하는 데가?"

"그렇십니더, 어머니. 그동안 지가 교회에서 매일 기도드려 왔십니더, 우리 월희 혀도 풀리고 귀도 밝아지고, 말도 잘할 수 있도록 해줍시사, 하고…… 하나님께 빌어왔십니더."

영술은 이렇게 말하며 그의 어머니의 반응을 살폈다. 그동안 월희의 혀가 전보다 훨씬 잘 돌아가게 되었다는 것은 어머니도 인정했으니까, 그것이 영술의 기도 덕택이라고 알게 된다면, 그녀의 예수교에 대한 반감도 완화될 수 있는 일이라고, 영술은 자기 나름대로 풀이를 했던 것이다.

그러나 을화는 생각할 사이도 없이,

"앙이다."

우선 부정을 해놓고, 다시 말을 잇기 시작했다.

"그거는 늬가 야수교에 치성을 드렸기 때문이 앙이다. 우리 달희는 만날 방구석에 혼자 살다가 사람이라꼬는 늬를 첨으로 만난 거다. 늬가 야수를 하지 말고, 그동안에 절에나 데리고 댕겼으면 지금보다 훨씬 더 많이 풀렸을 끼다."

을화는 아들의 어리석음을 비웃듯이 이렇게 말했다.

영술은 맘속으로, 월희의 혀가 잘 돌아가지 않게 된 것은, 그녀가 혼자 방구석에 박혀 앉아 있게 된 뒤의 일이 아니고, 영술이 자신과 그녀의 아버지가 모두 함께 있었을 때라고 신랄하게 반박을 하고 싶었지만, 어머니의 비위를 건드리지 않기 위하여,

"어머니, 그건 월희가 옛날 저하고 같이 있을 때 생긴 일입니더."

부드럽게 항의를 했다.

"그건 늬 말이 맞다."

을화도 순순히 인정을 했다. 그러나 그녀는 계속하여,

"그렇지만 그때와 지금은 다르다. 지금은 같이 놀아줄 사람만 있으면 나을 때다."

이렇게 자신의 견해가 틀리지 않았음을 밝혔다.

"그렇다면 어머니가 꼭 끼고 다니시면 되겠십더."

영술의 말에, 을화는 한참 동안 대답이 없다가, 낮은 목소리로,

"술집에 같이 갈 수는 없제?"

이렇게 묻고 나서 다시,

"굿마당에 같으면 같이 가도 좋지만, 내가 굿을 하느라꼬 돌보지 못할 끼고, 그러다가, 누가 훔쳐가 버리면 어짜노? 우리 달희 같은 인물은 세상에 둘도 없다이."

했다. 그것이 흡사, 영술이더러 월희를 데리고 굿마당에 와주었으면 좋겠다는 듯한 말투였다.

"어머니 이렇게 하면 어떻겠십니꺼? 한 번은 굿구경을 데리고 가고, 한 번은 교회에 데리고 가고, 그래서 어디가 더 맘에 들었나 하고 물어보기로 하면……."

"굿하는 구경하고, 야수하는 구경하고, 어느 게 맘에 들더나, 물어보자꼬?"

을화는 아들의 말에 어떤 도전 같은 것을 느끼며 이렇게 물었다.

"……."

영술은 교회를 굿과 대등한 위치에 두고 말하기가 싫어서 대답을 하지 않았다.

그러자 을화는 아들이 자신을 잃고 물러서는 것이라고 착각을 하는 듯,

"와 대답이 없노? 막상 대어볼락 하니 겁이 나제?"

"아입니더, 어머니."

"아니라꼬? 그러면 좋다. 그렇게 해봐라. 이달 스무하룻날 정 부자 댁에서 큰 굿을 한다. 그날 밤에 늬가 우리 달희 데리고 가자. 그라고 나서 그 담에 또 늬 야수하는 데 우리 달희 데리고 가봐라. 알겠제?"

"……."

"와 대답이 없노? 벌벌 떨리나?"

"아입니더."

"그렇다면?"

"하룻밤만 더 생각해 보겠십니더."

"하룻밤만 더 생각해 볼란다꼬? 오냐, 늬 맘대로 해라. 그렇지마는, 늬, 남자가 너무 밍기적거리면 좋지 않다이. 할 꺼는 그 자리에서 탁 짤라서 하고, 못 할 꺼는 못 한다꼬 해야지, 낼 보자 모레 보자 하고 우물쭈물 밍기적거리면 나중 가서 큰일 못 하는 거다."

"……."

영술은 대꾸를 하지 않았다. 그는 그의 어머니가 뭐라고 하든지 그런 것에는 아랑곳없이, 이 일은 일단 박 장로와 상의한 뒤에 결정 지으리라고 맘속으로 결심했던 것이다.

이튿날 영술의 이야기를 다 듣고 난 박건식은,

"자네는 자네 누이동생이 말을 잘 못 하게 된 것을, 성경에 나오는, 그 귀신 들려 벙어리 된 자들과 같은 거라고 확신하는가?"

하고 물었다.

"그렇게 확신합니다. 그 애는 어릴 적에 아무런 지장 없이 말할 수 있었기 때문에, 목구멍이나 혀가 잘못 생겼다고 볼 수는 없습니다. 거기다가 그 애는 철이 들면서부터 무당 귀신 속에 짓눌려 있게 되었습니다. 그러던 것이, 제가 돌아와 기도를 드리기 시작한 뒤부터 뚜렷하게

혀가 돌아가기 시작했으니 이는 틀림없이 귀신 들려 벙어리 된 자 중의
하나라고 믿습니다."

"그렇다면 자네는, 그 애를 교회에 이끌어내면 틀림없이 말을 하게
될 것이라고 믿는가?"

"예."

"그렇다면 그렇게 해도 좋을 걸세. 웬고하면, 자네는 첨부터 굿과 교
회를 대등한 것이라고 생각해 본 일도 없지 않은가? 자네가 본의 아니
게 굿구경을 간다고 해도 그것은 어디까지나 누이동생의 병을 고치기
위해서지 다른 목적은 없지 않은가?"

"예, 그렇습니다. 누이동생의 병을 고치는 것이 물론 첫째 목적이지
만 거기서 그치는 것은 아닙니다."

"그 밖에 또 무슨 목적이 있는고?"

박건식은 머쓱해서 물었다.

"저의 근본 목적은, 전날 장로님께 말씀드린 대로, 저의 누이동생뿐
아니라, 저의 어머니로 하여금 무당 귀신에서 벗어나 예수님을 믿도록
하는 데 있습니다. 그러기 위해서는, 누이동생부터 교회로 이끌어내어
귀신을 몰아내고 말문을 열어주면, 그것으로 인하여 어머니에게도 회
개할 기회가 마련될 수 있으리라고 믿기 때문입니다."

"그렇다면 더구나 좋은 생각일세. 주저할 것 조금도 없네."

박건식의 흡족한 얼굴이었다.

베리데기

정 부자 댁 오구굿은 그 집 앞마당에서 열리었다.

150

삼 년 전에 떠난 정만수鄭萬守—지금의 정 부자 대식의 아버지의 혼이 저 승으로 건너가지 못하고 이 집 근방에 맴을 돌고 있다는, 여러 점쟁이 들의 한결같은 주장이 있었기 때문이었다. 그것은 영감이 죽은 뒤부터 이 집 식구들이 자주 병석에 눕게 될 뿐 아니라, 특히 작은손자 병현秉 炫—대식의 둘째아들의 증상으로 미루어보아 틀림없는 일이라 하였다. 병 현은 그해 열두 살이었는데, 까닭 모를 병으로 다리를 절었다가, 눈이 멀었다가, 열이 심히 났다가 하는데 백약이 무효라 하였다.

대개는 을화가 굿을 하면 일단 물러갔다가 얼마 지나면 도로 도지고 한다는 것이다. 그래 마누라가 진작부터 을화에게, 혹시나 영감의 혼이 잘못된 것이 아니겠느냐고 물어본 적도 있었지만, 을화는 웬일인지

"글쎄요, 그럴 꺼 같기도 합니더마는……."

하고 번번이 흐리멍덩한 대답이었다.

마누라가 다른 점쟁이다 명두다 하고 쫓아가 물어보았더니 하나같이 모두가 같은 대답이었다—영감의 혼이 범접해 있기 때문이라는 것이 었다.

마누라가 이 일을 을화에게 전하자, 을화는 그냥

"지도 그렇게 생각을 했습니더마는……."

라고만 했다.

마누라도 그 이상 더 따지지는 않았다. 을화는 평소부터 자기는 점 치는 무당이 아니라고 자처했을 뿐 아니라, 누구에게도 크고 작고 간의 굿을 권하는 일이 일찍이 없었기 때문이었다. 그런데 을화는 그동안 이 집 마누라의 단골 무당으로, 초하루 보름마다, 성주굿과 칠성굿을 도맡 아왔던 만큼, 죽은 영감의 혼이 옛 집을 맴돌고 있다면, 그 혼을 저승으 로 천도薦度시켜 줄 오구굿을 두말할 여지도 없이 그녀 자신의 차지였 던 것이다. 그렇다고 한들, 돈벌이 목적으로 일찍이 굿을 맡은 적이 없

다고 자타가 인정하는 처지여서, 더구나 단골 관계의 마누라에게 진작
그 말 못 일러줄 게 뭐냐고 황남리댁이 나무라듯 묻자, 을화는
"그럭하면 몸주마님의 노염을 살 꺼 같애서……."
라고 했다. 전례에 없던 짓을 하면 그녀의 몸주인 선도산仙挑山 여신령
女神靈인 선왕마님이 노여워할지 모른다는 것이다.

본디 을화의 오구라면 온 고을이 들썩하는 데다 주인이 이름난 정 부
자요, 게다가 이 집 마누라가 점과 굿이라면 평생사업으로 알다시피 하
는 위인인 만큼 이 굿이야말로 못 보면 한이라고, 소문이 퍼질 대로 퍼
져나갔다.

이날 밤 구경꾼들은 초저녁부터 몰려들어 넓은 마당을 꽉 메우고, 나
중은 글방 골목까지 밀어닥친 데다 술 떡 엿 따위 음식 장수들까지 끼
어들어, 여간해서는 헤집고 다니기조차 힘이 들 판이었다.

영술은, 사람이 이렇게 들끓고 마침 달 뜰 시간도 멀어서, 자기 얼굴
이 남의 눈에 잘 띄지 않게 된 것을 맘속으로 여간 다행히 생각하지 않
았다.

그러나 월희의 귀가 그리 밝지 않은 데다, 어머니와의 언약도 있고
해서, 그녀를 전물상 곁에까지 데리고 가야만 했는데, 전물상이 차려진
차일 아래는 오색 사초롱이 색실을 드리운 듯 무수히 매달려 그는 사뭇
얼굴을 수그린 채 있었다.

그런 대로 영술은 어머니와의 언약을 지켜야 할 의무도 있었지만, 월
희의 얼굴에 나타나는 반응을 살필 생각도 있었기 때문에 그 자리를 박
차고 달아나 버릴 수도 없는 노릇이었다. 그 밖에 또 다른 이유가 있었
다면, 이 기회에 굿이니 무당이니 하는 미신의 세계를 좀 더 자세히 보
아두는 것이 이를 타파하는데 참고가 되리라 하는 생각이기도 했다.

그러나 영술의 이러한 부정적이며 비판적인 심정과는 반대로, 월희

152

는, 그 호화롭게 차려진 전물상과 그 위에 드리워진 휘황한 오색 사초
롱들을 흥미와 호기심에 찬 눈으로 살피고 있었을 뿐 아니라, 을화가
방울을 울리며 망자亡者를 부르기 시작했을 때부터 어깨까지 조금씩 꿈
틀거리는 듯해 보였다.

　을화도 처음엔 영술과 월희 쪽으로 가끔 시선을 보내곤 했으나 방울
소리를 내기 시작했을 때부터는 그네들의 존재도 잊은 듯, 그녀 특유의
청승 가락에 잠겨들고 말았다.

　"돌아오소 돌아오소
　금일 망재, 돌아오소
　아바님하 뱃줄로 돌아오소
　어마님하 젖줄로 돌아오소
　백 년째거나 십 년째거나
　이 궁정으로 돌아오소
　동솥에 자진 밥이
　움 돋거든 오마던가
　살강 밑에 씻긴 밥이
　싹 돋거든 오마던가
　유월장마 궂은 날에
　옷이 젖어 못 오던가
　와병에 인사절이라
　병이 들어 못 오던가
　춘삼월 다시 오면
　꽃도 피고 잎도 피네
　부유 같은 우리 인생

한 번 가면 못 오는가

애닯다 금일 망재

어서어서 돌아오소."

을화의 잠긴 듯한 정겨운 목소리는 이내 와글거리던 군중들의 소음을 일시에 삼켜버린 듯했다. 그녀의 후리후리한 허리에, 늘씬한 두 팔이 쳐들어졌다 내려뜨려질 때마다 박수(화랑이) 세 사람이 차고 앉은 장구 꽹과리 제팔이(제금)들이 이에 장단을 맞추었고, 구경꾼들의 숨결도 저절로 들이쉬어졌다 내어쉬어지곤 했다.

을화가 망자 부르는 굿을 그쳤을 때, 영술의 곁에 앉아 있던 한 여인이 허리를 반쯤 일으켰다 도로 앉으며,

"저기, 정 부자 댁 마누라가 영감님 만날락고 새 옷 갈아입고 나와 앉았네."

전물상 저쪽 편을 가리켜보였다.

"그러고 말고, 인저 마지막 아인가 베."

곁의 여인이 맞장구를 쳤다.

"영감님도 고만 저승으로 훨훨 갈 일이지 뭐할라꼬 자꾸 곰돌아들꼬?"

"아이고, 그 많은 논밭전지에 그 귀한 아들딸 손주에, 와 이승 생각안 날라꼬?"

아까의 여인들이 서로 묻는 말이었다.

그러자 이번에는 이와 반대쪽에 앉은 아주머니가 그 곁의 할머니를 보고,

"아이고 말도 마소. 이승에 유감 있다꼬 다 떠돌이 혼백 된다면 죽어서 바로 저승 갈 사람 있을는기요?"

했고, 할머니는 아주 낮은 목소리로

"그러니까 무당 화랭이들이 다 묵고 살지."

이렇게 응수를 했다.

그러자 영술의 바로 뒤에서는, 늙은 남자의 목소리로,

"죽은 정 부자는 마누라가 워낙 귀신을 섬기니까, 한 번 더 받아묵고 갈라꼬 돌아왔겠지. 인저 을화한테 오구 받으면 저승길이 환히 열릴 거니까 시원하게 떠나갈 끼다."

누구에겐지 이렇게 말하고 있었다.

이러한, 구경꾼들의 중얼거리는 소리나 무당이 늘어놓는 사연을 듣고 있자니까, 영술은 기묘한 생각이 들었다. 그것은 사람의 죽음에 대한 새로운 의문이었다. 지금까지의 그는, 사람이 죽으면 그냥 소멸로 돌아가는 거라고 막연히 믿어왔던 것이다. 가운데서 예수를 믿는 자만이, 그 혼의 구원을 받아 하늘나라로 갈 수 있고, 그 이외의 생명들은 육신과 함께 사라지고 마는 것이라고 생각해 왔다. 나쁜 죄를 지으면 지옥으로 간다는 것까지도 사실 그는 꼭 믿지 않았다. 그는 거룩하신 하나님으로서 당신을 믿고 원하는 자만을 당신의 나라로 구제해 주는 것은 당연하지만, 그렇지 않은 자라고 벌을 주어서 지옥으로 보낸다는 것은 왠지 믿어지지 않았던 것이다. 따라서, 하늘나라로 구원되는 자와, 아주 소멸되는 자와 두 가지가 있을 뿐이라고 막연히 믿고 있었던 것이다.

그러나 지금 여기 모여든 군중들의 생각은 전혀 다른 것이다. 그들은, 사람이 죽으면 그 혼이 저승으로 곧장 건너갈 수도 있고 그렇지 못한 경우도 있다고 믿는다. 그들은 하늘나라로 간다거나 극락세계로 간다는 것을 잘 모르기 때문에, 그런 것을 통틀어 저승으로 간다고 생각하는 것이다―곧장 저승으로 건너가면 그것이 제대로 되는 일이요, 그렇지 못한 것은 잘못된 것이라고 믿는다. 그런데 그 잘못된 경우라도,

아주 소멸되는 것이 아니고 그 혼이 그냥 남아서 이승과 저승 사이, 그 중간에 맴돌며 가다가는 자기의 유가족, 혹은 남에게 범접해 온다고 믿는다. 이렇게 죽은 사람의 혼이 산 사람에게 범접하는 것을 가리켜, '귀신이 붙는다', 혹은 '귀신이 들린다'고 말한다. 이렇게 귀신이 붙으면, 그 사람은 병을 앓게 되고, 그 병은 약으로 고쳐지지 않는다. 여기서, 무당이 굿을 해서 죽은 사람의 혼(귀신)을 산 사람에게서 쫓아낸다. 오다가다 우연히 잠깐 걸린 귀신은 객귀 혹은 잡귀라 하여 간단한 푸닥거리로 몰아내면 그만이지만, 살았을 때의 연고로써 붙는 귀신은 푸닥거리로만 다스려지지 않고, 오구로 그 혼백(귀신)을 저승으로 보내주어야 한다―.

영술은 여기 모인 사람들의 이러한 굳은 신념이, 어쩌면 지금까지 자기가 미신이라 하여 일고의 가치도 없다고 믿어왔던 것보다는 일리가 있을지 모른다는 생각이 들었다.

'우선 성경에도 귀신 들린 사람의 기록은 얼마든지 나오지 않는가. 그 귀신이란 무엇인가. 그것은 지금 여기서 말하는 귀신과 다를 것이 없지 않은가. 그렇다면 그러한 귀신은, 옛날이나 지금이나, 유태 나라에서나 우리나라에서나, 언제 어디서고 있다는 이야기가 아닌가. 그렇다면 그러한 귀신을 사람에게서 쫓아내는 일은 필요한 것이다. 무당이만약 굿을 해서 귀신을 쫓아내거나 저승으로 보내줄 수 있다면, 그 일은 필요하며, 그것만으로는 무당을 비방할 수 없지 않을까.'

여기까지 생각해 오던 영술은 문득 가슴이 흠칫했다. 자기같이 굳은 신앙을 가진 사람도 수많은 군중 속에 싸여 있으면 이렇게 그들의 입김과 장단에 휩쓸리게 되는 것일까, 하는 생각이 들었던 것이다.

바로 그때였다. 웅숭거리던 군중들의 잡음이 일시에 그치며, 전물상 쪽으로 시선들이 쏠리었다. 전물상 앞에는 회색 활옷에 남색 쾌자로 갈

아입은 을화가 부채를 들고 서 있었다.

을화는 부채를 확 펴며, 빠른 말씨로,

"굶주린 사람에게

배불리 밥 멕여주고,

헐벗은 사람에게

다사롭게 입혀주고,

집 없는 나그네께

잠 재워 노자 주고,

부모님께 공경하고

형제간에 우애하고

일가친척간에 화목하고

마음씨는 부처님 가운데 토막인

우리 정만수 정 부자님

저승으로 들어간다

에라 길 열어라 길 닦아라."

단숨에 엮어대었다. 장구와 꽹과리와 제금이 함께 요란을 떨다가, 사설이 멎자 금구 소리도 멎었다.

온 마당을 가득 메운 군중들의 숨소리마저 멎은 듯 고요해졌다. 그 고요를 깨뜨리고 장구 소리가 두어 번 뚱땅거리자, 이번에는 을화의 잠긴 듯한 정겨운 목소리가 차분히 울려퍼지기 시작했다.

"베리데기 나와주자."

이 한마디에, 당장 '아' 하고 감탄을 터뜨리는 소리까지 들렸다.

을화는 검은 보석같이 짙게 번쩍이는 두 눈으로 군중들을 한번 휘 돌아다본 뒤, 바른손이 쳐들어지는 것과 동시에, 그 피부에 묻어날 듯한 끈적끈적한 목소리가 다시 울리기 시작했다.

"베리데기 아바니는 오구대왕님이시고
베리데기 어마니는 오구부인이신데
혼인한 지 이태 삼 년이 지나도록 태기가 없임니더.
공이나 드려보자 영주 방장 찾아간다.
석 달 열흘 백일 불공 드리시니
그날부터 태기 있어
석 달 만에 입을 궂혀
유자야 석류야 하늘 천도복성 목구지라
열 달 순산에 시왕문을 갈라놓니
딸애기올시더
홍비단에 쌌다고 이름도 홍단이올시더.
그 애기 시 살을 멕여놓고
명산 찾아 백일 불공 또 드리시니
그달부터 태기 있어
열 달 순산에 시왕문을 갈라놓니
또 딸애기올시더.
백비단에 쌌다고 이름도 백단이요,
그 애기 시 살을 멕여놓고
백일 불공 또 드리니
그달부터 태기 있어
석 달 만에 입을 궂혀
아홉 달에 굽을 돌려
열 달 순산에 시왕문을 갈라놓니
원수야 대수야 또 딸이올시더."
군중들은 와아 하고 웃음을 터뜨렸다.

오구대왕의 딸애기는 셋째가 삼예요, 넷째가 사예요, 이렇게 하여 팔예까지를 낳았다. 오구대왕이 딸애기 하나를 낳을 때마다 을화는 꼭같은 사설과 몸짓을 되풀이했지만, 그때마다 청중들은 신기하기만 한 듯이, 한숨을 짓거나 와아 하고 웃음을 터뜨리거나 했다.

"오구대왕님 말씀 듣소.

영주 방장에 불공 여덟 번 드려서 딸 여덟을 낳았으니 인저 더 정이 없다

요번에 한 번만 더 치성드려 보고 치우자

하탕에 목욕하고 중탕에 세수하고

상탕물 여다가 구중도 정한 쌀로

메 지어놓고 손 비비고 절하니

그달부터 태기 있어

석 달만에 입을 굿히는데

머루야 다래야 살구야 석류야

하늘 천도복성을 마구 딜여 오너라

요번에는 노는 양도 다르고

닭기도 별로 너 굵다

아홉 달에 굽을 돌려

열 달 순산에 시왕문을 갈라놓니

원수야 대수야 또 딸이올시더

오구부인 돌아눕고

대왕님 말씀 듣소,

요번에도 딸이거든 비딤(비름)밭에 내베리라

대왕님의 영이시니 그 누가 거역할꼬

짓만 붙은 저고리에

말만 붙은 초마 입혀

명주 두더기에 싸다가

비딤밭에 내베리니

하늘에 학이 한 쌍 너울너울 내려온다

한 마리는 한쪽 날개 깔고 한쪽 날개 덮어 애기를 품고

한 마리는 아기 요식 물어다 나른다

비딤밭에 베리디기 이리저리 자라난데

오구대왕께서는 큰병이 났십니더

대왕님 병은 황달에 흑달이요,

오구마님 병은 한 끼에 소 한 마리 다 먹어도 배 안 차는 아귀병

화태 편작을 다 불러도 백약이 무효라

일관 월관 불러들여 신수 운수 빼어본다

처음 빼니 천살天煞이요

두 번 빼니 지살地煞이요

세 번 빼니 수양산 바윗골 약수 갖다 먹어야 낫는다 그럽니더

수양산 바윗골 약수 가질러 그 누구를 보낼꼬.

딸 여덟을 불러와서,

큰딸 보고 하는 말이

홍단아 늬가 갈래

홍단이 대뜸 내사 못 갈시더

우째 못 갈노

아들 장개 날 받아놔서 못 갈시더

둘째 딸보고

백단아 늬가 갈래

나도 못 갈시더

우째 못 갈노

딸 시집 보낼 혼목 받아놔서 못 갈시더

삼예야 늬가 갈래

나도 못 갈시더

우째 못 갈노

눈 어둔 시부모 조석 지어 바칠락 하이 못 갈시더

사예야 늬가 갈래

나도 못 갈시더

우째 못 갈노

시어른 제사날 닥쳐와서 못 갈시더

오예야 늬가 갈래

나도 못 갈시더

우째 늬도 못 갈노

순산달이 낼모레라 그래서 못 갈시더."

이렇게 여덟째까지가 모두 저희 형편을 내세워 약물 구하러 가기를 회피했다.

그 하나하나가 못 가겠다고 대답할 때마다 군중들은, 아아 하고 탄식을 짓거나 혀를 끌끌 차거나 하여, 딸들의 불효를 분개하는 얼굴들이었다.

군중들의 탄식과 혀 차는 소리가 가라앉자 다시 을화의 청승스러운 목소리가 조용히 울려퍼지기 시작했다.

"딸 여덟이 지 집으로 다 돌아가자

대왕님 힘없는 목소리로,

앞집에 유모야

비듬밭에 베리데기 좀 불러다오

내 병이 짙어가니 보고나 죽을란다
앞집에 유모가 비듬밭을 찾아가
베리데기 베리데기 베리데기 세 번 부르니
온달 같은 새악시가 반달같이 내다보며
거 누가 나를 찾소
하늘에 핵(학)이나 한 쌍 나를 찾지 날 찾을 이 또 있는가
유모가 앞에 나가
야야 늬는, 아부지가 오구대왕
어무니가 오구마님
딸만 아홉 두었는데
늬가 바로 아홉째라
대왕마님 영으로 비듬밭에 보냈더니
대왕마님 병이 짙어
늬나 보고 죽을락 한다.
베리데기 거동 보소
아이고 설워 내 신세야
비듬밭에 베리데기
하늘에서 떨어졌나
땅에서 솟아났나
날 낳은 우리 부모
베려서 베리데기
우리 부모 날 찾으니
산이라고 못 갈능아
물이라고 못 갈능아
반달 같은 새악시가

온달같이 뛰나온다
돌아온 베리데기
뜰 아래 멍석 깔고
삼배 삼삼 구배를 드린다
천하불효 베리데기
부모님을 첨 뵈오니
눈물이 목을 막아
삶을 말씀 없나이다
오구대왕 떨리는 목소리로
야야 이리 오너라
비듬밭에 베린 아기
이렇게도 장성했나
늬를 베린 우리 양주
늬 볼 얼굴 없다마는
모진 병에 죽게 되어
수양산 바윗골에
약물 먹음 산닥 하기
늬 성 여덟을 다 불렀더니
여덟이 여덟 가지 별 탈 대고
지 집으로 다 돌아갔다
인저는 우리 양주
죽을 날 받아놓고
늬 일굴 한 번 보고
눈 감을라 늬 불렀다
베리데기 거동 보소

온달 같은 그 얼굴을
눈물비로 다 씻으며
아부지 어무니요 내가 갈람더
아이고 설워 내 신세야
아부지 어무니 못 볼 뻔했구나
흰 얼굴에 먹칠하고
행주치마를 들쳐 입고
자라병 옆에 끼고
수양산 찾아간다
동세남북 모르는 새악시가
발 가는 대로 찾아간다
냇물 건너 바위 밑에
빨래하는 저 아낙네
어디루 가면 수양산 바윗골 갑니꺼
검은 빨래 희도록 씻어주면
수양산 가는 길 가르쳐주지
전통箭筒 같은 팔을 걷고
검은 빨래 희도록 다 씻어주니
저게 가다 다리 놓는 사람한테 물어봐라
다리 놓는 저 양반님
어디로 가면 수양산 갑니꺼
무쇠다리 아흔아홉 칸
다 놔주면 가르쳐주지
무쇠다리 아흔아홉 칸 다 놔주니
저게 가다 탑 쌓는 양반한테 물어봐라

탑 쌓는 양반님요

어디로 가면 수양산 갑니꺼

이 탑 열두 칭 다 쌓아주먼 가르쳐주지

탑 열두 칭 다 쌓아주니, 저게 가다

수껑(숯) 씻는 사람한테 물어봐라

수껑 씻는 양반님요

어디루 가먼 수양산 갑니꺼

검은 수껑 희도록 씻어주먼 가르쳐주지

검은 수껑 희도록 다 씻어주니

저게 가다 대사님한테 물어봐라

대사님요 대사님요

수양산 바윗골이 어딥니꺼

저게 가다 미럭님한테 물어봐라

미럭님요 미럭님요

수양산 바윗골이 어딥니꺼

나한테 아들 구 형제 낳아주먼 가르쳐준다

한 해 가고 두 해 가고 아홉 해 가서

아들 구 형제 다 낳아주고

미럭님요 미럭님요

인절랑 갈체(가르쳐)주소

미럭님 하는 말이

저 건너가 수양산이다마는

소강 대강 만경창파

어째 다 건네갈꼬

베리데기 강물 앞에

두 다리 뻗고 통곡하니

하늘에서 핵(학)이 한 쌍

너울너울 내려와 베리데기 업어 건네준다

수양산 바윗골에

무산선녀 셋이 내려와 먹을 감는데

중의 하나 안고 덤불 밑에 숨었다

첫째 선녀 물에서 나오더니

인내도 나고 땀내도 난다

큰선녀 둘은 옷을 입고

하늘로 올라가고

셋째 선녀 옷을 찾아 이리저리 댕긴다

베리데기 앞에 나와

중의를 내어주며

이 몸도 이 몸도 여자올시더

베리데기 말을 듣고

셋째 선녀 반겨주며 하는 말이

비듬밭에 베리데기

선녀가 분명쿠나

병 세 개를 가져와

피 살릴 물, 살 생길 물, 숨 터질 물

따로따로 세 병을 넣어준다

선녀에게 하직하고

오던 길 돌아서니

만경창파 거기 있네

두 다리 뻗고 엉엉 우니

용궁에서 거북이 한 마리 내보낸다
거북이 등을 타고
만경창파 건너가서
미럭님요 미럭님요
집으로 갈랍니더
미럭님 말씀 들소
이왕 늦은 김에 만경창파 보고 가라
만경창파 돌아보니
배가 수천 채 저승에서 돌아온다
저 앞에 짚 덮어쓴 배는 무슨 밴가
그 배는 이승에 부자가
악하게 타작하는데
가난한 사람이 짚이나 달락 하니
짚 한 단 집어 내던졌다
그 부자 저승 가서
짚 덮어쓰고 지옥 들어가는 배다
그 뒤에 저 배는 무슨 밴고
그 배는 부모 앞에
눈 희뜩뻐뜩, 셔(혀) 툭툭 차고
저승 가 눈 빼이고, 혀 빼물고
지옥 들어가는 배다
저기 저 배는 또 무슨 밴고
그 배는 이승의 술장수가
술 묽게 걸러 팔나가
억만지옥 가는 배다

저 배는 또 무슨 밴고
그 배는 이승의 짚신쟁이가
돈 받고 신 팔아도
남에 공덕 많이 했다고
하늘 올라가는 배다
저기 저 배는 또 무슨 밴고
그 배는 이승에 살 적에
배고픈 사람에 밥 많이 주고
옷 없는 사람에 옷 많이 주고
신 벗은 사람에 신 신겨준 공덕으로
저승에 들어와 노적가리 쌓아놓고
옷고름에 돈 걸어놓고
꽃밭에서 서방세계로
인도환생하는 배다
인저는 귀경 다 했으니
집으로 갈랍니더
미럭님 말씀 듣소
아들 구 형제, 다 데리고 가거라
미럭님께 하직하고
아들 구 형제 업고 안고
앞세우고 뒤세우고
어서 가자 바삐 가자
울 아배 울 어메 황천 갈 길 다 되었다
허둥지둥 돌아오니
오구대왕 오구마님

베리데기 바래다가
한날 한시에 죽어서
행상 두 채 떠나온다
베리데기 말씀 듣소
상둣군아 상둣군아
길 아래 내리거라
길 위로 올리거라
울 아배 울 어메 얼굴이나 다시 보자
이때 베리데기 성(형) 여덟이 몰려와
귀때기 이리 치고 저리 치며
너는 어딜 갔다 인저 오나
우리 여덟은 다 종신했건마는
거머리 논 열닷 마지기를 줄락 하더라
개똥밭 열닷 마지기 줄락 하더라
베리데기 대꾸 없이
눈물만 이리 닦고 저리 닦고
관을 짚고 통곡한 뒤
천판을 떼고 보니
영감 할마니 황천길로 잠들었네
피 살릴 물 치뿜고 내리뿜고
피 살릴 꽃 치쓸고 내리쓰니
얼굴 화색 돌아오네
살 생길 물 치뿜고 내리뿜고
살 생길 꽃 치쓸고 내리쓰니
살이 불그름히 살아난다

숨 터질 물 치뿜고 내리뿜고
숨 터질 꽃 치쓸고 내리쓰니
영감 할머니 한날 한시에
눈 뜨고 일어나며
잠이 너무 깊었던가
꿈일런가, 생실런가
황천 가는 우리 양주
누가 와서 살렸는고
베리데기 아니면 긔 누가 살릴는고
베리데기 양친을 집으로 모셔간다
영감 할머니 거동 보소
베리데기 아들 구 형제를
앞에도 앉히고 옆에도 앉히고
양쪽 무릎에도 다 앉히고 나서
얼씨구 절씨구 지화자 좋을씨구
요런 경체 세상에 또 어디 있을꼬
베리데기 베리데기 내 베리데기
천하를 다 줄까, 지하를 다 줄까
베리데기 말씀 듣소
천하도 싫고 지하도 소용없소
베리데기 한 가지 소원이 있다면
배고픈 사람에 밥 많이 주고
옷 없는 사람에 옷 많이 주고
길 가다 노자 떨어진 사람에 노자 주고
이승에 한 많은 괴로운 혼백들

저승으로 건너가게 길 닦아주고

저승길 훤하게 닦아주고

서방세계 길 열어주고

인도환생 길 열어주고

부디 저승 훨훨 가소

오늘 여기 망제님은

원통히 생각 말고 절통히 생각 말고

해원축수 받고 노자 듬뿍 받아서

저승 훨훨 건너가소.”

이때, 박수(화랑이) 세 사람이 한꺼번에 북과 징과 제팔이를 요란스럽게 울리며 “저승 훨훨 건너가소”를 복창했다.

넓은 마당에 자욱이 앉고 선 사람들은 베리데기가 부모 앞에 나타났을 때부터 눈물을 흘리기 시작하여, 나중 약물로 구해 오고 부모를 살리고 다시 대면하는 대목에 와서는, 수건으로 소매로 눈물을 닦지 않는 사람이 없었다.

영술이 놀란 것은, 그 많은 구경꾼들이 하나도 빠짐없이 감동에 젖어 있는 일보다도, 월희가 이 모든 것을 잘 알아듣는 듯한 몹시 흥미로운 얼굴로 지켜보고 있는 일이있나.

“너 저런 거 다 들었나?”

영술이 묻자, 월희는 이내 고개를 끄덕이고 나서,

“베리데기 그릴란다.”

했다.

그녀가 이렇게 분명한 발음으로 말한 적은 일찍이 없었던 것이다.

“베리데기를 어떻게 그릴라고?”

“눈에 뵈는 것 같은데.”

월희는 이번에도 분명한 소리로 대답했다.

이때 정 부자 집 마누라와 그 아들인 정 부자가 전물상 앞에 나타났다.

"을화네 수고했대이."

정 부자 집 마누라가 을화의 어깨를 두드리며 이렇게 인사말을 건넬 때, 그 아들 정대식鄭大植이 품에서 시퍼런 십 원짜리 지폐 석 장을 끄집어내더니, 두 장을 전물상 위에 놓고 한 장을 박수네 앞에 놓았다. 전물상 위에 놓은 것은 무당에게 주는 사례요, 박수네 앞에 놓은 것은 물론 박수들에 대한 사례였다. 무당에 대한 사례금 백 냥도 좀체 보기 어려운 큰돈이었지만, 더구나 박수들에게 따로 사례를 한다는 것은 여간 푸짐한 대접이 아니었다. 이것을 본 사람들은

"을화네 부자될따."

고도 했고, 또 어떤 이는,

"백 냥이 아니라 이백 냥을 줘도 아깝잖을따."

고도 했다.

정대식은 나이 서른일곱이라 하였다. 그는 구경꾼들에게도 인사를 하는 듯 차일 끝에까지 나와 이리저리 살펴보곤 했다. 그러다가 그의 눈길이 문득 월희에게 이르자 한참 동안 움직이지 않고 있었다.

나들이가 불러온 것

정 부자 집 큰 굿이 있은 다음다음 날이 일요일이었다.

을화는 언약대로, 월희를 영술에게 맡겨서 교회로 보냈다. 그것은 한갓 언약을 지키려는 것뿐이었고, 그것으로 월희에게 어떠한 변화가 있으리라고는 털끝만큼도 믿지 않았다.

영술 자신도, 월희의 훈련되지 못한 청각과 지능 정도로서는 교회의 여러 가지 예배의식禮拜儀式이 좀체 이해되기 어려우리라고 내다보았다. 다만 믿는 것은, 월희의 영술에 대한 신뢰와 자기의 그녀에 대한 기도뿐이었다. 그리고 그 결과는 을화가 예상했던 대로, 또 자기가 내다보았던 대로였다.

그날 저녁 때 영술이 월희를 데리고 집으로 돌아오자, 을화는 대뜸,

"우리 달희 야수교 좋닥 하더나?"

이렇게 물었다.

"……."

영술은 얼른 입이 열리지 않았다.

"야수교카마는 굿이 낫닥 하제?"

"어머니."

영술은 을화의 말을 막듯이 어머니를 불렀다.

"착한 내 아들아, 늬가 본 대로 말해라."

"월희가 교회에 간 건 처음이 아입니까?"

"굿도 첨 갔다."

"그렇지만 굿은 집에서도 늘 보는 거나 다름없지 않는기요?"

"그선 늬 말도 옳다. 집에서 구경한 게 도움이 됐을끼다. 그렇지만……."

"그리고 또 있습니다. 교회는 남방 여방이 따로 있어서, 나하고 같이 못 앉고 월희만 여방으로 보냈기 때문에 아무것도 가르쳐주지 못했습니더."

"우리 날희가 지 혼자 그 낯선 데 있을락 하더나?"

"김 집사 부인이라고 제가 아는 아주머니께 부탁을 드렸지요."

"잘했다. 그렇지만 돌아오멘서도 얘기 못 해봤나?"

"……."

영술은 또 왠지 얼른 대답을 못했다.

"싫닥 하제?"

"아입니다."

"그러면?"

"저를 따라 교회에 다니겠다고 저와 약속했습니더."

"뭐라꼬? 우리 달희가 늬를 따라 야수를 믿는닥 했다꼬?"

"……."

"그거는 거짓말이제? 내가 늬한테 우리 달희를 야수 믿게 꼬시라꼬는 약조하지 않았제?"

"미리 어머니의 허락을 받지 않았던 것은 사실입니다."

"그렇닥 하면 우리 착한 아들이 야수 때문에 거짓말쟁이가 됐부렀나?"

"어머니."

영술은 애걸하는 듯한, 호령하는 듯한 야릇한 목소리로 다시 그의 어머니를 불렀다.

"와, 내 말이 틀렸나?"

"어머니, 저도 월희를 어머니 다음으로는 사랑합니더. 월희가 하루바삐 말을 제대로 하고, 훌륭한 처녀가 돼주었으면 하고 비는 마음 간절합니더."

"오냐, 늬 맘은 알따마는, 우리 달희를 늬 맘대로 야수교로 끌어들이라꼬는 안 한다이."

"어머니 그만해 둡시다."

"그만해 두자꼬?"

을화는 불만스러운 얼굴로 영술을 한참 지켜보고 있었다. 그러나 영술이 끝내 대답이 없자 그녀도 시선을 돌리고 말았다.

이쯤 되니, 월희를 두고 굿과 교회 구경을 따라 한 번씩 시켜서 그녀의 마음의 향방을 가늠해 보자고 했던 일은, 일단 을화 쪽이 우세했던 것으로 일단락지어졌다.

그러나 월희의 이를 위한 두 차례 나들이는 두 군데서 다 각각 다른 사태를 빚어내게 하였다. 그 하나는, 그날 밤 굿을 마치고 인사차 군중 앞에 나왔던 정대식의 눈에 월희가 몹시 어여쁘게 비쳤던 일이다. 정대식은 그 이야기를 그의 어머니(정 부자 집 마누라)에게 비쳤는데, 마누라는 즉석에서,

"그러잖아도 가아(그애)가 참 아까와서 어디 존 데 있으면 앉혀줄락고 하고 있었다. 늬가 그렇게 맘에 들었다면 집에 데레다 잔심부름이나 시키두룩 해볼래?"

은근히 권하는 투로 나왔다.

"어무이 그렇게 해주이소."

아들의 부탁을 받은 마누라는 그 길로 곧 을화를 찾아보고 그 뜻을 비쳤다.

을화는 당장에 기쁨이 넘치는 얼굴로,

"정 주사 양반이 우리 달희를 곱게 봐준닥 하먼사 그카마 더 존 일이 또 어딨겠십니꺼?"

하고 나왔다.

사실 무당의 딸이라면 다른 무당의 아들과 결혼하는 길이 고작이요, 그렇게 짝을 얻지 못하면 임자 없는 작은 무당으로 나가는 것이 보통이었다. 무배(무당 박수 따위)의 딸로서 기생으로 나가거나 양반 또는 부자의 소실이 된다는 것은 하늘의 별따기에 견주어지는 큰 출세이기도 했다.

정 부자 집 마누라도 흐뭇한 얼굴로,

"내 을화네니까 깨놓고 말하지만, 가아(그애) 인물이사 귀한 집에 태났으먼 왕비 간택에라도 내보낼락 할 끼다이."

했고, 을화도 덩달아

"가아 뱄을 때, 내 꿈에 달나라 옥황상제님의 공주를 봤다 안 캅디꺼?"

자랑질을 못 참았다.

을화는 마누라가 돌아가자 이내 월희를 보고도

"따님 따님 내 따님

단지 단지 내 단지

귀염단지 보물단지, 늬는 얼마 안 있어, 부자집 새악시로 들어앉는다. 야수당이고 어디고 나댕기지 말고 집 안에 가만 들앉아 몸조심 얼굴치장 게을리 마라."

이렇게 일러주었다.

교회에서 빚어지기 시작한 사건이란, 정작 그녀보다 영술이 쪽으로, 그의 일신상에 관한 중대사로 번져졌다.

그날 월희가 교회에 갔을 때, 김 집사 부인은 영술의 부탁을 받고 그녀를 데리고 여방 맨 앞자리 한구석에 가 앉았는데, 교인들의 시선이 한결같이 그녀에게 쏠리곤 했다. 아직 교회가 설립된 지 오래지 않을 때라 새로운 교인이 하나 나타나면 모두가 고맙고도 반가운 눈길을 그 사람에게 돌리기 마련이었지만, 이날 월희에 대한 그것은 특히 두드러졌다. 처음 보는 교인일 뿐 아니라, 그녀의 옷차림 몸맵시 얼굴 생김새가 어느 누구보다도 너무나 아리따웠기 때문이었다. 그 무렵 여방 교인의 옷차림이라고 하면 대개가 흰 치마저고리였지만, 젊은 부인이나 처녀들이라고 해도 으레 흰 저고리에 검정 치마가 아니면 연옥색 치마 정도였었는데, 이 낯선 처녀는 아래위로 초록색 치마저고리를 입었으니 놀랄 만한 일이었다. 게다가 몸맵시는 그대로 수양버들가지요, 얼굴은 옥을 깎아놓은 듯했으니 신기할밖에 없었다. 나중 김 집사 부인이 영술에게 전한 말에 의하면, 여방 교인들은 그녀를 가리켜, "화식 묵고 땅 우는 사는 사람 같지 않다", "무산선녀 무안해서 달아날네라", "귀신인지 사람인지 모를네라", "꿈인지 생신지 모르겠더라"고들 수군거리고 소동을 피웠다는 것이다.

이러한 소동은 이내 영술을 그녀들의 화제 속에 부상시키게 되었고, 끝내는 그네 남매의 어머니가 을화라는 사실까지 밝혀지는데 이르렀다.

영술이 비록 기독교 신자요 구습에서 벗어난 청년이라 하지만 무당의 아들로서 남의 이야깃거리에 오르기를 스스로 원할 리 없으므로, 그가 사부師父같이 믿고 따르는 박건식 장로 이외에는 그 누구에게도 자기의 신상을 밝히지 않은 채 지내왔건만, 월희의 한 번 출동은 그에 대한 모든 내력과 근본까지 들춰내는 결과를 빚고 말았다.

영술은 그것이 비록 바라는 바가 아니고 자랑스러운 일은 아니라 할지라도 사실이 사실인 만큼 언젠가는 한번 겪어야 할 아픔이라고 체념을 할 수밖에 없었다. 그러나 사태는 거기서 머물지 않고 또다시 발전하여, 이번에는 그의 출생과 부계父系로의 입적入籍에 관련되는 거취 문제에까지 이르게 되었다.

월희가 교회에 다녀온 열이틀 만이니까 바로 그 다음 주간 금요일 저녁 때였다. 영술이 박 장로의 연락을 받고 들렀더니, 박 장로는 여느 때보다도 정중한 목소리로,

"갑자기 보자고 한 것은 다름이 아니라."

하고 허두를 떼었다.

"좀 뜻밖의 일이고 어떤 의미에서는 자네 일신상에 자못 중대한 문제

라 볼 수도 있겠는데……."

하고, 박 장로는 연방 엄숙하고 정중한 어조로 말머리를 엮었다.

영술은 맘속으로, 자기의 신분이 밝혀진 만큼 교회 안에 일고 있을지 모르는 자기에 대한 좋지 않은 분위기 따위를 이야기하려는 거라고 혼자 짐작하며,

"장로님, 저는 주님의 진노하심 이외에는 아무것도 두렵지 않습니다. 어서 말씀해 주십시오."

했다.

"그런 것보다도, 자네 저 밤나뭇골에 대해 듣고 있는가?"

"밤나뭇골이라니요? 처음 듣는 말씀이올시다."

영술의 대답에 박 장로는 의아한 얼굴로 한참 그를 바라보다가

"자네 출생지가 밤나뭇골이란 것도 모르는가?"

"역촌 마을에서 잣실 마을로 옮겨갔다고만 듣고 있습니다."

"그렇지. 정작 출생지는 역촌 마을이지만 그보다 조금 전에는 밤나무 마을에 살았거든. 그러니까 자네 생부生父는 밤나무 마을 사람이라는 이야길세."

"장로님, 저는 처음 듣는 말씀이올시다."

영술은 얼굴이 벌겋게 상기된 채 울먹이듯한 떨리는 목소리로 대답했다.

"그래?"

박 장로는 어이없다는 듯한 얼굴로 영술을 한참 바라보고 있다가 다시 말을 이었다.

"자네 생부는 밤나무 마을 사람이라네. 성함을 이성출이라고 한다네."

"장로님!"

"가만히 들어보게."

박 장로는 영술의 흥분이 갈앉기를 기다리듯 잠깐 침묵을 지키고 있다가 다시 입을 열기 시작했다.

"그런데 그 댁 고부간이라니까, 그 자네 생부 되는 사람의 모친과 부인이지. 그 고부가 전부터 우리 교회의 신자로 나왔었다네. 나도 요번에 첨 들었지만, 그분들도 자네가 누군지 전혀 모르고 있었겠지. 그런데 지지난 주일날 자네 여동생이 교회에 다녀갔지? 그 일로 인해 자네 내력과 과거지사가 모두 드러나게 되었다네."

"장로님 죄송합니다."

영술은 시뻘겋게 된 얼굴을 아래로 푹 수그리며 울먹이듯이 겨우 이렇게 말했다.

"아까 자네 말대로 하나님의 진노 살 일이 아닌 이상 염려할 것 없네. 안심하고 내 얘길 마저 들어주게. 헌데 그 자네 생부와 그 부인 사이에 딸 하나가 있을 뿐, 그것도 출가를 시키고 나니 혈육이라곤 한 점도 없다네. 이번에 마침 자네의 내력을 알게 되자, 두 고부가 집에 가서 그 이야기를 했던 모양일세. 그랬더니 자네 생부 되는 사람이 우리 교회에 나오는 박 집사라고 내 사촌 동생일세마는, 이 사람과 평소에 친분이 있었던 모양이라, 이 박 집사와 함께 나를 찾아오지 않았겠나?"

박 장로는 이야기를 잠깐 쉬고 영술의 얼굴을 한참 지켜보았다.

영술은 홍당무같이 붉어진 얼굴을 아래로 푹 수그린 채 움직이지도 않고 있었다.

박 장로가 다시 이야기를 계속했다.

"그래 하는 말이, 자기 당대에 자식이 끊어지면 자기 집은 문을 닫게 되고 자기는 조상 앞에 큰 죄인이 될 판이라, 자네를 기어이 찾아봐야 되겠다네."

영술은 박 장로가 또 말을 그치고 영술의 의중을 살펴려는 듯 자기를 지켜보고 있다고 알았지만, 그냥 고개를 수그린 채 아무런 대답도 없었다.

박 장로는 먼저보다 더 부드러워진 목소리로 다시 입을 열었다.

"그 자네 생부 가문에서는 양자를 세울 만한 사람도 적당치 않은 모양이야. 하기야 자기의 혈육이 분명하다고 확신하고 있는 마당에 자네를 두고 따로 양자 세울 생각이야 할 수 없겠지만……. 그래서 내가 자네와 가까이 지낸다는 것을 내 사촌한테서 전해 듣고, 자네에게 이야기를 잘해 달라는 걸세. 자네 생부 생각으로는 우선 자네를 만나보고 자네 의향도 들어봐야 하겠지만, 자네 생부의 희망 같아서는, 자네를 기어이 자기 호적에 사자嗣子로 입적시켜서 자기네 가문을 이어가도록 하고 싶은 거라네."

박 장로는 여기서 대강 저쪽 뜻을 전했다고 보는지 말을 마치자 또 아까와 같이 영술을 지그시 지켜보고 있었다. 이쯤 되면 영술도 뭐라고 대답이 있으리라고 믿는 모양이었다.

그러나 영술은 새빨갛게 된 얼굴로 그냥 아래로 푹 떨어뜨린 채 역시 움직이지도 않았다.

"자네가 그만하니 오죽 알아서 하겠나마는, 내 생각으로는, 이 기회에 용단을 내는 것이 좋을 듯하네. 그렇게 되면 자네 생부도 자네를 따라 교회에 나오게 될 거고……. 그렇잖은가?"

"……."

영술은 잠자코 얼굴을 왼쪽으로 돌렸다. 박 장로에게 눈물을 보이지 않으려는 거동이었으나, 이 조그만 움직임은 지금까지 이를 악물고 참아오던 울음을 터뜨리고야 말게 하는 계기가 되었다. 옆으로 돌린 그의 양쪽 어깨가 눈에 띄게 들먹거려지며, 그는 몇 차례인지도 모르게 소매로 눈물을 받아내곤 하였다.

박 장로도 그때에야, 그가 지금까지 고개를 수그린 채 말이 없었던 것은 복받쳐 오르는 울음을 참기 위해서였다는 것을 짐작했다.

흐느낌이 대강 멎자, 영술은 아직도 목구멍에 울음이 꽉 찬 듯한 소리로,

"장로님 죄송합니다."

겨우 이렇게 입을 열었다.

"죄송할 거야 있나? 자네 처지가 되고 보면 당연한 일이지."

박 장로는 무언가 좀 더 그를 격려해 주고 싶었지만 이 밖에 다른 말을 찾지 못했다.

영술은 영술대로 박 장로가 자기의 대답을 기다리고 있다는 것도 잊은 사람처럼 눈물로 시뻘겋게 된 두 눈으로 그냥 방바닥만 가만히 내려다보고 있을 뿐이었다.

박 장로는 또 자기가 먼저 입을 열 수밖에 없다고 생각했다.

"자네와 나는 같은 교인으로서뿐만 아니라 같은 인간으로서, 나는 자네를 내 자제같이 보고 있네. 그러니까 내 말을 조금도 달리 듣지는 말게. 내 지금까지 자네의 성을 모르고 있었던 것도 사실이야. 그런데 인제 자네 성을 알게 됐네. 사네 성은 당연히 이씨라네. 성을 찾게. 자네같이 하나님의 진리 속에 살려는 사람이 세상의 부귀공명을 목적하지는 않겠지만, 그러나 사람이 세상에 나서 자기 성도 못 찾는다는 것은 있을 수 없는 일일세. 자네는 이씨야. 성을 찾게."

박 장로는 영술의 결의를 재촉하는 뜻으로 이렇게 말했다.

"제가 평양서 선교사님께 의시하고 지냈듯이 고장에 와서는 장로님을 의지하고 있는 처지에 잠시인들 장로님의 말씀을 가벼이 여기겠습니까마는 저에게는 어머니가 있습니다. 비록 부끄럽고 천한 무당이라

하지만 저에게는 어머니임에 틀림없습니다. 밤나뭇골 일이 사실이라 하더라도 어머니의 뜻을 들은 연후에 저의 생각을 장로님께 말씀드리고자 합니다."

"하기야 그렇지, 그게 순서지."

박 장로는 낮은 목소리로 이렇게 응수하며 천천히 고개를 끄덕여보였다.

성을 찾다

영술이 이 일을 을화에게 이야기했더니, 을화는 입술을 비쭉 내민 채 가만히 듣고 있다가, 대뜸

"밤나뭇골이면 맞다."

간단히 시인을 했다. 그리고는 뒤이어

"그래서 내가 밤나무 마을에는 굿도 안 댕긴 거다."

이렇게 덧붙였다.

영술이 그것뿐이겠느냐는 듯이 그의 어머니를 바라보자, 그녀는 다시,

"그때 늬를 배고 그 동네서 쫓겨났던 거 앙이가."

했다.

"쫓겨났다고요?"

"……"

을화는 또 입술을 비쭉 내민 채 고개를 두어 번 끄덕이고 나서, 천천히 입을 열었다.

"그때 울 엄마는,─늬 외할무이 말이다, 그 동네서 남의 일을 해주고 겨우 살아갔는데 내가 늬를 배니, 가시나가 애 뱄다고 온 동네가 외면

을 하는 기라, 거기다 그 집에서는 나 때문에 장가 길 맥힌다고 제발 떠나가 달라고 사정을 하고, 그래서 할 수 없이 본디 살던 역촌 마을로 나오게 됐닥 하더라."

"장가 길 맥힌다는 게 뭡니까?"

"총각이 이웃집 가시나한테 애까지 뱃닥 하면 누가 딸 줄락 하겠나?"

그러니까 애기 밴 처녀는 결혼 대상으로 생각도 해보지 않고 하던 그네들의 말이었다.

"그 뒤엔 말이 없었습니까?"

"그러잖아도 그 뒤에, 장가를 들락 하니 자꾸 말썽이 생겨서 두 차례나 혼담이 깨지고는 했단다. 그러자니 얼매나 혼침을 묵었는지, 그 뒤 우리가 역촌 마을에서 잣실로, 잣실에서 읍내로, 이렇게 옮게 댕기며 살아도, 살았나 죽었나 알아보는 일도 없더라. 그 집에서는 늬가 살았는지 죽었는지 알락고도 안 했고, 이날 입때까지 까맣게 없었던 거로 덮어놓고 지내왔다."

을화는 자못 분개한 목소리였다.

"그래, 어무이 생각은 어떠십니까?"

영술의 묻는 말에 을화는 대답을 하지 않은 채,

"그 집 마누라쟁이가 아수를 빌으러 나왔다가 늬를 봤닥 하제? 그 예펜네들 야수 아이먼 늬 꼴 구경도 못했을 끼고, 찾을 생념도 못 냈을 꺼 아이가?"

"……"

영술은 별로 대답할 건덕지도 못 된다고 생각되어서 잠자코 있었다. 그러자 을화는 분연히,

"나는 늬가 야수 귀신에 빠진 거만 해도 신령님께 얼굴을 못 들겠는데, 더군다나 그 예펜네들하고 같이 야수 구덩이에 빠질 꺼 생각하니

몸에 소름이 끼친다. 거기다가 우리 달희는 얼매 안 있어 정 부자 집으로 갈 꺼다. 그렇게 되면 나 혼자 어째 산단 말고?"

"달희가 정 부자 집으로 간다고요?"

"음, 정 부자 집 정 주사가 우리 달희를 한 번 보고 맘에 홀딱 들어뿌린 기라. 그 집 마누라가 와서 그러더라. 달희를 들어앉힐란다꼬."

"그래 어무이는 좋다고 했읍니꺼?"

"그라먼 그카마 더 존 자리가 있을 꺼 같으나?"

"……"

"우리 달희가 원체 무산선녀로 태어났으니 그렇지, 우리 처지에 그만한 자리 바라볼락 하면, 보통 사람이 왕비 뽑히는 거만할 끼다."

"그렇지만 어무이, 우리 월희가 그 집 뭐로 간단 말입니꺼?"

"정 주사 새악시로 가지 뭘로 갈노?"

"정 주사한테는 새악시도 있고 자식도 다 있는데 어떻게 또 새악시로 갑니꺼?"

"늬가 야수를 하느라꼬 세상물정을 하나도 모르는구나, 본디 양반이나 부자는 나이 서른 살 남짓 되면 작은집을 둬야 체면이 서는 거락 한다. 정 주사가 원체 얌전하고 또 우리 달희하고 천생연분을 맞출라꼬 지금까지 늦었지."

"어무이, 그렇지만 월희가 불쌍하지 않십니꺼?"

"와? 잘돼 가는 게 와 불쌍하노?"

"남의 노리갯감이 되는 게 왜 불쌍하지 않십니꺼?"

"벨 소리를 다 하는구나. 그 집 새악시가 되는데 와 노리갯감이락 하노?"

"처자가 버젓이 있는 정 주사의 작은새악시로 월희를 준닥 하면 월희는 덤이 되는 거 아입니꺼? 잘나든지 못나든지 제 짝을 찾아서 보내줘야 할 게 아입니꺼?"

"늬가 야수를 한닥 하듸만 참 엉뚱한 소리도 많이 한다. 무산센녀가 천생연분을 찾아가는데, 노리갯감이니 덤이니 하고 남에 부아 긁는 소리만 찾아가며 하는구나. 늬가 아무리 똑똑하다 해도 사람 사는 이치는 나만치 모를 끼다. 사람이 다 각각 지 분수와 처지가 있는기라. 비껴 나 같은 거 누가 둘째 아닌 셋째라도 데려갈 꺼 같으나? 우리 달희 아무리 무산센녀락 해도, 농사꾼이 데려다 농사를 같이 짓고 살능아? 장사꾼이 데려다 장사를 시킬능아? 임금님이 데레다 왕비를 삼을능아? 그렇게 철없는 소리 자꾸 할락 하거든 앞으로 야수 하는 데도 나가지 마라. 늬같이 똑똑한 내 아들이 그렇게 엉뚱한 소릴 자꾸 씨부리쌌는 거는 아무래도 그 야수 귀신이 들려 그런 거다."

이쯤 나오면 영술도 무어라고 말을 붙일 수가 없었다. 무슨 말을 해봤자 소용이 없을 뿐 아니라, 도리어 그녀의 노염만 더 살 뿐이라고 헤아려졌기 때문이었다.

그러나 영술은 월희를 정대식(정 주사)의 소실로 보내는 일은 끝까지 막아야 하리라고 결심했다.

그는 박 장로를 찾아가 을화의 이러한 태도를 하나도 숨김없이 보고한 뒤, 끝까지 월희를 지킬 결심이란 것도 밝혔다.

"이 군."

박 장로는 이렇게 불렀다. 그는 월희에 대해서는 전혀 언급도 없이,

"자네 어무이도 인정을 했다니까, 밤나무 마을 이성출이라는 사람이 자네 생부임에 틀림없는 사실로 밝혀졌네. 나는 지금까지 자네 성을 몰라서 얼마나 맘속으로 답답하게 생각했는지 모른다네. 자네가 그 집으로 들어가든지 안 들어가든지 그 문제는 차지하고라도 나는 앞으로 자네를 이 군이라고 부를 걸세. 그리고 한 가지 더 자네 거취 문제에 대해

서 내 생각을 말한다면, 나는 자네가 자네 어무이나 여동생에 대해서 너무 괘념하지 말고 자네 생부한테 들어가기를 권하는 걸세. 음, 알겠는가?"

"지가 어떻게 감히 장로님의 말씀을 잠시라도 소홀히 생각하겠습니까. 그렇지만 장로님, 제가 고향으로 돌아올 때는 한 가지 목적이 있었습니다. 그것은 저의 불쌍한 어머니와 누이동생에게 주님의 복음을 전하고 저와 함께 주님 앞에 나아가는 사람들이 되도록 하는 일이었습니다. 저는 그때 선교사님 밑에서 많은 사랑과 가르침을 받으면서 더없이 행복된 나날을 보내고 있었습니다만 저의 어머니와 누이동생이 어두운 죄악의 골짜기에서 더러운 귀신의 노예가 되어 있을 것을 생각할 때 잠시도 견딜 수 없었으므로 돌아오고 말았습니다. 저의 어머니와 누이동생을 구제하기 위해서 저는 어떠한 고생이나 어려움이라도 다 참고 견디며 승리의 찬미를 주님께 올릴 때까지 물러서지 않으려고 했습니다. 그리고 이것이 저에게 끝없는 사랑과 은혜를 베풀어주신 선교사님의 뜻에도 부합되는 길이라고 믿었기 때문에, 그렇게 간청하여 간신히 허락을 받고 돌아왔습니다. 그런데 제가 어떻게 어머니와 누이동생을 저대로 내버려 두고 다른 곳으로 떠날 수 있겠습니까?"

"자네 뜻은 장하고 고맙네마는 자네가 생부한테로 간다고 자네가 어무이와 여동생을 버리는 게 아닐세. 밤나무 마을로 옮겨 가서도 얼마든지 이쪽으로 들를 수 있는 거고, 필요하다면 여기 있으면서 생부집에 이따금씩 들러도 되지 않는가? 그 점은 얼마든지 내가 저쪽 자네 생부한테 양해를 받아놓겠네. 그러니 모처럼 저쪽에서 간절하게 원하고 있을 때 일단 응낙을 하고 들어가서 대강 인사나 치른 뒤에 자네 형편대로 여기 와 있든지 거기서 다니든지 하면 되지 않는가? 내 생각으로는 자네가 맨날 같이 있으면서 맞서 싸우는 것보다 이따금 와서 슬슬 구슬리는 편이 훨씬 효과적일 것 같으네. 어떤가?"

"……."

영술은 역시 얼른 대답을 하지 못했다. 어차피 어머니의 허락을 받을 수 없기로는 마찬가지라고 생각되었기 때문이었다.

"그것도 어려운가?"

"어머니의 반대를 무릅쓰고 단행해야 되기는 마찬가지기 때문입니다."

"할 수 없지 않는가? 자네가 하나님을 믿게 된 것도 자네 어무이의 허락을 받은 것은 아니잖는가? 일에 따라서는 얼마든지 그럴 수도 있는 걸세. 결심하게."

"장로님 뜻대로 좇겠습니다."

영술은 드디어 마음을 굳혔다.

"고맙네. 그래야지."

박 장로도 흐뭇한 얼굴이 되었다.

그러나 영술은 박 장로의 그러한 인사말을 기다릴 사이도 없이 곧 자리에서 일어났다. 박 장로는 좀 당황한 얼굴로 그의 거동을 지켜보았다.

영술은 방구석을 향해 몸을 돌린 채 꿇어앉았더니 이내 눈을 감으며 머리를 수그렸다. 기도를 드리는 보양이었다. 그가 왜 이렇게 충격적인 거동으로 기도를 드리는 건지, 박 장로로서는 이해하기조차 어려운 일이었다. 기도를 드리고 난 영술은 다시 박 장로를 향해 꿇어앉은 채,

"장로님 제가 앞으로도 변함없는 굳은 결심으로 저의 목적 달성을 위해 나아가도록 계속 돌봐주시고 주님께 늘 기도드려 주시기 바랍니다."

했다. 그의 목소리는 평소보다 높았으며 얼굴에도 야릇한 흥분의 빛이 감돌고 있었다.

다음 일요일 저녁 때, 영술이 오후 예배를 보고 나서 뜰로 내려서는

데 김 집사 부인이 문 앞에 기다리고 있었던 듯 이내 다가서며 웃는 얼굴로 그의 소매를 가볍게 잡아당겼다. 영술이 그쪽으로 고개를 돌리자 김 집사 부인은 고개를 돌리더니, 거기 서 있는 키가 나지막하고 얼굴에 주름살이 많이 잡힌 할머니를 손가락으로 가리키며,

"밤나무 마을……."

했다. 밤나무 마을의 할머니라는 뜻인 듯했다. 할머니 곁에는 나이 한마흔 살가량의 얼굴이 가무잡잡한 아주머니도 한 사람 서 있었다.

영술이 어떻게 대해야 좋을지 몰라서 떠름한 얼굴로 약간 미소를 짓고 있는데, 그 할머니는 서슴지 않고 그의 소매를 덥석 잡고 쓰다듬으며,

"아이고 참 잘났대이. 내 핏줄이 돼 그런지 첨 봐도 고마 다르대이."

하고, 곁에 서 있는 아주머니 쪽을 돌아다보았다.

아주머니는 그 가무잡잡한 얼굴에 웃음을 지으며,

"어마님이사 그렇고 말고요. 다 우리 주님의 은혜 아잉기요?"

이렇게 맞장구를 쳤다. 그러니까 이 할머니가 이성출의 어머니요, 아주머니가 그의 마누라인 듯했다.

할머니는 영술의 가슴 앞에 바짝 다가서더니 그의 얼굴을 빤히 쳐다보며,

"암만 봐도 내 핏줄이 어디 갈노? 고마 가재이, 밤나뭇골로 나하고 같이 가자이."

연방 소매를 잡고 끌었다.

영술은 씁쓸한 미소를 지으며 할머니에게 소매를 잡힌 채 엉거주춤서 있다가,

"저도 박 장로님한테서 밤나무 마을 이야기를 들어서 알고 있십니더. 일간에 찾아가 뵐 생각입니더."

했다.

그러자 아주머니가 기쁜 얼굴로 할머니 곁으로 바짝 다가서며, 할머니 손 위에 자기 손을 포개어 얹으며,

"아이고 고마와라, 그라먼사 얼매나 좋을노? 모도가 주님 은혜지."

하고 나서 다시 할머니를 쳐다보며,

"어마님요, 오늘은 고마 섭섭하지마는 그냥 갑시더, 암만 핏줄이락 해도 첨 보는데 준비를 좀 해야 안 될는기요? 낼 음식 좀 장만해 놓고 모레 청합시더."

했다.

할머니는 연방 영술의 얼굴에서 눈을 떼지 않은 채,

"아무람, 아무람, 그렇고 말고, 그렇고 말고, 잔체를 해야지, 잔체라도 큰 잔체를 해야지, 주님의 은혜고 말고, 주님의 은혜가 아니고사 이런 달덩이 같은 내 손주가 어디서 생겨날노?"

이렇게 곧장 늘어놓다가 나중엔 왠지 혀를 끌끌 차더니 소매로 눈물까지 훔쳤다.

영술도 좀 언짢은 생각이 들어 할머니의 등을 가볍게 쓸어드리며,

"할머니요, 인저 그만하고 돌아가시이소. 지가 낼이고 모레고 곧 찾아갈 낍니더."

이렇게 이 고장 말씨로 위로해 드렸다.

생부 집에서

밤나무 마을은 읍내에서 동남으로 십 리 남짓 되는 거리에 있었다. 뒤는 산이요, 앞은 들판, 들판 한가운데로 좁다란 개울이 흐르고 있었다.

영술이 박 장로와 함께 그의 생부의 집을 찾았을 때, 그 집에는 이미

박 장로의 사촌동생 되는 박 집사와 그의 생부의 당숙堂叔뻘 된다는 노인과, 그리고 일가 아주머니들이 여럿 모여 있었다.

집은 몸채와 아래채로 나눠져 있었는데, 몸채에는 큰방, 건넌방, 그 사이의 마루, 그리고 맨 서쪽에 부엌이 달려 있었다. 그의 생부와 그 당숙과 그리고 다른 남자 손님들은 큰방에 모여 있었고, 건넌방과 마루에는 아주머니들이 앉아 있었다. 아래채에는 고방과 머슴방과 헛간 겸 마구간이 달려 있었고, 그 맨 끝에는 뒷간이 두엄터를 향해 돌아앉아 있었다.

영술은 박 장로를 따라 그 집 뜰에 들어섰다. 그러자 이내 박 장로의 사촌동생인 박 집사가 기다리고 있다가 뛰어나오며 그들을 큰방으로 인도해 주었다.

박 장로와 생부와는 이미 인사가 있었던 만큼, 두 사람이 마루에 올라섰을 때 생부가 방문 밖까지 나와 그들을 맞아주었다. 그때 그의 생부의 눈길이 박 장로에서 영술에게로 옮겨지는 순간, 영술은 생부의 눈 가장자리와 입 언저리에 기쁨의 미소가 번지는 것을 놓치지 않고 보았다.

방에 들어온 그들은 주인의 맞은편에 좌정하고 앉았다. 박 장로는 좌중을 한 번 돌아다보고 인사를 치르자,

"이 어른이 자네 아버님이시다. 절하고 뵈어라."

생부를 가리키며 영술에게 말했다.

영술이 일어나 정중히 절하고 도로 자리에 꿇어앉자 이번에는 생부 곁에 앉은 노인을 가리키며,

"이번에는 이 어른께……."

했다.

영술이 먼저와 같이 역시 일어나 절을 하고 도로 앉자, 박 장로는

"자네한테는 재종조부뻘이 되시는 어른이다."

했다. 영술은 '재종조부'가 뭔지 잘 모르는 채 그냥 고개만 수굿하고 있

었다.

영술이 대강 인사를 끝내고 났을 때, 지금까지 방문 밖에서 이 광경을 구경하고 있던, 그날 교회에서 보았던 할머니가 방 안으로 들어오며

"나도 우리 손주한테 절 한번 받을란다."

하고 문지방 앞에 털썩 앉았다.

방 안에 있던 사람들과 마루에 있던 사람들이 한꺼번에 와아 웃었다.

그러자 주인인 이성출이 일어서며

"이왕이면 엄마 여기 앉아 받으이소."

하고 할머니의 팔을 잡아서 자기 자리에 모셨다.

절을 받고 난 할머니는

"시상에 핏줄이 뭔지, 그날 나는 회당에서 우리 손주를 처음 봤더니 고마 눈물이 나더라이."

하며, 소매로 다시 눈시울을 닦고 나서,

"며느라 늬도 들오너라."

하고 마루를 향해 며느리를 불렀다.

그러자 마루에 있는 어느 아주머니의 목소리로,

"그렇고 말고, 엄마한테 절해야 되고 말고, 한실댁이 어디 갔노?"

하는 소리가 들렸다.

뜰 아래 있던 한실댁이 마루 위로 올라서며,

"내사 그날 회당에서 안 봤는기요? 절 안 받으면 어떤기요?"

사양을 했다.

그래도 그런 법이 있나, 그래서 되나, 하는 여러 사람의 권에 못 이기는 듯, 얼굴이 가무잡잡한 한실댁이 들어와 할머니 곁에 앉아서 절을 받았다. 한실댁은 송구스러운 듯이 당숙 노인을 두어 번이나 돌아다보고 나서,

"주님의 은혜가 한량 없심대이."

하더니 이내 자리에서 일어나며,

"곧 상을 올리겠심더."

하고 밖으로 나갔다.

영술이 네 차례 절을 하는 동안 마루에서 이 광경을 들여다보고 있던 아주머니들은, 모두가 감격 어린 얼굴로, 웃음을 짓거나 혀를 울리거나 고개를 끄덕이거나 하다가, 한실댁이 마루로 나오자, 모두가

"한실댁이 한 풀었다."

하며 그녀의 소매나 손을 만져주곤 하였다.

음식상이 들어오자, 박 집사가 주인과 그의 당숙 노인을 돌아다보며,

"오늘겉이 경사스러운 날, 하나님께 먼저 감사를 드리고 음식을 듭시더."

하고 그들의 양해를 구했다.

당숙 노인은 별로 참견하지 않겠다는 듯이 잠자코 있었고, 주인이 박 집사를 건너다보며

"자네가 알아서 해달라고 맡기잖던가?"

했다.

박 집사가 박 장로를 돌아다보며,

"형님 기도 인도해 주이소."

했다.

박 장로는 기다리고 있었다는 듯이 이내 눈을 감으며 기도를 시작했다.

"하늘에 계시는 우리 주님 아버지, 오늘 이 댁에 은혜로, 인간으로서의 더없는 큰 경사가 베풀어졌나이다. 이 댁의 이성출 씨는 지금까지 소식조차 모르고 있던 자기의 하나뿐인 귀중한 혈육을 상면했사오며

또한 길이 친자로서 가문을 잇게 되었으니, 인간으로서 이보다 더한 기쁨과 경사가 또 어디 있겠사오며, 이것은 오로지 주님의 크신 은혜 덕분으로 아나이다. 또한 이영술 군으로 말씀하오면, 주님의 사랑하는 양으로 우리 경주교회에서도 없어서는 아니될 청년이오며, 이 가정에 있어서는 마른 나무에 꽃이 핀 거나 같은 귀중한 아들로서 이 댁 가문을 영원히 이어나갈 중책을 지고 있나이다. 우리 주님 아부지시여, 이 댁에 더욱 많은 축복을 내리어주시고, 이영술 군이 이 댁 친자로서 부모님께 효도하고 일가친척 친지 이웃과도 내내 화목하게 지내도록 성신의 힘으로 돌봐주시오며, 온 가족이 함께 손을 잡고 주님 앞에 나아가 찬송가를 부르도록 성신이 역사해 주시기를 간절히 간절히 비나이다. 우리 주 예수 그리스도의 이름으로 비나이다. 아멘."

박 장로가 기도를 드리는 동안 이성출은 음식상 위에 시선을 멈춘 채 가만히 앉아 있었으나, 그의 당숙 노인은 처음 당질堂姪—이성출 쪽으로 두어 번 흘낏흘낏 바라보다가 더 참지 못하겠다는 듯이 담배쌈지를 걷어쥐고 자리에서 두 번이나 엉덩이를 일으켰다. 그때마다 그 곁의 박 집사가 노인의 옷자락을 잡아당겨 일어나진 못하고 말았으나, 그 대신 박 집사는 감은 눈을 몇 번이나 지그시 내리뜨며 그쪽으로 시선을 돌려야만 했다.

기도가 끝나자 한실댁이 이내 감주그릇을 쟁반에 받쳐 들고 들어와 당숙 노인에게 드리며

"당숙 어른요, 오늘은 고마 막걸리 대신 감주를 쓸랍니더."
하고 양해를 구했으나, 노인은 무언지 잔뜩 틀어진 듯한 얼굴로 감주그릇을 받아 자기 앞에 놓았을 뿐, 당질부堂姪婦 쪽으로는 거들떠보지도 않았다.

그런 대로 상 위에는 떡과 나물과 과일에다 돼지고기 닭고기들이 큰

접시에 수북수북이 담겨져 있었고, 생선도 굽고 부치고 한 것이 각각 여러 접시 얹혀 있었다. 일동은 각기 식성에 따라 음식에 손을 대기 시작하자 아무도 별로 남을 위하여 신경을 쓸 필요는 없어졌다.

그러나 한실댁은 아무래도 당숙 노인이 마음에 걸리는지, 닭내장 볶은 것을 조그만 접시에 담아 들고 와서,

"당숙 어른요, 이걸 들어보시이소."

하고 디밀었다.

노인도 그 사이에 비위가 돌아왔는지 당질며느리를 한참 빤히 쳐다보다 말고 그것을 받아 상 귀퉁이에 놓은 뒤 젓가락을 가져갔다.

한실댁도 이제는 마음이 놓이는지,

"당숙 어른요, 많이 드시이소이."

하고 상긋 웃으며 돌아섰다.

마루에서는 할머니가 한쪽 손엔 떡을 들고 한쪽 손엔 닭고기를 집은 채,

"할렐루야 할렐루야……."

하고, 어깨를 들썩거리며 찬송가를 불렀다. 그러나 건넌방과 마루에 가득 찬 아주머니들 가운데는 할머니의 찬송가를 거들 만한 교인이 아무도 없었다. 이것을 본 한실댁은, 쟁반에 감주 그릇을 받쳐 든 채 마루로 올라서다 말고,

"…… 그의 흘리신 피로 내 죄 씻었네."

하고 시어머니의 찬송가에 가세를 했다.

그러자 아주머니들이 한꺼번에 와아 하고 웃었다. 평소에 그렇게 얌전하기만 하던 한실댁이 한쪽 손에 감주 그릇을 든 채 찬송가를 부르는 것이 우습기도 하려니와, 시어머니의 독창을 거들려는 속셈이 더욱 갸륵하게 보였기 때문인 듯했다.

아주머니들의 흐뭇해하는 웃음에 더욱 힘을 얻은 두 고부는 찬송가를 계속 불렀다.

"할렐루야 할렐루야
내가 예수를 믿어
그의 흘리신 피로
내 죄 씻었네."

이렇게 두 고부의 병창이 끝나자 한 아주머니가 감격에 찬 목소리로

"이렇게 존 귀경이 세상에 또 있을능아?"

했다.

그러나 이에 대한 다른 아주머니들의 호응은, 한실댁의 목소리에 의하여 제지되었다.

한실댁은, 그저도 한쪽 손에 떡을 든 채 어깨를 으쓱거리고 있는 시어머니를 내려다보며(그녀는 아직도 감주 그릇을 든 채 그 앞에 서 있었다),

"할렐루야 할렐루야
내 죄 씻었네
내 죄 씻었네."

하고, 아까의 찬송가를 끝만 따서 되풀이해 부르고 있었다.

그러자 앞집 과수댁이 그 곁의 대추밭 할머니를 돌아다보며

"아주머이요, 지금 한실댁이 노래 부르는 거 들었지요? 예수 믿은 덕으로 아들 찾아 바치고 인저 아들 못 논(낳은) 죄 씻었다고 하지요? 내 죄 씻었네 안하딩기요?"

하고 물었다.

대추밭 할머니는 고개를 끄덕이며

"그게 참 듣고 보니 그런 뜻인가 베."

맞장구를 쳤다.

이 두 아주머니의 대화는 이내 다른 아주머니들에게도 그대로 옮겨져 나갔다.

"한실댁이 아들 못 낳은 죄를 인제 다 씻었다 하제?"

그녀들은 모두 이렇게 중얼거리며 서로 고개를 끄덕였다.

방에서는 이성출이 영술을 보고,

"와 음식이 덜 맞나? 좀 많이 들잖고……?"

이렇게 말을 건넸고, 영술은 조금 당황한 얼굴로,

"아입니더, 많이 듭니다."

하며 복숭아를 집어들었다. 그는 처음부터 왠지 어머니와 누이동생이 곧장 눈앞에 어른거려 음식을 거의 들 수도 없었던 것이다. 생각 같아서는 음식이 끝나는 대로 박 장로와 함께 돌아가고 싶었으나, 첫날만은 어떤 일이 있어도 생부 집에서 자야 한다는 박 장로의 지시가 사전에 있었기 때문에 영술은 굳은 마음으로 참아야만 했다.

영술의 방은 건넌방으로 정해져 있었다. 그날 밤 할머니는 영술을 보고,

"늬가 좋닥 하먼 나는 늬하고 이 방에서 같이 잘란다. 어떠노? 좋을 능아? 늬가 싫닥 하먼 나는 청에서 혼자 자도 되고, 큰방에 가서 늬 아바이하고 같이 자도 된다. 늬는 어떠노?"

"할무이 졸대로 하이소. 지는 아무래도 좋심더."

"아이고 고마와라. 늬가 싫닥 하먼 어쩔꼬 싶으더라이."

할머니는 영술의 볼을 쓰다듬으며 이렇게 말했다.

그날 밤 자리에 누웠을 때, 할머니는 영술의 한쪽 손을 꼭 잡은 채,

"본데 느거(너희) 친엄마네 집은 우리 집과 딱 붙은 동쪽 집이다. 요새는 담을 쳤지마는 그때는 울타리다. 그러니 서로 환히 들여다보고 살

았지."

이렇게 이야기를 시작했다.

영술도 이번 일이 터진 뒤에야 그의 어머니로부터 대강 들은 이야기
가 되었지만, 그런 대로 잠자코 듣고 있었다.

할머니는 이야기를 계속했다.

"그때 느거 엄마는 열여섯 살이고, 느거 할매가 서른댓 살밖에 안 된
젊은 과부 몸으로 온 동네에 품을 팔고 살았다. 그런 판에 느거 엄마가
늬를 뱄으니 동네를 떠날 수밖에 없었다. 이렇게 될 줄 알았으면야 내
가 어짜든지 느거 엄마를 붙잡아 들여서 혼인을 시켜줬을 낀데 나중 일
을 누가 알아야제. 늬가 들으면 오죽 언짢을나마는 그때 헝편이 할 수
없더라."

"할머니, 지나간 일을 지금 후회하면 뭐합니꺼?"

"그렇지마는 늬를 보기 미안해서 그런다. 그 뒤에도 나는 늬 생각을
가끔 했다마는 느거 엄마가 무당이 됐닥 해서 고만 찾을 생념도 못 했
다가 이번에 주님 은혜로 우리가 핏줄을 서로 찾은 거다."

할머니는 이야기를 마치고 한참 있다가 다시 입을 열었다.

"이 집 엄마도 맘이 한정 없이 올바르고 착하다. 자식 못 논(낳은) 게
흠이지 나무릴 데 없는 사람이다. 부디 늬 생모나 다름없이 알아라이."

"할머니, 저희는 다 하나님 아버지를 받드는 가족들 아입니꺼? 낮에
할머니와 어머니가 마루에서 할렐루야를 자꾸 부르실 때, 저는 속으로
눈물이 납디다. 지금까지 저를 낳아서 키우느라고 온갖 고생과 천대를
받아온 저의 생모 어머니보다 여기 어머니와 할머니가 정말 어머니와
할머니 같은 생각까지 들었십니더. 아마 같이 하나님 아버지를 받드는
가족이기 때문이 아닐까 생각합니더. 그렇지만 저는 저의 낳은 어머니
를 잠시도 잊을 수 없십니더. 그 어머니가 무당 귀신에서 벗어나 우리

주 예수 그리스도를 믿게 된다면, 저의 힘으로 그렇게 해드릴 수 있다면 저는 저의 목숨하고라도 바꾸겠십니다, 할머니."

영술은 이렇게 말하며, 자기 쪽에서 할머니의 바싹 마른 손을 잡았다. 그는 어느덧 그렇게도 홍분되어 있었던 것이다.

"오냐, 오냐, 고만 자거라이."

할머니는 그 사이에 잠이 들었다 깨는 듯, 목구멍 속에서 이렇게 대답하고 있었다.

이튿날 영술은 아침을 마치자 곧 읍내로 들어와 박 장로를 먼저 찾아보고 인사를 드린 뒤, 자기 집으로 돌아왔다.

어머니는 이미 외출을 한 뒤였고, 월희가 혼자서 시뻘건 마귀 형상의 그림을 그리고 있었다. 그것이 그녀의 유록색 치마저고리와 묘한 대조를 이루고 있다고 느끼며 잠깐 동안 화면을 들여다보다가,

"그게 무슨 그림이고?"

하고 물었다.

"엄마가 굿한다꼬……."

월희는 붓을 놓고 영술을 쳐다보며 이렇게 대답했다. 어머니의 굿에 쓸 그림이라는 뜻이었다.

그러한 월희의 얼굴을 바라보는 순간, 영술은 갑자기 그녀가 한없이 가엾고 불쌍하게 느껴졌다. 그는 목구멍으로 확 치밀어 오르는 울음을 참느라고 벽을 향해 돌아선 채 눈을 감고 입술을 깨물었다. 이것은 전혀 예기하지 못했던, 까닭 모를 울분과 설움과 연민이 한 데 뭉친 듯한 발작과도 같은 충격적인 감정이었다. 그는 소매로 눈물을 닦은 뒤 품에서 성경책을 끄집어내었다. 마음을 진정시키기 위해서였다.

그 사이에 붓과 물감 따위를 방구석으로 치우고 난 월희는 영술의 한쪽 팔을 가볍게 건드리며,

"오라바이 울지 마."

했다.

영술은 자기의 거동이 어느덧 그녀에게 울음으로 전달된 데 또 한 번
놀라며,

"월희야, 거기 앉거라."

그녀를 붙잡고 자리에 앉았다.

그는 그녀의 손목을 잡은 채,

"월희야, 너 이 오빠 믿어주겠지?"

하고 물었다.

월희는 그 별덩이 같은 두 눈으로 영술의 얼굴을 바라보며 고개를 끄
덕였다.

"너는 이 오빠하고 같이 하나님을 믿어야 한다."

영술의 목소리는 왠지 떨리기까지 하고 있었다. 그는 계속했다.

"나는 늬를 나와 같이 하나님 믿는 청년하고 혼인시킬 생각이다."

영술은 월희가 긴 말을 알아듣지 못할 것으로 보고 이렇게 이야기를
짧게 잘라야만 했다.

"혼인?"

"그렇다, 혼인이다, 너도 오빠가 맞춰주는 신랑하고 혼인해야 한다."

"……."

월희는 왠지 고개를 옆으로 저었다.

그러나 영술이 그녀에게 진정으로 일러주려는 것은 따로 있었으므
로, 이 일에 대하여는 더 말을 붙이지 않기로 했다.

"월희야, 늬는 정 부자 집에 가면 안 된다."

"정 부자 지베?"

"그렇다, 정 부자한테는 마누라도 있고 아들딸도 있다. 늬가 또 거기

가면 남의 미움을 사고 하나님의 꾸지람을 받는다. 알지?"

"……."

월희는 그의 말뜻을 잘 알아듣지 못하는 듯, 멍청한 얼굴로 그를 말 끄러미 쳐다보고만 있었다.

"엄마가 너를 정 부자한테 보낼락 해도 늬는 가지 마라. 못 간다고 해라. 오빠가 너를 지켜주마. 알겠지?"

"……."

월희는 고개를 끄덕였다. 그것은 영술의 말뜻을 알기 때문이 아니라 그의 간곡한 부탁 그 자체를 그냥 받아들이는 데 지나지 않았다.

영술도 그녀가 자기의 말뜻을 충분히 이해하고 있다고는 보지 않았다. 그러나 정 부자한테 가지 말라는 것만은 잘 알고 있으리라고 믿었다. 그는 그녀의 손목을 잡은 채 기도를 드리기 시작했다.

"불쌍한 자를 구해 주시고 연약한 자를 도와주시는 하나님 아버지시여, 이 불쌍하고 가련한 저의 누이동생을 구해 주옵소서. 이 불쌍한 여식은 마귀에 들려, 아직도 말을 제대로 하지 못하는 채, 무서운 귀신에 들린 저의 어머니에 의하여 죄악의 자리로 끌려갈 운명에 놓여 있나이다. 하나님 아버지시여, 저의 어머니와 저의 누이동생이 이 무서운 마귀의 손아귀에서 벗어날 수 있도록 도와주옵소서. 성신의 불로 마귀를 쫓아주옵시고 저희가 함께 주님 앞에 나아가 찬송가를 부르도록 성신이 역사하여 주옵소서……."

이때 을화가 방문을 열고 들어왔다. 영술은 조금 전부터 인기척이 나는 것을 한쪽으로 들었지만, 기도를 갑자기 중단할 수가 없어서 곧 끝을 맺으려는 가운데 그녀는 어느덧 들이닥친 것이다.

영술은 얼른 기도를 마치고 얼굴을 들어 어머니를 쳐다보는 일방 손으로는 앞에 놓여졌던 성경책을 얼른 집어 품 안에 넣고 있었다. 영술

의 이러한 거동을 분노의 불길이 이글이글 타오르는 검은 두 눈으로 지
그시 지켜보며 문지방 앞에 가만히 서 있던 을화는, 방 안을 한 바퀴 돌
아다보다가 방구석에 치워져 있는 월희의 화구들이 눈에 띄자,

"우리 달희 그림을 못 그리게 해살는 것은 야수 귀신의 짓이가?"

꼬투리를 잡고 물었다. 그녀의 얼굴과 목소리에는 적의와 노기가 가
득 차 있었다.

"어머니, 제가 우리 월희하고 얘기가 하고 싶어서 그림을 쉬라고 했
십니더."

영술은 얼굴에 미소를 지으며 부드럽고도 공손한 목소리로 대답했다.

"무슨 이야기를? 그 그림이 늬 비위에 몹시 거슬린다고 했나?"

"아닙니더, 저는 그것이 무슨 그림이냐고 물어봤을 뿐입니더."

"그러니까 우리 달희가 뭐락 하더노?"

"엄마 굿에 쓸 거라고만 합디더."

영술의 숨김없는 대답에 을화도 약간 분이 풀리는지,

"그건 맞다. 내가 우리 달희한테 부탁한 거다, 야수 귀신을 그려달라
고, 야수 귀신은 붉으니까 뻘겋게 그려달라고……. 그래서 늬가 보면
비위가 뒤집어졌을 꺼다."

"어머니, 저는 그 그림을 좀 흉하다고 보았지만 별로 비위가 뒤집히
는 일은 없었십니더."

"착한 내 아들아, 늬도 차츰 야수 귀신을 내삐려라."

"어머니, 우리 주 예수님은 귀신이 아니고 하나님의 아들입니더. 하
나님의 아들로 세상에 오셨다가 우리 인간들의 죄를 짊어지고 십자가
에 못 박혀 돌아가신 성인이올시더. 하나님은 예수님이 흘리신 피로 인
해 우리 인간들의 죄를 용서해 주시고, 영혼을 구해 주시고, 하늘나라
에서 영원히 살 수 있게 해주십니더."

영술은 을화의 분이 좀 누그러진다고 보자 또 한 번 이렇게 예수교의 요지를 몇 마디로 알기 쉽게 풀이해 보았다.

을화는 신기한 듯이 귀를 기울이고 있다가 얼굴에 미소까지 지으며,

"그거 참 재미나구나. 그래서 어리석은 것들이 야수를 한다고 몰려댕기는구나."

"어머니, 어리석어서 그런 것이 아니고 진리이기 때문에 믿는 겁니더."

"진리라께? 늬 들어봐라. 늬 말대로 야수가 귀신이 아니고 사람이라고 하자. 하나님의 아들이든지 신령님의 아들이든지 세상에 태났으니 사람 아이가? 사람이니 죽을 꺼 아니가? 죽어서 귀신이 된 거다. 그러니 야수 귀신이라 말이다. 느거가 나팔을 불고 댕기는 기 바로 그 야수 귀신이 들린 거라 말이다."

"어머니."

"오냐, 내 말을 더 들어봐라. 늬는 그 야수 귀신을 믿으면 영혼을 구해 주고, 하늘나라로 가고 그런다고 했제? 그렇게 됐으면 좋겠제? 그렇지만 그걸 누가 봤나, 댕겨온 사람이 있나? 그러니까 똑똑히 모르는 거 아이가? 그런데 들어봐라. 여기 그걸 똑똑히 알아보는 수가 있다. 사람들이 나를 무당이라고 하제? 늬도 에미가 무당이라꼬 설움도 많이 받고 수모도 많이 당했다이. 그렇지만 나는 그걸 똑똑히 안다이. 이거 들어봐라. 사람이 죽으면 귀신이 되는 기라. 절에 스님들은 곧장 저승으로 가지마는, 보통 인간들은 이승과 저승 중간에 있는 귀신 세계로 흔히 가는 기라. 더군다나 물에 빠져 죽거나 칼에 맞아 죽거나, 목을 매어 죽거나 홍진 마마를 하다가 죽거나 하는 사람들은 귀신 세계에서도 이승 바로 변두리에서 빙빙 돌고 있는 기라. 병을 앓다가 죽어도 이승에 너무 한이 많고 유감이 많으면 또 그렇게 되는 기라. 그런 귀신들은 살

앓을 때 인연을 따라 그 사람한테 붙기도 하고, 그냥 아무나 골이 비고 몸이 허한 사람한테 붙기도 하는데, 그렇게 되면 그 사람은 병이 나서 몸져눕기도 하고 정신이 오락가락하기도 하고, 사업을 꽝 메박기도 하고 집에 불을 내기도 하고 그러다가 죽는 기라. 그 병은 약으로 못 고치고 신자神子가 고치는데, 사람들은 그 신자를 무당이락 해서 온갖 천대를 다 하지마는 그건 모두 어리석은 것들이 신자가 뭔지 몰라서 그런 거고, 신자는 곧 신령님의 아들이자 딸이라. 느는 야수를 하나님의 아들이락 했지만, 보통 무당이락 하는 우리 신자가 신령님의 아들이락 하는 거와 같은 이치다이."

"어머니."

영술은 을화의 말을 가로막고 이렇게 입을 열었다.

"우리 주 예수님과 무당을 혼동하지 마십시오."

그는 몹시 흥분하여 자기도 모르게 서울말씨로 엄중히 항의한 뒤 분연히 자리에서 일어나려 하였다.

을화는 오히려 조용히 가라앉은 목소리로 응수했다.

"느조차 에미를 무시하는구나."

"아입니다. 어머니를 무시하는 게 아니고 어머니에게 들어 있는 귀신을 미워합니다."

"뭐라꼬? 그거는 느가 느거 야수 귀신이나 하나님 귀신을 무시하는 거나 같은 기라. 들어봐라. 느도 말했제? 귀신 들린 사람을 고쳤다꼬. 바로 그거다. 귀신 들린 사람을 고치는 거 말이다. 나는 이날 이때까지 귀신이 붙어 죽게 된 사람, 살림을 망치게 된 사람을 고쳐왔다. 오구나 푸닥거리를 해서 귀신을 그 사람한테서 떨어지게 해주고, 저승으로 천도시켜 주는 기라. 느도 생각해 봐라, 제 명에 못 죽은 불쌍한 귀신들이 얼마나 억울하고 원통하면 이승 변두리에 빙빙 돌다가 산 사람한테 달라붙을을노? 내가 오구나 푸닥거리를 해서 그런 귀신을 사람한테서 떼내어 저승으로 보내주면, 사람도 살아나게 되고 귀신도 제대로 풀려가는 기라. 죽어가는 사람을 살리는 거도 좋지마는, 길을 잃고 헤매는 귀신에게 길을 열어주어서 저승으로 훨훨 건너가게 해주는 게 얼마나 신기하고 고마운 일일노? 나는 이때까지 얼마나 많은 사람을 살리고 귀신을 저승으로 보내줬는지 다 꼽을 수가 없다. 나는 그럴 때마다 내 눈으로 똑똑히 본다. 귀신이 사람한테서 나와 저승으로 가는 걸 똑똑히 본다이. 다른 사람들한테도 물어봐라. 내 푸닥거리에서 귀신이 안 떨어진 사람이 있는가. 또 내 오구에서 저승으로 천도 못 시킨 귀신이 있는가꼬. 그런데 이 에미가 무슨 몹쓸 짓을 했다 말고? 어째서 늬는 이 에미가 그렇게도 비위에 거슬리노? 나는 느거 야수락 하는 사람을 암만 좋게 봐줘도, 우리 겉은 신자神子—무당을 가리킴밖에 아이다. 그렇다면 어째서 먼 타국에서 온 옛날 신자만 제일이고 살아 있는 우리 나라 신자는 외면해야 되노 말이다."

"어머니, 우리 주 예수 그리스도님을 더 이상 모독하면 저는 이 집에서 나가겠습니다."

영술은 분연히 자리를 박차고 있어났다.

을화는 깜짝 놀라 영술의 옷자락을 잡으며,

"술아, 내 아들아, 늬조차 나를 괄시할래? 어째서 내 말을 그렇게도 알아들어 주지 못하노?"

눈물까지 글썽해 있었다.

"어머니."

영술도 어느덧 목이 콱 메어 있었다.

"염려 마세요. 저는 결코 어머니와 월희를 배반하지 않을 겁니더."

"오냐 고맙다 내 아들아. 그렇다 하면 한 가지만 더 물어보자. 늬 어젯밤에 어디 가 잤노?"

을화는 자리에 앉은 채, 서 있는 영술의 얼굴을 빤히 쳐다보며 물었다.

영술은 이미 작정하고 있었던 듯, 낮고 공손스러운 서울말씨로

"밤나무 마을 아버지 집에 가 잤습니다."

"천금 겉은 내 아들아, 에미가 말렸는데 와 기어쿠 갔노?"

"어머니, 조금도 서운해하지 마이소. 아버지를 아버지락 하는 게 도리가 아니겠십니꺼? 그 대신 영술은 영원히 어머니의 아들이올시더."

영술은 부드러운 고장말씨로 이렇게 말하고는 천천히 방문을 열고 나가버렸다.

을화는 자리에 앉은 채 영술이 사라진 방문 쪽을 한참 동안이나 맥없이 바라보고 있다가

'아이고, 저놈의 야수 귀신 땜에 아까운 내 아들을, 천금 겉은 내 아들을……'

혼자 이를 으득득 갈았다.

성경과 칼

영술이 그날 생부 집으로 돌아갈 때는, 적어도 한 일 주일가량은 어머니 앞에 나타나지 않으리라 마음먹었다. 어머니의 하나님에 대한 격렬하고도 모독적인 언사가 못내 노엽기도 했으려니와, 그보다도 어머니로 하여금 그러한 언행을 반성하도록 기회를 드리고 싶어서였다.

그러나 그렇게 여러 날을 생부 집에서 뚜렷이 하는 일도 없이 지낼 수는 없었다. 거기서 그는 그동안 벼르기만 해오던 감포(동해)의 의부 義父—月姬의 生父를 찾기로 했다.

방돌은 어인 까닭인지 대번에 그를 알아보고,

"이거 영술이 앙이가? 웬일고? 많이도 컸구나."

반가이 맞아주었다.

그날 밤, 둘은 생선회와 시루떡을 상 위에 차려놓고 마주 앉은 채 각기 지나간 이야기들을 털어놓았다.

영술이 최근에 생부의 집으로 들어가게 되었다는 이야기를 펼쳐놓자, 방돌은 이내

"그거 참 잘됐구나. 느거 엄마(을화)는 월희 하나밖에는 누구하고도 같이 못 살 끼대이."

하더니, 조금 있다가 다시 말을 이어,

"사람이사 느거 엄마도 인정 많고 남의 일 잘 봐주고, 속없이 좋지마는, 귀신이 들려 있기 때문에 보통 사람하고 다른 기라. 아무리 서로 이해할락 해도 같이 살기는 어려울 끼다."

했다.

이튿날 영술이 떠나올 때, 그는 재 밑까지 바래다 주며 그의 손을 잡고 말했다.

"나도 일간에 한번 갈께. 우리 월희도 볼 겸……."

감포에서 돌아온 이튿날이 일요일이라 예배를 보러 들어왔다가, 교회에서 박 장로를 만나자 이 일을 대강 보고드리지 않을 수 없었다. 박장로는 그의 이야기를 듣고 나서 이내 고개를 옆으로 저으며,

"그건 자네답지 못한 처사일세. 자네가 나한테 말한 대로 어떤 일이 있더라도 좌절하지 않고 끝까지 주님의 복음을 전해 볼 결심이라면 상대방이 뭐라고 나오든지 불문에 부치고 자네가 할 일만 밀고 나가야지, 상대방의 비방에 자극을 받고 감정적인 처사를 한다면 그것은 도리어 상대방의 분개와 도발을 살 뿐이 아닌가?"

나무라듯 말했다.

"장로님의 말씀대로 역시 저의 생각이 부족했던 것 같습니다. 오늘 저녁 예배가 끝나는 대로 어머니께 돌아가 사과 말씀을 드리겠습니다."

영술은 솔직히 자기의 잘못을 인정했다.

그날 밤 예배가 끝난 뒤에도 영술은 오랫동안 빈 교회에 혼자 남아 기도를 드렸다. 주님의 끝없는 사랑으로 제발 어머니의 죄를 용서해 주시고, 그녀로 하여금 하나님을 공경할 줄 아는 여인이 되게 해줍시사고 빌었을 때, 그의 두 눈에서는 뜨거운 눈물이 쏟아져 내렸다.

기도를 마친 그는 오래도록 눈물을 닦은 뒤 교회에서 나왔다.

교회 앞 골목은 캄캄 어두웠고, 머리 위에는 무수한 별들이 반짝이고 있었다.

'저 별들이 모두가 주님의 눈이라면 내 맘속을 환히 비쳐 보실 텐데.'

영술은 이런 생각을 하며 그 어두운 골목을 천천히 걷고 있었다.

골목에서 한길로 접어들려 할 때 그는 또 한 번 고개를 젖혔다. 그러자 그 별들은 모두가 월희의 눈이 되어 그를 내려다보는 듯했다.

"오라바이, 어짜면 나흘 동안이나 집에 안 들어왔어?"

월희의 눈들은 원망스럽게 그를 내려다보며 속삭였다.

'오냐, 달희야 용서해 다오. 박 장로님 말씀대로 역시 오빠의 생각이 좁았던 게다. 앞으로 오빠는 끝까지 너와 어머니를 저버리지 않을 게다.'

영술은 마음속의 월희에게 이렇게 다짐하며 개천을 끼고 돌아 나갔다.

그의 집이 있는 골목으로 접어들자 길은 한결 더 어둡고, 별들은 돌담이 무너지듯 그의 이마 위로 와그르르 내려와 앉는 듯했다.

그가 고개를 들었을 때 그의 발길은 어느덧 돌담 앞에 와 있었고, 뜰에 하나 가득한 잡풀 위로 희미한 불빛이 비치고 있다고 느껴지는 순간, 처마 끝에 달려 있는 뿌연 종이등이 눈에 비쳤다.

'또 무슨 치성을 드리나?'

영술은 혼자 속으로 생각했다. 을화는 굿을 나갈 때나 또는 집에서 무슨 치성을 드리거나 고사를 지낼 때마다 언제나 저렇게 희부연 종이등을 처마 끝에 달곤 했던 것이다.

그가 잡풀을 헤치고 섬돌 쪽으로 다가갔을 때, 부엌 쪽에서 무언가 중얼중얼 주문 외는 듯한 소리가 들려왔다. 섬돌 앞까지 왔을 때는, 그 중얼대는 소리가 어머니의 목소리로 밝혀졌을 뿐 아니라 그것이, 또 다른 불빛과 함께 부엌에서 새어나오고 있다고 깨달아졌다.

그는 호기심에 이끌린 채 부엌 앞으로 다가가 그 안을 들여다보았다. 순간, 그는 무어라고 형언할 수도 없는 놀람과 역겨움으로 가슴이 울컥 치밀어 오름을 깨달았다. 부엌 안이 온통 무색 종이와 헝겊 따위로 어지럽게 뒤덮여 흡사 서낭당을 옮겨 놓은 듯했다. 양쪽 부뚜막에는 정결한 채유菜油로 접시불이 켜져 있었고, 큰 솥이 걸려 있는 윗벽에는 푸르고 누른 옷의 '신장神將님'이 긴 창을 꼬나잡은 채, 뻘건 옷 뻘건 얼굴의 도깨비(마귀라고 그린 듯)를 큰 발로 꾹 밟고 있는 그림이 커다랗게 붙어 있었다. 그 위에는 그녀의 몸주(수호신)로 되어 있는 선도성모대신령仙桃聖母大神靈이라 쓰인 조그만 그림이 좌정했고, 그 아래로 신장 그림 좌우 벽에도, 귀신인지 도깨비인지도 모를 수많은 원색 그림들이 어지럽게 붙어 있었다. 오른쪽 부뚜막 윗벽에는 조그만 바라지문이 나 있었는데, 그 바라지 위에는 전날 월희가 그리던 그 시뻘건 도깨비 형상의 그림이 그대로 붙어 있었다. 벽면뿐 아니라 들보에서도 수실繡絲 같은 수많은 줄을 드리운 채 줄마다에 온갖 그림과 무색 종이와 헝겊 따위들을 주렁주렁 달아놓은 것이, 딴은 천상으로 올라가는 꼴인지 지하로 내려진다는 뜻인지 종잡을 수도 없었다.

접시불이 켜져 있는 양쪽 부뚜막에는 소반 두 개가 놓여져 있는데,

오른쪽 소반 위에는 멧밥 한 주발, 냉수 한 사발, 소금 한 접시, 그리고 콩나물 숙주나물 도라지 고사리 호박나물 따위가 각각 조그만 접시로 담아져 놓였고, 왼쪽 소반 위에는 정종 방울 꽹과리들이 가지런히 놓여 있고, 그 곁에는 식칼이 놓여져 있었다.

그 하나하나가 각각 무엇을 뜻하고자 하는 것인지는 똑똑히 알 수 없었으나, 며칠 전 그의 어머니가 월희의 붉은 도깨비 형상의 그림을 가리켜 예수 귀신이라고 하던 말과, 지금 그 어지럽게 차려진 분위기 따위로 보아 영술 자신이 신봉하는 예수교를 핍박하고 제거하려는 의도라는 것은 쉽사리 짐작할 수 있었다.

영술은 가슴이 두근거리며 머릿속이 핑그르르 도는 듯했다. 노여운 생각 같아서는 당장 문을 열고 뛰어들어가 그 어지러운 그림과 헝겊과 전물奠物 따위를 다 뒤엎어 놓고 싶었지만, 그렇게 했다가는 어머니의 얼굴을 다시 볼 수 없게 될 것 같았을 뿐 아니라 어머니로 하여금 회개의 기회를 마련해 드릴 수도 없게 될 것을 생각하고 참아야만 했다.

그렇다고 훌쩍 집에서 뛰쳐나와 버릴 수도 없었다. 박 장로의 "……자네답지 못한 처사일세……. 끝까지 주님의 복음을 전해 볼 결심이라면 상대방이 뭐라고 나오든지 불문에 부치고 자네가 할 일만 밀고 나가야지" 하던 말이 그의 앞을 가로막았던 것이다.

그가 후들거리는 발길을 막 돌려놓으려 할 때였다. 지금까지 전물상 앞에 꿇어앉아 두 손을 싹싹 비비며 무슨 주문 같은 것을 외고 있던 어머니가 갑자기 허리를 일으키며 왼쪽 부뚜막에서 방울을 집어들자 이내 높은 목소리로 외치기 시작했다.

"천상이라 천상대신,
지하에는 지하대신,
산에는 산신, 물에는 용신,

이리 가도 신령님네
저리 가도 신령님네
머리 검하 우리 인생
나고 죽고 살아가고
모두가 신령님네 그늘이올시더
올해 스물한 살 우리 영술이
금은 같은 이내 자석
관옥 같은 이내 아들
삼신님이 명 주시고
칠성님이 수 주시고
성주님이 복 주시고
조왕님이 요 주시고
우리 영술이
하늘에는 별, 바다에는 진주
세상 사람이 모두
애끼고 기리고 우러러봅니더
우리 영술이
삼신님이 돌보시고
칠성님이 도우시고
조상님이 지키시니
예수 귀신 몰아낸다."

사뭇 외치는 목소리로 왼쪽 부뚜막으로 다가가 소반 위에서 식칼을
집어 든 그녀는 정면 벽의 뻘건 도깨비 형상을 몇 차례나 겨누며, 방울
을 흔들어대었다.

"한쪽 손에 칼을 들고

또 한 손에 불을 들고

붉은 귀신 몰아낸다

멀리멀리 쫓아뿌린다

엇쇠 불귀신아 물러가라

서역만리 굶주리던 불귀신아

남의 앞길 가로막고

귀한 자석 베려주는

천하 벼락 맞을 몽두리 불귀신아

늬 얼푼 물러가지 못할러냐

늬 아니 물러가고 봐하먼,

엄나무 발[廉]에 백말[白馬] 가죽에

꼼짝달싹 못하게 싸고 가두어

무간지옥으로 보낼란다

탄다 훨훨 예수 귀신

불귀신이 불에 탄다

타고 나니 이내 자석

신선같이 앉았다가

삼신 찾아오는구나

에미 찾아오는구나."

을화는 칼과 방울을 휘두르며 춤을 추기 시작했다. 그녀의 눈이 맞은
편 벽을 흘길 때마다 평소에 잘 드러나지 않던 흰자위가 뒤집어지며 살
기가 쏟아지는 듯했다.

영술은 그녀가 분명히 제정신이 아닌 딴 사람이 된 것이라고 생각되
었다. 두 눈이 허옇게 뒤집힌 것만으로 미루어 보아도 의심할 여지가
없었다.

그는 분한 마음과 두려운 생각으로 이가 덜덜 갈리었다. 섬돌 앞까지 발길을 옮기자 툇마루에 털썩 주저앉았다. 넋 잃은 사람처럼 하늘의 별을 멍하니 바라보고 있다가, 숨결이 조금 진정되자 잡풀 곁으로 걸어갔다. 무턱 잡풀을 헤치고 들어가고 싶은 충동을 간신히 누르고 그 앞에 꿇어앉자 오랫동안 기도를 드렸다. 그는 몇 차례나 "하늘에 계신 아버지 하나님이시여"를 되풀이해 불렀다. 그러자 차츰 마음이 가라앉기 시작했다.

그는 기도가 끝난 뒤에도, 오랫동안 그 거멓게 엉켜 있는 잡풀 앞에 서 있다가 방으로 들어갔다.

그때까지 부엌으로 난 바라지문 곁에 바짝 붙어 앉아 어머니의 푸념에 귀를 기울이고 있던 월희는, 영술을 보자 반색을 하며 자리에서 발딱 일어섰다. 그리하여 영술의 가슴에 바짝 다가선 그녀는 그의 두 어깨에 매어달리듯 두 팔을 얹으며

"오바라이, 와 안 왔노? 나을이나……."

자기의 가늘고 새하얀 손가락 넷을 들어보였다.

"월희야 미안하다."

영술은 이렇게 대답하며 그녀의 두 손을 잡은 채 윗목에 와 앉았다.

월희는 영술의 얼굴을 한참 동안 빤히 쳐다보고 나서,

"오라바이 말해, 와 안 와? 어디서 자노?"

딴은 따지어 묻는 셈이었다.

영술은 적당히 말을 돌려대기가 싫었지만 복잡한 사연을 털어놓을 수도 없었으므로, 그냥

"아버지 집에 있었다."

했다.

"어디? 저게?"

월희는 동쪽을 가리키며 물었다. 그녀가 아버지라고 알고 있는 사람
은 감포에 가 있는 성방돌뿐이었던 것이다. 그리고 영술도 그가 기림사
로 떠날 때까지는 그를 아버지로만 알았던 것이다.

영술은 당황했다. 거기도 한 번 다녀오긴 했지만, 그가 말한 아버지
는 밤나무 마을 이성출이었기 때문이었다.

"그 아버지한테도 다녀왔지마는……."

영술은 말을 잇지 않고 말았다.

월희는 영술의 말뜻을 잘 알아듣지 못한 채,

"엄마 후아(화) 냈어."

했다.

"언제부터?"

"……."

월희는 손가락 셋을 들어보였다.

"사흘 전부터?"

"……."

월희는 고개를 끄덕였다. 뒤이어,

"엄마, 밥도 안 먹어, 세 밤이나 저기 굿만 해."

하며, 또다시 손가락 셋을 들어보였다.

그러니까 영술이 두 번째 밤나뭇골로 떠나던 그 다음다음 날부터 사
흘 동안이나 거의 밥도 굶은 채, 부엌에서 저짓을 계속하고 있는 거라
고, 영술은 짐작했다.

"월희야, 너 동해(감포) 아버지 보고 싶지?"

"음, 이민쿰."

월희는 두 팔을 벌려보였다.

"그 아버지도 너를 보고 싶다고 하더라."

"나도."

"너 그 아버지한테 가거라. 좋지?"

영술은 우선 월희를 어머니에게서 떼내야 한다고 생각했기 때문에 이렇게 물었다.

그러나 월희는 이내 고개부터 옆으로 저어보이고 나서, 손으로 부엌 쪽을 가리키며

"엄마 후아 내."

했다.

"엄마한테는 오라버이가 있잖아?"

"오라바이 나을 안 와, 엄마 후아 내."

월희는 어머니를 떠나서는 안 된다고 믿고 있는 모양이었다. 그렇다고 몇 마디 말로써 그녀의 마음을 돌려놓을 수도 없는 일이었다.

영술은 자리를 고쳐 꿇어앉으며, 월희에게도 그렇게 가르쳐준 뒤, 품에서 성경을 끄집어내었다. 그리하여 저녁 기도 때의 언제나 하는 관례대로, 아무 데나 펼쳐진 데를 읽기 시작했다.

"예수께서 나가사 습관을 좇아 감람산에 가시매 제자들도 좇았더니 그곳에 이르러 저희에게 이르시되, 시험에 들지 않도록 기도하라 하시고 저희를 떠나 돌 던질 만큼 가서 무릎을 꿇고 기도하여 가라사대 아버지여 만일 아버지의 뜻이어든 이 잔을 내게서 옮기시옵소서. 그러나 내 원대로 마시옵고 아버지의 원대로 되기를 원하나이다 하시니 사자가 하늘로부터 예수께 나타나 힘을 돕더라. 예수께서 힘쓰고 애써 더욱 간절히 기도하시니 땀이 땅에 떨어지는 핏방울같이 되더라……."

여기까지 읽고 난 영술은 성경책을 덮으며,

"하나님께 기도드리자."

했다.

월희는 영술을 따라 이내 고개를 수그리고 눈을 감았다.

"하나님 아버지시여, 이 불쌍한 저희 가족을 구해 주옵소서. 저희 어머니는 무당 귀신이 들린 채, 자기의 행하고 있는 일이 얼마나 어리석고 죄 되는 짓인지 모르고 하나이다. 이 불쌍한 저의 어머니와 누이동생을 죄 구덩이에서 구해 주옵소서. 아버지께서 이 어리고 약한 양을 이 죄 구덩이에 보내실 때는 반드시 저들을 구원하라 하심인 줄 믿나이다. 이 어린 양에게 아버지의 뜻을 거행할 수 있는 힘과 지혜를 베풀어 주옵소서. 저의 어머니와 누이동생을 이 죄 구덩이에서 구하는 길이라면 물속이나 불속이나 어디라도 서슴지 않겠나이다. 불쌍히 여겨주옵시고……."

여기까지 기도를 드리고 있을 때 방문 여닫는 소리가 들렸다.

을화가 들어오는 것이라고 짐작되었다. 그는 기도의 끄트머리를 마음속으로 올리고 천천히 눈을 뜨자, 허리를 반쯤 일으키며,

"어머니 지가 돌아왔십니다."

인사를 했다.

을화는 몹시 피곤한 듯, 두 팔을 아래로 축 늘어뜨린 채 영술과 월희를 멍하니 내려다보고 섰다가 펄썩 주저앉더니, 영술의 손목을 덥석 잡으며 한숨을 푹 내쉬었다.

"어머니 저를 용서해 주이소. 그동안 너무 걱정을 끼쳐드려서 죄송합니더."

"내 아들아 늬가 와 나를 피할락 하노?"

그녀의 목소리는 여러 날 울고 난 사람의 그것같이 꺽 쉬어 있었다.

"어머니 저는 어디 있든지, 마음은 언제나 어머니한테 있습니더. 저는 영원히 어머니의 아들입니더."

"그랬으먼 오죽이나 졸꼬? …… 자다가 봐도 밤마다 늬가 없더라. 서

럽고 분해서 살 수가 없더구나."

"어머니 염려마이소. 어머니의 영술은 아무 데도 가지 않습니다."

"고맙다 내 아들아."

을화는 눈물을 닦고 일어나자, 윗목에다 그의 잠자리를 보아주었다.

여느 때와 같이, 가운데 그녀가 눕고, 아랫목이 월희의 자리였다. 셋은 같은 자리에 눕자, 또 거의 같은 시간에 잠이 들었다.

영술은 그날 아침 일찍이 밤나뭇골에서 나와 온종일 교회에서 예배를 보고, 또 집에 와서도 꽤 오랜 시간을 보냈기 때문에, 그가 자리에 누웠을 때는 몹시 피곤해 있었다. 그래 한 네댓 시간을 아주 깊은 잠에 빠져 있었다.

새벽녘이 되어 방 안에 찬바람이 돌 무렵, 영술은 잠결이면서 어딘지 허전한 느낌이 들었다. 그러한 느낌과 함께 저절로 눈이 떠지면서, 그 허전함이 가슴께라고 직감적으로 깨달아졌다. 그와 동시, 손이 절로 가슴께로 갔다. 가슴 속에 품었던 성경책이 없어졌다. 그는 벌떡 자리에서 일어났다.

가운데 누워 있던 어머니가 보이지 않았다. 아랫목의 월희는 벽을 향해 돌아누운 채 곤히 잠들어 있었다.

방 안의 광경이 눈에 비치는 것과 동시에, 부엌 쪽에서, 어저께 밤에 듣던 그러한 주문 외는 소리가 귀로 들어왔다. 직감적으로 성경책이 없어진 것은 어머니의 소행이라고 헤아려졌다. 순간, 그는 어찌할 바를 모르는 채 두 주먹이 불끈 쥐어지며, 전신이 부르르 떨리었다. 그와 동시, 부엌에서는, 지금까지 중얼중얼하던 주문이, 외치는 소리의 푸념으로 바뀌기 시작했다.

영술은 자기도 모르게 방문을 박차고 뛰어나갔다. 그리하여 신발도 벗은 채 섬돌에서 부엌 앞으로 달려들었다. 그러나 부엌문은 두 짝이다 안에서 장작개비로 받쳐 열리지 않도록 괴어져 있었다.

받쳐진 두 짝 문 사이의 꽤 넓은 틈으로는 부엌 안이 환히 들여다보였다. 을화는 어저께 밤에와 같이 왼쪽 손엔 방울, 바른손엔 식칼을 각각 들고 있었다. 그녀는 그가 부엌문을 밀치기 시작했을 때부터 갑자기 더 높은 목소리로 외쳐대었다.

"예수 귀신 물러간다

당산에 가 신발 신고

관묘에 가 감발 감고

두 귀에 방울 달고

방울 소리 발 맞춰라

딸랑 딸랑 딸랑 딸랑

재 넘고 개 건너 잘도 간다

인저 가면 언제 볼꼬

발이 아파 못 오겠다

춘삼월에 다시 올나

배가 고파 못 오겠다."

을화는 방울을 짤랑짤랑 울리며, 식칼로 부엌문 쪽을 수없이 치는 시늉을 내었다. 희뜩희뜩 돌아가는 그녀의 두 눈은 어저께 밤보다도 더 허옇게 까뒤집혀 있었다. 그것을 보는 영술의 온몸에서는 소름이 쪽쪽 끼쳐졌으나, 성경책을 그녀에게 맡겨 두고는 잠시도 견딜 수 없었다. 그는 틈으로 손을 넣어 힘껏 흔들다가 끝내는 발길로 냅다 질렀다. 돌쪽 하나가 빠지며 받침대(장작개비)가 쓰러지자 문 한 짝이 옆으로 삐긋이 열렸다.

그는 부엌 안으로 왈칵 뛰어 들어가며

"어머니, 성경책 어쨌어요?"

하고, 목청껏 소리를 질렀다.

　을화도 덩달아 목청껏 높은 소리로,

　"엇쇠, 귀신아 물러가라

　서역만리 빌어먹던 불귀신아

　늬 아니 물러가고 봐하면

　엄나무 발에 백말 가죽에 싸고 가두어

　무쇠가마로 고을란다."

외쳐대었다.

　그러나 영술의 귀에는 이미 아무것도 들리지 않았다. 그의 성경책이 오른쪽 부뚜막에서 파란 불꽃을 올리고 있었기 때문이었다. 책에 불을 붙인 지는 이미 오래인 모양으로, 모서리는 까맣게 타버렸고, 빨간 불은 가운데서 등으로 옮겨 가며 파란 연기를 올리고 있었다.

　영술은 우선 성경책의 불을 끄려고 했다. 물그릇은 왼쪽 부뚜막의 소반 위에 놓여져 있었지만, 두 눈이 허옇게 뒤집힌 을화가 그 앞을 가로막은 채

　"엇쇠, 물러가라 불귀신,

　엇쇠 물러가라 예수 귀신."

　목청껏 외치며 식칼을 휘휘 내두르고 있었다.

　그러나 영술의 눈에는 아무것도 보이지 않았고, 아무것도 두려울 수 없었다. 그는 오른쪽 부뚜막으로 뛰어들어 성경책을 집어 들려는 순간 가슴이 뜨끔했다. 그러나 기어이 그것을 집어 든 그는, 그것을 솥뚜껑 위에 철꺼덕 놓아버리고 말았다. 그의 손에 잡힌 것은 이미 성경책이 아닌 불덩어리였으나, 뜨거운 것은 손인지 가슴인지 알 수가 없었다. 그의 왼쪽 가슴에는 식칼이 꽂힌 채, 옷 위로 시뻘건 피가 번지기 시작했고, 을화는 부뚜막 아래서 그의 상체를 얼싸안았다.

종이등불

그날 저녁 때였다.

동해의 성방돌이 미역귀와 다시마와 간조기 따위를 보자기에 싸 들고 영술과 월희를 보러 을화의 집으로 왔을 때, 영술은 윗목에서 그저도 피를 흘리며 죽은 듯이 누워 있었다. 앞가슴 전체가 온통 시뻘건 핏덩어리였으나 상처가 왼쪽이란 것은 옷 위로 뚫린 칼자국으로 인하여 이내 알아볼 수 있었다.

"영술아 이게 웬일이고? 영술아!"

방돌이 영술의 늘어뜨린 손목을 잡으며 이렇게 불렀을 때, 영술이 천천히 눈을 떴다.

"영술아, 나다, 나. 날 알아볼능아?"

"아부지."

영술의 들릴 듯 말 듯한 낮은 목소리였다.

"그래, 영술아, 늬가 이게 웬일고?"

방돌의 묻는 말엔 대답도 없이, 한참만에 다시 눈을 연 영술은,

"박 장로, 박 장로 데려다 주이소."
했다.

성방돌은 영술의 숨이 앞으로 길지 못할 것을 깨닫고, 곧 밖으로 뛰쳐나와 박 장로 댁을 찾았다.

방돌로부터 영술의 위급함을 들은 박 장로는,

"아니, 어마이가 그짓을?"

기가 막힌 듯한 얼굴로 물었다.

"어마이가 실성을 한 것 같십니더."

"그렇다먼 거기 둘 수도 없군. 자 갑시다."

박 장로와 성방돌은 인부들까지 데리고 달려왔다.

부엌에서 상기도 손을 비비고 있던 을화는 영술이 들것에 얹히어 나가는 것을 보자,

"누고? 웬 사람들이 우리 아들을 훔쳐가노?"

소리를 지르며 부엌에서 뛰어나왔다.

방돌이 활개를 벌려서 그녀를 막으려 하자, 을화는 방돌을 밀치며

"이게 어인 일이고? 당신들도 야수 귀신들이가? 나한테 무슨 원수가 져서 우리 아들을 뺏아가노?"

박 장로 쪽을 향해 이렇게 호통으로 쳤다.

박 장로는 발을 구르며,

"에잇, 못된 것. 자식을 아주 잡아먹어야 속이 시원할나?"

마주 소리를 지르자, 을화는 선웃음을 허허 치며,

"아이고 얄궂어라, 야수 귀신들은 지 자석을 지가 잡아묵나?"

도리어 예수교 쪽에다 돌려 붙였다.

"에잇, 천하 요망한 것."

박 장로는 또 한 번 호통을 치고 돌아섰다.

들것은 이미 돌담 밖으로 사라지고 있었다.

을화는 목청이 터지도록 높은 소리로

"야수 귀신들이 내 아들 잡아간다."

하고, 외치다가 숨이 막힌 듯 잡풀 위에 픽 쓰러졌다.

이튿날 이른 아침에, 영술이 마지막으로 그녀네 모녀를 찾는다 하여, 방돌이 박 장로 집에서 뛰어왔다.

을화와 월희는 방돌을 따라 박 장로 집으로 달려갔다. 을화는 영술이 누워 있는 방으로 들어서며 외쳤다.

"내 아들아, 영술아 늬가 이게 웬일고?"

을화의 울먹이듯한 목소리에 영술은 천천히 눈을 떴다. 어머니를 알아보는 눈빛이었다. 조금 뒤, 그 눈빛은 월희 쪽으로 켜졌다.

"어머이, 용서하이소."

영술의 목 속에서 간신히 들려 나오는 소리였다.

"저느 먼저 하느나라로 감다. 어머이, 워리, 하느나라에서 만나시더."

간신히 이렇게 말하고는 눈을 감아버렸다.

"술아 내 아들아, 늬가 내 먼저 죽는다 말가? 아이다, 늬는 앤 죽는다. 늬가 무진 죄로 죽을노? 늬는 아무 죄 없대이. 늬한테 들어 있는 불귀신만 쫓아내먼 늬는 세상에도 젤가는 사람이 될끼다이. 불귀신만 떨어지먼 네 활개 치고, 에미 찾아올 끼다이. 에미가 당장이라도 늬 속에 있는 불귀신을 쫓아내 줄 꺼이 잠깐만 참아라이."

을화는 여기까지 말하다가, 갑자기 한쪽 팔을 영술의 얼굴 위로 쭉 내뻗치는 것과 동시에 두 눈이 허옇게 뒤집어지며,

"알제이 술아."

하고, 목이 찢어지도록 고함을 질렀다.

곁에 있던 방돌과 이웃 사람들이 을화를 밖으로 끌어내었다.

을화는 그들에 의하여 뜰 밖으로 밀려 나가면서도,

"느거는 웬 사람들고? 나하고 무신 원수가 져서 우리 아들 훔쳐내다가 죽일락 하노?"

있는 힘을 다하여 뻗대며 소리를 질렀다.

을화와 월희가 물러나가자 곁의 방에서 그의 생부 성출과 할머니(밤나뭇골)가 장지문을 열고 들어왔다.

영술은 눈을 감은 채 거의 죽은 사람처럼 누워 있었다.

성출은 영술의 핏기 없는 한쪽 손목을 잡으며,

"이것아, 이것아, 내가 무슨 죄고? 이럴 줄 알았이먼 차라리 내가 늬

를 찾지 말 껄."

흑흑 느껴 울었다.

할머니는 시뻘겋게 뭉개지다시피 된 두 눈 위로 또다시 소매를 가져가며

"하나님도 야속지, 하나님도 야속지, 이 늙은 나를 두고 어쩨 늬를 먼저 부르실꼬? 늬 어마이는 어젯밤부터 아무꺼도 안 묵고 엎으러져 기도만 드리고 있대이."

혼잣말같이 하소연을 늘어놓고 있을 때 박 장로가 들어왔다. 그는 이성출 곁에 조용히 앉더니, 눈을 내리감으며 혼자 속으로 한참 동안 기도를 드리고 나서 손으로 콧구멍의 숨기를 가늠해 본 뒤 낮은 목소리로,

"이 군."

불렀다.

"……."

대답이 없으니까, 다시

"이 군."

"……."

"영술이."

이렇게 세 번을 불렀다.

부르는 소리를 들어서인지, 그때에야 마침 의식이 살아나서인지, 영술이 천천히, 가늘게 눈을 뜨기 시작했다.

"이 군."

박 장로가 다시 한 번 그를 불렀다.

영술은 좀 더 눈을 크게 열더니, 목구멍 속에서 겨우 새어나오는 듯한 낮은 소리로,

"바 장노님."

하고 불렀다.

박 장로가 그의 손을 잡으며

"이 군, 날 보게. 여기 자네 아부지 할무이 모두 계시네."

했다.

그러나 영술은 박 장로의 말이 들리는지 어쩐지 도로 눈을 닫아버렸다.

한참 뒤 다시 눈을 반쯤 뜬 영술은

"하느레 계신 주니미시여, 이 부쌍한 영호 거두소서, 부쌍한 어무이 구해 주소서."

겨우 이렇게 중얼거리자 이내 숨을 거두고 말았다. 그의 감겨진 두 눈 위에는 눈물이 괴어 있었다.

사흘 뒤, 영술의 시체는 조촐한 교회장으로 공동묘지에 묻히었다.

방돌이 장례를 마치고 돌아올 때는 술이 얼근해 있었다. 평소에 술을 잘 마시지 않는 그였지만 초상이 초상인 만큼 술이라도 몇 잔 걸치지 않고는 배길 수 없었던 것이다. 그는 신발째 툇마루에 올라서며 방문을 힘껏 잡아 젖혔다. 그러나 을화는 마침 방 안에 없었고, 월희가 혼자 앉아 울고 있었다.

"엄마 어디 있노?"

그의 목소리는 전례 없이 거칠었다.

"빠찌 함매."

월희는 앉은 채 눈물을 닦으며 대답했다.

"빡지 할매가 왔더나?"

"……."

월희는 고개를 끄덕였다.

"빡지 할매하고 같이 나갔나?"

"……."

월희는 고개를 흔들지도, 끄덕이지도 않았다.

빡지가 온 것을 보았을 뿐, 같이 나가는 것을 보지는 못한 모양이었다.

'그렇지만 빡지가 와 왔을꼬? 많이 늙었을 낀데 어려운 걸음을 했군. 칼부림 난 거 듣고 왔을까? 을화를 데리고 나갔을까?'

그러나 방돌은 을화가 어디로 갔든지, 또 누구하고 같이 나갔든지 그런 것은 아랑곳도 없었다. 있었으면 한바탕 욕이라도 해주려고 했지만, 없는 것이 차라리 잘된 건지도 몰랐다.

"월희야, 이리 나와"

"아버이, 와?"

"얼른 나오너라."

월희는 더 묻지 않고 일어나 툇마루로 나왔다.

방돌은 월희의 손목을 잡고 집을 빠져나갔다. 돌담 바로 밖에는 나귀 한 마리가 서 있었다.

방돌은 월희를 안아서 나귀 위에 앉히었다. 그러자 담 밑에 쭈그리고 있던 마부가 부스스 일어나 나귀 고삐를 잡았다.

"가자."

"아버이, 어디?"

"여기 있다가는 늬도 늬 오라비 꼴 될따, 나한테 가자."

"엄마는?"

월희가 묻는 말에 방돌은 처음 대답을 하지 않았다. 한참 있다 그녀를 쳐다보며 대답했다.

"엄마도 알 끼다."

그날 밤에도, 을화의 집 처마 끝에 달린 종이등에는 전날과 같은 희뿌연 불이 켜져 있었다.

무녀도 巫女圖

무녀도巫女圖

1

뒤에 물러 누운 어둑어둑한 산, 앞으로 폭이 넓게 흐르는 검은 강물, 산마루로 들판으로 검은 강물 위로 모두 쏟아져 내릴 듯한 파아란 별들, 바야흐로 숨이 고비에 찬, 이슥한 밤중이다. 강가 모랫벌에 큰 차일을 치고 차일 속엔 마을 여인들이 자욱이 앉아 무당의 시나위 가락에 취해 있다. 그녀들의 얼굴들은 분명히 슬픈 흥분과 새벽이 가까이 온 듯한 피곤에 젖어 있다. 무당은 바야흐로 청승에 자지러져 뼈도 살도 없는 혼령으로 화한 듯 가벼이 쾌자자락을 날리며 돌아간다……

이 그림이 그려진 것은 아버지가 장가를 들던 해라 하니, 나는 아직 세상에 태어나기도 이전의 일이다. 우리 집은 옛날의 소위 유서 있는 가문으로, 재산과 문벌로도 떨쳤지만, 글 하는 선비란 것도 우글거렸고, 특히 진귀한 서화와 골동품으로서는 나라 안에서 손꼽힐 만큼 높이 일컬어졌었다. 그리고 이 서화와 골동품을 즐기는 취미는 아버지에서 아들로 아들에서 다시 손자로 대대 가산과 함께 물려져 내려오는 가풍이기도 했다.

우리 집 살림이 탁방난 것은 아버지 때였으나, 그 즈음만 해도 아직 옛날과 다름없이 할아버지께서는 사랑에서 나그네를 겪으셨고, 그러자니 시인 묵객詩人 墨客들이 끊일 새 없이 찾아들곤 하였다. 그 무렵이라 한다. 온종일 흙바람이 불어 뜰 앞엔 살구꽃이 터져 나오는 어느 봄날 어스름 때였다. 색다른 나그네가 대문 앞에 닿았다. 동저고리 바람에 패랭이를 쓰고 그 위에 명주 수건을 잘라 맨, 나이 한 쉰 가까이 되어뵈는, 체수도 조그만 사내가 나귀 고삐를 잡고 서고, 나귀에는 열예닐곱쯤 나뵈는, 낯빛이 몹시 파리한 소녀 하나가 안장 위에 앉아 있었다. 남자 하인과 그 상전의 따님 같아도 보였다.

그러나 이튿날 그 사내는,

"이 여아는 소인의 여식이옵는데, 그림 솜씨가 놀랍다 하기에 대감의 문전을 찾았삽내다."

했다.

소녀는 흰 옷을 입었었고, 옷 빛보다 더 새하얀 그녀의 얼굴엔 깊이 모를 슬픔이 서리어 있었다.

"아기의 이름은?"

"······."

"나이는?"

"······."

주인이 소녀에게 말을 건네보았으나, 소녀는 굵은 두 눈으로 한 번 그를 바라보았을 뿐 입을 떼려고 하지는 않았다.

아비가 대신 입을 열어,

"여식의 이름은 낭이琅伊, 나이는 열일곱 살이옵고······."

하더니 목소리를 더 낮추며,

"여식은 가는귀가 좀 먹었습니다"

했다.

주인도 이번에는 고개를 끄덕였다. 그리고는 사내를 보고, 며칠이든지 묵으며 소녀의 그림 솜씨를 보여달라고 했다.

그들 아비 딸은 달포 동안이나 머물러 있으며, 그림도 그리고 자기네의 지난 이야기도 자세히 하소연했다고 한다.

할아버지께서는 그들이 떠나는 날에, 이 불행한 아비 딸을 위하여 값진 비단과 충분한 노자를 아끼지 않았으나, 나귀 위에 앉은 가련한 소녀의 얼굴에는 올 때나 조금도 다름없는 처절한 슬픔이 서려 있었을 뿐이라고 한다.

…… 소녀가 남기고 간 그림—이것을 할아버지께서는 '무녀도'라 불렀지만—과 함께 내가 할아버지로부터 전해 들은 이야기는 다음과 같다.

2

경주읍에서 성 밖으로 오 리쯤 나가서 조그만 마을이 있었다. 여민촌 혹은 잡성촌이라 불리는 마을이었다.

이 마을 한구석에 모화毛火라는 무당이 살고 있었다. 모화서 들어온 사람이라 하여 모화라 부르는 것이었다. 그것은 한 머리 찌그러져 가는 묵은 기와집으로, 지붕 위에는 기와버섯이 퍼렇게 뻗어 올라 역한 흙냄새를 풍기고 집 주위는 앙상한 돌담이 군데군데 헐린 채 옛 성처럼 꼬불꼬불 에워싸고 있었다. 이 돌담이 에워싼 안의 공지같이 넓은 마당에는 수채가 막힌 채, 빗물이 괴는 대로 일년 내 시퍼런 물이끼가 뒤덮여, 늘쟁이, 명아주, 강아지풀 그리고 이름 모를 여러 가지 잡풀들이 사람의 키도 묻힐 만큼 거멓게 엉키어 있었다. 그 아래로 뱀같이 길게 늘어진 지렁이와 두꺼비같이 늙은 개구리들이 구물거리고 움칠거리며, 항시 밤이 들기만 기다릴 뿐으로, 이미 수십 년 혹은 수백 년 전에 벌써 사람의 자취와는 인연이 끊어진 도깨비굴 같기만 했다.

이 도깨비굴같이 낡고 헐린 집 속에 무녀 모화와 그 딸 낭이는 살고 있었다. 낭이의 아버지 되는 사람은 경주읍에서 칠십 리가량 떨어져 있는 동해변 어느 길목에서 해물 가게를 보고 있는데, 풍문에 의하면 그는 낭이를 세상에 없이 끔찍이 생각하는 터이므로 봄 가을철이면 분 잘 핀 다시마와 조촐한 꼭지미역 같은 것을 가지고 다녀가곤 한다는 것이었다. 나중 욱이昱伊가 돌연히 나타나지 않았다면, 이 도깨비굴 속에 그녀들을 찾는 사람이라야 모화에게 굿을 청하러 오는 사람들과 봄 가을에 한 번씩 낭이를 찾아주는 그녀의 아버지 정도로, 세상 사람들과는 별로 왕래도 없이 살아가는 쓸쓸한 어미 딸이었을 것이다.

간혹 원근 동네에서 모화에게 굿을 청하러 오는 사람이 있어도 아주 방문 앞까지 들어서며,

"여보게, 모화네 있는가?"

"여보게, 모화네."

하고, 두세 번 부르도록 대답이 없다가, 아주 사람이 없는 모양이라고 툇마루에 손을 짚고 방문을 열려고 하면 그때서야 안에서 방문을 먼저 열고 말없이 내다보는 계집애 하나—그녀의 이름이 낭이였다. 그럴 때마다 낭이는 대개 혼자서 그림을 그리고 있다가 놀라 붓을 던지며 얼굴이 파랗게 질린 채 와들와들 떨곤 하는 것이었다.

이와 같이 모화는 어느 하루를 집구석에서 살림이라고 살고 있는 날이 없었다. 날이 새기가 무섭게 성 안으로 들어가면 언제나 해가 서쪽 산마루에 걸릴 무렵에야 돌아오곤 했다. 술이 얼근해서 수건엔 복숭아를 싸 들고 춤을 추며,

"따님아, 따님아, 김씨 따님아,

수국 꽃님 낭이 따님아,

용궁이라 들어가니,

열두 대문이 다 잠겼다,

문 열으소, 문 열으소,

열두 대문 열어주소."

청승가락을 뽑으며 동구로 들어오는 것이었다.

"모화네, 오늘도 한잔 했구나."

마을 사람들이 인사를 하면 모화는 수줍은 듯이 어깨를 비틀며,

"예예, 장에 갔다가요."

하고, 공손스레 절을 하곤 하였다.

모화는 굿을 할 때 이외에는 대개 주막에 가 있었다.

그만큼 모화는 술을 즐기었고, 낭이는 또한 복숭아를 좋아하여 어미가 술에 취해 돌아올 때마다 여름 한 철은 언제나 그녀의 손에 복숭아가 들려 있었다.

"따님 따님 우리 따님."

모화는 집 안에 들어서면서도 이렇게 가락을 붙여 낭이를 불렀다.

낭이는 어릴 때 나들이에서 돌아오는 어미의 품에 뛰어들어 젖을 빨듯, 어미의 수건에 싸인 복숭아를 받아먹는 것이었다.

모화의 말을 들으면 낭이는 수국 꽃님의 화신化身으로, 그녀(모화)가 꿈에 용신龍神님을 만나 복숭아 하나를 얻어먹고 꿈 꾼 지 이레 만에 낭이를 낳은 것이라 했다. 그녀의 말에 의하면 수국 용신님은 따님이 열두 형제였다. 첫째는 달님이요, 둘째는 물님이요, 셋째는 구름님이요…… 이렇게 열두째는 꽃님이었는데, 산신님의 열두 아드님과 혼인을 시키게 되어 달님은 해님에게, 물님은 나무님에게, 구름님은 바람님

에게, 각각 차례대로 배혼을 정해 나가려니까 막내 따님인 꽃님은 본시 연애를 좋아하시는 성미라, 자기 차례가 돌아오기를 미처 기다릴 수 없어, 열한째 형인 열매님의 낭군님이 되실 새님을 가로채어버렸더니 배필을 잃은 열매님과 나비님은 슬피 울며, 제각기 용신님과 산신님께 호소한 결과 용신님이 먼저 크게 노하고 벌을 내려 꽃님의 귀를 먹게 하시고, 수국을 추방하시니, 꽃님에서 그만 복사꽃이 되어 봄마다 강가로 산기슭으로 붉게 피지만 새님이 가지에 와 아무리 재잘거려도 지금까지 귀가 먹은 채 말없는 벙어리가 되어 있는 것이라 한다.

모화는 주막에서 술을 먹다 말고, 화랑이(박수)들과 어울려서 춤을 추다 말고, 별안간 미친 것처럼 일어나 달아나곤 했다. 물으면 집에서 따님이 자기를 부르노라고 했다.

그녀는 수국 용신님께서 낭이 따님을 잠깐 자기에게 맡겼으므로 자기는 그동안 맡아 있는 것뿐이라 했다.

그러므로 자기가 만약 이 따님을 정성껏 섬기지 않으면 큰어머님 되시는 용신님의 노염을 살까 두렵노라 하였다.

낭이뿐 아니라, 모화는 보는 사람마다 너는 나무귀신의 화신이다, 너는 돌귀신이 화신이다 하여, 걸핏하면 칠성에 가 빌라는 둥 용왕에 가 빌라는 둥 했다.

모화는 사람을 볼 때마다 늘 수줍은 듯, 어깨를 비틀며 절을 했다. 어린애를 보고도 부들부들 떨며 두려워했다. 때로는 개나 돼지에게도 아양을 부렸다.

그녀의 눈에는 때때로 모든 것이 귀신으로만 비친다는 것이었다. 그것은 사람뿐 아니라 돼지, 고양이, 개구리, 지렁이, 고기, 나비, 감나무, 살구나무, 부지깽이, 항아리, 섬돌, 짚신, 대추나무 가지, 제비, 구름, 바람, 불, 밥, 연, 바가지, 다래끼, 솥, 숟가락, 호롱불…… 이러한 모든 것이 그녀와 서로 보고, 부르고 말하고 미워하고, 시기하고, 성내고 할 수 있는 이웃 사람같이 보여지곤 했다. 그리하여 그 모든 것을 '임'이라 불렀다.

3

욱이가 돌아온 뒤부터 이 도깨비굴 속에는 조금씩 사람 냄새가 나기 시작했다. 부엌에 들어서기를 그렇게 싫어하던 낭이도 욱이를 위하여 는 가끔 밥을 짓는 것이었다. 그리고 밤이면 오직 캄캄한 어둠과 별빛 만이 차 있던 이 허물어져 가는 기와집 처마 끝에도 희부연 종이등불이 고요히 걸려지곤 했다.

욱이는 모화가 아직 모화 마을에 살 때, 귀신이 지피기 전 어떤 남자 와의 사이에 생긴 사생아였다. 그는 어릴 적부터 무척 총명하여 신동이 란 소문까지 났으나 근본이 워낙 미천하여 마을에서는 순조롭게 공부 를 시킬 수가 없어 그가 아홉 살 되었을 때 아는 사람의 주선으로 어느 절간에 보낸 뒤, 그동안 한 십 년간 까맣게 소식조차 묘연하다가 얼마 전 표연히 이 집에 나타난 것이었다. 낭이와는 말하자면 어미를 같이하 는 오뉘뻘이었다. 낭이가 대여섯 살 되었을 때, 그때만 해도 아직 병으 로 귀가 멀기 전이라 '욱이' '욱이' 하고 몹시 그를 따르곤 했었다. 그 러던 것이 욱이가 절간으로 떠난 지 얼마 되지 않아 낭이는 자리에 눕 게 되어 꼭 삼 년 동안을 시름시름 앓고 나더니, 그 길로 귀가 멀어버렸 던 것이다. 그러나 귀가 어느 정도로 먹은지는 아무도 아는 사람이 없 었다. 한두 번 그의 어미를 향해 어눌하나마,

"우, 욱이 어디 가아서?"

이렇게 물은 적이 있었다.

"절에 공부하러 갔다."

"어어디, 절에?"

"기림사, 큰 절에……."

그러나 이것은 거짓말이었다. 모화 자신도 사실인즉 욱이가 어느 절에 가 있는지 통 모르고 있었고, 다만 모른다고 하기가 싫어서 이렇게 머리에 떠오르는 대로 대답했을 뿐이었다.

모화는 장에서 돌아와 처음 욱이를 보았을 때 그 푸른 얼굴에 난데없는 공포의 빛이 서리며, 곧 어디로 달아날 것같이 한참 동안 어깨를 뒤틀고 허둥거리다가 말고 별안간 그 후리후리한 키에 긴 두 팔을 벌려, 흡사 무슨 큰 새가 저희 새끼를 품듯 달려들어 욱이를 안았다.

"이게 누고, 이게 누고? 아이고…… 내 아들아, 내 아들아!"

모화는 갑자기 목을 놓고 울었다.

"내 아들아, 내 아들아! 늬가 왔나 늬가 왔나?"

모화는 앞뒤도 살피지 않고 온 얼굴을 눈물로 씻었다.

"오마니. 오마니."

욱이도 어미의 한쪽 어깨에 왼쪽 볼을 대고 오래도록 울었다. 어미를 닮아 허리가 날씬하고 목이 가는 이 열아홉 살 난 청년은 그동안 절간으로 어디로 외롭게 유랑해 다닌 사람 같지도 않게, 품위가 있고 아름다운 얼굴이었다.

낭이도 그때에야 이 청년이 욱이인 것을 진정으로 깨닫는 모양이었다. 처음 혼자 방에 있는데 어떤 낯선 청년이 와서 방문을 열기에 너무도 놀라고 간이 뛰어 말—표정으로— 한마디도 못하고 방구석에 서서 오들오들 떨고만 있었던 것이다. 이제 낭이는 그 어머니가 욱이를 얼싸안고, 내 아들아, 내 아들아 하며 우는 것을 보고 어쩌면 저도 눈물이 날 것 같았다. 낭이는 그 어머니에게도 이렇게 인정이 있다는 것을 보자 형언할 수 없는 즐거움을 깨달았다.

그러나 욱이는 며칠을 가지 않아 모화와 낭이에게 알 수 없는 이상한 수수께끼와 같은 것이 되었다. 그는 음식을 받아놓고나, 밤에 잠을 자려고 할 때나, 또 아침에 자리에서 일어났을 때 반드시 한참 동안씩 주문呪文 같은 것을 외는 것이었다. 그러고는 틈틈이 품속에서 조그만 책 한 권을 꺼내어 읽곤 하는 것이었다. 낭이가 그것을 수상스레 보고 있으려니까 욱이는 그 아름다운 얼굴에 미소를 지으며,

"너도 이 책을 읽어라."

하고 그 조그만 책을 낭이 앞에 펴보이곤 했다. 낭이는 지금까지 《심청전》이란 책을 여러 차례 두고 읽어서 국문쯤은 간신히 읽을 수 있었으므로 욱이가 내놓은 그 조그만 책을 들여다보니, 맨 처음 껍데기에 큰 글자로 '신약성서' 란 넉 자가 똑똑히 씌어져 있었다. '신약성서' 란 생전 처음 보는 이름이다. 낭이가 알 수 없다는 듯이 욱이를 바라보자 욱이는 또 얼굴에 미소를 띠며,

"너 사람을 누가 만들어냈는지 아니?"

하였다. 그러나 낭이에게는 이 말이 똑똑히 들리지도 않았을 뿐더러 욱이의 손짓과 얼굴 표정을 통해 대강 짐작할 수 있었다 하더라도 이건 지금까지 들어보지도 못한 어려운 말이었다.

"그럼 너 사람이 죽어서 어떻게 되는 줄은 아니?"

"……."

"이 책에는 그런 것들이 모두 씌어져 있다."

그리고는 손으로 몇 번이나 하늘을 가리켰다. 그리하여 낭이가 알아들은 말이라고는 겨우 한마디 '하나님' 이었다.

"우리 사람을 만든 것은 하나님이시다. 하나님은 우리 사람뿐 아니라 천지만물을 다 만들어내셨다. 우리가 죽어서 돌아가는 곳도 하나님전

이다."

이러한 욱이의 '하나님'은 며칠 지나지 않아 곧 모화의 의혹과 반발을 불러일으켰다. 욱이가 온 지 사흘째 되던 날, 아침밥을 받아놓고 그가 기도를 드리려니까, 모화는

"너 불도에도 그런 법이 있나?"

이렇게 물었다. 모화는 욱이가 그동안 절간에 가 있다 온 줄만 믿고 있으므로 그가 하는 짓은 모두 불도佛道에 관한 일인 줄로만 생각하는 모양이었다.

"아니오, 오마니, 난 불도가 아닙내다."

"불도가 아니고 그럼 무슨 도가 있어?"

"오마니, 난 절간에서 불도가 보기 싫어 달아났댔쉐다."

"불도가 보기 싫다니, 불도야, 큰 도지……. 그럼 넌 뭐 신선도가?"

"아니오, 오마니 난 예수도올시다."

"예수도?"

"북선 지방에서는 예수교라고 합데다. 새로 난 교지요."

"그럼 넌 동학당이로구나!"

"아니오, 오마니 나는 동학당이 아닙내다. 나는 예수교올시다."

"그래, 예수도온가 하는 데서는 밥 먹을 때마다 눈을 감고 주문을 외우나?"

"오마니, 그건 주문이 아니외다, 하나님전에 기도드리는 것이외다."

"하나님전에?"

모화는 눈을 둥그렇게 떴다.

"네, 하나님께서 우리 사람을 내셨으니깐요."

"야아, 너 잡귀가 들렸구나."

모화의 얼굴빛은 순간 퍼렇게 질리었다. 그리고는 더 묻지 않았다.

236

다음날 모화가 그 마을에 객귀 들린 사람이 있어 '물밥'을 내주고 돌아오려니까, 욱이가

"오마니, 어디 갔다 오시나요?"

하고 물었다.

"저 박 급창 댁에 객귀를 물려주고 온다."

욱이는 한참 동안 무엇을 생각하는 모양이더니,

"그럼 오마니가 물리면 귀신이 물러나갑데까."

한다.

"물러나갔기 사람이 살아났지."

모화는 별 소리를 다 묻는다는 듯이 대답했다. 그는 지금까지 이 경주고을 일원을 중심으로 수백 번의 푸닥거리와 굿을 하고, 수백 수천 명의 병을 고쳐왔지만 아직 한 번도 자기의 하는 굿이나 푸닥거리에 '신령님'의 감응을 의심한다든가 걱정해 본 적은 없었다. 더구나 누구의 객귀에 물밥을 내주는 것쯤은 목마른 사람에게 물 한 그릇을 떠주는 것만큼이나 당연하고 손쉬운 일로만 여겨왔다. 모화 자신만이 그렇게 생각할 뿐 아니라 굿을 청하는 사람, 객귀가 들린 사람 쪽에서도 그와 같이 믿고 있는 형편이었다. 그들은 무슨 병이 나면 먼저 의원에게 보이려는 생각보다 으레 모화에게 찾아갈 것으로 생각하는 것이었다. 그들의 생각에는 모화의 푸닥거리나 푸념이 의원의 침이나 약보다 훨씬 반응이 빠르고 효험이 확실하고 부담이 적었던 것이다.

…… 한참 동안 고개를 수그리고 무엇을 생각하고 있던 욱이는 고개를 들어 그 어미의 얼굴을 똑바로 바라보며,

"오마니, 그런 것은 하나님께 죄가 됩내다. 오마니 이것 보시오. 마태복음 제구 장 삼십오 절이올시다. 저희가 나갈 때에 사귀 들려 벙어리 된 자를 예수께 다려오매, 사귀가 쫓겨나니 벙어리가 말하거늘……."

그러나 이때 벌써 모화는 자리에서 일어나, 방구석에 언제나 차려놓은 '신주상' 앞에 가서,

　"신령님네, 신령님네, 동서남북 상하천지,

　날 것은 날하가고 길 것은 기허가고,

　머리 검하 초로인생 실낱 같안 이 목숨이,

　신령님네 품이길래 품속에 품았길래,

　대로같이 가옵내다, 대로같이 가옵내다.

　부정한 손 물리치고, 조촐한 손 받으실새,

　터주님이 터 주시고 조왕님이 요 주시고,

　성주님이 복 주시고, 칠성님이 명 주시고,

　미륵님이 돌보셔서 실낱 같안 이 목숨이,

　대로같이 가옵내다.

　탄탄대로같이 가옵내다."

　모화의 두 눈은 보석같이 빛나며, 강렬한 발작과도 같이 전신을 떨고 두 손을 비벼댔다. 푸념이 끝나자 '신주상' 위의 냉수 그릇을 들어 물을 머금더니 욱이의 낯과 온몸에 확 뿜으며,

　"엇쇠, 귀신아 물러서라,

　여기는 영주 비루봉 상상봉혜,

　깎아질린 돌 베랑혜, 쉰 길 청수혜

　너희 올 것이 아이니라.

　바른손에 칼을 들고 왼손에 붓을 들고,

　엇쇠, 잡귀신아, 썩 물러서라, 툇 툇!"

　이렇게 외쳤다.

　욱이는 처음 어리둥절해서 모화의 푸념하는 양을 바라보고 있다가 이윽고 고개를 수그려 잠깐 기도를 올리고 나서 일어나 잠자코 밖으로

나가 버렸다.

　모화는 욱이가 나간 뒤에도 한참 동안 푸념을 계속하며, 방구석마다
물을 뿜고 주문을 읽었다.

4

　욱이는 그 길로 이 지방의 예수교인들을 찾아보기로 했다. 그날 곧
돌아올 줄 알았던 욱이는 해가 지고 밤이 깊어도 돌아오지 않았다. 모
화와 낭이, 어미 딸은 방구석에 음울하게 웅크리고 앉아 욱이가 돌아오
기만을 기다리는 것이었다.

　"예수 귀신 책 거 없나?"

　모화는 얼마 뒤에 낭이더러 이렇게 물었다. 낭이는 고개를 저었다.
그러자 갑자기 낭이도 욱이의 그 '신약성서' 란 책을 제가 맡아두지 않
았음을 후회했다. 모화는 욱이의 '신약성서'를 '예수 귀신 책'이라 불
렀다. 모화는 분명히 욱이가 무슨 몹쓸 잡귀에 들린 것으로만 간주하는
모양이었다. 그것은 마치 욱이가 모화와 낭이를 으레 사귀 들린 여인들
로 생각하는 것과도 같았다. 그는 모화뿐만 아니라, 낭이까지도 어미의
사귀가 들어가서 벙어리가 된 것이라고 믿는 모양이었다.

　'예수 당시에도 사귀 들려 벙어리 된 자를 예수께서 몇 명이나 고쳐
주시지 않았나.'

　욱이는 이렇게 생각하는 것이었다. 그러고 그는 자기의 힘으로 자기
가 하나님께 열심으로 기도를 드림으로써 그 어미와 누이동생의 병을
고쳐야 한다고 마음속으로 굳게 결심하는 것이었다.

　"예수께서 무리들이 달려와서 모이는 것을 보시고 그 더러운 귀신을

꾸짖어 가라사대 벙어리와 귀머거리 귀신아, 내가 네게 명하노니, 그 아이에게서 나오고 다시 들어가지 마라, 하시니 사귀가 소리 지르며 아이를 심히 오그러뜨리고 나가니 그 아이가 죽은 것 같이 되매 여러 사람이 말하기를 죽었다 하거늘, 오직 예수 그 손을 잡아 일으키시니 드디어 일어서더라, 집에 들어가시매 제자들이 조용히 묻자와 가라되 우리는 어찌하여 능히 그 귀신을 쫓아내지 못하였나이까, 예수 가라사대 기도 아니하여서는 이런 따위를 나가게 할 수 없나니라."(마가복음 9:25~29)

그리하여 욱이는 자기도 하나님께 기도만 간절히 드리면 그 어미와 누이동생에게 들어 있는 사귀도 내어쫓을 수 있으리라 믿었다. 일방 그는 그가 지금까지 배우고 있던 평양 현 목사와 이 장로에게도 편지를 띄웠다.

"목사님 저는 하나님의 은혜로 무사히 오마니를 찾아왔삽내다. 그러하오나 이 지방에는 아직 우리 주님의 복음이 전파되지 않아서 사귀 들린 자와 우상 섬기는 자가 매우 많은 것을 볼 때 하루바삐 주님의 복음을 이 지방에 전파하도록 교회를 지어야 하겠삽내다. 목사님께 말씀드리기는 매우 부끄러운 일이오나 저의 오마니는 무당 사귀가 들려 있고, 저의 누이동생은 귀머거리와 벙어리 귀신이 들려 있습내다. 저는 마가복음 제구 장 제이십구 절에 있는 우리 주님 예수 그리스도의 말씀대로 이 사귀들을 내어쫓기 위하여 열심으로 기도를 드립니다마는 교회가 없으므로 기도드릴 장소가 매우 힘드옵내다. 하루바삐 이 지방에 교회 되기를 하나님께 기도 올려주소서."

이 현 목사는 미국 선교사로서 욱이가 지금까지 먹고 입고 공부를 하게 된 것도 모두 전혀 그의 도움이었다. 욱이는 열다섯 살까지 절간에서 중의 상좌 노릇을 하고 있다가 그해 여름에 혼자서 서울 구경을 간다고 나선 것이 이리저리 유랑하여 열여섯 되던 해 가을엔 평양까지 가게 되었고, 거기서 그해 겨울 이 장로의 소개로 현 목사의 도움을 받게 되었던 것이었다.

이번에 욱이가 평양서 어머니를 보러 간다고 하니까 현 목사는 욱이를 불러놓고 이렇게 말했다.

"지금부터 삼 년 안에 이 사람 고국 갈 것이오. 그때 만일 욱이가 함께 가기 원하면 이 사람 같이 미국 가게 될 것이오."

"목사님, 고맙습니다. 저는 목사님을 따라 미국 가기가 소원입니다."

"그러면 속히 모친 만나보고 오시오."

그러나 욱이가 어머니 집이라고 찾아온 곳은 지금까지 그가 머물고 있던 현 목사나 이 장로의 집보다 너무나 딴 세상이었다. 그 명랑한 찬송가 소리와 풍금 소리와 성경 읽는 소리와 모여 앉아 기도를 올리고, 빛난 음식을 향해 즐겁게 웃음 웃는 얼굴들 대신에, 군데군데 헐려져 가는 쓸쓸한 돌담과, 기와버섯이 퍼렇게 뻗어 오른 묵은 기와집과, 엉킨 잡초 속에 꾸물거리는 개구리, 지렁이들과, 그 속에서 무당 귀신과 귀머거리 귀신이 각각 들린 어미 딸 두 여인을 보았을 때, 그는 흡사 자기 자신이 무서운 도깨비굴에 홀려든 것이나 아닌가 하고 새삼 의심이 들 지경이었다.

욱이가 이 지방 예수교인들을 두루 만나보고 집으로 돌아온 뒤로부터 야릇하게 변해진 것은 낭이의 태도였다. 그 호리호리한 몸매와 종잇장같이 희고 매끄러운 얼굴에 빛나는 굵은 두 눈으로 온종일 말 한마디 웃음 한번 웃는 일 없이 방구석에 틀어박혀 앉은 채 욱이의 하는 양만 바라보고 있다가 밤이 되어 처마 끝에 희부연 종이등불이 걸리고 하면, 피에 주린 모기들이 미친 듯이 떼를 지어 울고 날아드는 마당 구석에서, 낭이는 그 얼음같이 싸늘한 손과 입술로 욱이의 목덜미나 가슴팍으

로 뛰어들곤 했다. 욱이는 문득문득 목덜미로 가슴팍으로 낭이의 차디
찬 손과 입술을 느낄 적마다 깜짝깜짝 놀라곤 하였으나 그녀가 까무러
칠 듯이 사지를 떨며 다시 뛰어들 제면 그도 당황히 낭이의 손을 쥐어
주며 그 희부연 종이등불이 걸려 있는 처마 밑으로 이끌곤 했다.

  낭이의 태도가 미묘해진 뒤부터 욱이의 얼굴빛은 날로 창백해 갔다.
그렇게 한 보름이 지난 뒤 그는 또 한 번 표연히 집을 나가고 말았다.

  모화는 욱이가 집을 나간 지 이틀째 되던 날 밤, 문득 자리에서 일어
나 앉으며 긴 한숨을 내쉬었다. 그리고 곁에 누워 있는 낭이를 흔들어
깨우더니 듣기에도 음울한 목소리로,

  "욱이가 언제 온다더누!"

  물었다. 낭이가 잠자코 있으려니까,

  "왜 욱이 저녁 밥상은 보아두라고 했는데 없노?"

하고 낭이더러 화를 내었다. 모화는 날이 갈수록 점점 더 초조한 빛으
로 밤중마다 부엌에다 들기름 불을 켜고 부뚜막 위에 욱이의 밥상을 차
려놓고는 치성을 드리는 것이었다.

  "성주는 우리 성주, 칠성은 우리 칠성,

  조왕은 우리 조왕.

  비나이다 비나이다 신주님께 비나이다.

  하늘에는 별, 바다에는 진주,

  금은 같안 이내 장손, 관옥 같안 이내 방성,

  삼신혜 수를 빌하, 칠성혜 명을 빌하

  성주혜 복을 빌하 용신혜 덕을 빌하,

  조왕님전 요오를 타고 터주님전 재주 타니

  하늘에는 별, 바다에는 진주,

  삼신조왕 마다하고 아니 오지 못하리라

242

예수 귀신하, 서역 십만 리 굶주리던 불귀신아
탄다 훨훨 불이 탄다 불귀신이 훨훨 탄다.
타고 나니 우리 방성 관옥같이 앉았다가,
삼신 찾아오는구나, 조왕 찾아오는구나."

모화는 혼자서 손을 비비고 절을 하고 일어나 춤을 추고 갖은 교태를
다 부리며 완연히 미친 것같이 날뛰었다. 낭이는 방에서 부엌으로 난
봉창 구멍에 눈을 대고 숨소리도 죽인 채 오랫동안 어머니의 날뛰는 양
을 지켜보고 있다가 별안간 몸에 오한이 들며 아래턱이 달달달 떨리기
시작하였다. 그녀는 미친 것처럼 뛰어 일어나며, 저고리를 벗었다. 치
마를 벗었다. 그리하여 어미는 부엌에서, 딸은 방 안에서, 한 장단 한
가락에 놀 듯 어우러져 춤을 추었다. 그러한 어느 새벽 낭이는 (정신을
차리고 보니) 발가벗은 알몸뚱이로 방바닥에 쓰러져 있는 그녀 자신을
발견한 일도 있었다.

두 번째 집을 나갔던 욱이는 다시 얼굴에 미소를 지으며 그녀들 어미
딸 앞에 나타났다.

모화는 그때 마침 굿 나갈 때 신을 새 신발을 신어보고 있었는데 욱
이가 오는 것을 보자 그 후리후리한 허리에 긴 팔을 벌려, 흡사 큰 새가
알을 품듯, 그의 상빈신을 얼싸안고 울기 시작했다. 이번에는 아무런
푸념도 없이 오랫동안 욱이의 목을 안은 채 잠자코 울기만 하는 것이었
다. 언제나 퍼런 그 얼굴에도 이때만은 붉은 기운이 돌며, 그 의젓한 몸
짓도 귀신 들린 사람 같지 않았다.

"오마니, 나 방에 들어가 좀 쉬겠쇠다."

욱이는 어머니의 포옹을 끄르고 일어나 방에 들어가 누웠다.

모화는 웬일인지 욱이가 방에 들어간 뒤에도 오랫동안 툇마루에 걸
터앉은 채 고개를 떨어뜨리고 무엇을 골똘히 생각하고 있는 꼴이었다.

긴 한숨과 함께 얼굴을 든 그녀는 무슨 생각으론지 도로 방으로 들어가더니 낭이의 그림을 이것저것 뒤져보는 것이었다.

그날 밤이었다.

밤중이나 되어 욱이가 잠결에 문득 그의 품속에 언제나 품고 있는 성경책을 더듬어보았을 때 품속이 허전함을 느꼈다. 그와 동시 웅얼웅얼하며 주문呪文을 외는 소리도 들려왔다. 자리에서 일어나 보았으나 품속에서 성경책을 찾을 수는 없었다. 그리고 낭이와 욱이 사이에 누워 있을 그의 어머니는 보이지 않았다. 그는 어떤 불길하고 무서운 느낌에 몸이 부르르 떨리었다. 바로 그때였다. 그의 귀에는 땅속에서 귀신이 우는 듯한 웅얼웅얼하는, 주문을 외는 듯한 소리가 좀 더 또렷이 들려왔다. 순간 그는 거의 무의식적으로 방에서 부엌으로 난 봉창 구멍에 눈을 갖다 대었다.

"서역 십만 리 굶주리던 불귀신하,
한쪽 손에 불을 들고 한쪽 손에 칼을 들고,
이리 가니 산신님이 예 기신다.
저리 가니 용신님이 제 기신다,
칠성이라 돌아가니 칠성님이 예 기신다,
구름 속에 쌔여 간다 바람결에 묻혀 간다,
구름님이 예 기신다. 바람님이 제 기신다,
용궁이라 당도하니 열두 대문 잠겨 있다,
첫째 대문 두드리니 사천왕 뛰어나와,
종발눈 부릅뜨고 주석 철퇴 높이 든다,
둘째 대문 두드리니 불개 두 쌍 뛰어나와,
불꽃은 수놈이 낼룽, 불씨는 암놈이 낼룽,
셋째 대문 두드리니 물개 두 쌍 뛰어나와,

수놈이 멍멍 불꽃이 죽고,

암놈이 멩멩 불씨가 죽고……."

모화는 소복 단장에 쾌자까지 두르고 온갖 몸짓 갖은 교태를 다 부려 가며 손을 비비다, 절을 하다, 덩싯거리며 춤을 추다, 하고 있다. 부뚜막 위에는 깨끗한 접시불(들기름불)이 켜져 있고, 그 아래 차려진 소반 위에는 냉수 한 그릇과 흰 소금 한 접시가 놓여 있을 따름이다. 그리고 그 곁에는 지금 막 그 마지막 불꽃이 나불거리고 난 새빨간 불에서 파란 연기 한 오리가 오르는 '신약성서'의 두꺼운 표지는 한 머리 이미 파리한 재가 되어가고 있었다.

모화는 무엇에 도전이나 하는 것처럼 입가에 야릇한 냉소까지 띠며 소반에 얹힌 접시의 소금을 집어 이제 연기마저 사라진 새까만 재 위에 뿌렸다.

"서역, 십만 리 예수 귀신아 돌아간다.

당산에 가 노자 얻고, 관묘에 가 신발 신고,

두 귀에 방울 달고 방울 소리 발 맞추어

재 넘고 개 건너 잘도 간다.

인제 가면 언제 볼꼬, 발이 아파 못 오겠다.

춘삼월에 다시 오랴, 배가 고파 못 오겠나……."

모화의 음성은 마주魔酒 같은 향기를 풍기며 온 피부에 스며들었다. 그 보석 같은 두 눈의 교태와 쾌자자락과 함께 나부끼는 손짓은 이제 차마 더 엿볼 수 없게 욱이의 심정을 쥐어짜는 것이었다. 욱이는 가위눌린 사람처럼 간신히 긴 숨을 내쉬며, 뛰어 일어났다.

다음 순간, 자기 자신도 모르게 방문을 뛰어나온 그는, 부엌 문을 박차고 들어가 소반 위에 차려놓은 냉수 그릇을 집어 들려 하였다. 그러나 그가 냉수 그릇을 집어 들기 전에 모화의 손에는 식칼이 번득이고 있었고, 모화는 욱이와 물그릇 사이에 식칼을 휘두르며 조용히 춤을 추는 것이었다.

"엇쇠, 귀신아 물러서라,
너 이제 보아하니 서역 십만 리 굶주리던 잡귀신하,
여기는 영주 비루봉 상상봉혜
깎아질린 돌 벼랑혜, 쉰 길 청수혜, 엄나무 발에
너희 올 것이 아니다.
바른손혜 칼을 들고 왼손혜 불을 들고,
엇쇠 서역 잡귀신하 썩 물러가라."

이때, 모화는 분명히 식칼로 욱이의 면상을 겨누어 치려 하였다. 순간 욱이는 모화의 칼날을 왼쪽 귓전에 느끼며 그의 겨드랑이 밑을 돌아 소반 위에 차려놓은 냉수 그릇을 들어 모화의 낯에다 그릇째 끼얹었다. 이 서슬에 접시의 불이 기울어져 봉창에 붙었다. 욱이는 봉창에서 방으로 붙어 들어가는 불길을 잡으려고 부뚜막 위로 뛰어올랐다. 그러자 물그릇을 뒤집어쓰고 분노에 타는 모화는 욱이의 뒤를 쫓아 칼을 휘두르며 부뚜막으로 뛰어올랐다. 봉창에서 방문으로 붙어 들어가는 불길을 덮쳐 끄는 순간 뒷등허리가 찌르르하여 휙 몸을 돌이키려 할 때 이미 피투성이가 된 그의 몸은 허옇게 이를 악물고 웃음 웃는 모화의 품속에 안겨져 있었다.

5

욱이의 몸은 머리와 목덜미와 등허리와 세 군데 상처를 입고 있었다. 그러나 욱이의 병은 이 세 군데 칼로 맞은 상처만이 아니었다. 그는 날이

246

갈수록 갈비뼈가 앙상하게 드러나고 두 눈자위가 패어 들기 시작했다.

모화는 욱이의 병간호에 남은 힘을 다하여 그가 원하는 것이 있으면 낮과 밤을 헤아리지 않고 뛰어갔다. 가끔 욱이를 일으켜 앉히어서 자기의 품에 안아도 주었다. 물론 약도 쓰고 굿도 하고 주문도 읽었다. 그러나 욱이의 병은 낫지 않았다.

모화도 욱이의 병간호에 열중한 뒤부터 굿에는 그만큼 신명이 풀린 듯하였다. 누가 굿을 청하러 와도 아들의 병을 핑계로 대개 거절을 했다. 그러자 모화의 굿이나 푸닥거리의 영검이 이전과 같이 신령치 않다고들 하는 사람이 하나둘씩 생기기도 했다.

이러한 즈음 이 고을에도 조그만 교회당이 서고 전도사가 들어왔다. 그리하여 그것은 바람에 불처럼 온 고을에 뻗쳤다. 읍내의 교회에서는 마을마다 전도대를 내보냈다. 그리하여 이 모화의 마을에까지 '복음'이 전파되었다.

"여러 부모 형제 자매 우리 서로 보게 된 것 하나님 앞에 감사드릴 것이오. 하나님, 우리 만들었소, 매우 사랑했소. 우리 모두 죄인올시다. 우리 마음속 매우 흉악한 것뿐이오. 그러나 예수 우리 위해 십자가에 못 박혔소. 그러므로 예수 그리스도 믿음으로 우리 구원받을 것이오. 우리 매우 반가운 맘으로 찬송할 깃이오. 하나님 앞에 기도드릴 것이오."

두 눈이 파랗고 콧대가 칼날 같은 미국 선교사를 보는 것은 예수교의 강도를 듣는 것보다도 더 재미나다고들 하였다.

"돈은 한 푼도 안 받는다. 가자."

마을 사람들은 떼를 지어 몰려들었다.

이 마을 방 영감네 이종시촌 손자사위요, 선교사와 함께 온 양 조사楊助事 부인은 집집마다 심방하여 가로되,

"무당과 판수를 믿는 것은 거룩거룩하시고 절대적 하나밖에 없는 우

리 하나님 아버지께 죄가 됩니다. 무당이 무슨 능력이 있습니까. 보십시오, 무당은 썩어빠진 고목나무나 듣도 보도 못하는 돌미륵한테도 빌고 절을 하지 않습니까. 판수가 무슨 능력이 있습니까. 보십시오, 제 앞도 못 보아 지팡이로 더듬거리는 그가 어떻게 눈 밝은 사람을 구원할 수 있겠습니까. 우리 인생을 만든 것은 절대적 하나밖에 없는 하나님 아버지올시다. 그러므로 아버지께서 말씀하셨습니다. 내 앞에 다른 신을 두지 말라……."

이리하여 하나님 아버지의 외아들 예수 그리스도가 온갖 사귀 들린 사람, 문둥병 든 사람, 앉은뱅이, 벙어리, 귀머거리를 고친 이야기와 십자가에 못 박혀 죽은 지 사흘 만에 다시 살아나 승천했다는 이야기가 한정 없이 쏟아져 나왔다.

모화는 픽 웃곤 했다.

"그까짓 잡귀신들."

했다. 그러나 그들의 비방과 저주는 뼛골에 사무치는 듯 그녀는 징을 울리고 꽹과리를 치며 외쳤다.

"엇쇠 귀신아 물러서라,

당대 고축년에 얻어먹던 잡귀신아,

늬 어이 모화를 모르나냐.

아니 가고 봐하면 쉰 길 청수에

엄나무 발에, 무쇠 가마에, 백말 가죽에

늬 자자손손을 가두어 못 얻어먹게 하고

다시는 햇빛도 못 보게 할란다.

엇쇠 귀신아 썩 물러가거라.

서역 십만 리로 꽁무니에 불을 달고,

두 귀에 방울 달고 왈강달강 왈강달강,

벼락같이 떠나거라."

그러나 '예수 귀신'들은 결코 물러가지 않았을 뿐 아니라 점점 늘어만 났다. 게다가 옛날 모화에게 굿과 푸닥거리를 빌러 다니던 사람들까지도 예수 귀신이 들기 시작하였다.

이러는 중에 또 서울서 부흥목사가 내려왔다. 그는 기도를 드려서 병을 고치는 능력이 있다 하여 온 고을 사람들이 모여들기 시작하였다. 그가 병자의 머리 위에 손을 얹고,

"이 죄인은 저희 죄로 말미암아 심히 괴로와하고 있사옵니다" 하고 기도를 올리면, 여자들은 월숫병 대하증쯤은 대개 '죄씻음'을 받을 수 있다고 했고, 그 밖에도 소경이 눈을 뜨고 앉은뱅이가 걷고 귀머거리가 듣고, 벙어리가 말하고, 반신불수와 지랄병까지 저희 믿음 여하에 따라 모두 '죄씻음'을 받을 수 있다는 것이었다.

여자들의 은가락지 금반지가 나날이 수를 다투어 강단 위에 내걸리게 된다. 기부금이 쏟아진다. 이리되면 모화의 굿구경에 견줄 나위가 아니라고 하였다.

"양국놈들이 요술단을 꾸며 왔어."

모화는 픽 웃고, 이렇게 말했다. 굿과 푸념으로 사람 속에 든 사귀 잡귀신을 쫓는 것은 지금까지 신령님께서 사기에게만 허락하신 자기의 특수한 권능이었다. 그리고 그의 신령님은 오늘날 예수꾼들이 그렇게도 미워하고 시기하는 고목이기도 했고, 돌이기도 했고, 산이기도 했고, 물이기도 했다.

"무당과 판수를 믿는 것은 절대적 한 분밖에 안 계시는 거룩거룩하신 하나님 아버지께 죄가 됩니다."

'예수 귀신'들이 나발을 불고 북을 치며 비방을 하면 모화는 혼자서 징을 울리고 꽹과리를 치며,

"꽁무니에 불을 달고, 두 귀에 방울 달고, 왈강달강 왈강달강, 서역 십만 리로, 물러서라 잡귀신아."

이렇게 응수하곤 했다.

6

욱이의 병은 그해 가을을 지나 겨울철에 접어들면서부터 드러나게 악화되어 갔다. 모화가 가끔 간장이 녹듯 떨리는 음성으로

"이것아, 이것아, 늬가 이게 웬일이고? 머나먼 길에 에미라고 찾아와서 늬가 이게 무슨 꼴고?"

손을 잡고 눈물을 흘리면,

"오마니 너무 걱정하지 마시오. 나는 죽어서 우리 아버지께로 갈 것이오."

욱이는 조용히 이렇게 말했다. 그리고 무어 생각나는 게 없느냐고 물으면 그는 조용히 고개를 돌렸다. 그러나 그의 어미가 밖에 나가고 낭이가 혼자 있을 때엔 이따금 낭이의 손을 잡고,

"나 성경 한 권만 가졌으면……"

하는 것이었다.

이듬해 봄 그가 세상을 떠나기 사흘 전에 그렇게도 그리워하고 기다리던 현 목사가 평양에서 찾아왔다. 현 목사는 방 영감네 이종사촌 손자사위인 양 조사의 인도로 뜰 안에 들어서자 그 황폐한 광경과 역한 흙냄새에 미간을 찌푸리며,

"이런 가운데서 욱이가 살고 있소?"

양 조사에게 이렇게 물었다.

욱이는 현 목사가 들어오는 것을 보자, 두 눈에 광채를 띠며,

"목사님 목사님."

이렇게 두 번 불렀다.

현 목사는 잠자코 욱이의 여윈 손을 쥐었다. 별안간 그의 온 얼굴은 물든 것처럼 붉어지며 무수한 주름살이 미간과 눈꼬리에 잡혔다. 그는 솟아오르는 감정을 누르려는 듯이 한참 동안 눈을 감고 있었다.

양 조사는 긴장된 침묵을 깨뜨리려는 듯이 입을 열었다.

"경주에 교회가 이렇게 속히 서게 된 것은 이분의 공로올시다."

그리하여 그의 말을 들으면 평양 현 목사에게 진정을 했고, 현 목사께서는 욱이의 편지에 의하여 대구 노회에 간청을 했고, 일방, 경주 교인들은 욱이의 힘으로 서로 합심하여 대구 노회와 연락한 결과 의외로 속히 교회 공사가 진척되었던 것이라 하였다.

현 목사가 의사와 함께 다시 오기를 약속하고 일어나려 할 때 욱이는,

"목사님 나 성경 한 권만 사주시오"

했다.

"그럼 그동안 우선 이것을 가지시오."

현 목사는 손가방 속에서 자기의 성경책을 내주었다. 성경책을 받아 쥔 욱이는 그것을 가슴에 안고 눈을 감았다. 그의 감은 눈에서 이슬방울이 맺히었다. 그리고 그는 다시 일어나지 못했다.

7

모화 집 마당에는 예년과 다름없이 잡풀이 엉기고 늙은 개구리와 지렁이들이 그 속에 웅크리고 있었다. 그녀는 그동안 거의 굿을 나가지

않고, 매일 그 찌그러져가는 묵은 기와집 잡초 속에서 혼자 징 꽹과리만 울리고 있었다. 사람들은 모화가 인제 아주 미친 것이라 하였다. 모화는 부엌에다 오색 헝겊을 걸고, 낭이의 그림으로 기를 만들어 달고는 사뭇 먹기조차 잊어버린 채 입술은 먹같이 검어지고, 두 눈엔 날로 이상한 광채가 깊어갔다.

"서역 십만 리 예수 귀신 돌아간다.

꽁무니에 불을 달고 두 귀에 방울 달고, 왈강달강 왈강달강,

엇쇠 귀신아 썩 물러가거라,

늬 아니 가고 봐하면, 쉰 길 청수에, 엄나무 바알에, 무쇠 가마에, 흰 말 가죽에, 너이 자자손손을 다 가두어 죽일란다. 엇쇠! 귀신아!"

그녀는 날마다 같은 푸념으로 징 꽹과리를 울렸다. 혹 술잔이나 가지고 이웃 사람이 찾아가,

"모화네, 아들 죽고 섭섭해서 어쩌나?"

하면, 그녀는 다만

"우리 아들은 예수 귀신이 잡아갔소."

하고, 한숨을 내쉬곤 했다.

"아까운 모화 굿을 언제 또 볼꼬."

사람들은 모화를 아주 실신한 사람으로 치고 이렇게 아까워하곤 했다. 이러할 즈음에 모화의 마지막 굿이 열린다는 소문이 났다. 읍내 어느 부잣집 며느리가 '예기소'에 몸을 던진 것이었다. 그래 모화는 비단옷 두 벌을 받고 특별히 굿을 응낙했다는 말도 났다. 그리고 이와 동시에 모화가 이번 굿에서 딸(낭이)의 입을 열게 할 계획이라는 소문도 났다. "흥, 예수 귀신이 진짠가 신령님이 진짠가 두고 보지" 이렇게 장담했다는 것이다. 사람들은 기대와 호기심에 들끓었다. 그들은 놀랍고 아쉬운 마음으로 산을 넘고 물을 건너 모여들었다.

굿이 열린 백사장서 북쪽으로는 검푸른 소 물이 깊은 비밀과 원한을 품은 채 조용히 굽이돌아 흘러내리고 있었다(명주구리 하나 들어간다는 이 깊은 소에는 해마다 사람이 하나씩 빠져 죽기 마련이라는 전설이었다).

백사장 위에는 수많은 엿장수, 떡장수, 술가게, 밥가게들이 포장을 치고 혹은 거적을 두르고 득실거렸고, 그 한복판 큰 차일 속에서 굿은 벌어져 있었다. 청사, 홍사, 녹사, 백사, 황사의 오색 사초롱이 꽃송이 같이 여기저기 차일 아래 달리고 그 초롱불 밑에서 떡시루 탁주 동이, 돼지 통새미들이 온 시루, 온 동이, 온 마리째 놓은 대감상, 무더기 쌀과 타래실과 곶감꼬치, 두부를 놓은 제석상과, 삼색 실과에 백설기와 소채 소탕에 자반, 유과들을 차려놓은 미륵상과, 열두 가지 산채로 된 산신상과 열두 가지 해물을 차린 용신상과, 음식이란 음식마다 한 접시씩 놓은 골목상과, 냉수 한 그릇만 놓인 모화상과 이 밖에도 여러 가지 크고 작은 전물상들이 쭉 늘어놓아져 있었다.

이날 밤 모화의 얼굴에는 평소에 볼 수 없던 정숙하고 침착한 빛이 서려 있었다. 어제같이 아들을 잃고, 또 새로 들어온 예수교도들로부터 가지각색 비방과 구박을 받아오던 그녀로서는 의아스러우리만큼 새침하게 갈앉아 있어, 전날 달밤으로 산에 기도를 다닐 적의 얼굴을 연상케 했다. 그녀는 전날과 같이 여러 사람 앞에서 아양을 부리거나 수선을 떨지도 않았다. 그러나 그녀는 그 호화스러운 전물상들을 둘러보고도 만족한 빛 한 번 띠지 않고 도리어 비웃듯이 입을 비쭉거렸다.

"더러운 년들 전물상만 차리면 그만인가."

입 밖에 내어놓고 빈정거리기까지 하였다. 그러자 자리에서는 모화는 오늘밤 새로운 귀신이 지핀다고들 수군거리기 시작했다. 그 가운데 한 여자가 돌연히

"아, 죽은 김씨 혼신이 덮였군."

하자, 다른 여자들도,

"바로 그 김씨가 들렸다. 저 청승맞도록 정숙하고 새침한 얼굴 좀 봐라, 그리고 모화네가 본디 어디 저렇게 이뻤나, 아주 김씨를 덮어썼구만."

이렇게들 수군댔다. 이와 동시, 한쪽에서는 오늘 밤 굿으로 어쩌면 정말 낭이가 말을 하게 될 게라는 얘기도 퍼졌고 또 한쪽에서는 낭이가 누구 아인지는 모르지만 배가 불러 있다는 풍설도 돌았다. 하여간 이 여러 가지 소문들이 오늘 밤 굿으로 해결이 날 것이라고 막연히 그녀들은 믿고 있는 것이었다.

모화는 김씨 부인이 처음 태어났을 때부터 물에 빠져 죽을 때까지의 사연을 한참씩 넋두리하다가는 화랑이들의 장구 피리 해금에 맞추어 춤을 덩실거렸다. 그녀의 음성은 언제보다도 더 슬펐고, 몸뚱이는 뼈도 살도 없는 율동律動으로 화한 듯 너울거렸고…… 취한 양 얼이 빠진 양의 구경하는 여인들 숨결은 모화의 쾌자자락만 따라 오르내렸다. 모화의 쾌자자락은 모화의 숨결을 따라 나부끼는 듯했고, 모화의 숨결은 한 많은 김씨 부인의 혼령을 받아 청승에 자지러진 채, 비밀을 품고 조용히 굽이돌아 흐르는 강물(예기소의)과 함께 자리를 옮겨가는 하늘의 별들을 삼킨 듯했다.

밤중이나 되어서였다.

혼백이 건져지지 않는다는 것이었다. 화랑이(박수)들과 작은무당들이 몇 번이나 초망자招亡者 줄에 밥그릇을 달아 물속에 던져도 밥그릇 속에 죽은 사람의 머리카락이 들어오지 않는 것으로 보아 김씨가 초혼에 응하질 않는 모양이라 하였다.

작은무당 하나가 초조한 낯빛으로 모화의 귀에 입을 바짝 대며,

"여태 혼백을 못 건져서 어떡해?"
하였다.

모화는 조금도 서둘지 않고 오히려 당연하다는 듯이 넋대를 잡고 물가로 나섰다.

초망자 줄을 잡은 화랑이는 넋대가 가리키는 방향으로 이리저리 초혼 그릇을 물속에 굴렸다.

"일어나소 일어나소,
서른세 살 월성 김씨 대주 비운,
방성으로 태어날 때 칠성에 명을 빌어."

모화는 넋대로 물을 휘저으며 진정 목이 멘 소리로 혼백을 불렀다.

"꽃같이 피난 몸이 옥같이 자란 몸이,
양친 부모도 생존이요, 어린 자식 누여 두고,
검은 물에 뛰어들 제 용신님도 외면이라,
치마폭이 봉긋 떠서 연화대를 타단 말가,
삼단머리 흐트러져 물귀신이 되단 말가."

모화는 넋대를 따라 점점 깊은 물속으로 들어갔다. 옷이 물에 젖어 한 자락 몸에 휘감기고 한 자락 물에 떠서 나부꼈다.

검은 물은 그녀의 허리를 잠그고 점점 부풀어 오른다…….

그녀는 차츰 목소리가 멀어지며 넋두리도 허황해지기 시작했다.

"가자시라 가자시라 이수중분 백노주로,
불러주소 불러주소 우리 성님 불러 주소,
봄철이라 이 강변에 복숭아꽃 피그덜랑,
소복 단장 낭이 따님 이 내 소식 물어주소,
첫 가지에 안부 묻고, 둘째 가……"

할 즈음, 모화의 몸은 그 넋두리와 함께 일단 물속에 잠겨져버렸다. 그러나 모화의 머리는 지금까지 덩실거리던 춤의 율동 그대로 물 위로 솟았다 잠겼다를 몇 차례나 거듭하고 있었다. 그녀의 춤과 물의 너울은 같은 박자 같은 율동으로 어우러지며 흘러내리기 시작했다. 처음엔 쾌자자락이 보이더니 그것마저 잠겨버리고 넋대만 물 위에 빙빙 돌다가 그것도 물과 함께 흘러내리기 시작했다.

열흘쯤 지난 뒤다.

동해변 어느 길목에서 해물 가게를 보고 있다던 체수 조그만 사내가 나귀 한 마리를 몰고 왔을 때, 그때까지 아직 몸이 완쾌하지 못한 낭이가 퀭한 눈으로 자리에 누워 있었다.

사내는 낭이에게 흰죽을 먹이기 시작했다.

"아버으이."

낭이는 그 아버지를 보자 이렇게 소리를 내어 불렀다. 모화의 마지막 굿이 (떠돌던 예언대로) 영검을 나타냈는지 그녀의 말소리는 전에 없이 알아들을 만도 했다.

다시 열흘이 지났다.

"여기 타라."

사내는 손으로 나귀를 가리켰다.

"……."

낭이는 잠자코 그 아버지가 시키는 대로 나귀 위에 올라앉았다.

그네들이 떠난 뒤엔 아무도 그 집을 찾아오는 사람이 없었고, 밤이면 그 무성한 잡풀 속에서 모기들만이 떼를 지어 미쳐 돌았다.

당고개 무당

당고개 무당

큰 마을에서 취운사翠雲寺로 올라가는 길허리에 벌건 황토 고개가 있고 고갯마루 곁에 서낭당이 있다. 그리고 당고개 무당네 집은 그 서낭당 곁에 있었다. 고갯마루에 서낭당이 있다고 하여 고개 이름을 당고개라 부르듯이, 당고개 곁에 사는 무당이라 하여 당고개 무당이라 불렀다.

당고개 무당은 굿을 잘 하고 목소리가 좋아서 그 지방 일대에서는 모르는 사람이 없었다. 특히 큰 마을에서는 모두가 다 그녀와 자기네들이 무슨 특수한 연고나 맺고 있는 것같이 생각하고 있었다. 그것은 큰 마을 사람들로서 한 해에 푸닥거리 한 번쯤이라도 그녀의 신세를 지지 않는 집이 없었기 때문이었다. 그들은 집안에 앓는 사람이 있을 때는 물론이요, 조그만 불화不和만 생겨도 으레 당고개 무당을 불러 푸닥거리를 하거나 굿을 하거나 하였다. 그럴 때마다 얼마간의 보수를 준다거나 사례가 있는 것도 아니요,

"당고개네 아침부터 수고했다. 밥이나 먹고 가거라."
하는 정도로 인사를 때우면 그만이었다.

그렇다고 해서 당고개 무당이 조금이라도 섭섭해하거나 불평을 품느냐 하면 그렇지 않았다. 흡사 자기가 마땅히 할 일을 한 것처럼 생각하는 얼굴이었다.

그 대신 보리가을이나 벼가을 때가 되면 자루를 메고 마을로 내려온다. 마을 사람들은 그녀가 자루를 메고 마을에 나타나면 누구나 다 두말하지 않고 보리 때는 보리, 벼 때는 벼를 바가지로 떠서 자루에 부어 줄 줄 알았다.

당고개 무당에게 딸이 둘 있었다. 큰딸을 '보름'이라 부르고 작은딸을 '반달'이라 불렀다. 둘이 다 눈썹이 새까맣고 허리가 날씬해서 어느 여염집 딸보다도 아름다웠다. 동네 아낙네들은

"그렇지만 무당 딸을 누가 데려가누?"

하고, 걱정 아닌 걱정들을 했다.

그러나 얼마 가지 않아 이러한 걱정들은 소용없이 되었다. 그것은 당고개 무당이 딸아이 둘을 다 읍내에 있는 기생집으로 보냈기 때문이었다. 기생집으로 간 보름과 반달은 얼마 지나자 동기童妓가 되어 머리를 뒤로 늘어뜨린 채 저희 엄마(당고개 무당)한테도 다니러 오곤 하였다.

집에 있을 때보다도 훨씬 더 아름다워져 있었다. 그러나 그녀들은 오래 머물지 않고 이내 읍내로 돌아가곤 하였다.

딸들을 기생집으로 보내고, 그 쓸쓸한 고갯마루에서 당고개 무당이 혼자 무서워 어떻게 지내는가 하고 걱정을 하는 사람도 있었지만, 그녀 자신은 무서움을 모르는 사람 같았다. 그것은 큰딸 보름의 아버지뻘이 되는 취운사의 늙은 중과, 작은딸 반달의 아버지뻘이 되는 박수 장 화랑張 花郎이 지금도 교대를 하여 한 달에 절반씩 선보름 후보름으로 그녀를 찾아와 자고 가기 때문이라는 소문이기도 했지만, 그것은 지나친 이야기였다. 장 화랑은 당고개 무당이 굿을 나갈 때마다 장구를 맡아 치는 그녀의 짝패 화랑(박수)이었고, 취운사 노승도 한 달에 한 차례 다녀가는 것이 고작이었다. 하여간 그들 두 사람이 아직도 당고개 무당과 인연을 끊지 않고 있다는 것은 사실이었지만 그렇게 반 달씩이나 교대

를 한다든가 하는 것은 모두 남들이 이야깃거리로 꾸며댄 것에 지나지 않았다. 그보다 당고개 무당에게는 천성으로 아무것도 무서울 것이 없었다고 하는 편이 옳았다.

언젠가는 도둑이 한 번 들어왔는 걸 당고개 무당이 덮어놓고 오라버니라고 부르며 방에다 모셨더니 도둑은 무당이 이끄는 대로 방에 들어가 대접을 받고, 거기서 자고, 이튿날 새벽에 일찍이 가는데 쌀까지 한 말 얻어서 메고 돌아갔다는 것이다. 그런데 그 도둑은 나중 오래 살지 못하고 이내 죽어버렸다고 한다.

그것은 사람뿐 아니라 짐승에 대해서도 마찬가지였다. 한번은 개호주(개를 물어가는 작은 범의 일종)가 내려왔는데, 당고개 무당은 "산신령님이 내려오셨다" 하고 상에다 음식을 차려서 뜰에 내어놓고 절을 한다는 등 야단법석을 놓는 판에 개호주는 슬며시 도망을 쳐버렸다는 것이다.

도둑이나 개호주를 이렇게 맞이하는 당고개 무당에게 무서움이 있을 리 없었다. 그러기에 딸아이들을 한꺼번에 읍내로 보내고도 그 쓸쓸한 집 안에 혼자서 태연히 살아갈 수 있었던 것이다.

다만 마을 사람들도 당고개 무당이 무서워하는 것을 한 번 본 적이 있다고 한다. 그것은 누구 집 푸닥거리를 하다가 무슨 일인지 갑자기 부들부들 떨며 신령님이 노하셨다 하고 뛰어가더니 곧 서낭당으로 가서 밤새껏 절을 하고 손을 부비더라는 것이었다. 그러니까 그녀도 신령님의 노여움만은 두려워하는 것이라 했다.

기생 공부를 보냈던 작은딸 반달이 먼저 돌아왔다. 그해 반달의 나이는 열일곱 살이있다. 그녀보다 두 살 위인 보름은 읍내에서 어떤 오입쟁이에게 머리를 얹히었다고 했다.

반달이 기생이 되어 돌아오자 당고개 무당네 집에도 반달의 손님이

더러 찾아오곤 하였다. 그럴 때마다 반달의 아양은 말할 것도 없지만 당고개 무당의 흐뭇해하는 얼굴도 구경거리였다고 한다. 동네 사람들의 말을 빌면 진사급제를 따온 것보다도 더 자랑스러운 얼굴이었다는 것이다.

"하기야 그럴 밖에, 무당 딸이 기생이라면 미꾸라지 용 된 거나 마찬가지지."

동네 사람들도 이렇게 말했다.

그러자 곁에 있던 사람이,

"반달이 고년이 맹랑하대. 제가 사내들하고 노는 앞에서는 제 어미더러 무당 행세를 한사코 못하게 한대."

하니,

"그래서 그런지 요새는 당고개네 태도가 어딘지 달라 뵈더라."

하는 사람도 있었다.

이렇게 동네 사람들이 뒷공론을 하고 있을 때까지만 해도 당고개 무당은 아직도 그대로 무당 노릇을 하고 있었다.

얼마 뒤에 읍내에서 살림을 한다고 하던 큰딸 보름이 돌아왔다. 그와 동시에 당고개 무당네 집에는 더 많은 놈팡이들이 득실거리기 시작하였다. 들리는 말에 형제(자매)가 다 명창이라는 것이었다. 게다가 둘이 다 인물이 쏙 빠지고 보니 놈팡이들이 득실거리는 것도 무리가 아니었다.

그러자 또 얼마 뒤에는 당고개 마루에서 '다리목 술집'으로 그녀들 삼 모녀三 母女가 이사를 나왔다. 큰딸이 읍내에서 돈을 벌어왔다는 것이다. 이 소문을 듣고 동네 아낙네들은

"보름이가 여간내기 아니야."

하고 혀를 내둘렀다. 본디 당고개네가 살던 서낭당 곁의 무당집이란 아무도 돈 주고 살 사람이 없는 그만치 외지고 쓸쓸하고 허술한 도깨비굴

에 지나지 않았던 것이다. 그러한 도깨비굴 대신 '다리목 술집'을 샀다면 그동안 벌써 단단히 한밑천 잡은 것이라고 누구나 곧 짐작할 수 있는 일이었던 것이다. 다리목 술집은 본디 읍내에서도 돈푼이나 있는 사람이 나와서 영업을 하다가 서울로 이사를 가는 통에 팔려고 내어놓았다는 꽤 큰 술집이었던 것이다. 더구나 큰 마을에서 취운사로 올라가려면 반드시 건너야 하는 큰 다리목에 있었기 때문에 경치도 여간 좋지 않았다. 본디 물은 많지 않으나 산협山峽 위에 놓인 다리가 되어서 여간 길고 높지 않았다. 다리 아래는 큰 바위가 이리저리 자빠져 있고, 양쪽 다리목에는 울창한 수풀이 있어서 여름 한 철은 선경같이 보이는 다리목 술집이었다. 이만한 위치에 이만한 정도로 버젓한 술집을 가진다는 것은—아무리 돈을 주고 샀다고는 하지만— 두 딸의 배후에 상당한 유력자가 있다는 것이라고 짐작할 수도 있었다.

"당고개네가 정말 미꾸라지 용 됐어."

"딸도 잘 두고 볼 일이지."

동네 사람들은 이렇게 말했다.

그와 동시 그녀들의 배후인물이 누구란 것도 이내 알려지고 말았다. 큰딸(보름)은 취운사 주지住持가 맡았다고 하며, 작은딸(반달)은 읍내에 사는 이 참봉네 둘째아들이 머리를 얹히었다고 알려졌다.

그만하면 이 지방에서는 모두 일류 인사들이었다.

지금까지 온 동네의 하인보다도 더 천하게 여겨오던 당고개네가 두 딸의 덕분으로 갑자기 주지 스님과 참봉 아들을 사위 격으로 맞이하게 된 것이다.

농네 사람늘이 신기해한 것도 무리가 아니었다.

당고개네 두 딸이 각각 그 지방의 유지 인사들과 지내게 되자, 딸의 호강은 말할 것도 없고, 당고개 무당 자신도 이제는 내로라하고 지낼 수 있게 되었다. 당고개 무당(당고개네)에서 일약 두 명기名妓의 어머니가 되었다.

그러니 이제는 그전같이 온 동네 사람이 툭하면 불러대는 무당 노릇은 하지 않아도 되었다. 그보다 꼭 긴요한 굿이나 푸닥거리가 아니고는 감히 함부로 불러댈 수도 없었다. 따라서 전에는 자기들의 하인을 불러대듯 하던 동네 사람들도 이제는 제법 눈치를 보아가며 청을 들여야 하였다. 그것도 딸들이 없을 때 몰래 청을 들여야 하였다.

딸들은 당고개네에게 무당 노릇을 하지 못하도록 신신당부였다. 자기네들의 체면이 손상된다는 것이다. 무당의 딸이라고 하면 기생 축에 끼이기도 어려울 뿐 아니라 지금 그녀들을 찾아주는 점잖은 손님들은 하나도 없이 다 걸음을 끊을 것이라고 하였다. 그렇다고 해서 지금 그들이 그것을 전혀 모르고 있다는 것은 아니지만 목전에서만 하지 않으면 그것은 지나간 옛날의 일이거니 생각한다는 것이다.

딸들이 이렇게 워낙 기를 쓰고 못하게 하니 당고개네도 이제는 내어놓고 무당 노릇을 할 수는 없었다. 그래서 딸들이 모르는 사이에 간혹 빠져나가곤 하였다.

그러나 이렇게 간혹 나가는 (딸들이 모르게) 굿도 딸들에게 한 번 들키기만 하면 그때마다 집안에 큰 분쟁이 일어나기 마련이었다. 처음엔 무당 나갈 때 입는 옷과 부채와 그 밖의 여러 가지 기구를 전부 불에 태워버리더니, 나중은 다른 옷까지, 나들이에 입을 만한 것은 큰딸이 손수 전부 갈가리 찢어버렸다. 큰딸과 같이 그렇게 어미한테 마구 대들지 못하는 작은딸은 제가 죽습네 하고 이틀이나 사흘씩 밥을 굶은 채 드러눕곤 하였다.

당고개네도 이렇게 딸들이 죽자고 말리는 일을 남의 청에만 못 이겨

나가는 것은 아니었다. 한 해에 몇 차례씩 신(무당 귀신)이 내릴 때는 누구의 굿이든지 뛰쳐나가서 신을 풀지 않고는 견딜 수 없었다. 그렇게 신이 내리는 것은 대개 봄 가을 하고도 달이 밝을 무렵이었다.

그 무렵이 되면 딸들도 눈에 불을 켜서 당고개네를 지키기에 여념이 없었다.

당고개네가 밥을 잘 먹지 않고, 그 대신 이상한 넋두리 같은 것을 시부렁거리기 시작하면 벌써 신이 내린 것을 눈치 채고, 그녀들은 그 어미를 집 안에 가두고 집 밖에도 나가지 못하게 했다.

그것이 더 심해지면 방 한 칸에 가두어버리고 방문 밖에 나오지도 못하게 했다.

그럴라 치면 당고개네는 두 눈에 이상한 광채를 내며

"보름아 날 좀 살려다오. 이번에 한 번만 꼭 용서해 다오."

하고 큰딸에게 먼저 사정을 하다가 큰딸이 제 손으로 제 옷을 찢으며

"그러지 말고 날 잡아먹어라."

하고 마구 미친 것처럼 날뛰면 이번에는 반달이를 보고,

"반달아 날 좀 살려다오. 난 이러다 머리가 터져 죽는다."

하고 처량한 얼굴로 애걸을 하는 것이었다.

반달이는 큰딸처럼 제 가슴을 치며 대들지는 않지만 그 대신 당고개네가 마음을 돌이킬 때까지는 음식을 먹지 않고 어미 곁에 뻗치고 같이 누워 있는 것이다.

이렇게 되면 당고개네도 하는 수 없이 수건으로 머리를 질끈 동인 채 누웠다 앉았다 끙끙 앓았다, 온갖 미친 짓을 다 하는 것이었다.

그러다 신이 나가면 당고개네도 멀쩡한 사람이 되었다. 혼자서 혀를 차며,

"선녀 같은 내 딸들을 이 에미가 들어 잡는구나."

하고 스스로 한숨을 짓곤 하였다.

"그러지 말고 당고개네가 혼자서 따로 나지, 딸들은 저희들끼리 살면
되잖나……."

하고 동네 할머니들이 넌지시 일러주면, 당고개네는 머리를 흔들며,

"딸들이 나를 죽여주었으면 주었지 따로 나게 할 것 같습니꺼? 그런
소릴 내었다간 셋이 같이 목을 매자고 할 터인데……."

하였다.

그만치 당고개네가 두 딸을 사랑하는 마음이나 두 딸이 당고개네를
생각하는 마음들은 또한 여간이 아니었다. 살빛이 약간 노리끼하게 희
고 얼굴이 갸름한 보름이는 당고개네가 어디서 수모를 당했다고 하면
분해서 제 머리를 뜯고 밤잠도 자지 않는다고 한다. 보름이보다 얼굴이
동그스름하고 더 어여쁘게 생긴 반달이도 역시 제 어미의 일이라면 물
불을 가리지 않고 뛰어들 만치 어미를 생각하는 마음들이 끔찍하였다.

그리고 그녀들의 그와 같은 놀라운 애정들이 당고개네를 점점 미치
광이로 만들어가고 있다는 것을 그녀들 자신들은 잘 모르고 있었다.

이와 같이 딸들이 한사코 말리니 당고개네도 이제는 무당 노릇을 단
념할 수밖에 없었으며 딸들에게도 그렇게 몇 번이나 다짐을 주었다.

무당짓을 전폐하기로 한 당고개네는 틈만 있으면 취운사로 올라가곤
하였다.

불도佛道를 닦아서 극락으로 간다는 것이었다. 두 딸도 이것만은 여
간 찬성이 아니었다. 보름이로 말하면 절의 주지와 사는 몸이니까 더
말할 나위도 없지만 반달이까지 불도라고 하면 무조건 동경하며 우러
러보았다. 이것은 당고개네가 본디 무당질을 할 때부터 그랬었다.

"불쌍한 우리 엄마가 죽어서 극락에나 가야지."

두 딸은 이렇게 말했다. 따라서 당고개네가 절에 바치는 돈이라면 두

딸은 서로 아끼지 않고 어미를 위해서 내어놓았다.

　그런데 당고개네는 매일같이 절에 간답시고 나가서는 대개 서낭당 근처에서 어정거릴 때가 많았다. 절로 올라가는 길이나 절에서 내려오는 길에, 거기서 쉬어 다니는 것이라고 그녀 자신은 말했지만 실지로 본 사람들의 말을 들으면 절간에서 보내는 시간보다 서낭당 근처에서 보내는 시간이 더 많다는 것이다.

　"엄마, 서낭당에는 뭣 때문에 그렇게 오래 앉아 쉬어요?"

하고 큰딸이 눈에 모를 세우면, 당고개네는

　"옛날 살던 곳 아니가?"

하고 작은 소리로 대답하였다.

　"옛날 살던 곳이면 제일인가? 그놈의 귀신 다 안 보니 시원만 하네."

하고, 또 딸이 반박을 하면,

　"애, 가다 오다 내 집에 들어가 쉬니 좋기만 하더라."

하고 당고개네도 지지 않았다. 딸은 당고개네의 '내 집'이란 말에 깜짝 놀라며

　"그깟놈의 도깨비굴 같은 게 뭐 그리 좋은고?"

하고 대드는데, 당고개는

　"애 그러지 말아, 거기 들어가 누우니 나는 그만 머리가 시원해지더라."

하고 이것만은 방해하지 말아달라는 눈치였다.

　당고개네가 '다리목 술집'으로 이사를 온 뒤에 본래 살던 서낭당 곁의 집은 그 뒤 아무도 드는 사람이 없이 그냥 비어져 있었던 것이다.

　당장 귀신이 나올 것 같아서 아무도 그 집에 들어가 살 마음이 나지 않는다는 것이다.

　"엄마, 좋은 집 두고, 또 절도 있는데 왜 하필 남들이 무서워하는 그

런 집에 가서 쉽니꺼?"

작은딸도 어미를 나무랐다.

그러나 당고개네는 그 뒤에도 그 집에 가서 쉬는 것을 끊지 않았다. 그러자 보름이는 사람을 시켜 서낭당 곁의 집을 헐어버리기로 하였다. 본래 다 쓰러져가던 집이라 지붕을 걷어버리고 벽을 몇 군데 쳐버리니 이내 거름 무더기같이 되고 말았다.

그러자 당고개는 원망스러운 듯이 큰딸을 노려보며 몹쓸년이라고 욕까지 했다. 그와 동시 극락 갈 생각도 없어졌는지 절에도 잘 올라가지 않았다.

집이 헐리던 그해 가을이었다. 가을 하고도 바로 추석 무렵이었다. 당고개네는 또 신이 내린 모양으로 수건으로 머리를 질끈 동여매고 자리에 누워 있었다. 그리고는 큰딸을 불러서

"보름아, 네 적선하는 셈 치고 날 한 번만 굿 가게 해다오."

하고 힘없는 목소리로 빌었다.

큰딸은 화를 내며

"언제까지나 나를 잡아먹어야 속이 시원하겠노."

하고 당고개네를 몰아세웠다.

"반달아, 이 에미가 불쌍크던 네 성하고 말해서 날 한 번만 더 굿 보내다오."

이번에는 작은딸에게 애원하였다.

반달이는 아닌 게 아니라 어미가 불쌍한지

"엄마, 그러지 말고 나하고 같이 절에나 가자."

했다. 당고개네는 힘없는 목소리로

"절도 좋지마는 이 머리가 하도 아파서 견딜 수 없구나."

하며 그래도 절에나마 같이 가보자고 하는 작은딸을 기특하게 생각하

는 모양이었다. 그녀는 일어나 낯을 씻고 머리를 감아 빗었다.

그리고는 새 옷을 갈아입고 반달이와 함께 취운사로 올라갔다. 아침 집에서 나올 때부터 저녁 때 절에서 내려오기까지, 오가는 길에서나 절에 가서나 쉬지 않고, 당고개네는 줄곧 나무아미타불 나무아미타불 하고 염불을 외더라는 것이다.

산길을 내려와 다리를 건널 때, 당고개네는 한참 동안이나 난간을 짚고 아래를 내려다보고 있었다. 아슬하게 멀어 뵈는 다리 아래는 쭈뼛쭈뼛 험한 바위들이 가로세로 누워 있었다.

"엄마 그만 가자."

반달의 재촉에 당고개네는 순순히 발길을 옮겼으나, 집에 돌아오자 이내 수건을 머리를 동여매고 자리에 누워버렸다.

그날 밤은 보름이라 그런지 달이 유난히도 밝았다. 당고개네는 머리를 동여매고 누운 채 곧장 골이 깨어진다면서 나무아미타불을 부르곤 했다.

밤중이었다. 큰딸이 한잠을 자고 깨어서 오줌을 누고 달이 하도 밝기에 들창을 열어보았다. 그랬더니 마침 저쪽 다리 위에 희끄무레한 것이 보였다. 움직이고 있었다.

순간 웬 까닭인지 가슴이 철렁해졌다. 그와 동시 곧 어머니의 방으로 뛰어와 보았다. 아니나 다를까 어머니가 누워 있던 자리는 비어 있었다.

"애, 반달아, 이리 나오너라. 엄마가 나갔다!"

이렇게 조용히 이르면서 곧 신발을 끌고 다리 위로 달려나갔다.

"악! 엄마! 엄마! 엄마!"

하는 보름의 날카로운 절규를 뒤이어,

"아이고! 엄마! 엄마!"

하는 반달의 울음 섞인 목소리가 외쳐졌다.

당고개네가 그 높은 다리 위에서 떨어지고 있었다. 조금 뒤 두 딸과 이웃 사람들이 다리 아래로 달려갔을 때 당고개네는 머리가 깨어진 채 죽어 있었다.

달 이야기

달 이야기

노櫓를 저을 때마다 배는 삐거걱 소리를 내며 검은 물 위로 미끄러져 내렸다. 하늘에는 별들이 유난히 빛나고 있었으나 동쪽 언덕의 울울한 숲 그늘은 칠야같이 강면江面을 뒤덮고 있었다.

배에는 무당 모랭이[毛良]와 그 친정 조카뻘인 숙희淑姬가 타고 있었다. 숙희는 노를 맡고 있었고, 무당은 긴 갈퀴를 잡고 있었다. 그녀들은 그날 밤중이라기보다 새벽녘 이 호수에 몸을 던진 달득達得의 시체를 건지려는 것이었다.

"바로 요기라요, 득이 오빠 빠진 자리."

숙희는 노를 멈춘 채 무당에게 말했다.

무당은 대꾸도 없이 갈퀴로 물 밑을 더듬고 있었다. 물론 지금이 처음도 아니다. 달득이 물에 빠졌다는 소문을 듣고 동네 사람들이 모여든 것은 오늘 이른 아침이었는데 그때부터 이 배는 계속 이 근방에서 맴을 돌고 있을 뿐 아니라, 이곳을 중심하여 이 강면 일대에 갈퀴를 넣어보시 않은 데가 없을 정도다. 그런데도 웬일인지 달득의 시체는 갈퀴 끝에 걸리지 않는 것이다.

'어디로 갔단 말인가?'

이것이 아침부터 지금까지 계속되는 무당과 숙희를 에워싼 온 동네 사람들의 한결같은 의문이었다. 이 강물은 저수지 구실을 하고 있었기 때문에 북쪽으로 조그맣게 개울이 나 있었지만, 강물 바닥이 깊어서 시체가 아래로 흘러내릴 수는 없게 되어 있고, 설령 흘러내렸대도 옅은 개울에서 보이지 않을 리가 없었다. 그러고 보면 결국 강물 밑바닥에 가라앉았다고 보아야 하겠는데 그것이 이른 아침부터 지금까지 갈퀴에 걸리지 않으니 해괴한 일이 아닐 수 없었다.

무당은 갈퀴질을 쉬고 숙희를 돌아다보았다. 숙희가 혹시나 잘못 본 게 아닌가 해서였다. 그러나 이것도, 무당뿐 아니라 거의 온 동네 사람들에 의하여 온종일 몇 차례인지도 모르게 되풀이되었던 일이다. "혹시나 잘못 본 게 아니냐", "똑똑히 보았느냐" 하는 따위 의문의 얼굴들에 대하여 숙희는 한결같이 고개를 끄덕이거나 틀림이 없다고 주장했을 뿐이다. 사실 그에 대해 아는 사람이라고는 그녀밖에 있을 수 없었던 것이다.

무당은 평소로 아들을 몹시 사랑했지만 일절 간섭이 없는 채, 모든 것을 저의 '하는 대로'에 맡겨왔던 만큼, 일이 터지자 갑자기 정신 나간 사람처럼 이 사람 저 사람 닥치는 대로 붙잡고 "우리 달이 봤소?" "우리 달이 어딨소?" 하고 돌아다녔다.

"그래, 니가 맨 끝에 만났던 게 언제락 했노?"

무당은 또 숙희에게 같은 말을 물었다.

"……"

숙희는 대답을 하지 않았다. 이미 여러 차례 되풀이되는 물음이었기 때문이었다.

그러나 무당은 혼자서 고개를 끄덕였다. 스스로 대답을 들은 모양이었다. 무당은 물을 때마다 스스로 새로운 대답을 듣는 듯한 표정이었다. 숙희가 뭐라고 대답을 하든지, 또는 아무런 대꾸도 없이 잠자코 있든지 무당은 자기 나름대로의 대답을 혼자서 얻는 듯한 얼굴이었다.

"고모."

숙희가 갑자기 고개를 들었다. 그리하여 천천히 입을 열기 시작했다.

"내가 아는 득이 오빠…… 아입니꺼……."

숙희는 새삼스러이 이렇게 말머리를 떼었다. 온종일 수없이 그에 대하여 이야기했건만 그러고도 또 다 못한 사연이 남은 모양이었다.

무당은 검게 빛나는 두 눈으로 숙희를 쏘아보았다. 무당이 온종일 모든 사람에게서 들은 이야기에다 숙희가 마지막으로 털어놓은 사연을 무당이 마음속으로 나름대로 엮어놓은 이야기는 다음과 같다.

달득은 달, 또는 달이達伊라고도 불렸다. 그 어머니 모랭이〔毛良〕 무당이 달을 품고 낳은 아이라 하여 그의 나이 여남은 살 될 때까지 보통 "달아", "달아" 하다가 열 살이 넘어, 간신히 글방에 넣을 수 있었을 때부터 그의 외삼촌 경보가 달득이란 이름을 그에게 붙여주었던 것이다. '달득'이 역시 달님으로부터 얻은 아이란 뜻이었다.

무당 모랭이가 달득이를 배게 된 것은 지금으로부터 열여덟 해 전, 과부된 지 오 년 만인데 그내까지 시름시름 까닭 없이 앓고 있던 병 끝에 우연히 무당 귀신이 들리어, 새 무당이 났다고, 영검이 대단하다고, 소문이 자자했던 그 무렵이었다.

다경리(동네 이름) 동네에서 굿을 마치고 물을 건너 숲 속을 지나올 때였다. 같이 굿을 마치고 돌아오던 화랑(박수)—그의 집은 모랭이가 사는 봇마을을 지나서 또 십 리나 더 가야만 했다—과, 그 어두운 숲 속에서 지금의 달이를 배게 되었던 것이었다. 풀밭에는 너무 이슬이 자욱하여 보드라운 모랫바닥을 찾아 그들은 자리를 잡았던 것이다.

고목이 울창한 숲을 휘돌아, 봇도랑의 맑은 물은 흘러내리고, 쉴 사이 없이 물레방아 바퀴는 소리를 내며 돌아갔다. 여자의 몸에 그 여름 밤의 강물이 흘러들기 시작했다. 보름 지난 둥근 달이, 시작도 끝도 없는 긴 강물을 담긴 채, 달빛 그대로의 맑고 시원한 강물이 자꾸 흘러들어 나중엔 달이 실낱같이 가늘어지고 있었다. 그 실낱 같은 달이 마저 흘러내리고 강물이 다하였을 때 여자의 배와 가슴 속엔 이미 그 달고 시원한 강물로 가득 차 있었던 것이었다. 여자의 몸엔 손끝까지 그 희고 싸늘한 달빛이 흘러내려, 마침내 달 속에 혼곤히 잠기고 말았고, 그리하여 마침내 잠이 들었던 것이었다.

'아아, 신령님께서 나에게 달님을 점지하셨다.'

모랭이는 혼자 속으로 굳게 믿었다.

이리하여 낳은 아이의 얼굴은 희고 둥글고 과연 보름달과 같이 아름다웠다. 모랭이는 여러 사람이 보는 데서 자랑삼아 아기를 안고 달아, 달아 불렀다. 그러나 이 달이는 열다섯 살 먹던 해 늦은 봄에 그만 글방에서 쫓겨나고 말았다.

글방의 사장師丈님에게는 그해 열일곱 살 나던 정국貞菊이란 딸이 있었다. 그해 설에 달이가 흰 두루마기를 입고 사장님께 세배를 마치고 나오려니까, 뜰 앞의 짚둥우리 사이에 숨어 있던 그녀가 그의 두루막 소매를 잡아당겼다. 놀라서 돌아다보니 정국은 부끄러운 듯이 두 눈을 반쯤 내리감으며 웃는 얼굴로, 새하얀 창호지로 조그맣게 싼 것을 달이의 손에 쥐어주었다.

"가져가서 펴봐라."

달이는 가슴이 와들와들 떨리어 얼른 집으로 돌아와 그 종이에 싸인 것을 펴보았다. 종이 속에는 조그만 꽃주머니 하나가 나오고, 꽃주머니 속에는 다시 첩첩이 접은 종이쪽지가 나왔다. 종이쪽지에는 다음 같은 글귀가 적혀 있었다.

'仙桃山月半輪秋, 影入兄山江水流, 日夕貞兒向書冊. 思君不見使人愁
(선도산에 걸린 달은 반만 둥근데, 그림자는 형산강 물에 들어 흐른다.
정국은 아침저녁 책을 펴놓고 앉아 있지만 머릿속엔 그대 생각만 가득
하여 애닯을 뿐이다).'

이백李白의 〈아미산월가峨嵋山月歌〉를 딴 것이면서 완연히 다른 시가
되어 있었다. 놀라운 재주가 아닐 수 없었다. 달이는 별안간 정국이 왈
칵 그리워졌다. 그는 기쁨에 못 이겨 그 꽃주머니를 허리끈에 차고 밖
으로 나갔다.

"꽃주머니 그거 어디서 났노."

숙희는 대뜸 이렇게 물었다.

집이 바로 달이네와 앞뒤였고 나이도 같은 또래라 외사촌간이라 해
도 친누이동생처럼 그녀는 어릴 적부터 달이를 따랐다.

(정국은 달이보다 한 살이 더하여 그해 열일곱이었던 것이다.)

"저기, 누구한테 얻었어."

달이는 얼굴을 붉히며 이렇게 어물거렸다.

"저기, 어디서?"

숙희는 갑자기 두 눈에 굉체를 띠며 바싹 대들었다.

"저기 누구누구한테……"

달이는 숙희의 손을 뿌리치고 달아나버렸다.

글방 앞 우물가에 살구꽃이 허옇게 핀 봄날 밤이었다. 선도산 마루에
는 파란 조승달이 걸려 있었다. 달이는 정국과의 약속을 좇아 남몰래
혼자 글방에 나와 있었다. 조금 있으니 정국이 사뿐히 방문을 열고 들
어왔다.

"사장 어른 계시나?"

달이는 숨을 죽여가며 들릴 듯 말 듯한 낮은 목소리로 먼저 이렇게 물었다. 정국은 고개를 끄덕하였다.

"사모님도?"

"……."

정국은 고개를 돌렸다.

"어디 가셨노?"

"저어기 양산 좀 가셨다."

"그럼 꽤 오래 되겠구나."

"……."

정국은 또 고개를 끄덕였다.

"사장님 지금 뭘 하고 계시노?"

달이는 한참 뒤에 숨을 쌔근거리며 또 이렇게 물었다.

"주무신다."

정국은 의외로 침착한 목소리였다. 정국의 이 침착한 목소리에 용기를 얻은 달이는 그때에야 비로소 정국의 얼굴을 바로 건너다보았다. 다음 순간, 그들은 어떻게 해서 입술이 닿게 되었는지도 깨닫지 못했다. 다만 간이 얼어붙는 것같이 시리기만 했다. 정국은 눈을 사르르 내리감으며 반듯하게 드러누워 버렸다. 달이는 정국의 가슴 위에 손을 얹었다. 그는 숨이 차서 가슴이 터질 것만 같았다.

달의 손이 들썩들썩하도록 정국의 가슴도 뛰고 있었다.

'아아, 이것이 무서운 꿈속이 아닐까.'

달이는 괴로움에 못 이겨 문득 이런 생각도 해보았다. 앞골목에서 개가 멍멍 짖었다. 개 짖는 소리가 잠잠해지자 구름이 지나가는 듯 방문 창호지에 검은 그림자가 어른거렸다. 달이는 잠이 든 것처럼 눈을 감은 채 꼼짝도 하지 않았다. 그는 정국의 가슴 위에 얹고 있던 손끝을 부르르 떨며 비실비실 방문 앞까지 와서는 뿌시시 방문을 열었다. 잠이 든 것처럼 꼼짝도 하지 않고 가만히 누워 있던 정국이 방문 소리에 눈을 떴다. 그러나 그때 이미 달이는 무슨 도망질이나 치듯이 어두운 골목으로 뛰어들고 있었다.

이튿날 밤도 그들은 또 그 자리에서 그렇게 만났다. 정국의 연꽃같이 슬프고 아름다운 얼굴에는 어젯밤보다도 더 황홀한 미소가 떠돌고 있었다.

"니 울 아부지가 그렇게 무섭나."

정국이 어젯밤보다는 훨씬 대담한 태도로 이렇게 물었다.

"니는 괜찮나?"

"울 아부진 저녁에 내가 술상만 보아 들여놓으면 혼자서 부어 잡숫고 새벽까지는 아무 말씀도 없이 주무신다."

또 한참 동안 침묵이 흘렀다.

"니 어젯밤에 개 짖는 소리 들었나?"

"……."

정국은 대답 대신 달이의 머리카락을 만지고 있었다.

봇머리 숲 속에서는 밤 뻐꾸기 우는 소리가 들려왔다. 방문에 또 어젯밤과 같은 검은 그림자가 어른거렸다. 구름이 지나가는지도 몰랐다. 달이는 그만 돌아가리라 생각했다. 그러자, 정국이 갑자기

"난 물에 빠져 죽어버릴 게다."

했다. 정국은 속삭이듯한 낮은 목소리로, 그러나 결연히 이렇게 말하며 달이의 얼굴을 똑바로 바라보았다. 그러나 달이는 정국의 난데없는 선언엔 거의 무심한 얼굴로,

"니는 글재주가 좋으니까."

엉뚱스럽게도 이런 말을 불쑥 했다.

"니는 내가 죽으면 좋지?"

정국은 또 이렇게 물었다.

"니는 느이 엄마가 시키는 대로 시집 가서 아이 낳고 살겠지?"

"니는?"

정국이 되묻는 말에 달이는 고개를 천천히 옆으로 저어보인 뒤

"나는 아마 아무것도 못할 거다. 장가 같은 거도……."

했다.

"나도."

정국은 안심한 듯이 달이의 손목을 잡은 채 또 어젯밤과 같이 눈을 사르르 내리감으며 자리에 반반히 드러누워 버렸다. 달이는 자기 자신도 모르게 정국의 가슴 위에 손을 얹었다. 순간 가슴은 또 걷잡을 길 없이 뛰기 시작하며, 끙끙 신음소리를 내도록 숨결도 가빠졌다. 문득 앞골목에서 개 짖는 소리가 들린다고 느껴졌다. 그와 동시에 방문에 또 검은 그림자가 어른거렸다. 달 위로 구름이 지나가는지 몰랐다. 달이는 또 어젯밤과 같이 방문 있는 곳으로 비실비실 달아나려 하였다. 그러나 정국은 달이의 손목을 꼭 잡은 채 놓지 않았다. 정국은 자기 손에 힘을 주어서 달의 손으로 자기의 가슴을 누르게 하였다.

"내가 꼭 죽을 걸 니는 모르지?"

정국은 또 이렇게 물었다.

"니는 그걸 어떻게 알어?"

"저절로 알아졌다."

"언제부터?"

"금년 설에 니가 우리 집에 세배를 하러 왔을 때부터……."

"그 시를 지어준 땜에?"

"아니 벌써 니가 첨으로 우리 집에 글 배러 왔을 때부터 난 어쩌면 그

런 생각이 들었을 거다."

순간, 달이는 정국이가 와락 무서워졌다. 그는 힘을 다하여 정국의 손을 뿌리쳐 버리고는 또 어젯밤에와 같이 어두운 골목으로 달아나버렸다.

이튿날 저녁 때 숙희가 와서

"득이 오빠, 너 정국이 즈 엄마 돌아온 거 아나?"

하고 물었다.

그러나 정국이의 어머니가 그 친정집으로 다니러 갔었다는 것을 숙희가 어떻게 알고 있는지 그것부터 이상스러웠다.

"모른다, 왜?"

"아까, 저녁 때 돌아왔다."

하고, 숙희는 너희들의 비밀은 내가 다 알고 있다는 듯이 생글생글 웃는 얼굴로 달이의 얼굴을 쳐다보고 있었다.

"너 그럼 모다 엿들었나?"

달이의 약간 떨리는 목소리였다.

숙희는 잠자코 고개를 수그려버렸다. 순간, 그날 밤 방문에 비치던 검은 그림자가 떠올랐다. 그러넌 그깃은 그때마다 구름이 지나간 것이 아니라 숙희의 그림자였다고 헤아려졌다.

"너 아무한테도 말 내지 마라."

"저번 때 그 꽃주머니 날 주먼……."

"그래."

달이는 정국으로부터 얻은 꽃주머니를 숙희에게 주었다. 그러나 바로 그 이튿날부터 숙희의 입을 통하여 달이와 정국과의 사이가 온 동네에 알려지게 되었고, 그런 지 다시 사흘 뒤엔, 정국이 봇머리 깊은 물속에 몸을 던지고 말았던 것이다.

정국이 죽은 뒤 한 해가 가까이 되도록 달이는 집 안에서 시를 짓고만 처박혀 있었다.

"정국이 죽은데 시묘侍墓살이를 하나?"

하고, 숙희가 이따금 와서 비꼬아주어도 달이는 들은 체도 하지 않았다. 달이의 정신이 이상해진 것이라고 숙희는 생각하였다. 허구헌날을 낮이면 온종일 방안에만 드러누워 배기다가 밤이면 밤마다, 특히 달이 있는 밤은 달이 질 때까지 강가에서만 어정거리다 새벽녘에나 돌아오곤 하는 달이 아무래도 온전한 사람 같지 않았던 것이다.

정국이가 죽은 지도 두 해째에 접어들고 있었다. 마을에는 골목마다 살구꽃이 허옇게 피어 있고, 하늘에는 초여드레 새하얀 조각달이 걸려 있었다. 달이는 하늘의 달이 아주 기울 때까지 혼자서 휘휘 봇둑에 오르내리고 있었다. 솔솔 부는 저녁 바람은 찔레꽃 향기를 풍겨오고 언덕 위 어두운 숲 속에서는 비드득비드득 하고 밤새 우는 소리가 들려왔다. 그때 물속에 비친 달그림자를 들여다보던 순간, 달이는 우연히 가슴을 찌르르 아픔을 깨닫게 되었다.

이튿날도 사흘째도 마찬가지였다. 상현달이 하현으로 이울 때까지 그는 하늘에 달이 걸린 밤이면 언제나 강가에 나와 있기 마련이었다.

숙희가 어두운 숲 그늘에 숨어서 달이의 동정을 살피며 따라다닌 것은 그가 혹 물에 몸을 던질까 보아 그걸 지키려고 했던 것이라 하였다.

"오빠 너 요새도 정국이 생각을 하나?"

어두운 강가에서 스무날 달이 뜨기를 기다리고 서 있는 달이에게 숙희가 이렇게 물었다.

"아아니."

하고, 달득은 뜻밖에도 경쾌한 목소리로 고개를 흔들었다.

"거짓말."

"아아니."

달이는 역시 아까와 마찬가지로 도리질을 하였다.

"그럼 왜 밤마다 혼자서 강가에만 나와 어정거리노."

"달을 볼라고."

"거짓말."

"······."

달이는 잠자코 고개만 돌렸다.

"그렇지만 정국이 살았을 땐 요새처럼 안 그랬지 뭣고?"

숙희의 이 말엔 달이도 별로 아니라 하지 않았다. 그러나 달득으로서
는 달을 보고 반드시 정국을 생각하는 것만도 아니었다. 그저 달을 보
는 것만이 자꾸 즐겁고 못 견디게 그리울 뿐이었다.

열아흐레 스무 날 즈음하여 하늘의 달이 이울기 시작하면 그의 가슴
은 그지없이 어둡고 쓸쓸하여졌다. 스무사흘, 나흘 즈음에, 밤도 이슥
하여 동쪽 하늘 끝에 떠오르는 그믐달을 바라볼 때엔 자기 자신이 임종
이나 하는 것처럼 숨이 가쁘고 가슴이 답답했다. 한 달에도 달을 못 보
는 한 사흘 동안 그는 동면하는 파충류처럼 방 한구석에 이불을 뒤쓴
채 낮이고 밤이고 잠으로만 세월을 보내는 것이었다. 그리하여 초사흘,
나흘께부터 다시 서쪽 하늘가에 실낱 같은 초승달이 비치기 시작하면,
날로 더 차지는 달의 얼굴과 함께 그의 가슴은 차츰 부풀어 오르며 숨
결도 높아지는 것이었다.

이리하여 초아흐레에서 열아흐레까지 한 열흘 동안이 그에게 있어서
는 행복의 절정인 듯했다.

무엇에 홀린 사람처럼 입맛도 잃고 정신도 어리뚱해진 듯, 숙희의 얼
굴까지 피해 가며 온 밤을 이슬에 함빡 젖어 다니다 날이 부옇게 새어
갈 무렵에야 휘휘한 걸음으로 돌아오곤 하였다.

"오빠 너 달한테 홀린 게지."

"홀리다니?"

"몰라."

달이는 숙희를 바로 보지 않으려고 외면하였다. 그러나 숙희는 숙희
대로 달이의 얼굴을 아무리 들여다보아도 자꾸 더 보고 싶기만 했다.

'나도 정국이처럼 달이한테 상사병이 들렸는가 보다.'

숙희는 속으로 이렇게 생각하고, 하루라도 속히 잊어야 되겠다고 하
면서도 좀처럼 잊혀지지가 않아, 그 많은 사람들의 눈을 피하느라고 캄
캄한 숲 속 첩첩이 엉긴 찔레가시를 헤쳐가며 그의 뒤를 밟아 다니곤
하였다.

"오빠 너 정말 그럴래."

"무얼 그러노."

"너 사람을 너무 괄시하지 마라."

"……."

달이는 말없이 숙희의 손목을 잡았다. 캄캄한 숲 속이었다. 어느 나
무에선지 부엉이가 워헝워헝 울었고, 찔레꽃이 만발한 봇도랑가 숲 속
에서는 비둘기들이 푸드득푸드득 쉴 새 없이 댓가지를 흔들었다. 아직
도 달이 뜨려면 한 시간가량이나 기다려야 하였다. 울울한 나뭇잎 사이
사이로 내다뵈는 하늘에는 파란 별들이 비밀이나 엿보려는 듯 반짝이
고 있었다.

"한 달에 사흘 밤씩만 내가 이 배를 빌리기로 했다."

달이는 나무 밑둥에 매어둔 뱃줄을 풀며 이렇게 말했다.

"이렇게 어둔데 오빠 너 배를 타나."

"타면 어때?"

"여기 너 몇 길 서는 줄 아나."

"두 길."

"그러지 말고 너 달 뜨거든 타라."

"그럼 잘 가거라."

그는 한시라도 바삐 숙희의 곁을 떠나려는 듯이 줄을 끄르자 곧 배에 올라 삐기걱 하고 노를 젓기 시작하였다.

언덕 위로 숲 사이로 허옇게 피어 있던 찔레꽃도 거의 다 지고 밤이 면 마을 여자들이 냇물을 찾아 나오게 되는 한여름이었다.

낮에 그 삼촌 경보와 함께 고모(모랭이 무당)네 보리 타작을 해주고 난 숙희는 저녁을 마치자, 곧 동무들과 더불어 냇물에 멱을 감으러 나 와 있었던 것이다.

윗머리에는 사내아이들이 모래 위에 모닥불을 놓고 둘러서서 떠들 고 있었다. 그들도 낮에 타작을 한 모양으로 옷을 벗어 불 위에 대고 있었다.

"숙희 느이 달득이 오빤 낮에 뭘 하노?"

흰 아이가 이렇게 물었다.

"하긴 뭘 해? 온종일 죽은 것같이 늘어져 자기만 하지."

"밥도 안 먹고?"

"밥이라니, 얘, 저녁 때나 돼서 일어나면 겨우 미음 한 그릇밖에 못 먹는다."

"그래두 즈이 작은아부지들이 그대로 보고 두나."

"그렇지만 어쩌겠노. 제절로 마음이 고쳐실 때까지 그냥 두고 보지, 그것도 병이라는데."

숙희는 이런 말을 하며 그녀들과 함께 마을로 들어오는 체하다가 물 레방앗간 곁에서 혼자 숲 속으로 빠져 들어와 버렸다.

낮이라도 사람 하나 겨우 지나다닐 만큼 뚫려 있는 숲 속 길이라 나뭇가지와 가시덤불이 낯을 긁고 머리를 찌르곤 하였다.

'득이가 아직 있을까, 벌써 어디로 배를 저어 가버렸을까.'

숙희는 두근거리는 가슴을 눌러가며 달이의 조그만 배가 매어 있는 곳을 찾아갔다.

"철버덩!"

물소리가 들리었다. 그리고는 잠잠하였다. 나무에서 무엇이 떨어지는 소리였다.

"꺼엇…… 까르르 끼릭!"

하고 까치가 놀란 듯이 두어 소리 지저귀곤 다시 잠잠해졌다. 까치 둥우리가 헐리어지는 소리였는지도 모른다고 숙희는 생각하였다.

"철버덩!"

또 물소리가 났다. 그러자 분명히 그 늙은 감나무에서 풋감이 강물 위로 떨어지는 소리임을 깨달았다.

물 위로 길다랗게 뻗어나가다 반쯤 썩어서 분질러진 늙은 감나무 가지 위엔 새파란 별들이 반짝이고 있었다.

"풋감이 떨어지는구나."

숙희는 혼자 속으로 중얼거렸으나 그 늙은 감나무 둥우리에 매어두었을 달이의 조그만 나무배는 이미 거기 있지 않았다.

'아이도 그새 배를 끌러갔구나.'

숙희는 그 먹탕같이 새카만 강물을 바라보며 혼자 속으로 이렇게 중얼거렸다. 이날따라 달이가 한결같이 더 야속하기만 했다. 앞숲에서 뻐꾸기가 울었다.

"풀꿀! 풀꿀."

다람쥐처럼 나무에 오르내릴 수 있으면 하고 숙희는 생각하였다. 그녀는 저 까치 둥우리가 있는 높은 나뭇가지 위에 올라가 달이 돌아올 때까지 숨어서 기다려보았으면 싶었다. 나뭇잎을 한 잎 두 잎 따서 나중 달이 오거든 달이의 머리 위에 떨어뜨려봤으면 싶었다. 달은 놀라서 나무 위를 쳐다보겠지. 그러면 자기는 나뭇가지에 앉아서 내려다보고 있겠지. 아아, 그렇게 달의 얼굴을 바라볼 수 있으면 얼마나 즐거울까, 숙희는 가만히 한숨을 내쉬었다. 그리고는 다시 강가로 나왔다.

열이레 달이 하늘 한가운데 나와 있을 때였다. 숙희는 어두운 숲 그늘을 타고 강가를 거슬러 오르고 있었다. 강물 속에는 훤한 달이 담겨 있고, 달이의 작은 배는 물속의 달을 건지기라도 하려는 듯, 강물 한가운데 착 달라붙어 있었다. 뿐만 아니라 달이의 얼굴은 달빛에 반사되어 이날 밤따라 유달리도 거울같이 희고 둥글어 보였다. 그는 빙글빙글 웃는 얼굴로 물속에 비친 달을 들여다보며 무어라 혼자서 중얼거리고 있었다. 흡사 세상에 둘도 없을 정다운 친구와 신나는 이야기나 나누는 듯, 그의 얼굴은 그렇게도 황홀과 즐거움에 취해 있는 듯했다. 득이 오빠 지금 꿈을 꾸고 있는 게야, 숙희는 혼자 속으로 이렇게 생각했다. 꿈속에서 정국이와 만나 저렇게 정다운 이야기를 나누고 있는 거야, 숙희는 이렇게 생각되자 순간, 왠지 가슴이 메어시도록 슬픈 생각이 들었다.

아냐, 득이 오빠 그냥 물속에 담긴 달을 즐기고 있을 뿐이야, 숙희가 다시 이렇게 생각을 돌이키고 고개를 들었을 때 달이는 물속을 들여다보며 무슨 말을 건네고 있었다. 그러자 물속에서 무어라고 하는지 달이는 다시 웃는 얼굴로 오냐 하며 고개를 끄덕이는 듯했다. 바로 그 순간이었다. 달이는 배에서 물 위로 떨어지고 있었다.

숙희는 마치 꿈속에서와 같이 소리를 지르려고 무진 애를 썼으나 왠지 숨통이 콱 막힌 채 틔어지지 않았다.

동쪽 언덕 수풀 쪽에서 횃불이 올라왔다. 횃불은 호수를 끼고 올라오며 둥그러미를 그렸다. 배를 찾는 모양이었다.

그러나 그녀들은 아무도 횃불에 응답을 하지 않았다. 소리를 지를 힘도 없는 듯했다.

"누님— 누님."

횃불이 먼저 소리를 질렀다.

"워이."

무당은 있는 힘을 다하여 소리를 질렀다. 횃불은 무당의 친정 동생 경보景甫였다. 재 너머 마을에 사는 그는 저녁 때에야 이 소식을 전해 들었다고 했다.

경보는 배에 오르자 무당의 손에서 갈퀴를 받아들었다. 자기가 한번 찾아보겠다는 생각인 듯했다. 갈퀴 대신 횃불을 바꾸어 든 무당은,

"횃불을 드니 물속이 더 캄캄한데……."

하더니, 그것을 언덕 밑으로 홀쩍 던져버렸다.

경보는 놀란 듯이 무당을 한번 돌아다보았으나 잠자코 그냥 갈퀴질을 계속하기 시작했다.

숙희가 가리킨 데를 몇 바퀴나 빙빙 돌며 갈퀴질을 하고 난 경보는,

"물속에 무슨 이무기 굴 같은 게 있지 않을까."

새로운 의문을 제기시켰다.

"이무기가? 이무기 굴로?"

무당도 그럴싸해하는 얼굴이었다.

"낮에 자맥질꾼이 들어가 봤는데 이무기 굴도 없답니다."

숙희가 참견이었다.

"그러지 말고 굿을 한번 해보소."

경보가 무당에게 제의했다.

"굿을 할락 하면 정국이 굿부터 먼저 해야 된다 아닙니꺼?"

또 숙희의 참견이었다.

무당도 고개를 끄덕이며,

"정국이가 데려갔어."

했다.

"정국이도 굿을 해주면 달이를 내놓을 거 아닙니꺼?"

경보의 지극히 당연한 듯한 의견에 무당은 웬일인지 대답이 없었다. 그녀는 조금 전부터 갑자기 무슨 귀신에나 홀린 것처럼 멍청해진 얼굴로 물속만 들여다보고 있었다. 그때는 이미 열여드레 달이 동쪽 숲 위로 뿌연 얼굴을 내밀기 시작하고 있었으나 경보와 숙희는 무당의 갑자기 넋 나간 듯 멍청해진 얼굴에 정신이 팔려 그녀의 거동에만 신경을 쏟고 있었다.

이윽고 검은 숲 위로 둥실 떠오른 달이 무당의 넋 나간 듯한 얼굴을 정면으로 환히 비추기 시작했다. 무당은 갑자기 놀란 듯이 배에서 벌컥 일어나며,

"아아, 저기 달이."

하고, 손을 들어 숲 위의 달을 가리켰나.

다른 둘도 손에서 갈퀴와 노를 놓아버린 채 무당이 가리키는 숲 위의 달을 멍하니 바라보았다. 그믐밤 같이 깊고 어두운 수풀 위에 떠오른 달은 달득의 희고 환한 얼굴 그대로였다. 셋은 다 같이 물속의 달이를 잊어버린 듯, 어느 때까지나 숲 위의 달만 바라보고 있었다.

만 자동경 曼字銅鏡

만자동경曼字銅鏡

내가 고향에 갔을 때 이미 그 성은 없어진 뒤였다. 옛날 성이 있었던 자리는 반반히 닦여진 채 꽤 깨끗한 상가로 바뀌어져 있었다.

나는 두 어깨가 아래로 축 처지는 듯했다. 어깨뿐 아니라 머리도 아래로 떨어뜨려진 채 나는 그 새로 난 상가를 덧없이 터덜터덜 걷고 있었다. 무어라 형언할 수도 없는 울분과 허망과 설움 같은 것이 뒤엉겨서 머릿속을 하나 가득 메우고 있는 듯했다.

내가 고개를 들었을 때 나는 옛날의 서문 거리까지 와 있었다. 서문 거리의 외딴 오두막, 옛날부터 전설처럼 내려오던 그 쓸쓸한 오두막도 물론 없어졌고, 그 자리엔 새로 지은 양기와집 한 채가 '경주양조장서부출장소'라는 함석 간판을 이마에 붙이고 서 있었다.

간판을 물끄러미 바라보고 섰던 나는 오던 거리를 향해 되돌아섰다. 서문 거리의 오두막 생각은 다시 성가에 붙어 있었던 옛날의 다른 오두막을 내 머릿속에 떠올렸기 때문이었다.

물론 그 일대는 다 상가로 변했어. 히지만 그 위치가 어디쯤인가나 살펴보자, 하는 생각이었다.

서문 거리에서 남쪽으로 한 마장쯤 나가면 성 안쪽으로 오두막 두 채가 성가에 붙어 있었었다. 보통 오두막 두 채로 불리긴 했지만, 앞에 앉은 좀 큰 편인 오두막은 방 한 칸을 가운데 두고 양쪽에 조그만 부엌과 헛간이 붙은 찌그러져 가는 낡은 기와집이었고, 거기서 다시 여남은 발 뒤에 엎드린 작은 오두막도 방 한 칸에 부엌이 따로 붙어 있었다. 앞의 큰 오두막엔 석씨 성[1]의 홀아비가 살고 있었고, 뒤의 것은 무당 연달래 가 쓰고 있었다.

내가 이 오두막들이 옛날 있었던 자리를 찾아보느라고 동쪽 상가를 이리저리 살피고 있을 때, 어떤 늙수그레한 사내 한 사람이 그쪽 이층 기원에서 층계를 내려와 인도 위에 나서고 있었다. 사내는 나를 유심히 바라보는 듯했다. 나도 다시 고개를 돌려 그 사내를 바라보았을 때 우리는 이내 서로를 알아볼 수 있었다. 사내는 나를 향해 포도 쪽으로 걸어오고 있었다. 사내는 내 곁에 다가오자 손을 내밀며,

"창봉이 앙이가?[2]"

했다.

나도 물론 미소로써 손을 마주잡았다. 서예가 김수권이었다. 수권은 나와 같이 교회 부속국민학교에 다녔기 때문에 소년 시절을 남달리 가깝게 지낸 사이였다. 같은 반이었지만 나이는 나보다 한 살 위라고 했었다.

"거기서 뭐하노?"

수권은 또 이렇게 물었다.

"자네가 기원에서 나오길 기다리고 있었잖나?"

"오냐 잘했다. 내가 기원에 있는 걸 서울서부터 보고 있었제?"

그는 이렇게 받으며 나를 건너편 다방으로 끌었다.

우리는 커피를 시켜놓고 간단한 인사말들을 나눈 뒤, 서로가 상대를

---

1) 석씨 성昔氏 姓.
2) 아닌가?

조금도 늙지 않았다는 둥, 늙을 것 같지도 않다는 둥 격려를 아끼지 않다가, 수권이 다시

"자네 일제 말 때 다녀가고 이제 첨이제?"

하고 물었다.

"그쯤되네."

"에끼 사람, 그럼 이십 년도 넘잖나?"

"그러니 나도 할 말은 없다마는, 여기 본디 성이 있었는데, 그 성 없앤 거 유감천만일세."

"잘한다, 그런 소리나 했다가?"

"왜?"

"여기가 바로 성터 아이가? 그런데 성을 와 없앴노카먼 여기 상가 사람들이 좋닥 하겠나? 그뿐 아니라 그 바람에 경주가 비약적으로 개발이 됐다고 좋아 죽는 사람들이 얼매나 많은 줄 아노?"

"그렇지만 성을 그대로 보존하고 개발할 수도 있었잖아?"

"문화인 같은 소리하네. 그런 생각하는 사람, 자네하고 나하고 또 몇 사람 더 있을 끼다."

"그렇지만 나는 분해 죽겠어."

"와, 무슨 사정이라도 있나?"

"고향이 없어진 거 같잖아? 가장 중요한 것이. 그리고 그 성가에 붙어 있던 오두막은 어떻게 됐나?"

"홀애비 영감하고 무당네 집 말이제?"

수권이 이렇게 되묻고 나서, 내가 입을 열 사이도 주지 않고 다시,

"그 오두막 얘기 같으며 내가 잘 알고 있네. 단지 추억이 아쉽닥 하는 거라면 별도지만……."

이렇게 덧붙였다.

수권의 말에 나는 좀 놀랐다. 그 오두막에 대해서 아는 사람은 아무도 없었고, 그냥 관심을 가졌으리라고 생각되던 사람도 나밖엔 별로 없었던 것으로 믿고 있었던 일이기 때문이었다.

나는 호기심과 기대에 찬 눈으로 수권을 잠깐 바라보다가

"그래, 얘기해 주게."

했다.

우리는 다방을 나와 아까 내가 보고 온 서문 거리 쪽을 향해 천천히 걷기 시작했다. 서문 거리에서 돌다리로 개천을 건너서, 이내 북쪽으로 (개천을 끼고) 돌면 수문水門이 있고, 그 일대엔 거의 사람의 왕래가 없는 곳이라, 두 사람이 얘기하며 거닐기에 적합했기 때문이었다.

나는 지금까지 성 이야기를 했지만, 사실은 성이라기보다 길고 큰 돌무더기에 가까웠다. 돌무더기의 높이는 한 길 반이나 되었을까. 거기다 개천 바닥이 또한 한 길 남짓 되어서, 개천 바깥쪽에서 바닥을 가늠하고 쳐다보는 높이는 두 길 반에서 세 길가량되는 셈이었다. 게다가 돌무더기의 넓이도 세 발 이상이 되어보였다.

그렇다면 이 돌무더기로 성을 복구시킨다면 몇 길이나 된단 말이냐. 적어도 네 길이나 그 이상의 높이가 되어야 하지 않겠는가. 그렇다, 그렇게까지 높았을 리는 없었다. 그리고 사실 동북쪽에 허물어지지 않고 옛날대로 남아 있는 부분으로 보아도 두 길 남짓밖에 되지 않았다. 그러고 보면 이 돌무더기는 본디 그 자리에 성을 쌓았던 돌만이 아니고, 다른 데서 더 많이 옮겨왔다는 얘기가 된다.

본디 경주성은 경주읍의 북쪽으로 치우쳐 있었고, 그러므로 남문이 있었던 남문 거리라는 곳이 당시의 경주읍의 중간쯤에 위치하고 있었지만 이 남문 거리에서 동쪽으로 돌아가는 길엔 개천만이 남아 있고,

성도, 성을 쌓았던 돌무더기도 흔적조차 찾아볼 수 없었다.

동남 귀퉁이에서 동북 귀퉁이까지도 대개 이와 비슷했다. 성이나 성을 쌓았던 돌무더기를 찾아볼 길이 없었다. 개천도 중간쯤에서 북쪽으로는 절반가량 메워져 있어서, 남쪽이나 서쪽의 그것에 견주어 넓이나 깊이가 다 형편없이 줄어들어 있었다.

이 일에 대해서는 똑똑히 아는 사람도 없었고 기록도 찾아볼 수 없었으나 막연한 추측으로는 남쪽 성의 돌무더기는 서쪽 성(돌무더기)으로 옮겨지고, 동쪽 성의 돌무더기는 동북 성 귀퉁이께와 북천北川 쪽으로 옮겨졌거니들 하고 있었다(노인들의 입에서 흘러나온 말이었다).

그래서 그렇겠지만 서쪽 성의 돌무더기는 그렇게 높고 넓고 컸던 것이다. 성이 그런 만큼 개천 바닥도 옛날대로 그렇게 깊고 넓은 편이었다.

이러한 서쪽 성 밖에 우리 집은 있었다. 그래서 우리 동네를 가리켜 성밖 동네라 하였다. 사실 성 밖의 동네는 서쪽뿐 아니라 동·남·북에 다 있었지만, 다른 데는 다 본디 성이 있었던 자리뿐이요, 서쪽에와 같이 그렇게 크고 길고 완강한 돌무더기가 쌓여진 데는 없었기 때문에, 같은 읍내이면서도 유독 우리 동네만을 두고 성밖이니 성서城西니 하고 불렀던 것이다.

이 성밖 동네에서 성 안으로 다니는 길은 남쪽에서 개천을 끼고 남문 거리 쪽으로 내왕하는 길과 서문 거리를 통하는 길과 둘이 있었지만, 그 중간쯤에 성을 넘어 다니는 손바닥 넓이의 지름길이 있었다. 보통 성을 넘어 다닌다고 했지만, 사실은 사람들이 넘어 다닐 만큼은 돌무더기가 치워져 있었던 것이다. 그래서 이곳을 성 터진 데라고 불렀다. 그래 이 성 터진 데를 넘어오면 개천에는 징검다리가 놓여져 있었던 것이다. 그러니까 재 넘고 물 건너고 하는 꼴은 다 갖추어진 '성 터진 데'의 지름길이었던 것이다.

그러나 사람들은 이 지름길을 아주 급할 때가 아니면 이용하려 하지 않았다. 특히 아이들에겐 그랬다. 그 까닭은 첫째 길이 험하다는 것이요, 둘째 오두막을 보는 것이 좋지 않다는 것이었다.

첫째의 길이 험하다는 말에는 까닭이 있었다. 성 터진 데란 것이 돌무더기가 대강 치워졌다는 뜻이지만, 그 치워진 돌무더기가 양쪽으로 더 높이 쌓여진 꼴인 데다 그 위에 잡초가 덮여 있었기 때문에 언제 독사나 지네 같은 것이 기어나올지 모르도록 되어 있었고(그 돌무더기에 뱀이 많다는 것은 누구나 다 아는 사실이었다), 게다가 그 좁은 길바닥이란 것이 거의 전부가 돌부리였고 그 위에 경사가 좀 급했기 때문에 여간 조심하지 않으면 돌부리에 걸려 넘어지기 십상이었고, 또 개천의 징검다리란 것이 그렇게 반반하게 다듬어진 돌들이 아닌 데다 옆댕이엔 이끼가 파랗게 끼어서 자칫 돌 끝을 잘못 밟기나 하면 개천에 빠지기가 일쑤였다. 그뿐도 아니었다. 성 터진 데를 넘어서 성 안으로 들어가는 쪽이나 개천을 건너서 성밖 동네로 나오는 쪽이나, 바로 곁에는 인가가 없고 보리밭을 몇 뙈기씩이나 지나서야 동네 끝이 시작되기 때문에 문둥이나 도둑의 습격을 당할지도 모른다는 것이었다.

이런 것은 통틀어 길이 험하다고 할 수 있는 조건들이 된다고 나는 생각했다.

그러나 이 밖에, 거기 있는 오두막을 보는 것이 좋지 않다고 어른들이 하는 말에 대해서는 이해할 수 없었다. 사람들은 흔히 그 오두막에 문둥이가 사느니 거지가 사느니 했지만 이것은 어린이들로 하여금 그 길을 피하도록 만들려고 어른들이 조작해 낸 헛소문이었고, 사실은 그냥 외로운 남녀가 따로따로 살고 있는 데 지나지 않았다. 나는 이것을 여러 차례나 내 눈으로 직접 보았을 뿐 아니라, 내가 물어볼 수 있었던 사람들을 통하여 확인할 수도 있었던 것이다.

그러면 여기서 나는 내가 왜 이 길을 즐겨 자주 다니게 되었던가 하는 것부터 먼저 잠깐 일러두어야 할 것 같다.

나는 아까 우리 집이 성밖 동네였다고 했지만, 성밖 동네 하고도 동북쪽에 붙어 있었기 때문에 남문 거리 쪽으로 돌아나가려면 길이 여간 멀지 않았다. 그렇다고 북쪽으로 조금 더 나가 서문 거리 쪽을 통과하려면 남문 거리 쪽보다 길은 좀 멀지만 그 대신 무섭고 쓸쓸하기는 성 터진 데와 크게 다를 것이 없었다. 게다가 내가 자주 들러야 하는 백모님 댁은 경주 객사客舍 뒤였기 때문에 성 터진 데로 넘어 다니는 쪽이 훨씬 가까웠던 것이다.

이 밖에 내가 그 길을 즐겨 다닌 데는 또 다른 까닭이 있었다. 한마디로 그 길의 쓸쓸함이 왠지 내 맘을 끌었던 것이다. 성 터진 데뿐 아니라, 성으로 일컬어지는 그 긴 돌무더기에 나는 왠지 곧장 마음이 끌렸었다. 그래서 나는 백모님 댁엘 다닐 적마다 언제나 이 성 터진 데를 이용하곤 했던 것이다.

성 터진 데서 내가 뱀을 발견한 일도 두서너 번 있었지만, 뱀이 나에게 달려들지 않았을 뿐 아니라, 설령 달려든다 하더라도 뱀이 나보다 더 빠를 수는 없다고 믿고 있었기 때문에 살 살피기만 하면 된다고 혼자 생각하고 있었던 것이다.

나는 물론 성 터진 데를 넘을 때마다 돌무더기 밑에 붙어 있는 두 오두막을 한참씩 바라보는 일도 거의 거르지 않았었다. 성 터진 데서 북쪽으로 여남은 발 떨어져 돌무더기 곁에 붙어 있는 찌그러져 가는 기와집 오두막과 거기서 북쪽으로 좀 더 떨어져 있는 초가 오두막에서 문둥이나 험상궂은 사람이 있는 것을 나는 한 번도 본 일이 없었다. 대개는 빈집인 듯 사람의 그림자조차도 보이지 않을 때가 많았지만, 한 달에 두서너 번씩은 샛노란 얼굴에 노르께한 콧수염을 달린 쉰 살쯤 되어뵈는 남자를 앞 오두막에서 발견할 수 있었다. 그 남자는 내가 아무리 오 랫동안 바라보고 있어도 나에게 무어라고 말을 건네는 일이 결코 없었 다. 내가 오래 지켜보고 있으면 두어 번 이쪽을 흘낏흘낏 쳐다보긴 했 어도 그 다음엔 고개도 돌리는 일이 없었다.

뒤의 오두막에서 홀어민가 무당인가를 발견하는 일은 더욱 힘들었 다. 한 달 잡고도 한두 차례가 고작이 아니었을까.

나는 여섯 살 때인가부터 어른들 몰래 이 길을 다녔지만 내가 그 홀 어민가를 가까이서 만난 것은 아홉 살 때였다. 하루는 어두워질 무렵 서문 거리로 나오는데(어두울 때는 성 터진 데로 다니지 않았다), 오두 막에서 서문 거리 쪽을 향해 밭둑길로 걸어나오는 그 여인과 마주치게 되었다. 서른 살 남짓 되어뵈는, 꼬챙이같이 마르고 키가 후리후리하게 크고 얼굴빛이 파르스름한 여인이었다.

내가 먼저 나도 모르게 걸음을 멈춘 채 그녀를 유심히 지켜보고 있었 기 때문인지, 그녀 쪽에서도 별덩이 같은 굵은 두 눈으로 나를 한참 쏘 아보며 지나갔다. 왠지 가슴이 두근거리기까지 했다.

그 뒤부터 나는 성 터진 데를 지날 적마다 그 여인이 사는 뒤의 오두 막 쪽에다 더 오래 시선을 쏟곤 하였다.

그런 지 삼사 년이나 지난 뒤였다. 온 들판에 보리가 가득 실려 있는 이른 여름이었다. 그날이 마친 토요일이라 나는 백모님 댁엘 다녀서, 입시 준비에 필요한 참고서 한 권을 사들고 성 터진 데로 나오려니까, 그쪽(뒤의) 오두막에서 보리밭 사이로 나오는 나와 같은 반의 이영희李 永姬를 만나게 되었다.

이영희가 이곳에 나타나다니, 너무나 뜻밖의 일에 나는 입을 열지도 못한 채 그녀를 노려보기만 했다. 영희 쪽에서도 물론 그 굵은 두 눈으 로 나를 그냥 쏘아보고만 있었다.

"니 여기 웬일이고?"

한참 뒤에야 나는 겨우 이렇게 물었다.

"……."

영희는 아무런 대꾸도 없이 그 무섭게 빛나는 두 눈으로 그냥 나를 쏘아보고만 있었다.

순간 나는 야릇한 충동이 일었다. 그 보리밭 고랑에다 영희를 밀어 쓰러뜨리고 싶은, 일찍이 느껴보지 못했던 무서운 욕망이었다. 순간 영희의 입에서 야무지고 단호한 명령이 떨어져 나왔다.

"길 비켜줘."

이 소리에 나는 정신을 돌이키며, 무슨 말을 건넨다는 것이

"너…… 너……."

했을 뿐이었다.

"길 비켜줘."

두 번째 명령에 나는 길을 비켜주었고, 영희는 쏜살같이 내 앞을 지나 성내 쪽으로 달아나버렸다.

그 뒤부터 학교에서 만나게 되는 영희는 언제나 그 무서운 광채를 가득 담은 두 눈으로 나를 쏘아보았을 뿐, 우리는 아무런 말도 서로 건네지 않았다.

그해 겨울방학이 시작되는 날이었다.

영희는 나에게 접힌 종이쪽지를 전해 주었다.

창봉아 니는 나를 미워하겠지. 그렇지만 나는 그렇지 않아. 니가 날 미워할 것 같아서 마음이 괴로워. 나는 어쩌면 니를 좋아하는지도 몰라. 니가 오라고 하면 어디든지 따라가고 말 것 같다. 그 대신 니가 거기서 나를 봤다는 말 비밀로 해줘. 니가 그 말을 터뜨리면 나는 그날로

죽어버린다. 영희.

내가 여기까지 대충 이야기했을 때 수권이 불쑥 물었다.

"그래 그 가시나 꼬셨나?"

"에끼 사람, 그때 나는 중학입시 준비한다고 정신 없을 때야. 그 대신 비밀은 지켜줬지만."

"자네 간덩이 가지고야 고작 그렇겠지. 그 뒤 그 가시나 자살했대이."

"뭐, 자살을?"

"자네 공부 떠난 뒤에 그 가시나 경주우편국 교환으로 취직해서 한 삼 년 잘 댕겼다. 열여덟 살 땐가 연애를 했지. 남자는 내 형뻘되는 우리 집안 사람이야. 결혼을 할라고 가정관계를 알아볼라고 하니, 이 가시나 곧장 고아라고만 하고 밝히지를 않아. 남자는 답답해서 가시나 뒤를 밟았단다. 황남리에 어떤 할머니하고 살더래. 그 할머니한테 매달렸던가 봐. 그 할머니한테서 밝혀졌지. 성가 오두막에 사는 무당의 딸이란 게. 그리고 그 할머니는 무당의 친어머니더래."

수권이 여기서 담배를 피워 물었다.

"그러니 결혼은 터졌지. 무당 딸하고야 어떻게 하노. 남자한테 채이자 가시나는 쥐약인가 먹고 뻗어버렸고."

수권은 담배 연기를 후 불었다.

나는 개천물을 멍하니 바라보고 있었다. 경주성을 에워싼 개천물은 모두 이 서북 귀퉁이로 모여서 수문으로 빠지기 때문에, 이 일대는 물이 깊고 넓을 뿐 아니라 바닥이 수렁져 있는 곳이었다.

"얘기는 끝났는가?"

"지금부터지."

"뭐라고?"

"그 가시나 죽었닥 하니 불쌍하다고 남자가 찾아갔을밖에. 거기서 저 서문 거리 주막 할망구를 만났거든. 얘기는 나중 그 할망구 입에서 나온 기라."

"아, 그렇겠군."

나도 그때서야 얘기의 윤곽을 파악할 수 있었던 것이다. 나는 진작부터 그 무당인가 하는 여인이 서문 거리 주막 아주머니와 가깝게 지낸다는 걸 알고 있었지만, 당시의 나같이 어린 나이로는 주막에 접근해 볼 길이 없었던 것이다.

수권은 자기의 집안 형뻘 되는 남자(영희의 애인이었던)로부터 전해들은 이야기를 시작했다.

영희 어머니가 무당이 된 것은 서른 살 때였다. 스물일곱에 남편을 여의고, 그해 세 살 난 영희와 단둘이 사는데 차츰 외로움이 무서움과 겹쳐져 견딜 수 없게 되었다. 처음엔 남편을 여읜 허전함과 설움이거니 했는데 나중은 그것이 무서움증(공포증)이라는 증세로 바뀌어져 버렸다.

어미 딸이 너무 외로워서 그렇거니 하고, 오능五陵에 사는 친정어머니가 와서 함께 살기로 했으나 증세는 가셔지지 않았다.

그렇게 한 해가량을 앓고 나니, 그 다음에는 눈만 붙이면 꿈이요, 꿈만 꾸면 귀신을 보던 것이, 나중은 깨어 있는 눈에도 귀신이 보인다고 하였다.

그렇게 또 한 해가 지나고 나니 이번에는 입에서 절로 푸념 같은 것이 슬슬 흘러나왔다. 무당 귀신이 들린 거라고 했다.

서른 살 나던 해 봄에 유명한 시악 무당에게서 내림굿[3]을 받았다.

---

3) 무당귀신이 들린 여자에게 베풀어지는 귀신 내리는 굿.

시악 무당은 내림굿을 끝낸 뒤, 명도明圖·冥途 들린 사람처럼 입에서 쉿쉿 하는 바람소리를 내며,

"얄궂다 얄궂아, 니 몸주⁴⁾는 선덕 여왕님이다. 이런 일 누가 알까 봐 겁난대이."

했다.

그리고 잇달아 쉿쉿 소리를 내며

"니 이름은 연달래다. 만자를 모시락 하신다."

이렇게 덧붙였다. '만자'는 만자卍字라고 나중 밝혀졌다.

그녀는 시악 무당이 일러주는 말이 무슨 뜻인지 전혀 알 수 없는 채, 그 뒤부터 새 무당이 되어 굿도 다니고 점도 치고 했다.

친정어머니는 창피해 죽겠다고 울상이었지만, 그런 짓 해서 신을 풀지 않으면 골이 깨어지는 것 같아서 살 수 없었다.

그러나 어머니의 울상보다 시가 사람들의 압력은 더 견딜 수 없었다. 시삼촌 되는 이는 의관정제하고 와서 방에 좌정한 채, 결판을 내기 전에는 떠나지 않겠다고 나왔다.

연달래도 이제는 더 버틸 수 없음을 알고, 죽든지 떠나든지 하겠으니 영희나 맡아달라고 빌었다.

그날 밤 꿈에 몸주마님이 나타났다. 내림굿 때 들은 말이 있어 그런지, 훤칠한 키에 흰 옷을 입고 머리에 왕관을 쓴 여느 여왕의 위풍이었다.

연달래가 질겁을 하고 일어나 그 앞에 꿇어앉으며, 대왕님, 대왕님, 하고 불렀으나, 몸주마님의 얼굴엔 아무런 반응도 나타나지 않은 채, "니한테 거울을 주마, 서쪽 성 밑에 가 찾아라" 하고는 사라졌다.

연달래가 신어머니⁵⁾(시악 무당)를 찾아가 그 이야기를 했더니 시악

---

4)무녀巫女의 수호신守護神.
5)귀신 들린 여자에게 내림굿을 해준 나이든 선배 무당.

무당은 연달래의 어깨를 만지며 부러운 듯이

"아이구 야야, 니 큰무당될따, 선덕 여왕님을 몸주마님으로 모셨으니 이 하늘 아래 그카마 더한 영광이 어딨겠노. 어서 성 밑에 가봐라. 거기 가면 오두막이 두 채 있니라. 아무 데나 맘 내키는 대로 들어가면 그게 곧 니 집이다."

이렇게 일러주었다.

성 밑에 있는 두 개 오두막에서 뒤에 있는 작은 오두막으로 발길이 향해졌다.

오두막 속에는 마흔 살쯤 돼 뵈는, 얼굴이 붉고 몸이 뚱뚱한 아주머니가 혼자 누워 있다가 연달래를 보자 비죽이 웃으며 일어나 앉았다.

연달래는 방에 들어가 앉으며 이내

"성님, 여기서 나하고 같이 삽시더."

그냥 입에서 나오는 대로 이렇게 말을 붙였다.

아주머니는 또 한 번 비죽이 웃으며 고개를 끄덕였다.

그날 저녁 큰절꾸(아주머니 별명)는 저녁밥을 먹으며,

"니는 동숭(동생)이 무당이락 하는 거 첫눈에 알아봤대이."

했다.

이에 대해서 연달래는 더 말하지 않았다. 모든 것이 당연한 일이라고 그녀는 생각하는 모양이었다. 그와 동시 두 여인은 아무것도 서로 감추거나 숨기려 하지 않았다. 그리하여 그녀들은 그날로 세상에서 제일 가깝고 정다운 친구요 형제가 되어버렸다.

그렇게 한 보름 지난 뒤였다.

큰절꾸가 여느 때처럼 비죽이 웃으며

"동숭아, 니하고 나하고 이별해야 되겠대이."

했다.

"성님, 와요?"

"저기 서문 거리 오두막 있제? 지금꺼지 내가 술을 담아(빚어)서 그 주막에 대주고 안 있었는가 베. 그런데, 그 할매가 오두막을 나한테 맽기고 지 아들한테 들가뿌렀다 앙이가. 그러니 천승 내 손으로 술을 담아서 팔아야 될 팔자제?"

"사람이 팔자를 못 속인다 안 캅니꺼?"

연달래는 큰절꾸의 팔자란 말에 대해서만 이렇게 말했다.

본디 큰절꾸는 남문 거리 근처에서 주막을 내고 있었는데, 인심이 너무 좋아서 파산을 하고 이 오두막으로 옮겨 왔었다. 그러니 아무리 서문 거리 오두막이라 하지만 이제 또 주모 팔자는 면할 수 없이 됐다는 뜻이었다.

큰절꾸가 서문 거리로 옮겨 가고 이 오두막은 연달래 단독 차지가 되었다. 그러나 연달래가 오두막을 지키고 있을 때는 흔치 않았다. 황남리에 두고 온 어머니와 딸이 보고 싶다고 사흘들이 들러야 했고, 굿이나 푸닥거리를 쉴 때는 서문 거리 주막의 큰절꾸를 보러 다녀야 했다.

연달래가 오두막을 차지한 지 달포쯤 지났을 때였다. 또 꿈에 몸주마님(선덕 여왕)이 나타나더니—거울을 찾아라, 석가한테 가거라, 하는 것이 아닌가.

연달래도 앞의 큰 오두막 홀아비의 성이 석씨라고는 큰절꾸한테서 듣고 있었기 때문에, 그렇다면 먼젓번 꿈에 몸주대왕님이 나타나셨을 때 서쪽 성 밑에 가 거울을 찾으라고 한 것이 바로 이 석 영감을 찾아가란 뜻이었구나 했다.

연달래는 꿈을 깨고 일어난 아침 얼굴을 깨끗이 씻고 새 옷을 갈아입은 뒤, 먼젓번에 큰절꾸를 찾아갔을 때처럼 거침없이 큰 오두막으로 들어갔다.

나이 쉰 살가량 되어 뵈는 얼굴빛이 노르께한 홀아비는 그때서야 아침 먹은 밥그릇을 들고 방문 밖으로 나오고 있었다.

"인주이소. 지가 치워드릴께요."

연달래는 낯선 홀아비에게 달려들어 거의 빼앗다시피 남자의 손에서 밥그릇을 받아들고는 부엌으로 들어갔다.

남자는 어찌된 영문인지를 몰라 연달래가 부엌에서 나올 때까지 방문 앞에 우두커니 서 있었다.

연달래는 부엌에서 나오자 사내의 한쪽 팔을 붙잡으며,

"어르신네요, 방에 들어갑시더."

했다.

그녀의 푸르스름하게 아리따운 얼굴에는 장난기 어린 웃음이 떠돌고 있었다.

사내는 어리둥절하여 여인을 바라보고 있었으나 그녀의 얼굴에 꾸밈없는 호의 같은 것이 넘치고 있는 것을 보자 말없이 방으로 따라 들어갔다.

방바닥엔 낡고 모지라진 삿자리가 깔려 있었고, 네 벽엔 누렇게 뜬 묵은 신문지가 발라져 있었지만, 그 위엔 파리똥이 닥지닥지 앉은데다, 군데군데 빗물이 새어내린 자국으로 거멓게 썩어 있었다. 퀴퀴하고 지릿한 냄새도 코를 찔렀다. 이것은 먼젓번 큰절꾸네 오두막을 찾았을 때와 여간 대조적이 아니었다.

그러나 연달래는 그런 걸 아랑곳하지 않고 입에 나오는 대로,

"어르신요, 지를 여기 살게 해주이소."

다짜고짜 이렇게 말했다.

"뭐, 뭐라꼬요?"

사내는 깜짝 놀란 얼굴로 이렇게 묻고 나서, 조금 뒤, 고개를 옆으로

저었다.

"어르신요, 지가 어르신네를 해롭게 하겠능기요? 고마 딸 삼아 각시 삼아 살게 내뿌리두이소."

"앤 될시더."

사내는 또 고개를 흔들었다.

그러나 연달래는 아랑곳없다는 듯

"오늘 저녁부터 여기 와 잘 겁니대이."

이렇게 말하고 밖으로 나왔다.

그날 저녁때 연달래는 일찌감치 쇠고기 한 근을 사들고 사내네 오두막으로 들어갔다. 사내에겐 물을 것도 없다는 듯이 바로 부엌으로 들어가 저녁 준비를 했다. 저녁상을 보려니까 밥상다리가 찌그러진 채 쓸 수 없이 되어 있었다. 그녀는 자기네 오막으로 가서 밥상을 가지고 왔다.

저녁상을 보아서 방에다 들여놓으니 사내도 하는 수 없이 그것을 들었다.

저녁을 마친 뒤, 연달래는 자기네 오막으로 가서 침구를 안고 왔다.

그것을 물끄러미 바라보고 있던 사내는

"이녁 집 놔두고 와 이카노?"

나무라는 목소리였다.

"어르신도 혼자고 나도 혼잔데 오막 하나씩 따로 차지하고 살게 뭔기요?"

연달래는 그녀 특유의 장난기 어린 웃음을 띠며 이렇게 되물었다.

사내는 이 여인과 다투어야 소용이 없다고 체념을 하는 듯, 아랫목에서 벽을 향해 돌아눕고, 연달래는 윗목에 자리를 깔고 누웠다.

그렇게 사흘째 되던 날 밤, 둘은 잠자리에서 어우러졌다.

사내는 훌륭히 남자 구실을 치러냈다. 연달래는 감격에 젖은 목소

리로,

"어르신요, 이렇게 넉넉한 남자 어른이 와 자꾸 혼자 살라꼬 했는기요?"

이렇게 물었다.

"글씨, 나도 살다 보니 어찌되는 긴지 모르겠구마."

사내의 대답이었지만, 그것이 무엇을 뜻하는 말인지 연달래에겐 알 수 없었다.

사내는 석탈해왕의 후손이지만 선대부터 자손이 귀한 데다 자기 역시 아들 하나를 낳고 아내가 죽자 이날까지 혼자 살고 있다고 했다. 아들은 부산서 제과업으로 돈을 많이 벌고 있으며 아버지를 모시겠다고 늘 편지를 보내지만 자기는 답장도 잘 하지 않는다고 했다.

"아들 생각이 안 나는기요?"

"즈거나 잘살면 됐지 뭐. 석씨는 언제든지 성을 비껴 살면 안 되는 기라, 아들이 부산서 그렇게 성공한 것도 내가 성을 지고 있는 덕인 줄 모르고……."

"그러면 옛날 옛적부터 이 집에 살았는기요?"

"우리 시조왕은 반월성 안에 있는 궁궐 속에서 살았던 기라. 그 뒤에는 반월성 가에 붙어 살다가 우리 할배(할아버지) 때 이리로 옮겼닥 하오. 이 집도 그때 지은 집이지. 그러니 지금은 성이 돌무더기가 되고 집은 도깨비굴 같은 외딴 오두막이 됐지만, 내가 여기를 떠나면 조상을 배반하는 기라요."

"맞심더. 어르신 말이 꼭 맞심더."

연달래도 열심히 고개를 끄덕여댔다.

그런 지 다시 얼마 지난 어느 날 사내는

"임자가 무당이락 해서 내가 어디 같이 지낼능아? 누가 보더라도 뭐락 할노."

했다.

"그러니 내 굿할 때 입는 옷이나 기물들은 모도 저쪽 오두막에 그대로 두고 앤 와 있는기요?"

"그래도 우리 아들이 소문을 듣는닥 하먼!"

"소문날 게 있는기요? 밤에만 이불하고 내 몸하고 와 있는데……. 낮에는 작은 오두막에나 단골집에 가 있고……."

사내는 그녀가 물러설 것 같지 않으니까 입을 닫아버렸다.

이듬해 봄에 사내는 괭이로 밭을 일구고 있었다. 오두막 바로 앞에 붙은 꽤 넓은 밭이었기 때문에 지금까지는 가장자리께를 묵히고도 혼자 먹을 잡곡과 채소는 충분했다.

그해엔 식구가 둘이라는 생각에서였겠지만, 사내는 가장자리에까지 삽을 넣고 있었다.

성 밑 쪽 밭 귀퉁이를 좀 깊숙이 파고 있을 때였다. 시꺼멓고 둥그런 놋쟁반 같은 것이 삽 끝에 얹혀 나왔다. 사내는 그것을 밭둑에 집어던지고 밭 귀퉁이까지 깨끗이 파헤쳐놓고 들어왔다.

"밭이 더 커졌네요."

연달래의 말에, 사내는

"여적꺼지 가장자리에는 앤 뚜졌거든."

했다.

"엄매, 그래요?"

"그러이까, 귀퉁이 좀 뚜지는데 땀을 뺐지, 흙이 어찌나 딴딴한지, 전에는 한 번도 뚜져본 일이 없었던 기라. 그러이까 얄구진 썩은 쇠붙이가 다 나오고……."

사내의 말에 연달래는 눈이 커다래지며,

310

"어떤 쇠붙인데요?"

하고 물었다.

"모르지. 꺼멓고 뚱그런 놋쟁반 같은 기라."

"어르신요, 그거 어쨌는기요?"

"와?"

"글씨 말임더."

"어쩌긴 어째? 밭둑에 내뿌렀지."

"어르신요, 그거 고마 저 주이소."

"썩은 쇠붙이 갖다 뭐할라꼬? 맘대로 하라믄."

"고맙심대이."

연달래는 밭 귀퉁이께로 뛰어갔다. 밭둑 위에서 그 둥그런 쇠붙이를 발견한 그녀는 어찌할 바를 몰라서,

"오, 신령님요!"

하며 그 위에 엎으러졌다.

두 손으로 쇠붙이를 집어 올린 연달래는 또 한 번

"오, 신령님요."

를 외치며 주위를 돌아다보았다. 혹시나 누가 그것을 지켜보고 있지나 않을까 해서였다.

연달래는 쇠붙이를 두 손으로 가슴에 싸안은 채 작은 오두막으로 갔다. 거기서 그것을 대야에 담그고 오랫동안 깨끗이 씻은 뒤 명주 수건에 기름을 묻혀서 닦기 시작했다.

흙이 다 씻기고 꺼먼 때가 벗겨지자, 푸르스름한 녹이 나타나고 녹이 씌워진 사이사이로 유리알같이 반짝이는 부분도 군데군데 보였다. 신어머니(시악 무당)한테서 여러 번 들어온 옛날의 구리쇠 거울이란 것에 틀림없다고 헤아려졌다.

뒷면에는 가운데 작은 동그라미가 쳐지고, 그 안에 해 · 달 · 산 · 물日月山川 따위가 그려졌고 작은 동그라미 밖으로도, 아래 위 좌우로 같은 글자 넷이 돋을무늬 같이 새겨져 있었다. 그녀는 그것을 그대로 종이에 떠서 영희에게 맡겨 학교 선생님께 물어보도록 했다. 영희가 전한 말에 의하면 그 글자는 만曼이라고 하는데, 멀 만 또는 아름다울 만이라고 하더라고 했다. 연달래는 하도 신기해서 다시 한 번, 그러면 그 글자가 옛날 여왕님의 이름 글자로 된 일이 있느냐고 물어보도록 했는데, 선생님이 며칠 동안 역사책을 조사하고 나서 가르쳐주더라면서, 그 글자가 여왕 이름에 씌어진 일이 세 번 있는데 처음은 선덕 여왕의 이름에 덕만德曼이란 만자가 그 자요, 두 번째는 진덕 여왕의 승만勝曼이란 만자가 또 그 자요, 세 번째는 진성 여왕의 그냥 만曼이라는 이름의 만자曼字가 또한 그 글자라 하더라고, 영희는 선생님이 적어주신 쪽지까지 들고 와서 고사리 같은 손가락으로 하나하나 짚어가며 똑똑히 일러주었다.

그렇다면 내림굿 때 신어머니가 선덕 여왕님이 너의 몸주마님이시라고 일러준 대로, 선덕 여왕께서 자기의 거울을 점지해 주신 거라고 그녀는 생각했다.

사실 시악 무당이 특히 선덕 여왕이라고 한 것은 그녀가 알고 있는 여왕이라면 선덕 여왕밖에 없었기 때문에 그렇게 일러주었던 것이고, 연달래는 신어머니가 일러준 대로 믿을밖에 없었으므로, 꿈에 본 여왕 차림의 몸주마님도 으레 선덕 여왕님이거니 했었던 것이다.

거울을 얻은 뒤부터 연달래의 푸념과 춤엔 신바람이 두드러졌고 굿이나 푸닥거리의 효험도 현저하여 그녀의 이름은 온 고을에 떨쳐졌다.

그때부터 오륙 년간이 무당으로서의 그녀의 일생에 있어 가장 신나던 황금기였다.

"영희가 자살을 한 뒤부터는 연달래네 굿이 잘 안 되대이요. 와 그런

지 신바람이 앤 난닥 하는 기라요. 딸이 즈거 엄마한테 들린 귀신을 데리고 갔을 리도 없는데 참 얄궂대이요."

서문 거리 주막집(큰절꾸)이 하던 이야기를 자기 집안 형님한테 들었다면서, 수권을 이렇게 말흉내를 내었다.

"그렇지만 워낙 이름이 나 있던 연달래라 그 뒤에도 성(돌무더기)이 헐릴 때꺼지는 그럭저럭 팔려 댕겼지."

"오막이야 옮겨 앉음 되잖나?"

"그게 좀 묘했던 기라."

수권은 그 묘했었다는 이야기를 마무리짓기 시작했다.

성(돌무더기)을 치운다고 그 밑에 붙어 있는 오두막을 뜯어내라는 연락은 석 영감도 연달래도 다같이 받았다.

그러나 두 사람은 아무도 자기네 오두막을 치우려 하지는 않았다.

성을 치우기로 한 사흘 전에 다시 직원이 나와서 오늘 밤까지 오두막을 치우지 않으면 부득이 시에서 강제 철거를 시킬 수밖에 없다고 최후통첩을 전했다.

"어르신네요, 어짤랑기요?"

연달래가 사내에게 물었다.

"임자 갈 데나 정하라꼬."

"싫심더, 내사 어르신네하고 안 떠날랍니더."

연달래는 조금 전에 큰절꾸네 서문 거리 주막에서 막걸리를 한잔 걸치고 들어왔기 때문에 한결 정겨운 목소리였다.

"내사 벌써 몇 해 전부터 부산 아들네가 같이 살자꼬 그렇게 성화를 대쌓았지만 몬 떠난 거 앙인가 베. 나는 죽어도 이 성 밑을 안 떠난다고. 여길 떠나서 아무 데도 가 살고 싶은 데가 없는 걸 어짜노?"

"그렇지만 어쩝니꺼? 어디든지 지하고 떠납시더, 지가 끝꺼지 모실 낍더."

"임자 속이사 내가 모르나? 그렇지만 나는 명색이 석씨 왕손인데 어디간들 임자하고 내놓고 살 수야 있나. 임자 듣기에 섭섭하닥 하겠지만, 그락하면 내가 조상을 배반하게 되는 기라. 어짜노? 섭섭하닥 하지 말고 임자 살 생각이나 하라꼬. 아까 그 사람들이 와서 오늘 밤에라도 여기를 헐어뿌린닥 하니까."

"몬합니더. 어르신네 혼자 두고 지는 몬 떠납니더."

"글씨, 임자하고 나하고는 다르다고 몇 번이나 말하면 알아듣겠노? 석씨 왕손이락 하면 임자하고 내놓고 몬 산닥 하이까."

"석씨가 왕손이면 김씨도 왕손 아잉기요? 내가 어짜다가 무당이 됐닥 하지만 조상은 나도 왕손인 기라요."

"글씨 조상은 조상이고 무당은 무당 아닌가 베. 임자는 어쩌면 남의 속을 그렇게도 몰라주노. 나는 여기다 왜 지름(석유) 한 병 들이붓고 불 처지르면 그만인데 임자가 꼭 날 따라 같이 가야 될 게 뭐꼬?"

"그러지 마이소. 사람 사는 게 다 뭐기요? 정 들면 살고 몬 살면 죽는 것 아잉기요? 어르신네는 우리 몸주대왕님이 선몽(현몽)해서 점지해 주신 대주 어른인데 내가 어르신네를 여기 혼자 두고 어떻게 떠나는기요?"

연달래는 설움과 노여움을 가눌 수 없는 듯 자리에서 펄쩍 일어나더니 자기의 요를 내려서 깔고는 그 위에 벌렁 드러누워버렸다.

석 영감은 연달래가 어떤 일이 있어도 그 자리에서 물러나지 않을 거라고 느꼈다.

그는 움직일 줄도 모르는 사람처럼 밤중까지 그 자리에 꼼짝하지 않고 가만히 앉아 있었다.

닭 울 때나 되어 석 영감은 방에서 나갔다. 그리하여 풀덤불 속에 감춰두었던 큰 병을 안고 부엌으로 들어갔다.

이튿날 아침 큰절꾸가 달려왔을 때, 큰 오두막이 있었던 자리에는 시커멓게 타다 남은 나무토막들과 부서진 숱한 기와조각들과 그을린 흙더미와 재와 흩어진 그릇조각들이 범벅으로 뒤섞인 속에 타다 만 남녀의 시체가 반쯤 묻힌 채 드러나 있었다.

허물어지다 남은 벽 귀퉁이와 흙과 재가 뒤범벅이 된 사이사이로 여기저기서 아직도 연기가 퍼렇게 오르고 있었다.

그 앞에 털썩 주저앉아버린 큰절꾸는 두 손으로 땅을 두드리며

"동숭아, 동숭아, 내 동숭아,

불쌍하고 불쌍한 내 동숭아."

어느 때까지나 목을 놓고 울었다.

사람들이 모여들어 시체를 치우기 시작하는 것을 보고 큰절꾸는 작은 오두막으로 가서 연달래가 쓰던 무당옷과 기물들과 거울을 보자기에 싸서 서문 거리 주막으로 가져갔다.

그러나 무당 물건을 집 안에 두면 반드시 귀신을 보게 된다는 술꾼들의 말이요, 그녀 자신도 그렇게 여겨졌으므로, 하는 수 없이 주막 곁의 돌다리 위에다 내어놓고 불을 질렀다.

재 속에 그냥 남은 꺼멓고 둥그런 쇠붙이는 수렁진 개천물 위에 집어던져버렸다.

이야기를 마친 수권은 개천을 가리키며,

"이쪽은 모두 수렁이 져서."

하고 중얼거렸다.

나는 그가 가리킨 수렁이 진 개천물을 어느 때까지나 멍하니 바라보고 있었다.

무속巫俗과 나의 문학
—절벽에 부닥친 신과 인간의 문제

(1) 을화乙火

〈을화乙火〉의 전신은 〈무녀도巫女圖〉다. 〈무녀도〉의 모티프는 그 당시 내가 직면했던 민족적 상황이다.

'민족적 상황', 이것을 어떻게 간단히 설명할 수 있겠는가. 당시의 침략자 일제는 우리 민족이 가진 모든 민족적인 것을 말살하려 들었다. 가운데서도 내가 가장 충격을 받은 것은 우리의 말과 글을 말살시키려 했던 점이다. 얼마 전까지도 국민학교 교과과정 속에 소위 '조선어독본'이란 것이 있었는데 그 무렵엔 그것마저 없애버리고 자라나는 어린이들로 하여금 우리 말과 우리 글엔 아주 소경이 되게 만들고 있었다.

이에 대한 나의 울분과 원한은 무엇으로도 형언할 길이 없었다. 나는 나의 문학을 통해서라도 우리 민족의 얼과 넋을 영원히 전해야 하리라고 결심했다.

여기서, 그러면 우리 민족의 가장 근본적인 것은 무엇일까, 하고 나는 생각했다. 민족의 근원적인 얼과 넋은 무엇일까. 나는 우선 그것을 찾기로 했다. 그 방법으로서 나는 우리같이 불행하지 않은 중국인이나 서양인의 경우를 생각해 보았다.

그들에게 있어 정신적인 지주가 되는 것이 유교 혹은 기독교란 것을 알게 되었다. 그렇다면 이에 필적하는 우리의 것은 무엇인가. 그것은 물론 유교도 불교도 들어오기 이전의 상고 시대로 소급할 수밖에 없었다. 거기서 내가 만난 것이 샤머니즘이었다.

나는 우선 우리 나라 무교巫敎에 대해 잠깐 조사해 보았다. 고대의 그것은 충분히 연구할 만한 정신자원임엔 틀림없었으나, 그 뒤 불교 유교 기독교 등 완성된 외래 종교에 의하여 민속 내지 토속으로 밀려나가면서 개화가 되고, 기독교가 밀어닥치자 경멸과 증오의 대상인 미신으로 추락하고 말았다.

민족의 근원적인 얼과 넋을 찾는다는 동기(모티브)였기 때문에 미신으로 추락한 샤머니즘을 대상으로 할 수는 없었다. 그것의 종교로서의 기능과 본질을 찾아야만 했다. 그러기 위해서는 다른 완성 종교와 대비시키는 길을 취할 수밖에 없다고 생각했다. 여기서 나는 내가 어릴 적부터 의지해 오던 기독교를 택하기로 작정했던 것이다.

그러나 내가 샤머니즘에 붙이려는 문학적 의미는 여기에 그치지 않았다. 나는 일찍이 세계 문학 전집이란 것과 서양 철학이란 것을 중심하고 이에 관계되는 책들을 광범하게 읽어왔다. 그리하여 그들의 소위 세기 말世紀末이란 것과 20세기란 것의 의미를 나 나름대로 이해하고 있었다.

사람들은 그 당시도 흔히 20세기의 '불안과 혼돈'을 말하고, 제일차 세계대전의 무서운 살육과 파괴를 말하고 있었지만 그것이 세기 말의 소위 '허무와 절망'에 연결되고 있다는 사실을 어느덧 잊고 있는 듯했다(그 뒤 또 한 차례의 세계대전이 지나가고 핵무기가 등장하고 우주시대가 시도되고 하는 따위, 이 모두가 같은 원리 속에 있지만).

여기서 나는 나의 문학을 통해서나마 세기 말의 과제에도 답해야 한다고 생각했다. '세기 말의 과제', 이것을 한두 마디로 밝힐 수는 없을 것이다. 그러나 아쉬운 대로 여기서는 우선 '절벽에 부닥친 신과 인간의 문제'라고 요약해 둔다. '절벽에 부닥친 신과 인간의 문제'는 새로운 성격의 신과 새로운 타입의 인간을 창조해야 할 과제를 20세기에 넘겼던 것이다. 그러나 그것이 희망대로 순조롭게 성취될 리도 없었고 될 수도 없었다. 거기서 빚어진 것이 20세기의 불안과 혼돈과 살육과 파괴와 핵무기와 우주시대 등등이다. 이것은 해결도 해답도 아니다. 해결 또는 멸망을 향해서 가는 과정에 지나지 않는다.

이에 대해서는 모든 작가 그리고 모든 철인들이 그 해결을 위해 노력해야 하며 시도해야 한다고 나는 믿고 있다. 따라서 나도 나의 문학을 통해서나마 새로운 성격의 신과 새로운 형의 인간을 창조해야 한다고 믿고 그것을 샤머니즘의 인간으로써 시도하려 했던 것이다.

그러면 새로운 성격의 신과 새로운 형의 인간을 샤머니즘으로써 시도했다는 것은 무슨 까닭인가. 이것은 기독교의 신과 근대 인간주의의 인간이 무엇인가를 전제하고 있다.

이에 대한 논의는 책으로 써도 몇 권이 될지 모르는 만큼 여기서 그것을 설명하고 있을 수는 없다. 한마디로 말해서 기독교의 신은 철두철미 인격화된 초자연적 신이다. 그리고 근대 인간주의는 기독교의 신본주의神本主義에 대한 철저한 안티테제反定立인 만큼 그것은 반신적反神的 성격을 띠게 된다.

따라서 새로운 성격의 신은 좀 더 자연적인 신이라야 하며 새로운 형의 인간을 좀 더 신을 내포한 인간, 즉 여신적與神的 인간형이라야 한다고 본다. 그런데 샤머니즘의 신은 철저한 자연적인 신이며 샤머니즘의 인간은 소위 '신 들린 인간'이라고 할 만큼 여신적 인간형이다.

물론 이것으로 충분한 해답이 된다거나 완전히 이치에 적합하다는 것은 아니다. 다만 그러한 일면과 가능성은 얼마든지 엿볼 수 있으므로 문학적 창조에다 이것을 시도했다는 데 그친다.

그러고 보니 이 작품의 주제는 엄청나게 크고 벅찬 것이었다. 이것을 약 7천 단어七千 單語의 짧은 소설로 구체화시킨다는 것은 불가능한 일이다. 최소한 5만 단어는 되어야 하지 않을까. 약 40년간을 두고 끙끙대다가 73년 3월에야 겨우 얼굴은 드러낸 것이 이 〈을화乙火〉다.

(2) 무녀도巫女圖

36년 5월호《중앙中央》지誌에 발표되었던 작품이다.

그보다 한 해 전인 35년 신춘문예(중앙일보)에 소설 (〈화랑花郞의 후예後裔〉)이 당선되었으나 중앙일보에서 내는《중앙》지 이외엔 원고 청탁이 없어 작가로서의 인정이 덜 된 것이라 보고 그해(36년) 다시 동아일보(신춘문예)에 지금의 필명으로 소설(〈산화山火〉)을 보낸 것이 또 당선되었기에, 나는 상경을 했었다. 글을 써서 살아보겠다는 생각이 났다.

그러자 마침 중앙일보《중앙》지와 동아일보《신동아》지에서 함께 소설 청탁이 왔으므로, 어디는 내고 어디는 안 낼달 수 없어 한 달 동안에 소설 두 편을 써서 〈무녀도〉는《중앙》에 〈바위〉는《신동아》에 각각 보낸 것이 같은 5월호에 발표되었다.

두 편이 다 문단적 반향도 있고 해서였는지 6월엔가는《조광朝光─조선일보》지에서도 의뢰가 와서 〈술〉을 써 보냈다. 당시의《조광》《중앙》《신동아》는 문단이 인정하는 삼대 권위지로 이 세 잡지사에서만 원고료가 제대로 나온다는 것이었다.

그해 연말 문단 총평에서 작고한 김환태 씨는 최명익의 〈비오는 길〉, 이상李箱의 〈날개〉, 허준의 〈탁류〉 등과 함께 필자의 〈무녀도〉 〈바위〉

등 다섯 편을 들어서 본격문학이 개화기에 접어들었다는 내용으로 크게 내세워주었다.

(3) 달 이야기

48년이던가 49년이던가 한창 좌우투쟁으로 시끄러울 무렵에 발표되었던 작품이다.

그 무렵 나는 〈혈거부족〉 〈지연기紙鳶記〉 등 꽤 사회적 성격의 작품을 썼으나 이러한 자신에 대한 반발 같은 것으로 이 작품을 썼다고 기억한다. 여기서는 주인공 '달득'의 어머니가 무당으로 나오지만 남자도 무당이 될 수 있다면 '달득'과 같은 기질의 인간이 아닐까.

내가 가장 아끼는 십여 편 중의 하나다.

(4) 당고개 무당

이 작품의 소재는 일제시대에 얻어졌던 것이다. 그 무렵 나는 사천군 곤명면 다솔사多率寺에서 십여 리 떨어진 원전이란 곳에서 야학(광명학원)선생 노릇을 하다가 당국에 의하여 학원이 폐쇄되자, 동시에 징용 대상이 되었으므로 이것을 피하느라고 유랑을 할 때였다. 마침 하동군 쌍계사雙磎寺 건너편에 있는 김종택 군이 평소부터 문학에 뜻을 둔 청년으로 나와 잘 알고 지내던 터라 그를 찾아가 그에게 신세를 지고 있었다.

하루는 김 군의 안내로 쌍계사여관에 가서 술을 마시게 되었는데 그 자리에 아래위 소복 차림의 스무 살가량 되어 뵈는 미녀 둘이 나왔는데, 이런 산골짝에 이런 미녀가 둘이나 나타나다니 놀랄 일이 아닐 수 없었다. 나중 김 군의 이야기를 들으니 그녀들은 형제(자매) 기생으로 무당의 딸들이라 했다. 그리고 그 어미 무당이 달밤에 다리에서 떨어져 죽었다는 것도 작품에 나오는 대로다.

해방 뒤 나는 풍문으로 김 군이 죽었다는 사실과 함께 그날 밤의 미녀 자매들은 남의 후실 또는 소실로 있지만 하도 착하고 성실해서 아무도 욕하는 사람이 없다는 것을 들었다.

(5) 만자동경卍字銅鏡

이 작품은 해방 뒤 내가 고향에 갔다가 옛 성이 없어진 사실에 너무도 충격을 받았다고 할까 놀란 끝에 그 충격을 작품으로라도 풀어볼 생각을 했지만 정작 붓을 잡지 못하고 수십 년이나 지나서 82년엔가 겨우 결실을 보게 되었던 것이다. 이 작품에 나오는 것처럼 경주의 옛 성은 서북쪽에만 개천과 함께 남아 있었다. 그리고 서쪽의 그것은 크고 긴 돌무더기같이 되어 있었는데 그 돌무더기(옛 성) 밑에 오두막이 한두 채 있었던 것이다. 그러나 그 오두막 속에 어떤 사람이 살고 있는가에 대해서는 그 당시 나는 전혀 관심도 없었다. 그냥 어느 외로운 병자나 걸식 지경의 가난한 사람이 살고 있으려니 했을 정도였다.

그러니까 이 작품에 나오는 옛 성과 그 밑에 있는 오두막 두 채는 옛날의 기억을 되살린 것이고 그 이외의 사건이나 인물들은 백 프로 상상으로 꾸며낸 얘기다.

만약 시간이 허락되었으면 좀 더 긴 것으로 만들어낼 수도 있었던 것을, 하는 아쉬움이 남는다.

1986. 3. 수남각樹南閣에서

김동리金東里

:: 김동리 연보

1913년   음력 11월 24일 경상북도 경주시 성건리에서 김인수와 허
임순의 5남매 중 3남으로 태어남. 아명은 창봉昌鳳, 호적
명은 창귀昌貴, 자字는 시종始鐘.

1920년   경주 제일교회 소속 계남학교에 입학, 6년 후 졸업.

1926년   대구 계성중학교 입학, 부친 별세.

1928년   서울 경신중학교 3년으로 편입학.

1929년   동교 4학년 중퇴 후 《매일신보》·《중외일보》에 시 〈고독〉
〈방랑의 우수〉 및 수필 발표.

1934년   《조선일보》 신춘문예에 시 〈백로〉 입선. 《가톨릭 청년》에
시 〈망월望月〉·〈고독〉·〈바람부는 날〉·〈바위〉 등을 발
표.

1935년   ·《중앙일보》 신춘문예에 단편소설 〈화랑의 후예〉가 당선
됨. 본격적으로 글을 쓰고자 경남 사천의 다솔사와 합천
의 해인사를 전전하며 조연현, 이주홍, 최인욱, 허민, 김
종택, 홍구범 등과 사귐. 〈폐도시인〉·〈생식〉 등 발표.

1936년   《동아일보》 신춘문예에 단편소설 〈산화山火〉가 거듭 당선
됨. 상경 후 창작활동에 몰두하여 《신동아》에 단편 〈바
위〉를, 《중앙》에 단편 〈무녀도〉·〈산제〉를, 《조광》에 단편
〈술〉을 발표.

1937년   시인부락 동인이 되어 〈구강산九江山〉·〈행로음行路吟〉 등
의 시와 소설 〈어머니〉·〈황토기〉·〈솔거率居·佛畵〉를 발
표. 다솔사 소속의 광명학원에서 교편을 잡음.

1938년	《조선일보》에 〈잉여설〉 발표. 김월계와 혼인.
1939년	유진오가 〈순수에의 지향〉이란 글에서 김동리 등을 싸잡아 신인들이 현실도피적이라고 비난하자 〈순수이의純粹異議〉와 〈신세대 문학정신〉이란 평론으로 반박함. 소설 〈황토기〉·〈찔레꽃〉·〈두꺼비〉·〈회계會計〉 등을 발표.
1940년	일제하 문인보국회, 국민문학연맹 등 어용문학단체 가입 권고를 거절. 소설 〈동구洞口 앞길〉·〈혼구昏衢〉·〈소녀〉·〈오누이〉 등 발표.
1942년	소설 〈소녀〉·〈하현〉 등이 일제 총독부의 검열로 전문 삭제되고 6년 동안 교편을 잡았던 광명학원이 폐쇄됨. 백씨 범부 선생이 구속되고 가택 수색을 당하자 절망과 분노를 안은 채 절필을 선언, 8·15 해방까지 침묵을 지킴.
1945년	경남 사천에서 해방을 맞아 사천청년회 회장에 피선. 공산계인 사천인민위원회의 발기 및 결성 원고를 거절. 이와 관련, 공산계 청년들에게 집단 테러를 당함.
1946년	조공계朝共系 문학가 동맹에 대항하여 서정주, 박두진, 조지훈, 조연현, 박목월, 최태응 등과 반공 문학단체인 한국청년문학가협회를 결성하고 초대 회장에 피선됨. 그때 결정취지서를 기초, 한국의 민족적·문학적 주체성을 주창하는 글을 《동아일보》에 발표, 평론 〈순수문학의 진의〉·〈한국문학의 지표〉를 발표. 4월 4일 자유진영단체로서 최초로 '문학의 밤'을 개최하고 〈순수시의 사상〉이란 제목으로 강연.
1947년	계급주의 문학론에 대항, 인간주의 민족문학론을 제창하고 '본격문학'이란 말을 처음으로 사용함. 함경남도 원

산 문학가동맹에서 발간한 시집《응향》에 대해 이북문학
가동맹에서 이른바 '결정서'를 통해 "인민에 복무하는
당의 문학"이 아니라고 규정하자《백민》지에 〈문학과 자
유옹호〉라는 반박문을 발표, 이북은 일제 치하 때보다도
혹독하게 작가의 자유를 박탈하고 인간성을 봉쇄한다고
통렬히 규탄함. 이 사건으로 예의 시집《응향》에 참여했
던 시인 구상은 북을 떠나 월남함. 소설 〈혈거부족〉 등과
평론 〈본격문학과 제3세계관〉 등을 발표. 첫 창작집《무
녀도》펴냄.

1948년   김동석, 김병규 등 좌익 비평가들과의 문학 논쟁이 절정
         에 이름. 그들과의 공개토론에서 공산주의 문학의 모순을
         지적하여 갈채를 받음. 소설 〈역마〉·〈광풍 속에서〉 등
         발표. 평론 〈김동인론〉·〈김소월론〉 등과 첫 평론집《문
         학과 인간》을 펴냄.

1949년   《동아일보》에 장편 〈해방〉 연재. 제2 창작집《황토기》펴
         냄. 한국문학협회 결성, 소설분과위원장 피선. 서울대 ·
         고려대 강사.

1950년   문교부 예술위원, 서울시 문화위원 등 피촉, 6 · 25사변
         중 문총 구국대를 결성, 부대장에 피선.

1952년   평론 〈전쟁적 사실과 문학적 비판〉을 발표. 문학평론집
         《문학개론》간행. 한국문학가협회 부위원장에 피선.

1953년   서라벌예술대학 문예창작과 교수로 취임.

1954년   한국 유네스코 위원, 예술원 회원 등에 피선. 소설 〈살벌
         한 황혼〉과 〈마리아의 회태懷胎〉, 시 〈해바라기〉·〈젊은
         미의 깃발〉 발표.

1955년	한국문학가협회 대표위원으로 피선.《현대문학》에 장편 《사반의 십자가》 연재. 소설 〈흥남철수〉·〈밀다원 시대〉 등 발표. 창작집《실존무》간행 .
1956년	〈흥남철수〉·〈밀다원 시대〉로 제3회 아세아자유문학상 수상. 소설 〈악성樂聖〉·〈원왕생가願往生歌〉·〈수로부인〉을 발표하고 장편소설《춘추春秋》를《평화신문》에 연재.
1957년	장편소설《사반의 십자가》간행.
1958년	장편《사반의 십자가》로 예술원 문학 부문 작품상 수상. 장편《춘추》간행
1959년	《자유신문》에 장편 〈자유의 역사〉 연재.
1960년	《한국일보》에 장편《이곳에서 던져지다》연재 마침. 소설 〈당고개 무당〉·〈어떤 고백〉 등 발표.
1961년	한국문인협회 부이사장 피선. 소설 〈등신불等身佛〉·〈어떤 남〉 발표.
1963년	《국제신문》에 장편《해풍》연재.《등신불》간행.
1965년	민족문화중앙협의회 부이사장, 민족문화추진위원회 이사 로 피선. 단편 〈꽃〉·〈성문 거리〉, 시 〈연〉 등 발표.
1966년	한국예술윤리위원회 위원에 피임. 소설 〈까치소리〉·〈송 추에서〉·〈윤사월〉·〈바람아 대추야〉·〈백설가白雪歌〉 등 발표. 수필집《자연과 인생》간행.
1967년	〈까치소리〉로 3·1 문화상 예술 부문 본상 수상.《김동리 대표작선집》전 5권 간행.
1968년	대한민국 국민훈장 동백장 수상.《월간문학》창간.《중앙 일보》에 중편 〈극락조〉 연재.
1970년	한국문인협회 이사장 피선. 서울시 문화상 본상 수상. 국

민훈장 모란장 수상.

1971년   《지성》에 장편 〈아도〉 연재.

1972년   서라벌 예술대학장 취임. 한·일문화교류협회장 피선. 장
          편《삼국기》연재.

1973년   중앙대 예술대학장 취임, 명예 문학박사학위 받음.《한국
          문학》창간. 회갑기념으로 창작집《까치소리》, 수필집
          《자연과 인생》, 시집《바위》간행.

1974년   한·일 서예문화교류협회장 피선. 장편소설《삼국기》후
          편인 〈대왕암〉 연재. 장편소설《이곳에 던져지다》간행.

1978년   《문학사상》에 장편《을화》발표. 작품집《꽃이 지는 이야
          기》펴냄. 소설 〈참외〉 발표.

1979년   《문학사상》에 단편 〈만자동경〉 발표. 중앙대학교 정년
          퇴직. 한국소설가협회장 피선. 장편소설《을화》영역판
          출간.

1980년   수필집《명상의 늪가에서》, 콩트 〈추격자〉 발표.

1981년   대한민국 예술원 회장 피선.

1982년   장편소설《을화》가 노벨문학상 본선에 진출.《을화》의 일
          역판 출간. 장편《사반의 십자가》개작 간행.

1983년   5·16민족문화상 수상. 한국문인협회 이사장 피선. 대한
          민국 예술원 원로회원으로 추대. 시집《패랭이꽃》간행.
          장편소설《사반의 십자가》불역판 출간.

1984년   한국문인협회 이사장, 예술원장. 에세이《생각이 흐르는
          강물》·《밥과 사상과 그리고 영원》간행.

1985년   대한민국 예술원 원로 회원. 국정자문위원 임명.

1986년   한국문인협회 이사장 재추대.

1987년	장편소설《자유의 역사》간행.
1989년	한국문인협회 명예회장 추대.
1990년	소설가협회 회장으로 피선. 7월 30일 뇌졸중으로 쓰러져 투병생활을 시작함.
1995년	6월 17일 청담동 자택에서 밤 11시 20분경 타계.

한국문학대표작선집 1 을화

1판 1쇄 ─ 1986년 4월 25일
2판 4쇄 ─ 2013년 9월 27일

지은이 ─ 김 동 리
펴낸이 ─ 최 정 희
펴낸곳 ─ (주)문학사상
주 소 ─ 서울특별시 송파구 오금동 91번지(138-858)
등 록 ─ 1973년 3월 21일 제 1-137호

편집부 ─ 3401-8543~4
영업부 ─ 3401-8540~2
팩시밀리 ─ 3401-8741
지로계좌 ─ 3006111
홈페이지 ─ www.munsa.co.kr
이메일 ─ munsa@munsa.co.kr

ISBN 89-7012-640-6 03810